LE FOU
ET L'ASSASSIN

ROBIN HOBB

LE FOU ET L'ASSASSIN

roman

Traduit de l'anglais par A. Mousnier-Lompré

Pygmalion

Titre original :
FOOL'S ASSASSIN
(première partie)

© 2014, Robin Hobb
© 2014, Pygmalion, département de Flammarion, pour l'édition en langue française
ISBN 978-2-7564-1118-7

PROLOGUE

Ma chère dame Fennis,

Nous sommes amies depuis trop longtemps pour que j'use de circonlocutions. Comme vous l'avez supposé avec tant de délicatesse, j'ai en effet reçu une nouvelle qui m'accable ; mon beau-fils, le prince Chevalerie, est un rustre, je le sais bien, et la confirmation publique vient d'en être donnée par la révélation de l'existence d'un petit bâtard qu'il a eu d'une putain des Montagnes.

Le scandale aurait pu être étouffé si son frère, le prince Vérité, doué de l'intelligence d'une pierre, avait pris des mesures rapides et fermes pour éliminer l'objet de la honte ; au lieu de cela, il a annoncé la chose sans aucune discrétion par un message expédié à mon époux.

Et que fait mon seigneur face à cette ignominie ? Eh bien, non seulement il exige qu'on amène le bâtard à Castelcerf, mais il accorde à Chevalerie le titre de Flétrybois et l'envoie là-bas se faire oublier en compagnie de son épouse stérile et malgracieuse. Flétrybois ! Une magnifique propriété que tous mes amis seraient ravis d'occuper, et il en fait cadeau à son fils pour avoir engendré un champi avec une roturière de l'étranger ! Et le roi Subtil ne *voit rien de révoltant à ce que le petit Montagnard sauvage en question s'en vienne ici, au château de Castelcerf, au vu et au su de tous les membres de ma cour !*

Enfin, ultime insulte faite à moi et à mon fils, il a décrété que le prince Vérité porterait désormais le titre de roi-servant et d'héritier présumé du trône. Quand Chevalerie a eu la décence, devant le scandale, de renoncer à ses prétentions à la couronne, je me suis secrètement réjouie, croyant que Royal serait aussitôt reconnu comme le prochain souverain ; certes, il est plus jeune que ses demi-frères, mais on ne peut contester qu'il est de meilleure lignée qu'eux et que son maintien est aussi noble que son nom.

En vérité, je suis anéantie, tout comme mon fils Royal. Quand j'ai sacrifié mon propre règne et tous mes titres pour devenir la reine de Subtil, il était évident pour moi que les enfants que je porterais seraient considérés comme d'un lignage bien supérieur à celui des deux gamins étourdis que sa précédente épouse lui avait donnés, et qu'ils monteraient sur le trône à sa suite. Mais reconnaît-il avoir commis une erreur en désignant Chevalerie comme son successeur ? Non : il se contente de l'écarter pour instaurer son balourd de cadet comme roi-servant. Vérité ! Vérité, avec la massivité, le mufle carré et la grâce d'un bœuf !

C'en est trop, ma chère ; je ne puis le supporter. Si ce n'était que de moi, je quitterais la cour, mais alors Royal se retrouverait sans personne pour le défendre.

Lettre de la reine Désir à dame Fennis de Labour

Enfant, je la détestais. Je me rappelle le jour où je découvris cette missive, inachevée et jamais envoyée ; à sa lecture, j'eus la confirmation que la reine, à laquelle je n'avais jamais été officiellement présenté, m'avait honni dès l'instant où elle avait appris mon existence. Je lui rendis aussitôt la pareille. Je ne demandai jamais à Umbre où il avait déniché cette lettre ; bâtard lui-même et demi-frère du roi Subtil, il avait toujours agi au mieux des intérêts du trône Loinvoyant, et ce sans la moindre hésitation. Peut-être avait-il volé ce brouillon dans le bureau de la reine Désir ; peut-être voulait-il donner l'impression que la reine refusait de répondre à dame Fennis et la dédaignait ? Est-ce important aujourd'hui ? Je l'ignore, car je ne sais pas quel résultat mon vieux mentor obtint par ce vol. Umbre servait son roi de façon implacable par l'assassinat, l'espionnage et la manipulation au château de Castelcerf, et il m'enseigna à l'imiter ; il me dit un jour qu'un bâtard royal n'est en sécurité dans une cour que tant qu'il reste utile – et, dans le cas d'Umbre, quasiment invisible. Des années, il passa le plus clair de son temps dans le dédale de couloirs et de passages secrets dissimulé dans les murs du château de Castelcerf. D'apparence, j'étais simplement un enfant né du mauvais côté des draps, à qui l'on tournait le dos ou que l'on insultait, et qui naviguait sur les eaux dangereuses de la politique du château ; mais le roi Subtil et moi-même savions que j'étais protégé par la main du souverain et de son assassin. Tant que je leur obéissais, je n'avais rien à craindre.

Pourtant, je me demande parfois si c'est par accident que j'ai trouvé la lettre de la reine Désir à dame Fennis ou si la révélation qu'elle m'a value avait été voulue par Umbre. C'était mon mentor à l'époque, et il m'enseignait les arts du métier d'assassin ; toutefois, il ne m'inculquait pas seulement la science des poisons, de la dague et du subterfuge, mais aussi ce que doit savoir un bâtard d'ascendance royale pour assurer sa survie. Cherchait-il à me mettre en garde, ou bien voulait-il m'apprendre à haïr afin d'assurer son emprise sur moi ? Même ces questions me viennent trop tard.

Au cours des années, j'ai vu la reine Désir sous bien des aspects. Elle a tout d'abord été l'horrible marâtre qui détestait mon père et me détestait plus encore, celle qui avait eu le pouvoir d'arracher la couronne à l'héritier désigné et de me condamner à une existence où même mon nom affichait ma bâtardise. Je me rappelle une époque où la seule éventualité qu'elle me vît m'emplissait de crainte.

Longtemps après mon arrivée à Castelcerf, mon père fut assassiné à Flétrybois, et elle fut sans doute l'instigatrice de ce meurtre, sans qu'Umbre ni moi pussions rien y faire ni réclamer justice. Je me souviens de m'être demandé alors si le roi Subtil ne savait rien ou bien s'il se désintéressait de la question ; en tout cas, je compris avec une absolue certitude que, si la reine Désir souhaitait ma mort, elle pourrait l'obtenir ; dans ce cas, Umbre me protégerait-il ou bien s'inclinerait-il devant son devoir et laisserait-il le forfait s'accomplir ? Quelles questions pour un enfant !

Pour moi, Flétrybois était une idée, un lieu âpre de bannissement et d'humiliation. Quand, enfant, je vivais à Castelcerf, on m'avait dit que c'était là que mon père était parti se cacher de la honte que j'incarnais ; il avait renoncé au trône et à la couronne, il s'était incliné devant la douleur et la colère de sa légitime épouse, Patience, il avait présenté ses excuses au roi et à la cour pour son manquement à la vertu et au discernement, et il avait fui le bâtard qu'il avait engendré.

Du coup, d'après les seules résidences que j'eusse connues jusque-là, j'imaginais la propriété comme une construction fortifiée au sommet d'une hauteur, semblable à la forteresse ceinte de palissades d'Œil-de-Lune, dans le royaume des Montagnes, ou aux murailles à pic du château de Castelcerf, perché sur ses falaises noires et sinistres qui dominaient la mer. Je voyais mon père, sombre et seul dans une salle de pierre glacée aux murs ornés d'oriflammes et d'armes anciennes ; je me représentais des champs pierreux qui donnaient sur des marais gris de brume.

Je devais découvrir plus tard que Flétrybois était alors une demeure majestueuse, vaste et confortable, bâtie dans une large vallée fertile. Ses murs étaient, non de pierre, mais de chêne doré et d'érable aux teintes profondes, et, si le sol des salles était pavé de dalles plates tirées des rivières, les cloisons étaient en chaleureux panneaux de bois. Le doux soleil de la vallée agricole tombait en longues bandes sur le dallage par les hautes fenêtres étroites. L'allée qui menait à la porte d'entrée était large et bordée de grands bouleaux gracieux ; en automne, ils étendaient un tapis d'or sur la route, et, en hiver, chargés de neige, ils s'inclinaient sur elle pour former une tonnelle blanche lambrissée de trouées de ciel bleu.

Flétrybois n'était pas une forteresse de bannissement ni d'exil, mais une retraite indulgente pour mon père et son épouse stérile. Je pense que mon grand-père aimait son fils autant que sa belle-mère l'abhorrait, et le roi Subtil l'avait envoyé dans cette lointaine propriété pour le protéger ; il avait échoué, mais ce n'était pas son intention. Flétrybois devait être un refuge pour mon père.

Et, quand l'heure sonna pour moi de m'y rendre à mon tour avec celle que j'aimais, ses enfants pleins de vie et la femme qui avait toujours voulu être ma mère, la demeure devint pour nous pendant une période un havre de paix et de repos.

Le temps est un professeur cruel qui donne des leçons que nous apprenons beaucoup trop tard pour en avoir l'utilité ; je comprends certaines choses des années après qu'elles auraient pu me servir. Je repense aujourd'hui au « vieux » roi Subtil, et je le vois comme un homme aux prises avec une longue maladie débilitante qui le privait de son bien-être physique et de son acuité mentale ; pire encore, je vois la reine Désir telle qu'elle était : non comme une mégère acharnée à faire mon malheur, mais comme une mère pétrie d'un amour implacable pour son fils unique, résolue à n'accepter aucune offense à son encontre et prête à tout pour le mettre sur le trône.

Que n'aurais-je pas fait pour protéger ma petite fille ? Quel acte aurais-je jugé trop extrême ? Si je dis : « Je les aurais tous tués sans le moindre regret », cela fait-il de moi un monstre ?

Ou seulement un père ?

Mais ces questions, c'est rétrospectivement que je me les pose ; toutes ces leçons, je les ai apprises trop tard. Alors que j'étais encore jeune, je me sentais perclus de douleurs et de soupirs comme un vieux matelot tordu à force de manier la gaffe ; ah, quelle pitié je m'inspirais ! Comme je savais justifier les décisions irréfléchies que j'avais prises ! Et, quand vint le temps pour moi d'assumer le rôle du sage doyen de ma maisonnée, j'avais encore l'énergie d'un homme à peine mûr, j'étais encore soumis aux passions et aux instincts de mon corps, et je me reposais encore sur la vigueur de mon bras droit quand il eût été plus avisé de prendre le temps de la réflexion.

Des leçons apprises trop tard, des situations comprises avec des dizaines d'années de retard.

Et tant de choses perdues à cause de cela.

1

FLÉTRYBOIS

Burrich, mon vieil ami.

Eh bien, nous voici installés, je crois. Ça n'a pas été une période agréable pour moi, ni pour toi, si ton message laconique en dissimule autant que je le pense. La maison est immense, beaucoup trop grande pour nous deux. C'est bien de toi de t'enquérir de nos montures avant de me demander des nouvelles de ma santé ; je répondrai donc d'abord à ta première question. J'ai le plaisir de t'annoncer que Soie a subi le changement d'écurie avec un calme parfait, en haquenée bien élevée qu'elle a toujours été ; Grandgaillard, en revanche, a pris l'habitude de malmener l'étalon du lieu, mais nous avons décidé de séparer leurs boxes et leurs enclos. J'ai réduit sa ration de grain, et il y a ici un jeune palefrenier, dont le nom, curieusement, est Grand, qui a été absolument ravi quand je l'ai prié de sortir le cheval et de le faire galoper à fond au moins une fois par jour ; avec ce régime, je suis sûr qu'il va se calmer.

Tu ne me demandes pas de nouvelles de ma dame, mais je te connais bien, mon ami, et je te dirai que Patience s'est montrée tour à tour furieuse, blessée, mélancolique, agitée, bref, qu'elle est passée par cent états d'esprit différents à cause de notre situation. Elle m'accuse de lui avoir été infidèle avant que nous nous connaissions, et, l'instant suivant, me pardonne et se reproche de ne pas m'avoir donné d'héritier, ce dont elle est, selon ses propres termes, entièrement fautive. Nous trouverons le moyen de surmonter cette crise.

Je te remercie d'avoir endossé mes autres responsabilités à Castelcerf. Mon frère me parle assez du tempérament de l'enfant dont tu t'occupes pour que je vous envoie à tous les deux l'expression de ma compassion et mes remerciements les plus profonds. Sur qui d'autre pourrais-je compter en un tel moment et pour un service si grand ?

Tu comprendras, bien sûr, pourquoi je reste prudent sur cette affaire. Donne une caresse à Renarde, serre-la dans tes bras et fais-lui cadeau d'un gros os de ma part ; je sais lui être redevable de sa vigilance autant que de la tienne. Mon épouse m'appelle d'en bas ; je dois m'arrêter là et envoyer cette lettre. Mon frère aura peut-être des nouvelles de moi à te fournir la prochaine fois que vos chemins se croiseront.

Missive non signée de Chevalerie à Burrich, maître des écuries

La neige se dressait en remparts immaculés sur les branches nues des bouleaux qui bordaient l'allée et scintillait sur le noir du bois, comme la livrée d'hiver d'un fou. Elle tombait en paquets de flocons sans cohésion qui ajoutaient une nouvelle couche brillante aux pans inclinés qui s'entassaient dans les angles de la cour ; elle adoucissait les arêtes des traces des chariots, effaçait les marques de pas des garçons et réduisait les ornières des sentiers à de pures suggestions. Une nouvelle voiture arriva, tirée par un attelage pommelé ; le conducteur, vêtu d'un manteau rouge, avait les épaules saupoudrées de blanc. Un page en vert et jaune dévala les marches de Flétry-bois pour ouvrir la portière et accueillir nos hôtes d'un geste. De là où je me trouvais, je ne pouvais les identifier, mais leur tenue évoquait des marchands de Flétry plutôt que la noblesse d'une propriété voisine ; je les perdis de vue tandis que le conducteur menait la voiture aux écuries, et je levai les yeux vers le ciel de l'après-midi. Oui, il neigerait encore, sans doute toute la nuit. Eh bien, c'était de saison. Je laissai retomber le rideau et me retournai à l'instant où Molly entrait dans notre chambre.

« Fitz ! Tu n'es pas encore prêt ? »

J'examinai ma tenue. « Je pensais que si… »

Mon épouse fit un bruit désapprobateur. « Allons, Fitz ! C'est la fête de l'Hiver ; les salles sont ornées de rameaux, Patience a commandé à Mijote un festin qui pourra sans doute nourrir tous les occupants de la résidence pendant trois jours, les trois groupes de ménestrels qu'elle a invités sont en train d'accorder leurs instruments, et la moitié de nos hôtes sont déjà là. Tu devrais être en bas à les accueillir, et tu n'es même pas encore habillé. »

Je m'apprêtai à lui demander ce qu'elle reprochait à ce que je portais, mais elle fouillait déjà dans mon coffre à vêtements, dont elle tirait des articles qu'elle examinait un instant avant de les rejeter. Je pris patience. « Tiens, ceci, dit-elle en sortant une chemise en lin blanc avec des crêtes de dentelle le long des manches ; et ce pourpoint par-dessus. Tout le monde sait qu'arborer du vert à la fête de l'Hiver porte chance. Ta chaîne d'argent pour aller avec les boutons, et ces chausses : elles sont assez démodées pour te donner l'air d'un vieillard, mais au moins elles n'ont pas de poches aux genoux comme celles que tu as enfilées. Je te connais trop bien pour te prier de mettre tes chausses neuves.

— Mais c'est vrai que je suis vieux. À quarante-sept ans, j'ai bien le droit de m'habiller comme il me chante. »

Elle fronça les sourcils, m'adressa un regard de feinte colère et posa les mains sur ses hanches. « Me traiteriez-vous de vieille, messire ? Car il me semble me rappeler que j'ai trois ans de plus que vous. »

Je me repris en hâte. « Bien sûr que non ! » Mais je ne pus m'empêcher de grommeler : « N'empêche que je ne comprends pas pourquoi tout le monde tient à s'attifer comme la noblesse jamaillienne. Le tissu de ces chausses est si fin qu'il se déchirerait sur la première ronce venue, et… »

Elle poussa un soupir d'exaspération. « Oui, tu me l'as déjà dit cent fois ; je te rappelle qu'il n'y a guère de ronces dans les couloirs de Flétrybois. Et maintenant, prends ces chausses propres ; celles que tu portes sont ignobles. Ne les avais-tu pas déjà hier, quand tu as soigné ce cheval au sabot fendu ? Et mets tes souliers de maison, non ces bottes éculées. Il faudra que tu danses, tu sais. »

Ses fouilles dans mon coffre terminées, elle se redressa. Résigné à l'inévitable, j'avais commencé à me changer, et, alors que je passais la tête par le col de ma chemise, je croisai son regard. Elle avait un sourire que je connaissais bien, et, devant sa couronne de houx, la cascade de dentelle qui ornait son corsage et sa jupe aux broderies joyeuses, je réussis à le lui rendre. Elle recula d'un pas, l'air encore plus radieux. « Allons, Fitz ; il y a des invités en bas qui nous attendent.

— Ils ont attendu jusqu'à maintenant, ils peuvent attendre encore un peu. Et notre fille peut s'occuper d'eux. »

Je m'avançai vers elle, mais elle recula jusqu'à la porte et posa la main sur la poignée avec un signe de dénégation qui fit danser ses annelets noirs sur son front et sur ses épaules. Elle baissa la tête et me regarda par en dessous, à travers ses cils, et tout à coup je retrouvai l'adolescente qu'elle était jadis, la sauvageonne de Bourg-de-Castelcerf que je poursuivais sur une plage de sable. Se rappelait-elle la scène ? Peut-être, car elle se mordit la lèvre, et je vis sa résolution faiblir. Puis elle se reprit. « Non. Nos hôtes ne peuvent pas attendre, et, même si Ortie est capable de les recevoir, être accueilli par la fille de la maison, ce n'est pas la même chose que par toi et moi. Crible peut l'épauler en tant qu'intendant, mais, tant que le roi ne leur a pas donné l'autorisation de se marier, mieux vaut éviter de les présenter comme un couple. C'est donc à toi et à moi de servir, et je ne me contenterai pas d'un peu de ton temps ce soir ; j'attends de toi que tu fasses un effort.

— Vraiment ? » fis-je d'un ton de défi, et j'avançai vivement de deux pas vers elle, mais, avec un cri d'adolescente effarouchée, elle sortit dans le couloir. Avant de refermer complètement la porte derrière elle, elle lança par l'entrebâillement : « Dépêche-toi ! Tu sais à quelle vitesse les fêtes

16

qu'organise Patience peuvent dériver. J'ai laissé Ortie à la barre, mais Crible est presque aussi mal organisé que Patience. » Elle se tut un instant, puis reprit : « Et je ne te conseille pas d'être en retard et de me priver de mon cavalier ! »

Elle ferma le battant alors que j'y parvenais. Je m'arrêtai puis, avec un petit soupir, retournai chercher mes chausses propres et mes chaussures en cuir souple ; elle voulait que je danse, et je m'y emploierais de mon mieux. Je savais que Crible avait tendance à profiter des fêtes données à Flétrybois avec un allant qui contrastait avec la réserve dont il faisait preuve à Castelcerf, et qui ne seyait peut-être pas tout à fait à celui qui tenait officiellement le rôle d'intendant de la maison. Je me surpris à sourire. Ortie se laissait parfois entraîner dans ses ébaudissements, montrant alors un aspect joyeux de sa personnalité qu'elle révélait elle aussi rarement à la cour du roi. Âtre et Juste, les deux des six fils de Molly qui vivaient encore avec nous bien qu'ils fussent déjà grands, n'auraient guère besoin d'encouragements pour se joindre aux réjouissances. Comme Patience avait invité la moitié de Flétry et beaucoup plus de musiciens qu'il n'en pouvait jouer en une seule soirée, j'étais certain que les divertissements de notre fête de l'Hiver dureraient au moins trois jours.

Non sans répugnance, j'ôtai mes vieilles chausses et enfilai les nouvelles. Elles étaient d'un vert foncé tirant sur le noir, en lin fin et presque aussi volumineuses qu'une jupe ; elles se fixaient à la taille par des rubans, et une large ceinture en soie parachevait le ridicule de l'ensemble. Je me consolai en songeant que me voir ainsi vêtu plairait à Molly, et que Crible aurait sans doute été contraint lui aussi d'arborer une tenue similaire. Avec un nouveau soupir, je me demandai pourquoi il fallait impérativement nous soumettre à la mode jamaillienne, et puis je me résignai. Je finis de m'habiller, bataillai avec ma tignasse pour la tirer en queue de guerrier, et sortis. Je fis halte en haut du grand escalier de chêne ; les bruits de la fête montaient jusqu'à moi, et je pris une longue inspiration comme si je m'apprêtais à plonger en eau profonde. Je n'avais rien à craindre, aucune raison d'hésiter, mais les habitudes enracinées dans ma lointaine jeunesse me retenaient. J'avais le droit le plus absolu de descendre ces marches, de m'avancer parmi les invités joyeux en tant que maître de la maison et mari de la dame à qui elle appartenait ; pour tous ceux qui se trouvaient en bas de l'escalier, j'étais le dotaire Tom Blaireau, de basse naissance peut-être, mais anobli en même temps que ma dame Molly. Le bâtard FitzChevalerie Loinvoyant, petit-fils, neveu et cousin de rois, était mort vingt ans plus tôt. Pour tous ces gens, j'étais le dotaire Tom et l'organisateur de la fête à laquelle ils allaient participer.

Même si je portais des chausses ridicules.

Je m'attardai encore et tendis l'oreille. Deux groupes de ménestrels accordaient leurs instruments ; le rire clair de Crible éclata soudain dans la vaste salle et me fit sourire ; le bourdonnement des voix montait et s'abaissait sans cesse. Un des groupes de ménestrels prit sans doute l'ascendant sur l'autre, car un battement de tambourin au rythme enlevé noya tout à coup le bruit des conversations : on allait bientôt commencer à danser. J'étais désormais vraiment en retard, et il valait mieux que je descendisse ; pourtant, j'éprouvais un sentiment de bien-être à me tenir là, au-dessus de la cohue, et à imaginer le pas leste et le sourire rayonnant d'Ortie menée par Crible sur la piste de danse. Et Molly ! Elle devait m'attendre ! Avec les années, j'étais devenu un cavalier passable par amour pour elle, car elle adorait danser, et, si je la laissais en plan, elle ne me le pardonnerait pas facilement.

Je dévalai deux à deux les marches de chêne verni et arrivai dans le vestibule où Allègre m'arrêta soudain. Notre jeune intendant de fraîche date était pimpant, avec sa chemise blanche et sa veste assortie à ses chausses noires à la mode jamaillienne ; ses chaussures d'intérieur vertes et son écharpe jaune n'en ressortaient que plus vivement. Le vert et le jaune étant les couleurs de Flétrybois, je supposai que c'était Patience qui avait eu l'idée de cette tenue. Je réprimai le sourire qui me montait aux lèvres, mais il dut le lire dans mon regard, car il se tint encore plus droit et me regarda de tout son haut en annonçant d'un ton grave : « Messire, il y a des ménestrels à la porte. »

Je plissai le front. « Eh bien, faites-les entrer ; c'est la fête de l'Hiver. »

Il ne bougea pas, les lèvres pincées, l'air réprobateur. « Messire, je ne pense pas qu'ils aient été invités.

— C'est la fête de l'Hiver », répétai-je avec une pointe d'agacement. Molly n'apprécierait pas que je la fasse attendre. « Patience convie tous les ménestrels, marionnettistes, acrobates, rétameurs ou forgerons qu'elle croise à venir séjourner chez nous quelque temps. Elle les a sans doute conviés il y a plusieurs mois et l'a oublié. »

Je ne pensais pas qu'il pouvait se raidir davantage, mais il y parvint. « Messire, ils étaient près de l'écurie, en train d'essayer de regarder à l'intérieur par une fente entre les planches. Grand a entendu les chiens aboyer, il est allé voir et les a découverts ainsi. C'est alors qu'ils ont prétendu être invités pour la fête de l'Hiver.

— Et ? »

Il prit une courte inspiration. « Messire, je ne crois pas qu'ils sont ce qu'ils disent : ils n'ont pas d'instruments, et, alors que l'un d'eux affirmait qu'ils étaient ménestrels, un autre a déclaré qu'ils étaient acrobates. Mais, quand Grand a proposé de les conduire à la porte de la demeure, ils ont répondu que ce n'était pas nécessaire, qu'ils ne cherchaient qu'un abri pour la nuit et que l'écurie leur irait très bien. » Il secoua la tête. « Grand m'a pris à part lorsqu'il les a amenés, et il pense qu'ils mentent sur leur métier. Moi aussi. »

Je l'examinai. Les bras croisés, il ne me regardait pas en face, mais sa bouche avait un pli obstiné. Je m'exhortai à la patience : il était jeune et nouveau chez nous. Cravit Maindouce, notre ancien intendant, était mort l'année précédente ; Crible avait pris en charge nombre de ses responsabilités mais en affirmant avec insistance qu'il fallait former un nouvel intendant pour Flétrybois. J'avais répondu avec désinvolture que je n'avais pas le temps d'en trouver un, et, dans les trois jours, Crible nous avait amené Allègre. Deux mois plus tard, le nouveau venu avait encore à en apprendre sur sa place, et je songeai que Crible lui avait peut-être inculqué une prudence excessive : ce dernier était après tout un agent d'Umbre, installé chez nous pour surveiller mes arrières et, sans doute, m'espionner. Malgré son entrain et son attachement pour ma fille, c'était un homme pétri de circonspection ; si je l'avais laissé faire, nous disposerions à Flétrybois d'un contingent de gardes comparable à celui de la reine. Je mis un terme à mes réflexions.

« Allègre, j'apprécie vos précautions ; mais c'est la fête de l'Hiver, et, ménestrel ou vagabond, nul ne doit trouver porte close chez nous en ce jour, surtout par un soir de neige. Tant qu'il y a de la place dans la maison, rien ne les oblige à dormir dans l'écurie. Faites-les entrer ; je suis sûr que tout se passera parfaitement.

— Bien, messire. » Il n'acquiesçait pas, il obéissait. Je réprimai un soupir ; pour l'instant, cela suffirait.

Je m'apprêtai à me joindre à la foule de la grande salle.

« Messire ? »

Je me retournai, et c'est d'un ton plus sec que je lui demandai : « Il y a autre chose, Allègre ? Une affaire urgente ? » J'entendais les musiciens qui s'accordaient entre eux, et tout à coup la musique s'épanouit. J'avais manqué le début de la première danse ; je serrai les dents en imaginant Molly seule et regardant tournoyer cavaliers et cavalières.

Il se mordit la lèvre puis décida d'insister. « Messire, le messager vous attend toujours dans votre étude.

— Le messager ? »

Il eut un soupir de martyr. « Il y a plusieurs heures, j'ai envoyé un de vos pages temporaires vous l'annoncer ; il a dit vous l'avoir crié à travers la porte des étuves. Je me dois de vous signaler, messire, que c'est ce qui arrive quand on se sert comme pages d'enfants dont ce n'est pas le travail ; nous devrions en employer quelques-uns à titre définitif, ne serait-ce que pour les former convenablement. »

Devant mon expression lasse, il s'éclaircit la gorge et changea de tactique. « Mes excuses, messire ; j'aurais dû le renvoyer afin de vérifier que vous l'aviez entendu.

— Ce qui n'était pas le cas. Voulez-vous vous en occuper pour moi, Allègre ? » Je fis un pas hésitant en direction de la grande salle. La musique prenait de l'ampleur.

L'intendant secoua la tête de façon imperceptible. « Je regrette, messire, mais le messager affirme ne devoir parler qu'à vous. J'ai demandé par deux fois si je pouvais me rendre utile, et j'ai proposé de noter le message afin de vous le remettre, mais il insiste : vous seul devez entendre ce qu'il a à dire. »

Je devinai alors ce dont il s'agissait. Le dotaire Barit s'efforçait de me convaincre de laisser paître une partie de ses troupeaux avec nos moutons, mais notre berger disait de façon catégorique que notre pâture d'hiver ne pourrait pas nourrir autant de bêtes, et j'avais bien l'intention de l'écouter, même si Barit était prêt à offrir une somme coquette en loyer. On ne traite pas d'affaires lors de la fête de l'Hiver, et celle-ci attendrait. « Ça ira, Allègre. Et ne soyez pas trop sévère avec nos pages ; vous avez raison, nous devrions en avoir un ou deux en formation, mais la plupart travailleront dans les vergers ou reprendront le métier de leur mère quand ils seront grands. Il est rare que nous ayons besoin d'eux à Flétry. » Je ne voulais pas me pencher sur la question en cet instant : Molly se morfondait ! Je pris ma décision. « J'ai été indélicat de laisser un messager patienter si longtemps, mais il serait encore plus grossier de ma part de laisser ma dame sans cavalier pour la deuxième danse en plus de la première. Veuillez transmettre mes excuses au messager pour ce retard fâcheux et veillez à ce qu'on lui apporte à boire et à manger ; dites-lui que je le rejoindrai dès la fin de la deuxième danse. » Je n'en avais nulle envie, trop attiré par les festivités. Une meilleure idée me vint. « Non ! Invitez-le à participer à la fête ; dites-lui de se distraire, et je parlerai avec lui avant demain midi. » Je ne voyais rien dans ma vie d'assez urgent pour exiger mon attention ce soir.

« Avec elle, messire.

— Pardon, Allègre ?

— Elle. C'est une femme, messire, à peine sortie de l'adolescence si j'en juge par son apparence. Je lui ai naturellement déjà offert une collation ; je ne négligerais jamais un invité sous votre toit, surtout quand il paraît aussi fatigué d'un long chemin. »

La musique jouait et Molly m'attendait. Mieux valait faire patienter le messager que mon épouse. « Dans ce cas, donnez-lui une chambre et demandez-lui si elle veut un bain chaud ou un repas tranquille avant que nous nous voyions. Faites de votre mieux pour qu'elle soit à son aise, Allègre, et je lui accorderai tout le temps qu'elle voudra demain.

— Je n'y manquerai pas, messire. »

Il se détourna pour regagner le vestibule d'entrée, et je me dirigeai à pas pressés vers la grande salle de Flétrybois. La double porte était ouverte, les panneaux de chêne doré luisant à la lumière de l'âtre et des bougies ; la musique, le bruit des talons et les claquements de mains des danseurs envahissaient le couloir lambrissé, mais, alors que j'approchais, les musiciens jouèrent le dernier refrain, et la première danse s'acheva sur une clameur joyeuse. Je levai les yeux au ciel ; je n'avais pas de chance.

Mais, alors que je pénétrais dans la salle sous une houle d'applaudissements destinés aux ménestrels, je vis le cavalier de Molly s'incliner gravement devant elle : mon beau-fils avait épargné à sa mère de faire tapisserie et l'avait accompagnée sur la piste. Âtre avait poussé comme une mauvaise herbe dans l'année ; il avait la beauté sombre de son père Burrich, mais le front et la bouche rieuse de Molly, et, à dix-sept ans, il dominait sa mère d'une bonne tête. Il était encore rouge de la danse vive, et Molly n'avait nullement l'air de regretter mon absence ; elle leva les yeux, croisa mon regard à l'autre bout de la salle et sourit. Je remerciai Âtre intérieurement et résolus de trouver un moyen de lui manifester ma gratitude de façon plus substantielle. Plus loin, son frère aîné, Juste, était assis près de la cheminée, tandis qu'Ortie et Crible se tenaient debout à côté de lui ; Ortie avait les joues roses, et je compris que son puîné la taquinait, avec la complicité de Crible.

Je fendis la foule pour me rendre auprès de Molly en m'interrompant souvent pour m'incliner devant les nombreux invités qui me saluaient. Tous les rangs et tous les milieux se retrouvaient là, l'aristocratie terrienne et la petite noblesse vêtues avec raffinement de dentelles et de chausses de lin, mais aussi Jean le rémouleur, la couturière du village et un fabricant de fromage du coin ; leurs tenues de fête étaient peut-être un peu datées et parfois défraîchies, mais elles avaient été brossées pour l'occasion, et les rameaux et le houx brillant des couronnes que beaucoup portaient avaient été récoltés récemment. Molly avait sorti ses bougies parfumées de la meilleure qualité, et des odeurs de lavande et de chèvrefeuille baignaient la salle dont les flammes dansantes peignaient les murs d'or et de miel. De grandes flambées brûlaient dans les trois âtres où tournaient des viandes en broche surveillées par de jeunes villageois rouges de chaleur, employés pour l'occasion. Dans le coin du tonneau de bière, plusieurs femmes de service entassaient des chopes sur les plateaux qu'elles présenteraient aux danseurs à bout de souffle lorsque la musique s'interrompait.

À une extrémité de la salle, des tables croulaient sous les pains, les pommes, les assiettes de raisins secs et de noix, les pâtisseries et les crèmes, les plats de viande et de poisson fumés, et bien d'autres mets que je ne reconnus pas. Les tranches de venaison juteuse à peine découpées sur les pièces qui rôtissaient faisaient le bonheur de tous et ajoutaient leurs riches arômes à l'atmosphère de fête. Les bancs étaient déjà pleins d'invités qui se régalaient des mets et des boissons, car la bière et le vin coulaient à flots.

À l'autre bout de la salle, les premiers ménestrels cédaient la scène aux suivants. On avait répandu du sable sur le sol pour les danseurs ; il dessinait sans doute d'élégants motifs à l'arrivée des premiers, mais il ne montrait plus désormais que les traces de pas de ceux qui faisaient la fête. J'arrivai près de Molly alors que les nouveaux musiciens se lançaient dans leurs accords d'ouverture ; la mélodie était aussi pensive que la précédente était enlevée, si bien que, lorsque Molly m'entraîna sur la piste, je pus garder ses deux mains dans les miennes et entendre sa voix malgré la musique. « Vous êtes très élégant ce soir, dotaire Blaireau. » Elle me plaça dans l'alignement des autres cavaliers, et je m'inclinai gravement sur nos mains jointes.

« Si tu es contente, je suis satisfait », répondis-je. Je tâchai de ne pas m'irriter du claquement du tissu sur mes mollets pendant que nous tournions, nous séparions un instant puis nous reprenions les mains. J'aperçus Crible et Ortie ; oui, il portait le même genre de chausses lâches que moi, mais bleues, et il tenait ma fille, non par le bout des doigts, mais par les mains. Ortie souriait. Quand je regardai à nouveau Molly, elle aussi souriait ; elle avait suivi la direction de mes yeux.

« Avons-nous jamais été aussi jeunes ? » me demanda-t-elle.

Je secouai la tête. « Je ne crois pas. La vie était plus dure pour nous à leur âge. »

À son air songeur, je compris qu'elle remontait le cours des ans. « Quand j'avais l'âge d'Ortie, j'étais déjà mère de trois enfants et j'attendais le quatrième. Et toi, tu étais… » Elle se tut, et je ne dis rien. Je vivais dans une cahute près de Forge avec mon loup. Était-ce l'année où j'avais pris Heur sous mon aile ? L'orphelin avait été ravi de trouver un foyer, et Œil-de-Nuit de connaître un compagnon plus actif que moi. Je me croyais alors résigné à avoir perdu Molly, mariée à Burrich. C'était dix-neuf longues années auparavant. J'écartai de moi l'ombre de cette époque, m'approchai de mon épouse, la pris par la taille et la soulevai alors que nous pivotions. Elle posa les mains sur mes épaules, la bouche ouverte, délicieusement surprise. Autour de nous, les autres danseurs nous regardèrent un instant, étonnés. En la reposant à terre, je dis : « Et voilà pourquoi c'est aujourd'hui que nous devons être jeunes.

— Toi, peut-être. » Elle avait les joues roses et paraissait un peu essoufflée alors que nous effectuions une nouvelle promenade, tournions, nous séparions puis nous rejoignions. Enfin, presque ; non, j'aurais dû tourner une deuxième fois et ensuite… J'avais tout mélangé, alors même que je m'enorgueillissais de m'être rappelé tous les pas depuis la dernière fois. Les autres danseurs me contournaient à mouvements fluides comme si j'étais un rocher planté au milieu d'un cours d'eau. Je pivotai sur moi-même à la recherche de Molly et la découvris derrière moi, les mains sur la bouche, s'efforçant en vain de réprimer son fou rire. Je tendis la main pour nous réinsérer dans la danse, mais elle m'entraîna hors de la piste tout en riant à en perdre haleine. Je levai les yeux au ciel et voulus m'excuser, mais elle me coupa. « Ce n'est pas grave, mon chéri. Je serai ravie de me reposer un peu et de boire quelque chose ; Âtre m'a épuisée à force de caracoler ; j'ai besoin de souffler. » Elle prit une soudaine inspiration et vacilla ; son front luisait de transpiration. Elle se frotta la nuque comme pour se soulager d'une ankylose.

« Moi aussi », répondis-je en mentant. Elle était encore rouge, et elle m'adressa un pâle sourire tout en portant la main à sa poitrine comme pour calmer les battements de son cœur. Je lui rendis son sourire et l'emmenai s'asseoir dans un fauteuil près de la cheminée ; je me redressais quand un page arriva près de moi et proposa de lui apporter du vin ; elle acquiesça de la tête, et il détala.

« Qu'y avait-il de cousu sur sa coiffe ? demandai-je distraitement.

— Des plumes, et des mèches de queue de cheval. » Elle haletait toujours.

Je la regardai, les sourcils haussés.

« C'est la lubie de Patience cette année ; tous les garçons qu'elle a engagés à Flétry pour servir de pages lors de la fête sont déguisés ainsi : des plumes pour que nos ennuis s'envolent, et des queues de cheval, car c'est ce que nous montrerons à nos problèmes en les fuyant.

— Je… je vois. » Mon deuxième mensonge de la soirée.

« Eh bien, tu as de la chance, parce que, moi, non. Mais Patience invente quelque chose à chaque fête de l'Hiver ; te rappelles-tu l'année où elle avait remis à chaque homme célibataire qu'elle avait invité un bâton de bois vert, chacun d'une longueur différente selon l'estimation qu'elle faisait de sa virilité ? »

Je réprimai l'éclat de rire qui menaçait de m'échapper. « Oui. Elle considérait apparemment que les jeunes dames avaient besoin qu'on leur indique sans équivoque quels hommes feraient les meilleurs partenaires. »

Molly haussa les sourcils. « Elle avait peut-être raison : il y a eu six mariages à la fête du Printemps, cette année-là. »

Elle tourna son regard vers l'autre extrémité de la salle. Patience, ma belle-mère, avait revêtu une robe, ancienne mais splendide, en velours bleu clair bordé de dentelle noire aux manches et au cou ; tressés, ses longs cheveux gris étaient relevés sur sa tête pour former une couronne, et on y avait piqué un rameau de houx et plusieurs dizaines de plumes bleu vif à divers angles. Un éventail pendait à un bracelet autour de son poignet, bleu pour s'assortir à sa robe et à ses plumes, et lui aussi garni de dentelle noire amidonnée. Je la trouvai à la fois excentrique et charmante, comme toujours ; elle tançait du doigt le dernier fils de Molly, Âtre, qui se tenait droit et la regardait gravement de tout son haut, tout en crispant et décrispant les mains derrière son dos. Son frère, à distance, dissimulait un sourire amusé et attendait sa libération. Je les plaignis tous les deux ; Patience avait l'air de croire qu'ils avaient encore dix et douze ans en dépit du fait qu'ils étaient l'un comme l'autre largement plus grands qu'elle. Juste approchait de son vingtième anniversaire, et Âtre, le plus jeune de Molly, avait dix-sept ans ; pourtant, il supportait la réprimande de Patience dans l'attitude classique d'un enfant qu'on gronde.

« Il faut que j'avertisse dame Patience que d'autres ménestrels sont arrivés. J'espère que ce sont les derniers, sans quoi ils vont finir par se bagarrer pour savoir qui doit jouer et combien de temps. » Les musiciens invités à se produire à Flétrybois étaient assurés d'avoir de quoi se restaurer, un coin où dormir au chaud, et une petite bourse pour leur peine ; leurs autres profits, ils les gagnaient auprès des convives, et c'étaient ceux qui jouaient le plus qui récoltaient les meilleurs bénéfices. Trois groupes suffisaient amplement pour une fête de l'Hiver chez nous ; quatre, ce serait une provocation.

Molly hocha la tête et porta les mains à ses joues rosies. « Je crois que je vais me reposer encore un peu. Ah, voici le petit qui m'apporte mon vin ! »

La musique s'interrompit un instant, et j'en profitai pour traverser rapidement la piste de danse. Patience me vit approcher, sourit puis fronça les sourcils. Quand j'arrivai près d'elle, elle avait complètement oublié Âtre, et il avait pris la poudre d'escampette avec son frère. Elle referma son éventail avec un claquement sec, le pointa sur moi et me demanda d'un ton accusateur : « Qu'as-tu fait de tes chausses ? Cette jupe bat sur tes jambes comme les voiles d'un bateau déchirées par la tempête ! »

Je regardai mes chausses puis Patience. « C'est la nouvelle mode de Jamaillia. » Sa mine s'assombrit encore, et j'ajoutai : « C'est Molly qui les a choisies. »

Elle les considéra comme si j'y dissimulais une portée de chatons, puis sourit et dit : « La couleur est ravissante ; et Molly doit être contente que tu les portes.

— En effet. »

Elle tendit la main, je lui offris mon bras, et nous nous mîmes à déambuler lentement dans la grande salle ; les gens s'écartaient devant elle en s'inclinant ou en faisant la révérence, et dame Patience, car tel était son rôle ce soir, courbait gravement la tête devant l'un ou embrassait chaleureusement l'autre selon le cas. Il me plaisait de lui servir simplement d'escorte, de la voir profiter de la soirée et de tâcher de rester impassible pendant ses apartés sur l'haleine de sire Durden ou sur sa désolation de voir à quelle vitesse Dan le rémouleur perdait ses cheveux. Parmi les plus âgés, certains invités se rappelaient l'époque où elle n'était pas seulement dame de Flétrybois mais épouse du prince Chevalerie ; par bien des aspects, elle régnait encore, car Ortie passait une bonne partie de son temps au château de Castelcerf comme maîtresse d'Art du roi Devoir, et Molly laissait volontiers à Patience les rênes de la maison dans la plupart des domaines.

« Il y a des moments dans la vie d'une femme où seule convient la compagnie d'autres femmes, m'avait affirmé Patience quand elle s'était installée avec nous, sans préavis, à Flétrybois cinq ans plus tôt. Les jeunes filles ont besoin d'une aînée dans la maison quand elles deviennent des femmes, pour leur expliquer les changements qui se produisent en elles ; et, quand les autres changements surviennent de façon précoce, surtout chez celles qui espéraient encore avoir des enfants, il est bon qu'elles disposent des conseils d'une femme qui a connu elle aussi cette déception. Les hommes ne servent à rien dans ces occasions-là. » Et, malgré les inquiétudes que je nourrissais lorsqu'elle s'était présentée avec son train d'animaux, de graines et de plantes, elle avait fait la démonstration de sa sagesse. Il était rare de voir deux femmes coexister sous le même toit avec autant de satisfaction, et je me réjouissais de ma bonne fortune.

Quand nous parvînmes à son fauteuil préféré près de la cheminée, je l'aidai à s'asseoir, allai lui chercher une coupe de cidre chaud et lui confiai : « Vos derniers musiciens sont arrivés alors que je descendais l'escalier ; je ne les ai pas encore vus entrer, mais j'ai pensé que vous aimeriez savoir qu'ils étaient là. »

Elle me dévisagea en haussant les sourcils, puis scruta la salle. Le troisième groupe de ménestrels s'apprêtait à monter sur la scène. Elle se retourna vers moi. « Non, ils sont tous là. J'ai fait mon choix avec grand soin cette année ; pour la fête de l'Hiver, me suis-je dit, il nous faut des gens chaleureux pour chasser le froid ; du coup, si tu observes bien, tu constateras qu'il y a un roux ou une rousse dans chacun des groupes. Là, tu vois la femme qui s'échauffe la voix ? Regarde cette masse de cheveux flamboyants ! Ne me dis pas qu'elle ne mettra pas de la chaleur dans la soirée par sa seule personnalité ! » L'intéressée paraissait en effet d'une nature très chaleureuse ; elle laissa aux danseurs le temps de se reposer en se lançant dans une longue ballade, mieux faite pour écouter que pour danser, chantée d'un timbre riche et légèrement voilé. Son public, jeunes et vieux mélangés, se rapprocha d'elle alors qu'elle récitait l'histoire classique de la jeune fille séduite par le Vieillard de l'Hiver et enlevée dans sa lointaine forteresse de glace dans le sud.

Tandis que tous buvaient ses paroles, captivés, je vis du coin de l'œil deux hommes et une femme entrer. Ils parcoururent la salle du regard, comme éblouis, ce qui était peut-être le cas après leur longue marche par une soirée neigeuse. Ils avaient manifestement effectué le trajet à pied, car leurs pantalons en cuir grossier étaient trempés jusqu'aux genoux ; leur vêture était dépareillée, comme c'est souvent le cas chez les ménestrels, mais je n'en avais jamais vu de semblable : leurs grandes bottes étaient jaunes, et leurs pantalons de cuir courts tombaient à peine plus bas que le haut de leurs bottes ; leurs vestes étaient de la même matière, tannée et brun clair, et recouvraient des chemises en laine épaisse. Ils avaient l'air mal à l'aise, comme si leurs vareuses de cuir étaient trop serrées sur la laine. « Les voici », dis-je à Patience.

Elle les examina. « Je ne les ai pas engagés, déclara-t-elle d'un ton dédaigneux. Regarde cette femme : elle est pâle comme un fantôme ; elle ne dégage aucune chaleur. Quant aux hommes, ils sont aussi hivernaux, avec leurs cheveux couleur pelage d'ours des glaces. Brr ! J'ai froid rien que de les voir. » Puis son front se déplissa. « Je ne les laisserai donc pas chanter ce soir, mais invitons-les cet été, quand une histoire glaçante ou une brise fraîche sera la bienvenue par une fin d'après-midi étouffante. »

Mais, avant que j'eusse le temps de lui obéir, une voix rugissante éclata : « Tom ! Vous voilà ! Quel plaisir de vous revoir, mon vieil ami ! »

Je me retournai avec ce mélange de joie et de désarroi que provoquent les visites inattendues d'amis non conformistes. Trame s'avançait dans la salle à grandes enjambées, Leste deux pas derrière lui ; j'ouvris largement les bras et me portai à leur rencontre. Le robuste maître de Vif avait gagné en corpulence au cours des dernières années, et il avait comme toujours les joues rouges comme s'il avait marché dans le vent. Leste, le fils de Molly, le suivait de près, mais Ortie surgit soudain de la foule pour prendre à l'improviste son frère dans ses bras, et il s'arrêta pour la soulever et la faire tournoyer joyeusement ; puis Trame m'engloutit dans une étreinte qui me fit craquer les vertèbres, suivie de plusieurs solides claques dans le dos. « Vous avez bonne mine ! s'exclama-t-il tandis que je tâchais de retrouver mon souffle. Vous êtes presque remis, alors ? Ah, et ma dame Patience ! » Il me libéra de son exubérante accolade et s'inclina gracieusement sur la main qu'elle lui tendait. « Quel bleu magnifique, cette robe ! Vous m'évoquez le plumage éclatant d'un geai ! Mais, je vous en prie, dites-moi que les plumes de votre coiffure ne viennent pas d'un oiseau vivant !

— Certainement pas ! » Patience eut l'air positivement horrifiée à cette idée. « Je l'ai trouvé mort sur le sentier du parc cet été, et j'ai songé que c'était le moment de voir ce qu'il y avait sous ces ravissantes plumes bleues ; je les ai mises de côté, naturellement ; je les ai soigneusement arrachées avant de plonger la carcasse dans l'eau bouillante pour la réduire à l'état d'ossements. Après avoir jeté l'eau de cuisson, je me suis attelée à la tâche d'assembler tous les petits os pour reformer un squelette. Saviez-vous que l'aile d'un oiseau est aussi proche de la main d'un homme que la patte d'une grenouille ? Tous ces osselets ! Mais vous vous doutez bien que ce projet gît quelque part sur mon établi, à moitié fini comme tant d'autres. Toutefois, hier, alors que je pensais à des plumes pour fuir nos problèmes, je me suis souvenue que j'en avais une boîte pleine ! Et, par bonheur, les insectes ne les avaient ni trouvées et ni dévorées jusqu'à la hampe, comme c'est arrivé lorsque j'ai voulu conserver des plumes de mouette. Oh ! De mouette ! Suis-je indélicate ? Je vous demande pardon ! »

Devant les yeux agrandis de Trame, elle avait dû se rappeler qu'il était lié à un de ces oiseaux de mer ; mais il lui sourit avec bienveillance et répondit : « Nous qui pratiquons le Vif savons que, quand la vie s'achève, ce qui reste est vide ; je pense que nul ne le sait mieux que nous. Nous sentons la présence de toutes formes de vie, bien sûr, et certaines brillent plus que d'autres ; une herbe n'est pas aussi lumineuse à nos sens qu'un arbre ; naturellement, un cerf les éclipse tous les deux, et un oiseau encore plus. »

J'ouvris la bouche pour protester. Mon Vif me permettait de percevoir les oiseaux, et ils ne m'avaient jamais paru particulièrement débordants de vie ; je me rappelai une phrase que Burrich – l'homme qui m'avait pratiquement élevé – m'avait dite bien des années plus tôt quand il avait décidé que je ne travaillerais pas avec les faucons de Castelcerf. « Ils ne t'aiment pas ; tu es trop chaud. » J'avais cru qu'il parlait de ma température, mais je me demandais à présent s'il n'avait pas perçu un élément de mon Vif qu'il ne pouvait pas m'expliquer alors – car le Vif était une magie méprisée, et, si l'un de nous avait reconnu la posséder, il eût fini pendu, écartelé et brûlé au-dessus de l'eau.

« Pourquoi soupires-tu ? me lança Patience à brûle-pourpoint.

— Pardon ; je ne m'en étais pas rendu compte.

— Eh bien, tu as soupiré ! Le maître de Vif Trame me faisait part de réflexions passionnantes sur l'aile de la chauve-souris, et toi tu soupires comme si nous étions deux vieux croûtons barbants ! » Elle ponctua sa réprimande d'un coup d'éventail sur mon épaule.

Trame éclata de rire. « Ses pensées étaient sans doute ailleurs, dame Patience. Je connais Tom depuis longtemps, et je n'ai pas oublié sa tendance à la mélancolie ! Mais je vous accapare alors que voici d'autres invités qui réclament votre attention. »

Patience fut-elle dupe de ce subterfuge ? Cela m'étonnerait, mais elle accepta de bonne grâce de se laisser détourner de nous par le charmant jeune homme qu'Ortie, sans doute, avait dépêché pour permettre à Trame de me parler en privé. Je ne fus pas loin de le regretter : le maître de Vif m'avait écrit à plusieurs reprises et je pensais savoir de quoi il souhaitait m'entretenir ; il y avait longtemps que je n'avais plus été lié à un animal par mon Vif. Mais, là où Trame voyait l'isolement d'un enfant qui boude, je voyais plutôt la solitude d'un homme qui se retrouve brusquement veuf après de longues années de mariage. Nul ne pouvait remplacer Œil-de-Nuit dans mon cœur, et je n'imaginais pas partager une relation semblable avec une autre créature. Quand c'est fini, c'est fini, Trame venait de le dire lui-même, et l'écho de mon loup en moi suffisait désormais à me donner des forces. Ces souvenirs vifs, si forts que j'entendais parfois ses pensées dans ma tête, resteraient toujours préférables à toute autre union.

Aussi, après qu'il m'eut entretenu des banalités d'usage sur ma santé, sur celle de Molly et sur les récoltes, je déviai une conversation qui allait inévitablement nous mener à l'importance qu'il attachait à ce que je parfisse ma connaissance du Vif et finir par une discussion sur le fait que je demeurais seul. Mon avis, mûrement réfléchi, était que, n'ayant plus de compagnon de Vif et désireux d'en rester là jusqu'à la fin de mes jours, je n'avais pas besoin d'en savoir davantage sur le Vif.

J'indiquai donc de la tête les « musiciens » toujours arrêtés à la porte et lui dis : « Je crains qu'ils n'aient fait un long voyage pour rien. Patience m'a expliqué que les chanteurs roux sont pour la fête de l'Hiver et qu'elle garde les blonds pour l'été. » Je regardai le trio hésitant en m'attendant à ce que Trame partageât mon amusement devant les excentricités de dame Patience. Les nouveaux venus, au lieu de se joindre aux festivités, s'attardaient près de la porte et parlaient entre eux ; ils avaient l'attitude de compagnons de longue date et se tenaient plus près les uns des autres que des gens qui viennent de faire connaissance. L'homme le plus grand avait les traits hâlés et anguleux, tandis que la femme à ses côtés, le visage levé vers lui, avait les pommettes larges et le front haut et creusé de rides. « Les blonds ? » répéta Trame en parcourant la salle du regard.

Je souris. « Le trio curieusement attifé près de la porte. Vous le voyez ? En manteau, avec des bottes jaunes ? »

Son regard le survola par deux fois puis s'arrêta enfin sur lui ; il sursauta et ses yeux s'agrandirent.

« Vous connaissez ces gens ? demandai-je devant son air effrayé.

— Sont-ils forgisés ? fit-il dans un murmure rauque.

— Forgisés ? Comment serait-ce possible ? » J'examinai les trois individus de plus près sans comprendre ce qui bouleversait mon compagnon. La forgisation dépouillait ses victimes de leur humanité, les arrachait à la trame de la vie qui nous donne la capacité d'aimer et d'être aimé ; les forgisés ne s'intéressaient qu'à eux-mêmes. À une époque, un grand nombre d'entre eux rôdait dans les Six-Duchés, s'attaquait à leurs propres familles et à leurs voisins et déchirait le royaume de l'intérieur, ennemi créé à partir de notre peuple par les Pirates rouges et lâché parmi nous. La forgisation résultait de la magie noire de la Femme pâle et de son capitaine, Kébal Paincru ; mais nous avions triomphé et chassé les pirates de nos côtes. Des années après la fin de la guerre des Pirates rouges, nous avions gagné leur dernière citadelle, sur l'île d'Aslevjal, et les avions détruits à jamais ; les forgisés qu'ils avaient créés étaient morts et enterrés depuis longtemps, et nul ensuite n'avait plus pratiqué cette magie maudite.

« Je les sens forgisés ; mon Vif ne les trouve pas. Je les détecte à peine, sauf avec les yeux. D'où viennent-ils ? »

Maître de Vif, Trame employait la magie des bêtes avec une acuité que je n'avais pas ; c'était peut-être devenu son sens dominant, car il donne à qui le possède conscience de toute créature vivante. Alerté par Trame, je tendis mon Vif vers les nouveaux venus, mais je n'avais pas sa finesse de perception, et la foule alentour perturbait mes impressions. Je ne sentis quasiment rien des trois individus, mais je haussai les épaules.

« Ils ne sont pas forgisés, déclarai-je, car je savais bien que cette magie noire dépouille celui qu'elle touche de ce que mon Vif me laissait percevoir. Leur attitude entre eux est trop amicale ; s'ils étaient forgisés, chacun se serait mis en quête de ce dont il avait besoin sur le moment, nourriture, boisson ou chaleur, alors qu'eux hésitent, ne veulent pas avoir l'air d'intrus mais sont mal à l'aise parce qu'ils ne connaissent pas nos coutumes. Donc, ils ne sont pas forgisés, ou ils ne s'embarrasseraient pas de pareilles subtilités. »

Je pris soudain conscience que je les analysais comme me l'avait enseigné Umbre quand j'étais son apprenti. C'étaient des invités, non des cibles. Je m'éclaircis la gorge. « J'ignore d'où ils viennent ; d'après Allègre, ils se sont présentés à la porte comme musiciens pour la fête, ou peut-être comme acrobates. »

Trame ne les quittait pas du regard. « Ils ne sont ni l'un ni l'autre », dit-il d'un ton catégorique. Puis il poursuivit d'une voix empreinte de curiosité : « Eh bien, allons leur parler et voyons ce qu'ils sont. »

Les trois personnages conféraient entre eux, et la femme et l'homme le plus jeune acquiescèrent brusquement à ce que disait leur compagnon ; puis, comme des chiens de berger qui vont rameuter des moutons, ils s'éloignèrent de lui pour se déplacer d'un air résolu dans la foule. La femme gardait la main près de la hanche, comme si ses doigts cherchaient une épée absente ; ils tournaient la tête et parcouraient la salle du regard tout en avançant. Cherchaient-ils quelque chose ? Non : quelqu'un. La femme se dressa sur la pointe des pieds en tâchant de voir par-dessus la tête des invités qui suivaient la permutation des ménestrels. Leur chef recula vers la porte. La suveillait-il afin d'empêcher leur proie de s'échapper ? Ou bien étais-je le jouet de mon imagination ? « Qui chassent-ils ? » murmurai-je sans m'en rendre compte.

Trame ne répondit pas : il se dirigeait vers l'emplacement qu'ils avaient occupé avant de se séparer. Mais à cet instant un tambourin se mit à jouer un rythme enlevé, rejoint par des voix et un pipeau aigu, et les danseurs envahirent à nouveau la piste ; les couples qui tournaient et bondissaient comme des toupies sur la joyeuse mélodie nous barraient le passage et nous bloquaient la vue. Je posai la main sur la vaste épaule de Trame pour le retenir de s'aventurer au milieu des dangers de la piste de danse. « Nous ferons le tour », lui dis-je, et je me mis en route. Mais même ce chemin débordait d'obstacles, car il fallait saluer les hôtes, et l'on ne peut écourter ce genre de conversation sans paraître grossier. Trame, volubile et engageant comme toujours, paraissait se désintéresser des curieux inconnus ; il concentrait toute son attention sur la personne à qui on le présentait et la persuadait de son charme par l'intense curiosité avec laquelle il lui demandait comment elle s'appelait, quel métier elle exerçait et si elle s'amusait. Je balayais la salle du regard mais ne parvenais plus à localiser les trois personnages.

Ils ne se réchauffaient pas près de l'âtre, et je ne les voyais pas manger, boire ni danser, ni regarder les réjouissances, assis sur un banc. Quand la musique s'interrompit et que la marée des danseurs se retira, je m'excusai auprès de Trame et de dame Essence et me dirigeai vers l'endroit où je les avais vus pour la dernière fois ; j'étais convaincu désormais que ce n'étaient pas des musiciens et que leur halte chez nous ne devait rien au hasard. Je tâchais toutefois de tenir la bride à mes soupçons : l'apprentissage que j'avais suivi jadis me mettait parfois dans des situations difficiles en société.

Je ne trouvai aucun des inconnus. Je sortis discrètement dans le calme relatif du couloir et les cherchai, mais en vain. Ils avaient disparu. Je pris une grande inspiration et refoulai résolument ma curiosité ; ils étaient sans doute quelque part dans Flétrybois à enfiler des vêtements secs, à boire un verre de vin, ou peut-être perdus dans la foule festive ; je finirais par retomber sur eux. Pour le moment, j'étais l'hôte de la fête, et j'avais délaissé ma Molly trop longtemps ; je devais m'occuper de mes invités, faire danser une jolie épouse et profiter d'un délicieux festin. Si c'étaient des ménestrels ou des acrobates, ils se feraient sans doute bientôt connaître dans l'espoir de gagner la faveur et la générosité des spectateurs. Il se pouvait même que je fusse celui qu'ils cherchaient, puisque je tenais les cordons de la bourse qui payait les artistes ; si j'attendais assez longtemps, ils m'approcheraient ; et, s'il s'agissait de mendiants ou de voyageurs, ma foi, ils étaient tout aussi bienvenus. Pourquoi devais-je toujours craindre pour la sécurité de ceux que j'aimais ?

Je me replongeai dans le maelström de réjouissances que devenait Flétrybois pendant la fête de l'Hiver. Je dansai à nouveau avec Molly, invitai Ortie à me rejoindre lors d'une farandole, m'en fis dépouiller par Crible, interrompis Âtre qui voulait voir combien de gâteaux au miel il pouvait empiler sur une assiette pour le divertissement d'une jolie jeune fille de Flétry, me goinfrai de biscuits au gingembre, et finis par me laisser coincer par Trame près du tonneau de bière. Il remplit sa chope à ma suite puis me poussa vers un banc non loin de la cheminée. Je cherchai Molly des yeux, et la vis qui parlait tout bas avec Ortie ; elles se levèrent soudain pour aller réveiller Patience qui somnolait dans un fauteuil ; la vieille dame protesta faiblement quand elles l'emmenèrent dans ses appartements.

Sans tourner autour du pot, Trame dit sans se préoccuper de qui pouvait nous entendre : « Ce n'est pas naturel, Tom ; vous êtes si seul que votre présence provoque des échos dans mon Vif. Vous devriez vous ouvrir à la possibilité de vous lier à nouveau ; ce n'est pas sain, pour quelqu'un du Lignage, de rester aussi longtemps sans compagnon. »

Je secouai la tête. « Je n'en ressens pas le besoin, répondis-je avec franchise. J'ai une bonne vie ici, avec Molly, Patience et les garçons ; j'ai du travail honnête pour m'occuper, et je passe mon temps libre avec ceux que j'aime. Je ne doute pas de votre sagesse ni de votre expérience, Trame, mais je ne doute pas non plus de mon cœur ; ce que j'ai aujourd'hui me suffit. »

Il plongea ses yeux dans les miens, et je soutins son regard. Ma dernière phrase n'était pas tout à fait exacte : si j'avais pu avoir mon loup auprès de moi, alors oui, mon existence eût été beaucoup plus douce ; si j'avais pu ouvrir ma porte et trouver le Fou devant moi, son sourire malicieux aux lèvres, j'eusse connu la plénitude. Mais à quoi bon soupirer après ce que je ne pouvais avoir ? Cela ne faisait que me détourner de ce que j'avais, et c'était bien plus que je n'en avais jamais eu de toute ma vie : un foyer, ma dame, des jeunes gens qui devenaient adultes sous mon toit, et un lit confortable pour la nuit ; ce qu'il fallait d'émissaires de Castelcerf venus en consultation pour me donner l'impression que le monde avait encore besoin de moi, mais en nombre assez restreint pour me convaincre qu'ils pouvaient en réalité se passer de moi et me permettre de jouir de ma tranquillité. J'avais des anniversaires dont je pouvais m'enorgueillir : il y avait presque huit ans que Molly était mon épouse ; il y avait presque dix ans que je n'avais tué personne.

Presque dix ans que je n'avais pas vu le Fou.

Je sentis mon cœur tomber comme une pierre au fond d'un puits, mais je gardai un visage impassible ; cet abîme en moi n'avait après tout rien à voir avec le temps que j'avais passé sans compagnon animal ; c'était une solitude complètement différente. N'est-ce pas ?

Peut-être pas. Cette solitude qui ne pouvait être comblée que par celui dont la disparition a créé un vide, peut-être était-ce la même.

Trame me scrutait toujours des yeux, et je pris conscience que je regardais encore les danseurs derrière lui alors que la piste était déserte. Je reportai mon attention sur lui. « Je suis heureux ainsi, mon vieil ami ; je suis satisfait. Pourquoi déranger cet état de choses ? Préféreriez-vous que j'en veuille davantage alors que je possède déjà tant ? »

C'était la question parfaite pour mettre un terme au harcèlement trop bien intentionné de Trame. Il réfléchit à mes paroles, puis un sourire apparut sur son visage, un sourire qui venait du cœur. « Non, Tom, je ne vous le souhaite pas, en vérité ; je sais reconnaître mes torts, et j'ai peut-être mesuré votre blé avec mon boisseau. »

La conversation se renversa soudain, et les mots jaillirent sans que je pusse les retenir. « Votre mouette, Risque, elle va toujours bien ? »

Il eut un sourire en coin. « Aussi bien qu'on peut l'espérer. Elle est âgée, Fitz ; il y a vingt-trois ans qu'elle m'accompagne, et elle avait sans doute deux ou trois ans quand nous nous sommes connus. »

Je me tus ; je ne m'étais jamais interrogé sur la durée de vie d'une mouette, et je ne le demandai pas à Trame. Les questions trop cruelles à poser me laissaient muet. Il secoua la tête et détourna le regard. « Je finirai par la perdre, sauf si je meurs d'abord d'un accident ou de maladie, et je la pleurerai – ou elle me pleurera. Mais je sais aussi que, si je me retrouve seul, je chercherai un autre compagnon au bout d'un moment, non parce que Risque et moi ne partagions pas un lien merveilleux, mais parce que je suis du Lignage et que nous ne sommes pas faits pour la solitude.

— J'y songerai », dis-je. À part moi, je ne pensais pas qu'aucune créature pût prendre la place qu'Œil-de-Nuit avait laissée vacante, mais je devais bien cette politesse à Trame. Il était temps de changer de sujet. « Avez-vous réussi à discuter avec nos invités insolites ? »

Il acquiesça lentement de la tête. « Oui, mais guère, et seulement avec la femme. Elle m'a mis mal à l'aise, Tom ; elle apparaissait bizarrement à mes sens, comme un carillon assourdi. Elle a prétendu qu'ils étaient jongleurs et espéraient nous divertir ce soir ; elle s'est montrée avare de renseignements sur elle-même, mais elle ne manquait pas de questions à me poser. Elle cherchait un ami qui était peut-être passé par ici récemment ; avais-je entendu parler d'autres voyageurs ou d'autres visiteurs dans la région ? Quand j'ai répondu que, bien qu'ami de la famille, je n'étais arrivé moi aussi que ce soir, elle m'a demandé si j'avais croisé d'autres inconnus sur la route.

— Un membre de leur groupe a peut-être été séparé d'eux ? »

Trame secoua la tête. « Je n'ai pas cette impression. » Il plissa le front. « C'était plus qu'étrange, Tom ; quand elle a voulu savoir qui... »

À cet instant, Juste me prit par le coude. « Maman a besoin de ton aide », fit-il à mi-voix. La requête était anodine, mais le ton qu'il avait employé m'inquiéta.

« Où est-elle ?

— Avec Ortie, dans les appartements de dame Patience.

— J'y vais tout de suite », dis-je, et Trame hocha la tête alors que je me mettais en route.

2

SANG VERSÉ

D e toutes les magies connues aux hommes, la plus haute et la plus noble est l'assemblage de talents que l'on nomme l'Art, et ce n'est assurément pas une coïncidence si, au cours des générations du règne des Loinvoyant, elle s'est souvent manifestée chez ceux qui étaient destinés à devenir nos rois et nos reines. Force de caractère et générosité d'esprit, les bénédictions d'El et d'Eda accompagnent fréquemment cette magie héréditaire de la lignée Loinvoyant. L'Art permet au souverain d'envoyer ses pensées au loin pour influencer délicatement l'esprit de ses ducs et de ses duchesses ou pour frapper ses ennemis de terreur. Selon la tradition, de nombreux Loinvoyant, avec l'appui, le courage et le talent de leur clan d'Art qui leur fournissait leur énergie, étaient capables d'opérer des miracles, de guérir les corps aussi bien que les esprits, de commander leurs navires en mer comme leurs troupes sur terre. Durant son règne éclairé, la reine Efficace avait créé six clans qu'elle avait répartis dans chacun de ses duchés, afin que la magie de l'Art fût disponible à tous ses ducs et duchesses, pour le plus grand bénéfice de son peuple.

À l'autre extrémité du spectre se trouve le Vif, magie vile et corruptrice qui afflige le plus souvent les êtres de basse extraction *qui vivent et se reproduisent au milieu des animaux qu'ils ché-rissent. Cette magie que l'on croyait jadis utile aux gardeuses d'oies, aux bergers et aux palefreniers est aujourd'hui reconnue comme dangereuse, non seulement à ceux qui succombent à son influence mais à tous ceux qui les entourent. La communication d'esprit à esprit entraîne une contamination qui mène à des com-portements et à des désirs bestiaux. Même si l'auteur déplore que l'on connaisse des cas où même de jeunes nobles sont victimes de la séduction de la magie des bêtes, sa compassion s'arrête à souhai-ter qu'on les débusque promptement et qu'on les élimine avant qu'ils puissent infecter des innocents par leurs immondes appétits.*

Des Magies naturelles des Six-Duchés, traité du scribe Flagorn

J'oubliai nos étranges visiteurs et me hâtai par les salles de Flétrybois. Je m'inquiétais pour Patience : elle était tombée deux fois dans le mois, et en rendait responsable la pièce qui s'était « soudain mise à danser » autour d'elle. Je ne courais pas, mais je marchais aussi vite que possible, et j'entrai dans ses appartements sans frapper.

Molly était assise par terre, Ortie agenouillée près d'elle et Patience debout, en train de lui faire du vent avec un tissu. Il régnait une odeur piquante d'herbes, et une petite fiole de verre roulait sur le sol. Deux servantes se tenaient dans un coin, manifestement repoussées là par la langue acérée de Patience. « Que se passe-t-il ? demandai-je d'une voix tendue.

— Je me suis évanouie, répondit Molly d'un ton mi-agacé, mi-honteux. C'est ridicule. Aide-moi à me relever, Tom.

— Bien sûr », dis-je en tâchant de cacher mon désarroi. Je lui tendis la main, et il me fallut faire un effort beaucoup plus grand que je ne m'y attendais pour la remettre debout ; elle vacilla légèrement, mais le dissimula en s'accrochant à mon bras.

« C'est passé ; j'ai dû tourner un peu trop sur la piste de danse, et peut-être abuser du vin. »

Patience et Ortie échangèrent un regard entendu.

« Nous devrions peut-être nous en tenir là pour ce soir, fis-je. Ortie et les garçons peuvent se charger des devoirs de la maison.

— Allons donc ! » s'exclama Molly. Puis elle me regarda, les yeux un peu vagues, et ajouta : « À moins que tu ne sois fatigué ?

— Oui, mentis-je sans laisser voir mon inquiétude croissante. Toute cette foule ! Et nous en avons pour trois jours au moins ; nous aurons tout le temps de profiter des conversations, des banquets et de la musique.

— Eh bien, si tu es fatigué, mon amour, nous ferons comme tu veux. »

Patience m'adressa un signe imperceptible de la tête et déclara : « Je vais en faire autant, mes enfants. Ma vieille carcasse a besoin de repos, mais demain je chausse mes escarpins de danse !

— Nous voilà prévenus ! » répondis-je, et j'eus droit à un coup d'éventail. Comme j'emmenais sa mère vers la porte, Ortie me lança un regard reconnaissant ; je savais qu'elle me prendrait à part le lendemain pour me parler seul à seul, et je savais aussi que je n'aurais nulle réponse à lui fournir, sinon que Molly et moi vieillissions.

Appuyée sur mon bras, mon épouse m'accompagna, et notre chemin nous fit longer la fête où des invités nous retinrent pour échanger quelques mots, nous complimenter sur les plats et la musique, et nous souhaiter la bonne nuit. Je sentais la fatigue de ma compagne à son pas traînant et à ses réponses lentes, mais, pour nos hôtes, elle jouait son rôle de dame Molly. Je réussis à la dégager de leurs griffes, et, moi la soutenant, nous gravîmes calmement l'escalier ; devant la porte de notre chambre, elle poussa un grand soupir de soulagement. « Je ne sais pas pourquoi je suis exténuée à ce point, fit-elle d'un ton plaintif ; je n'ai pourtant pas bu tant que ça. Et j'ai gâché la soirée.

— Tu n'as rien gâché du tout », répliquai-je. J'ouvris la porte et découvris une chambre transformée : des guirlandes de lierre entouraient notre lit, des rameaux de sapin ornaient le manteau de la cheminée et embaumaient l'air. Les grosses bougies jaunes disposées dans toute la pièce dégageaient des parfums de palommier et de piment royal. Il y avait un nouveau couvre-lit, avec des tentures assorties dans le vert et jaune d'or de Flétrybois, à motif de feuilles de saule enlacées. J'en restai pantois. « Quand as-tu trouvé le temps d'arranger tout ça ?

— Notre nouvel intendant possède de nombreux talents, répondit-elle avec un sourire, mais alors elle soupira et ajouta : Je pensais que nous nous rejoindrions ici après minuit, ivres de danse, de musique et de vin, et j'avais l'intention de te séduire. » Sans me laisser le temps de réagir, elle poursuivit : « Je sais que je ne suis pas aussi ardente que par le passé ; j'ai parfois l'impression de n'être plus qu'une coquille vide, maintenant qu'il n'y a plus aucune chance que je te donne un autre enfant ; mais je me disais que, ce soir, nous pourrions peut-être retrouver... Malheureusement, j'ai la tête qui tourne, et pas de façon agréable. Je crois que je ne ferai rien d'autre cette nuit dans ce lit que dormir à côté de toi, Fitz. » Elle lâcha mon bras et alla s'asseoir à petits pas sur le bord du lit, puis se mit à essayer de défaire la dentelle de sa jupe.

« Je vais le faire », intervins-je. Elle haussa les sourcils. « En tout bien, tout honneur ! ajoutai-je. Molly, dormir à côté de toi exauce le rêve que j'ai caressé des années. Nous aurons tout le temps d'aller plus loin quand tu te seras reposée. » Je délaçai la dentelle qui l'enserrait, et elle soupira en sentant le vêtement se relâcher. Les boutons de son corsage étaient de minuscules bouts de nacre, et elle repoussa mes doigts maladroits pour les défaire elle-même. Elle se leva et, contrairement à ses habitudes ordonnées, elle laissa sa jupe tomber en tas sur ses autres vêtements. Je lui avais sorti une chemise de nuit moelleuse, mais, lorsqu'elle voulut l'enfiler, le tissu se prit dans sa couronne de houx, et je le dégageai délicatement. Je souris en regardant la femme qu'était devenue ma charmante Molly Jupes-rouges, et je me remémorai, comme elle à coup sûr, une fête de l'Hiver d'il y avait bien longtemps ; mais, quand elle se rassit lourdement sur le bord du lit, je vis les sillons qui creusaient son front. Elle se frotta la tempe. « Je suis navrée, Fitz ; j'ai gâché tout ce que j'avais prévu.

— Tu dis des bêtises. Allons, je vais te border. »

Elle mit la main sur mon épaule pour se redresser, et elle vacilla quand j'ouvris les draps. « Allons, au dodo ! » dis-je, et, au lieu de répliquer sur un ton effronté, elle poussa un long soupir, s'assit puis s'allongea et ramena les jambes sur le lit. Elle ferma les yeux. « La chambre tourne ; et ce n'est pas à cause du vin. »

Je m'assis à mon tour au bord du lit et lui pris la main. Elle fronça les sourcils. « Ne bouge pas ; le moindre mouvement accentue mon tournis.

— Ça va passer », fis-je en espérant dire vrai, et je demeurai immobile à la regarder. Les bougies brûlaient doucement en dégageant les parfums dont elle les avait pétries l'été précédent, le feu crépitait dans l'âtre en consumant les bûches soigneusement empilées, et peu à peu le visage de Molly s'apaisa ; sa respiration devint régulière. Avec toute la discrétion et la patience que ma formation de jeunesse m'avait données, je soulevai mon poids du lit ; je me remis lentement debout sans que Molly perçût le plus petit mouvement. Elle dormait.

Parcourant la chambre à pas de loup, j'éteignis toutes les bougies sauf deux, tisonnai le feu, y ajoutai une bûche et l'abritai derrière le pare-feu. Je n'avais pas sommeil, je n'étais même pas fatigué, mais je n'avais pas envie de retourner à la fête et de devoir y expliquer ma présence alors que mon épouse était absente. Je restai un moment à me chauffer le dos ; je ne voyais de Molly qu'une forme vague entre les rideaux à demi fermés. Les flammes craquaient et je parvenais presque à distinguer le baiser des flocons de neige contre les vitres du bruit des réjouissances au rez-de-chaussée. Lentement, j'ôtai ma tenue de fête et retrouvai le confort familier de mes vieilles chausses et de ma tunique habituelle, puis je sortis sans bruit en refermant doucement la porte derrière moi.

Au lieu de redescendre directement, j'empruntai un trajet détourné par un escalier réservé aux serviteurs puis un couloir quasiment désert qui m'amena à ma tanière personnelle. Je déverrouillai les grandes portes et me glissai à l'intérieur. Dans la cheminée ne subsistaient que quelques braises mourantes ; je les ravivai à l'aide de quelques feuilles de papier, sur lesquelles j'avais couché mes vaines cogitations de la matinée, que je roulai en boule avant d'y ajouter du petit bois. J'allai alors à mon bureau, m'y installai et tirai à moi une feuille vierge. Je la regardai en m'interrogeant : « Pourquoi ne pas la brûler tout de suite ? Pourquoi la noircir d'encre et relire mes mots pour la brûler ensuite ? » Restait-il vraiment quelque chose en moi dont je ne pusse confier le secret qu'au papier ? J'avais l'existence dont je rêvais, la demeure, la femme aimante, les enfants devenus grands, le respect de Castelcerf. Flétrybois était le coin tranquille auquel j'avais toujours aspiré ; il y avait plus de dix ans que je n'avais même pas pensé à tuer quelqu'un. Je posai ma plume et me laissai aller contre le dossier de ma chaise.

On frappa à la porte, et je sursautai ; me redressant, je parcourus instinctivement la pièce du regard en me demandant si je ne devais pas cacher quelque chose en hâte. Quel sot ! « Qui est-ce ? » À part Molly, Ortie ou Crible, qui pouvait savoir que j'étais là ? Or, aucun d'entre eux n'eût frappé avant d'entrer.

« C'est Allègre, messire ! » Sa voix tremblait.

Je me levai. « Entrez ! Qu'y a-t-il ? »

Le souffle court, blême, il poussa la porte et resta dans l'encadrement. « Je l'ignore. C'est Crible qui m'envoie vous dire de vous rendre tout de suite dans votre bureau. C'est là que j'avais laissé la messagère. Oh, messire, il y a du sang par terre, et elle est introuvable ! » Il prit une inspiration hachée. « Messire, je vous demande pardon ! Je lui ai proposé une chambre, mais elle a refusé, et…

— Avec moi, Allègre », dis-je comme si c'était un garde sur lequel j'eusse autorité. Il pâlit encore puis se redressa, soulagé de s'en remettre à moi. Instinctivement, mes mains vérifièrent la présence de quelques petites armes dissimulées qui ne me quittaient jamais, puis nous nous élançâmes au pas de course dans les couloirs de Flétrybois. Le sang avait coulé chez moi ! Un sang versé par quelqu'un d'autre que moi, ou que Crible, qui l'eût nettoyé discrètement au lieu de m'appeler. On avait agressé un invité sous mon toit ! Je combattis la rage aveugle qui montait en moi et l'étouffai sous une colère froide. Le coupable mourrait.

Je conduisis Allègre par un chemin détourné qui évitait les zones où nous risquions de croiser des gens, et nous parvînmes à mon bureau officiel en ayant seulement dérangé un couple peu discret et effrayé un jeune homme ivre qui cherchait un coin où dormir. Je me reprochais d'avoir laissé entrer chez moi tant de gens que je ne connaissais que de nom ou de vue, sans savoir vraiment qui ils étaient.

Et Molly qui dormait seule, sans surveillance !

Je m'arrêtai brusquement devant la porte du bureau, dégainai un poignard fixé à mon avant-bras et le fourrai entre les mains d'Allègre. Il recula en chancelant, terrifié. « Prenez-le ! ordonnai-je d'une voix que la fureur voilait. Allez dans ma chambre et assurez-vous que ma dame dort, puis installez-vous devant la porte et tuez quiconque cherche à entrer. C'est compris ?

— Oui, messire. » Il toussa, avala sa salive et ajouta : « J'ai déjà un poignard, messire ; Crible m'a obligé à le prendre. » Maladroitement, il sortit l'arme de sa veste immaculée. Deux fois plus longue que celle que je lui tendais, c'était une arme honorable plutôt que l'amie discrète d'un assassin.

« Allez, dans ce cas », dis-je, et il obéit.

Je tambourinai du bout des doigts sur la porte, sachant que Crible reconnaîtrait ma façon de frapper, et me glissai à l'intérieur. Crible, accroupi, se redressa lentement. « Ortie m'avait envoyé chercher une bouteille de la bonne eau-de-vie que vous avez ici, d'après elle ; elle voulait en faire goûter à sire Canterbit. En arrivant, j'ai vu les papiers répandus, puis le sang par terre, et j'ai envoyé Allègre vous chercher. Regardez. »

L'intendant avait apporté une collation et l'avait déposée sur mon bureau. Pourquoi la messagère avait-elle refusé de se reposer dans une chambre ou de se joindre à nous dans la grande salle ? Se savait-elle en danger ? Je jugeai qu'elle avait mangé un peu avant que le plateau ne soit projeté à terre en même temps que certains de mes documents. Le verre ne s'était pas brisé en tombant mais avait laissé une demi-lune de vin sur la pierre noire et polie ; et, autour de cette demi-lune, un semis d'étoiles de sang. Ces gouttes rouges avaient été laissées par une épée qu'on avait secouée pour l'en débarrasser.

Je me redressai et parcourus la pièce du regard. Je ne remarquai rien d'autre, aucun tiroir fouillé, aucun objet déplacé ou volé ; rien d'insolite. La faible quantité de sang indiquait que la messagère n'était pas morte sur place, mais on ne voyait pas de traces non plus que la lutte se fût poursuivie, pas d'autres gouttes rouges, et pas de traînée sanglante. Nous échangeâmes un regard et tournâmes d'un même mouvement vers les portes dissimulées par un épais rideau ; l'été, je les ouvrais parfois grand pour voir le jardin de bruyère destiné aux abeilles de Molly. Crible tira le rideau, mais le tissu résista. « Il est pris dans la porte. Ils sont sortis par là. »

Poignard au poing, nous ouvrîmes les portes pour scruter la neige et l'obscurité. Une empreinte demeurait là où l'avancée du toit l'avait en partie protégée ; les autres n'apparaissaient que comme de vagues renfoncements dans la neige soufflée par le vent. Une rafale passa à cet instant, comme si le ciel lui-même cherchait à aider les fuyards à nous échapper. Crible et moi tentions de percer les éléments du regard. « Deux ou plus, dit mon compagnon en examinant ce qui restait des traces.

— Suivons-les avant qu'elles ne disparaissent complètement », proposai-je.

Il regarda d'un air chagrin ses chausses fines et larges comme des jupes. « Très bien.

— Non, attends. Va faire un tour à la fête, vois ce que tu peux repérer, et dis à Ortie et aux garçons d'être vigilants. » Je me tus un instant. « Des gens bizarres se sont présentés à la porte en se prétendant ménestrels ; or Patience affirme qu'elle ne les a pas engagés. Trame a parlé un moment avec l'un d'eux, une femme, mais j'ai été appelé ailleurs alors qu'il allait me répéter ce qu'elle lui avait dit. En tout cas, ils cherchaient quelqu'un, c'est certain. »

La mine sombre, sur le point de partir, il se ravisa. « Et Molly ?

— J'ai mis Allègre de garde à sa porte. »

Il fit une grimace. « Je vais d'abord passer par là. Allègre a des capacités, mais pour l'instant ce ne sont que des capacités. »

Il s'apprêta à sortir. « Crible. » Il s'arrêta. Je pris la bouteille d'eau-de-vie posée sur une étagère et la lui tendis. « Il faut que personne ne se doute de rien ; mets Ortie dans la confidence si tu le juges utile. »

Il acquiesça de la tête. J'en fis autant, et, alors qu'il s'en allait, je me saisis d'une épée fixée au manteau de la cheminée ; elle servait d'ornement, mais ç'avait été une arme et elle le redeviendrait pour l'occasion. Le poids était agréable. Pas le temps d'enfiler un manteau ni des bottes, ni d'aller chercher une lanterne ou une torche ; je m'avançai dans la neige, l'épée au poing, la lumière du bureau dans le dos. Au bout de vingt pas, je savais ce que je voulais savoir : le vent avait complètement effacé les traces. Je scrutai les ténèbres et projetai mon Vif dans la nuit ; pas d'humains ; deux petites créatures, des lapins sans doute, se tapissaient à l'abri de buissons couverts de neige ; mais c'était tout. Il n'y avait plus d'empreintes, et les agresseurs n'étaient plus à portée ni de ma vue ni de mon Vif ; en outre, s'il s'agissait des soi-disant ménestrels, mon Vif n'eût pas pu les dénicher, même de près.

Je rentrai en tapant des pieds sur le seuil pour débarrasser mes chaussures de la neige accumulée, puis je fermai les portes derrière moi et laissai retomber le rideau. Ma messagère avait disparu avec son message. Morte ou en fuite ? Quelqu'un était-il sorti par les portes, ou bien les avait-elle ouvertes pour laisser entrer quelqu'un ? Était-ce son sang qui maculait le sol, ou celui de quelqu'un d'autre ? La fureur qui m'avait envahi à l'idée qu'on pût s'en prendre à un de mes hôtes sous mon toit me saisit à nouveau. Je la refoulai ; j'y céderais peut-être plus tard, quand j'aurais une cible.

Je devais la trouver.

Je quittai le bureau en fermant la porte derrière moi, puis marchai rapidement et sans bruit en oubliant mon âge, ma dignité et ma position sociale ; je n'avais pas de lumière, et je gardai mon épée à la main. D'abord, ma propre chambre. J'échafaudais des réflexions complexes tout en courant. C'était moi que la messagère voulait voir ; donc, qu'elle fût la victime ou l'agresseur, cela pouvait indiquer que c'était moi qui devais être l'objet de l'attaque. Je gravis l'escalier comme un félin en chasse, tous mes sens brûlants et à vif. Je perçus Allègre qui montait la garde bien avant qu'il ne me vît arriver, et je posai le doigt sur mes lèvres pour lui intimer le silence. Je m'approchai de lui. « Tout va bien ? » murmurai-je.

Il acquiesça de la tête et répondit sur le même ton : « Crible est passé il y a peu, messire, et il a insisté pour que je le laisse entrer afin de s'assurer que dame Molly se portait bien. » Il ne quittait pas mon épée des yeux.

« Et il n'y avait pas de problème ? »

Il se redressa soudain. « Non, naturellement, messire ! Serais-je aussi calme dans le cas contraire ?

— Évidemment non. Pardon de cette question. Allègre, veuillez rester ici jusqu'à ce que je revienne vous relever, ou que j'envoie Crible ou un des fils de Molly. » Je lui tendis l'épée ; il la prit et la tins comme un tisonnier. Il la regarda puis reporta son attention sur moi.

« Mais nos invités… fit-il d'une voix indécise.

— Ils ne sont pas aussi importants que notre dame. Gardez cette porte, Allègre.

— Oui, messire. »

Je songeai qu'il méritait mieux qu'un ordre. « Nous ne savons toujours pas à qui appartient le sang. Quelqu'un s'est servi des portes du bureau qui donnent sur le jardin, mais j'ignore si c'était pour entrer ou pour sortir. Dites-moi à quoi ressemblait cette messagère. »

Il se mordit la lèvre en s'efforçant de rappeler ses souvenirs. « C'était une jeune fille, messire ; je veux dire, plus une jeune fille qu'une femme, mince et frêle ; elle avait les cheveux blonds, sans attache. Ses vêtements avaient l'air de bonne qualité mais usés, de style étranger, avec le manteau serré à la taille avant de s'évaser vers le bas et les manches bouffantes. Il était vert et paraissait épais, mais on n'aurait pas dit de la laine. La capuche était bordée d'une fourrure que je n'ai pas pu identifier. Je lui ai proposé de la débarrasser de son manteau, mais elle a refusé ; elle portait un pantalon large, peut-être du même tissu, mais noir avec un motif de fleurs. Ses bottes lui montaient en dessous des genoux, fines et lacées sur les mollets. »

Si je voulais des détails vestimentaires, j'étais servi ! « Mais, elle-même, à quoi ressemblait-elle ?

— Elle était jeune, blême de froid, et elle a eu l'air soulagée quand j'ai fait du feu et que je lui ai proposé du thé. Elle avait les doigts blancs comme de la glace en prenant la chope que je lui tendais… » Sa voix mourut, et il leva soudain les yeux vers moi. « Elle ne voulait pas quitter le bureau ni ôter son manteau. Aurais-je dû comprendre qu'elle avait peur ?

Crible s'imaginait-il vraiment faire de cet homme plus qu'un intendant ? Les larmes perlaient à ses yeux marron. « Allègre, vous avez agi comme il le fallait. Si quelqu'un a des reproches à se faire, c'est moi ; j'aurais dû me rendre au bureau dès que j'ai appris la présence d'un messager. S'il vous plaît, montez la garde encore un moment jusqu'à ce que j'envoie quelqu'un prendre votre place, puis retournez à votre spécialité ; occupez-vous de nos invités, et que nul ne se doute qu'il y a un problème.

— J'y veillerai, messire », fit-il à mi-voix. Le reproche que je lisais dans ses yeux de chien battu s'adressait-il à moi ou à lui-même ? Question oiseuse pour le moment.

« Merci, Allègre. » Je le quittai avec une claque sur l'épaule. Je suivis le couloir à pas rapides en tendant mon Vif vers Ortie. À l'instant où nos esprits se touchèrent, l'outrage qu'éprouvait ma fille explosa dans mes pensées. *Crible m'a avertie ! Comment a-t-on osé faire ça chez nous ? Maman va bien ?*

Oui. Je descends ; Allègre surveille sa porte, mais je voudrais que toi ou un des garçons preniez sa place.

Moi. Je vais trouver un prétexte pour m'absenter et monter tout de suite. Un silence, puis elle ajouta avec violence : *Découvre le coupable !*

C'est bien mon intention.

J'eus l'impression que mon assurance glacée la satisfaisait.

Me déplaçant vivement, tous les sens en alerte, je ne fus pas surpris, au détour d'un couloir, de tomber sur Crible qui m'attendait. « Du nouveau ? demandai-je.

— Ortie est montée chez sa mère. » Son regard alla se perdre derrière moi. « Vous savez que vous étiez sans doute la cible de cette attaque.

— Peut-être. Ou c'était la messagère elle-même, ou le message qu'elle portait, ou bien quelqu'un cherchait à faire du tort à l'expéditeur du message en le retardant ou en le détruisant. »

Nous trottions côte à côte comme deux loups sur une sente. J'étais heureux. Cette pensée me prit par surprise et je faillis trébucher. J'étais heureux ? De chasser un inconnu qui avait agressé un hôte dans l'enceinte sacrée de ma maison ? Pourquoi ?

Nous avons toujours aimé la chasse. Un écho ancien du loup que j'avais été et du loup qui était toujours avec moi. *Chasser pour la viande, c'est l'idéal, mais toute chasse reste une chasse, et nul n'est jamais plus vivant qu'alors.*

« Et je suis vivant. »

Crible me lança un regard interrogateur mais, au lieu de poser une question, il me donna un renseignement. « C'est Allègre lui-même qui a apporté de quoi manger et du thé à la messagère. Les deux pages de la porte d'entrée se rappellent l'avoir fait entrer : elle est arrivée à pied, et l'un d'eux prétend qu'elle paraissait venir de derrière l'écurie et non de l'allée des voitures. Personne d'autre ne l'a vue, mais, naturellement, le personnel de cuisine se souvient d'avoir préparé un plateau pour elle. Je n'ai pas eu le temps de passer à l'écurie interroger les palefreniers. »

J'examinai ma tenue : je n'étais pas vêtu pour me présenter devant nos invités. « J'y vais, dis-je. Préviens les garçons.

— Est-ce avisé ?

— Cette maison est la leur, Crible ; et ce ne sont plus des enfants. Ils parlent de partir depuis trois mois, et je pense qu'ils quitteront le nid au printemps.

— Et vous n'avez personne d'autre à qui vous fier. Tom, quand cette affaire sera finie, nous reparlerons ; il vous faut quelques gardes, des hommes qui savent se montrer violents quand la situation l'exige mais qui sont aussi capables d'ouvrir la porte à un hôte et de lui servir du vin.

— D'accord, nous en rediscuterons », dis-je, mais à contrecœur. Ce n'était pas la première fois qu'il me faisait remarquer qu'il fallait une protection à Flétrybois, mais je renâclais à cette idée ; je n'étais plus un assassin, je ne vivais plus pour garder mon roi ni exécuter ses basses besognes : j'étais désormais un respectable propriétaire terrien, un homme de raisin et de moutons, de charrue et de tondeuse, non de dague ni d'épée. Et, je devais bien me l'avouer, j'entretenais l'idée un peu vaniteuse que j'étais capable de protéger ma maison des dangers limités qui pourraient éventuellement la menacer.

Mais ce soir j'avais échoué.

Je m'étais séparé de Crible et je traversais les salles au petit trot pour me rendre à l'écurie. Rien n'indiquait, malgré le sang versé, que l'attaque eût été mortelle, ni qu'il fallût la rattacher à moi ou à un de mes proches. Peut-être la messagère avait-elle des ennemis qui l'avaient suivie jusque chez nous. Parvenu à l'entrée de service, j'ouvris la lourde porte et franchis au galop la cour enneigée ; ma course fut brève, mais des flocons réussirent tout de même à se glisser dans mon col et dans ma bouche. Je fis coulisser la barre des portes de l'écurie et entrouvris un battant pour entrer.

À l'intérieur régnait la chaleur des animaux enfermés, l'agréable odeur des chevaux et la douce lumière d'une lanterne assourdie à un crochet. Grand m'avait vu et s'approchait déjà de moi en claudiquant ; son fils, Plus-grand, supervisait désormais la plupart des travaux de l'écurie, mais Grand se sentait toujours le responsable. Les jours où les chevaux allaient et venaient en nombre important, comme aujourd'hui, il notait rigoureusement quels animaux étaient mis à l'écurie, et il ne supportait pas de voir un attelage demeurer toute la soirée sous le harnais. Il scruta la pénombre et sursauta en me reconnaissant. « Dotaire Tom ! s'exclama-t-il d'une voix fêlée. Vous ne devriez pas être en train de danser avec les gens de la haute dans la grande salle ? »

Comme chez bien d'autres personnes vieillissantes, les années avaient réduit sa considération pour la différence de nos positions ; à moins que, m'ayant vu capable de nettoyer un box comme le meilleur de ses palefreniers, il ne me respectât comme un égal. « Bientôt, répondis-je. La fête durera jusqu'à l'aube, n'ayez crainte. Mais je voulais voir si tout allait bien ici, par une telle tempête de neige.

— Tout va bien. Le bâtiment a été construit solidement il y a vingt ans, et je parie qu'il tiendra encore une centaine d'années. »

Je hochai la tête. « Allègre, l'intendant, m'a dit que vous aviez eu des visiteurs qui vous ont fait mauvaise impression. »

Son expression interrogatrice devint sombre. « Oui. Quand des gens se comportent comme des voleurs de chevaux, je leur parle comme à des voleurs de chevaux ; qu'ils ne viennent pas fourrer leur nez partout dans mon écurie en me racontant que ce sont des ménestrels. Ils n'étaient pas plus ménestrels que Cuivre n'est un poney. Je les ai trouvés louches, et je les ai reconduits directement à la porte. » Il me regarda, les yeux plissés. « L'autre, Allègre, il devait vous prévenir. Vous ne les avez pas laissés entrer, si ? »

Rechignant à l'avouer, j'eus un petit hochement de tête. « C'est la fête de l'Hiver : je laisse entrer tout le monde. » Je m'éclaircis la gorge devant son regard dédaigneux. « Et avant ça, avez-vous remarqué quelqu'un d'autre ?

— Vous voulez dire la gamine ? »

J'acquiesçai de la tête.

« Je n'ai vu qu'elle. Elle est entrée comme si elle se croyait dans la maison. "Je dois parler au maître", elle a dit à un des palefreniers, et il me l'a amenée en croyant qu'elle voulait me voir. Mais elle m'a regardé et a dit : "Non, le maître avec le nez cassé et les cheveux de blaireau." Alors, sauf votre respect, on a compris qu'il s'agissait de vous et on l'a envoyée à la maison. »

Je cessai de me caresser l'arête du nez, déviée par l'ancienne fracture. L'affaire devenait de plus en plus étrange : une messagère disparue qui venait me voir munie d'une description de ma personne au lieu de mon nom. « C'est tout ? »

Il plissa le front. « Oui, sauf si vous voulez que je vous parle du marchand Cottelbie qui a essayé de me faire entrer ses chevaux alors qu'ils ont tous les deux la gale. Les pauvres bêtes ! Je les ai mises à l'abri dans la remise à bois, et elles ne s'approcheront pas de nos animaux ; et, si le conducteur vient se plaindre, je lui dirai ce que je pense de sa façon de travailler. » Il posa sur moi un regard furieux, comme si j'allais mettre en doute la sagesse de sa décision.

Je souris. « Alors, montrons un peu de bienveillance aux chevaux ; appliquez-leur un peu de la pommade que vous fabriquez. »

Il me regarda un moment sans rien dire puis hocha sèchement la tête. « D'accord. Ce n'est pas la faute de ces bêtes si on s'occupe mal d'elles. »

Je m'apprêtai à sortir puis me ravisai. « Grand, combien de temps s'est-il écoulé entre l'arrivée de la jeune fille et celle de vos soi-disant voleurs de chevaux ? »

Il haussa ses épaules maigres. « Elle a déboulé avant Caul Toëli ; ensuite, ça a été le tailleur, puis les sœurs Saule sur leurs poneys assortis. Elles ne voyagent jamais en voiture, on dirait. Puis les fils Tonnelier et leur mère, et... »

J'eus l'indélicatesse de l'interrompre. « Grand, croyez-vous qu'ils la suivaient ? »

Il se tut, et j'attendis fébrilement le terme de ses réflexions. Enfin, il hocha la tête, la bouche pincée, et il dit avec une sorte de violence : « J'aurais dû le comprendre tout seul ! Les mêmes bottes, et ils sont allés droit à la grange pour essayer de regarder à l'intérieur. Ils ne cherchaient pas des chevaux, ils suivaient la fille. » Il leva vers moi un regard furieux. « Ils lui ont fait du mal ?

— Je l'ignore, Grand ; elle est introuvable. Je vais voir si les trois suspects sont encore dans le coin.

— Allez-y. S'ils ne sont plus là, ils ne doivent pas être loin, avec ce temps. Vous voulez que j'envoie un gars chez Estoquère demander si on peut emprunter leurs limiers ? » Il secoua la tête et ajouta d'un ton acerbe : « Je l'ai dit je ne sais combien de fois que ça ne nous ferait pas de mal d'avoir une meute de chiens.

— Merci, Grand, mais ça ne servirait à rien ; avec la neige qui tombe dru, il ne doit plus y avoir de piste à suivre.

— Prévenez-moi si vous changez d'avis, Tom. Mon fils peut ramener ces chiens en un rien de temps. Et (il lança cette dernière phrase alors que je m'éloignais), si vous recouvrez votre bon sens pour cette histoire de meute, dites-le-moi ! Je connais une chienne de bonne race qui aura sa portée au printemps ! Faites-moi signe !

— Plus tard, Grand ! » criai-je, et je me retrouvai la bouche pleine de flocons de neige pour la peine. Le vent se levait, et j'eus soudain la certitude que ceux que je cherchais se trouvaient encore à Flétrybois. Nul ne serait assez fou pour s'enfuir par une pareille tempête. Je tendis mon Vif vers Ortie. *Ta mère va bien ?*

Je l'ai laissée dormir, avec Âtre installé dans un fauteuil près de la cheminée ; je lui ai dit de verrouiller la porte derrière moi, et je l'ai entendue le faire. Je suis avec Crible, Juste et nos invités. Nous n'avons rien découvert d'anormal, et aucune trace de la messagère.

Était-elle morte ? En fuite ? Se cachait-elle dans Flétrybois ? Il n'y avait pas d'autre possibilité. *Il y avait trois ménestrels qui sont arrivés tard, deux hommes et une femme ; ils paraissaient mettre Trame mal à l'aise. Sont-ils encore là ?* Je transmis leur image à Ortie.

Je les ai vus plus tôt, mais je n'ai pas trouvé qu'ils avaient l'air de ménestrels, et ils ne se comportaient pas comme tels. Ils n'ont rien fait pour monter sur la scène.

Envoie-moi Juste, s'il te plaît ; nous allons effectuer une fouille rapide des ailes inoccupées. Et avertis-moi si vous mettez la main sur les trois inconnus, Crible et toi.

Juste et moi nous partageâmes la demeure et allâmes de pièce en pièce en quête de signes d'intrusion dans les parties désertes. La configuration complexe de la vieille résidence ne nous facilitait pas la tâche, et je me servais de mon Vif autant que de mes yeux pour m'assurer qu'une chambre était vide. Ortie et Crible ne virent nulle trace des trois inconnus, et, quand ils interrogèrent les invités, les réponses furent trop contradictoires pour être utiles. Même nos domestiques, dont l'attention qu'ils portaient aux faits et gestes de chacun dans la maison m'irritait parfois, n'avaient rien à signaler. Les deux hommes, la femme et la messagère avaient disparu comme s'ils n'avaient jamais mis les pieds chez nous.

Au petit matin, alors que nos invités, rassasiés de bonne chère et de musique, s'en retournaient chez eux ou gagnaient les chambres que nous avions préparées, je mis un terme aux recherches. Crible et les garçons aidèrent Allègre à verrouiller toutes les portes extérieures puis parcoururent sans bruit l'aile sud où logeaient nos hôtes. Pendant ce temps, je pris la décision de me rendre dans ma tanière de l'aile ouest ; de là, j'avais accès à des couloirs secrets connus de Patience, Molly et moi seuls, et j'avais l'intention éhontée de les emprunter pour espionner nos invités endormis et vérifier que l'un ou l'autre n'avait pas donné refuge aux inconnus.

Mais, arrivé devant la porte, les poils se hérissèrent sur ma nuque ; avant même de toucher la poignée, je sus que le battant n'était pas fermé : quelqu'un l'avait fait jouer depuis mon départ, car je me rappelais clairement l'avoir claqué derrière moi en suivant Allègre pour rejoindre Crible.

Je dégainai mon poignard avant de pousser délicatement la porte. La pièce était plongée dans la pénombre ; les bougies finissaient de brûler et le feu mourait. Je restai un moment immobile pour explorer les lieux à l'aide de mon Vif ; je ne perçus aucune présence, mais je n'oubliais pas que les inconnus étaient quasiment indécelables pour Trame, dont la magie était beaucoup plus affinée que la mienne. Je demeurai donc immobile, l'oreille tendue, mais c'est une odeur qui enflamma ma colère. Du sang ! Dans mon antre !

Poignard en avant, j'entrai. De ma main libre, j'allumai une bougie neuve puis ravivai le feu à coups de tisonnier, et enfin examinai la pièce du regard. Ils étaient venus ici ; ils avaient pénétré chez moi, le sang de leur victime encore frais sur eux. Mon odorat me dit qu'ils en avaient laissé au coin de mon bureau en l'effleurant, et il y avait une petite tache brun-rouge là où on avait déplacé mes papiers.

Si Umbre, par des milliers d'exercices, ne m'avait pas entraîné à me rappeler une pièce exactement telle que je l'avais laissée, leur passage me fût peut-être resté invisible ; mais, même sans l'odeur et les infimes traces de sang, je vis qu'ils avaient touché à mes documents et au manuscrit que je traduisais. Ils avaient tenté d'ouvrir le tiroir de mon bureau mais n'avaient pas trouvé le cliquet. On avait tripoté la sculpture en pierre de mémoire que le Fou avait créée pour moi des dizaines d'années plus tôt et on l'avait reposée sur le manteau de la cheminée, la face qui représentait mon visage tournée vers la pièce ; quand je la pris pour la replacer correctement, un rictus déforma mon visage : sur l'image du Fou, un doigt maladroit avait maculé sa joue de sang. La rage qui me saisit alors n'avait rien de rationnel.

Au contact de la pierre, je sentis le flot de souvenirs qu'elle renfermait. Les derniers mots du Fou avivèrent ma mémoire : « Je n'ai jamais été raisonnable », avait-il dit – rappel de notre jeunesse téméraire ou promesse qu'au mépris de toute prudence il reviendrait un jour ? Je fermai mon esprit à ce message. Ce n'était pas le moment.

Et, sans réfléchir, je voulus essuyer le sang qui tachait son visage.

La pierre de mémoire est un matériau étrange. Jadis, les clans d'Art se rendaient dans une lointaine carrière du royaume des Montagnes pour y sculpter des dragons ; ils imprégnaient la pierre de leurs souvenirs avant de se laisser absorber par leurs créations auxquelles ils insufflaient l'apparence de la vie. J'y avais assisté une fois ; Vérité, mon roi, s'était donné à un dragon de pierre, et il avait alors pris son envol sous cet aspect pour porter la guerre et la terreur aux ennemis des Six-Duchés. Sur l'île d'Aslevjal, j'avais découvert de petits cubes de cette substance noire et luisante qui servaient aux Anciens à entreposer des chansons et des poésies.

J'avais moi-même réveillé les dragons endormis des générations d'antan par une offrande de sang et un appel aux armes qui rassemblaient en une seule magie le Vif et l'Art.

Du sang sur la pierre de mémoire et le contact de ma peau. L'Art et le Vif bouillonnèrent au fond de moi, et la tache rouge fut aspirée dans la pierre.

Le Fou ouvrit grand la bouche et hurla. Je vis ses lèvres distendues, ses dents dénudées et sa langue raide. C'était un cri de souffrance absolue.

Nul son ne frappa mes oreilles ; c'était plus intime que cela. Sans origine et continu, le supplice infini, sans espoir et sans pitié, de la torture systématique m'engouffra ; il m'emplit tout entier et me brûla la peau comme si j'étais un verre plein de noir désespoir. Je le connaissais trop bien, car ce n'était pas la douleur aiguë du tourment physique mais l'engloutissement irrésistible de l'esprit et de l'âme qui savent que rien ne peut arrêter ce tourment. Mes propres souvenirs s'élevèrent en un chœur déchirant, et je me retrouvai sur les dalles glacées des cachots de Royal, mon esprit au supplice suffoqué par le martyre de mon corps. Je détachai brutalement ma conscience de cette vision et rejetai le lien qui m'y unissait. Les yeux sculptés du Fou étaient fixés sur moi, aveugles ; un instant, nos regards se croisèrent, puis tout devint noir et mes propres yeux me brûlèrent. Les mains sans force, je faillis lâcher la sculpture, mais je la retins alors que je tombais à genoux, et je la serrai contre ma poitrine en sentant au loin un loup lever la tête avec un grondement de fureur. « Pardon, pardon, pardon ! » bredouillai-je, éperdu, comme si c'était au Fou lui-même que j'avais fait du mal ; la sueur jaillit par tous mes pores et me trempa ; le bloc de pierre toujours contre moi, je me laissai aller sur le flanc, et peu à peu la vue me revint malgré les larmes. Je regardai le feu mourant, hanté par des images d'instruments d'un rouge éteint plongés dans les flammes, qui répandaient une odeur à la fois de sang frais et de sang coagulé mêlée à la puanteur acide de la terreur. Je me rappelai comment on ferme les yeux. Je sentis le loup venir monter la garde près de moi, prêt à déchirer la gorge de quiconque s'approchait. Lentement, les échos de souffrance disparurent. Je pus à nouveau respirer.

Le sang avait le pouvoir d'éveiller la pierre de mémoire, que ce fût un dragon façonné par un Ancien ou le buste créé par le Fou. Par le bref lien ainsi tissé, j'avais appris que la femme à qui appartenait ce sang était morte ; j'avais partagé sa terreur d'être pourchassée et acculée, ses souvenirs de tourments passés et les affres de sa mort, et j'avais alors compris qu'il s'agissait de la jeune messagère d'Allègre et non de la femme d'allure militaire que j'avais vue avec les deux hommes. Ils l'avaient suivie, traquée sous mon toit et tuée. J'ignorais pourquoi, j'ignorais quel message ils m'avaient empêché de recevoir, mais je les trouverais et je saurais le fin mot de l'histoire.

Je roulai sur le ventre, la sculpture toujours serrée contre ma poitrine. J'avais la tête qui tournait. Je réussis à m'agenouiller, puis me relevai en m'agrippant au bureau ; je gagnai mon fauteuil en titubant et m'assis. Je posai la pierre sur le plateau devant moi pour l'observer. Elle n'avait pas changé ; avais-je seulement imaginé ce mouvement, ce cri silencieux du Fou et ses yeux agrandis ? Apparemment, oui, à la regarder à présent, mais j'avais vu jadis des pierres de mémoire s'éveiller à la vie au contact du sang. Je m'efforçai de comprendre ce qui venait de se passer ; avais-je partagé à distance les émotions du Fou ou la sculpture avait-elle seulement exprimé la terreur et la souffrance de la messagère lors de sa mort ?

Je voulus prendre le petit bloc pour le poser contre mon front et revoir les souvenirs que mon ami y avait enfermés à mon intention, mais mes mains tremblaient, et je dus le reposer. Non, pas maintenant ; si j'y avais incrusté le martyre de la jeune fille, je n'avais aucune envie de le découvrir en cet instant ni de revivre ce supplice. J'avais une chasse à mener.

Je tirai mes manches sur mes mains et replaçai la sculpture sur le manteau de la cheminée. Toujours un peu tremblant, j'explorai lentement la pièce en quête d'autres signes de l'intrusion, mais je ne trouvai rien.

Quelqu'un avait forcé les portes de ma tanière pour fouiller parmi mes objets les plus personnels ; rares étaient ceux qui me touchaient d'aussi près que la petite sculpture, qui me rattachaient à l'époque où je servais mon roi avec mes deux amis les plus chers. Qu'un inconnu eût osé les manipuler et les profaner avec le sang qu'il avait versé me mettait au bord de la folie meurtrière, et, à l'idée qu'on eût pu me les voler, un voile rouge s'abattit devant mes yeux.

Je secouai furieusement la tête et me contraignis au calme. Il fallait réfléchir. Comment avaient-ils découvert cette pièce ? C'était évident : ils avaient suivi Allègre qui allait me chercher. Mais, si c'était moi leur cible, pourquoi ne pas s'en être pris à moi ? Et comment avaient-ils échappé à ma vigilance ? Étaient-ce des forgisés, comme le pensait Trame, des humains dépouillés de tout lien avec les autres hommes ? Je n'y croyais guère : ils se déplaçaient en groupe dans la salle de danse avec un mélange d'appréhension et de maîtrise de soi que je n'avais jamais constaté chez des forgisés. Possédaient-ils alors un moyen de dissimuler leur signature vitale ? Je ne connaissais aucune magie qui en fût capable. Jadis, avec mon loup, nous avions appris, non sans mal, à garder nos communications pour nous, mais cela n'avait rien à voir avec la capacité à se cacher à la conscience d'autres Vifiers.

J'écartai cette question pour le moment. C'était un facteur dont je devais tenir compte, tout simplement : ces gens pouvaient se voiler à mon Vif, et par conséquent je devrais les chercher avec une minutie toute particulière. Je contactai

Ortie par l'Art et lui fis part rapidement de ce que je savais, mais je n'évoquai pas le sang sur la sculpture. C'était personnel.

Je suis avec maman. Crible a emmené les garçons ; Juste doit monter la garde devant la porte de Patience pendant que lui et Âtre fouillent les pièces inoccupées de la maison.

Très bien. Comment va ta mère ?

Elle dort toujours. Elle a sa mine habituelle et je ne détecte rien d'anormal chez elle, mais j'ai eu très peur quand elle s'est évanouie, bien plus que je ne le lui ai laissé voir. Son père est mort alors qu'il avait à peine deux ans de plus qu'elle maintenant.

Mais il s'était ruiné la santé par l'alcool, les bagarres et les accidents stupides qui vont de pair.

La mère de maman est morte très jeune.

Je plaçai mes paumes sur mes yeux et appuyai des doigts sur mon front. C'était trop effrayant ; je n'osais pas y penser. *Reste avec elle, s'il te plaît. J'ai encore quelques coins de la maison à fouiller, puis je viendrai prendre ta place.*

Tout va bien ici ; rien ne presse.

Se doutait-elle de mes intentions ? C'était peu probable. Seuls Patience, Molly et moi connaissions l'existence des passages secrets qui couraient dans les murs de Flétrybois ; les judas percés dans ce dédale ne me permettraient pas de voir dans toutes les chambres, mais je pourrais en observer beaucoup et voir si certaines abritaient plus d'hôtes que nous n'en avions invités.

Il était plus près de l'aube que de minuit quand je ressortis du dédale, couvert de toiles d'araignée, transi de froid et fatigué. Je n'avais rien découvert sinon que deux au moins des femmes de chambre étaient prêtes, pour la chance, par goût ou peut-être contre espèces, à passer la nuit dans d'autres couches que les leurs ; j'avais vu une jeune femme pleurer dans ses mains pendant que son mari ronflait, ivre, vautré à demi dans le lit, et un vieux couple qui s'adonnait au plaisir d'une Fumée si forte que le peu qui pénétrait dans mon couloir secret m'avait fait tourner la tête.

Mais, des mystérieux ménestrels ou de la messagère, nulle trace.

Je retournai à ma chambre et laissai Ortie regagner la sienne. Je ne dormis pas et ne me couchai même pas cette nuit-là : assis dans un fauteuil près de la cheminée, je regardais Molly en réfléchissant. Les intrus étaient introuvables à Flétrybois ; avaient-ils eu la folie de s'enfuir dans la tempête de neige en emportant la dépouille de la messagère ? En tout cas, l'un d'eux au moins était resté assez longtemps pour filer Allègre et pénétrer chez moi. Pourquoi ? Dans quel but ? On n'y avait rien pris, et aucun de mes proches n'avait été blessé. J'étais décidé à aller au fond de cette affaire.

Mais, les jours passant, on eût cru que les ménestrels et la messagère n'avaient existé que dans un mauvais rêve. Molly se remit et put festoyer, danser et rire avec nos hôtes pendant le reste de la fête de l'Hiver sans le moindre signe de maladie ni de faiblesse. J'éprouvais de la honte à lui cacher mon sanglant secret et plus encore à tenir ses fils au silence, mais je ne voulais pas l'inquiéter pour l'instant, et Ortie et Crible avaient approuvé ma décision. Nous nous demandâmes s'il fallait en référer à Umbre ; je n'y tenais pas mais ils finirent par me convaincre, et, à ma grande surprise, il estima que nous avions fait tout ce qui était possible. Il promit de glaner tous les renseignements qu'il pourrait auprès de son vaste réseau d'espions.

La neige continua de tomber encore un jour et une nuit, achevant de dissimuler toute empreinte, et, une fois le sang nettoyé, il ne resta plus trace de nos visiteurs inconnus. Allègre m'étonna en demeurant muet sur les étranges événements que nous avions vécus ; Crible, Ortie et moi avions jugé que nous récolterions plus d'informations en posant des questions discrètes qu'en les criant sur tous les toits. Mais, hormis les réflexions de quelques invités sur les étrangers qui étaient arrivés puis repartis sans se joindre à la fête, nous n'obtînmes rien. Trame n'avait pas grand-chose à ajouter à ce qu'il m'avait déjà dit ; il avait trouvé curieux que la femme refusât de lui révéler le nom de l'« ami » qu'elle cherchait, et rien de plus.

Aucune missive ne nous parvint pour demander des nouvelles de la messagère. Pendant quelque temps, je restai aux aguets, l'œil à tout ce qui pouvait sortir de l'ordinaire, mais, les jours puis les mois passant, l'incident recula peu à peu à l'arrière-plan de mes pensées. La théorie de Crible selon laquelle aucun de nos mystérieux visiteurs n'était ce qu'il prétendait et que nous avions été les témoins accidentels d'un règlement de comptes en valait une autre.

Bien longtemps plus tard, ma propre stupidité devait m'étonner. Comment avais-je pu ne pas comprendre ? Depuis des années, j'attendais, j'espérais un message du Fou ; et, quand il était enfin arrivé, je ne l'avais pas reçu.

3

LA CHUTE DE TOMBÉTOILE

*U**n secret n'en est un qu'à condition de ne pas le partager. Une seule personne dans la confidence, et ce n'est plus un secret.*

Umbre Tombétoile

Les poules caquetaient, les chevreaux bêlaient, et l'arôme savoureux de la viande rôtie flottait dans l'air estival. La voûte bleue du ciel s'étendait au-dessus des étals du marché de Chênes-lès-Eau, la plus grande ville de négoce à une journée de voyage de Flétrybois ; bâtie sur un carrefour, elle était facilement accessible pour les fermes de la vallée alentour et par la route du Roi, toujours bien entretenue, qui menait à un port au bord de la Cerf. Les marchandises venaient de l'amont comme de l'aval du fleuve ainsi que des villages voisins. Le marché de décade attirait le plus de monde, et la place ronde était encombrée des chariots des fermiers tandis que les petits vendeurs dressaient leurs étals ou étendaient leurs couvertures sur le pré communal, à l'ombre des larges chênes, au bord du vif ruisseau qui donnait son nom à la ville. Les marchands les plus modestes ne présentaient que des légumes frais ou des pièces d'artisanat faites à la main sur des nattes à même le sol, alors que les propriétaires de grandes exploitations installaient des tables pour y exposer des paniers de lainages teints, des roues de fromage ou des tranches de porc fumé.

Derrière les étals du marché de décade se dressaient les échoppes des commerçants résidents de Chênes-lès-Eau : il y avait un cordonnier, un tisserand, un rémouleur et une vaste forge. L'auberge des Chiens du Roi avait placé des tables et des bancs à l'ombre. Le marchand d'étoffes offrait ses tissus sur des râteliers à côté d'écheveaux de fil coloré, le forgeron proposait outils et dinanderie, et le cordonnier, assis sur son banc devant sa boutique, cousait une pantoufle de femme en cuir souple rouge. L'agréable rumeur des gens qui marchandaient et potinaient allait et venait comme la mer autour de moi.

J'étais installé à une table de la taverne, à l'ombre d'un chêne, une chope de cidre à portée de main ; j'avais achevé mes emplettes. Nous avions reçu un message de Juste, le premier depuis de nombreux mois ; Âtre et lui avaient quitté la maison trois ans plus tôt, et, avec l'indifférence totale de la jeunesse pour les inquiétudes des aînés, ils ne communiquaient avec nous que de façon sporadique. Juste nous disait qu'il avait terminé sa première année d'apprentissage chez un charron de Hautedune et que son maître était très satisfait de lui ; il nous apprenait aussi qu'Atre avait été embauché sur un bac et paraissait heureux de ce travail. Molly et moi nous étions réjouis d'apprendre qu'il avait enfin trouvé sa voie et se débrouillait bien ; mais il ajoutait qu'il avait perdu son couteau préféré, à manche d'os avec une lame mince et légèrement incurvée, que le forgeron de Chênes-lès-Eau lui avait offert pour ses treize ans. J'avais commandé le même à l'artisan deux semaines plus tôt et je venais de passer le prendre ; le petit paquet était posé à mes pieds en compagnie des courses de Molly.

J'observais le cordonnier en me demandant si une paire de pantoufles rouges ferait plaisir à mon épouse ; mais à l'évidence celle qu'il fabriquait était déjà retenue : une jeune femme mince à la tignasse brune et bouclée sortit de la foule pour s'arrêter devant l'artisan. Je n'entendis pas ce qu'ils dirent, mais l'homme fit encore trois points, un nœud, trancha le fil d'un coup de dent et tendit la pantoufle et sa jumelle à la cliente ; avec un sourire coquet, elle déposa une pile de pièces de cuivre sur le banc et s'assit aussitôt pour essayer ses nouvelles chaussures ; les ayant enfilées, elle se leva, retroussa ses jupes presque jusqu'aux genoux et esquissa quelques pas de danse dans la rue poussiéreuse.

Un grand sourire aux lèvres, je cherchai du regard quelqu'un qui partageât comme moi son plaisir impudent, mais les deux vieux laboureurs assis au bout de mon banc se lamentaient sur la pluie à venir ou sur son absence, et Molly, perdue dans la foule, profitait des joies du marchandage comme les autres chalands. Autrefois, quand les enfants étaient plus jeunes et Patience encore de ce monde, les jours de marché demandaient une logistique plus compliquée ; mais, en à peine plus d'un an, nous avions perdu ma belle-mère et vu les garçons prendre leur envol, et je pense que ce brusque changement dans notre existence nous avait laissés sonnés pendant une année, et, pendant les deux suivantes, la maison nous avait paru beaucoup trop grande. C'est seulement récemment que nous avions commencé, avec prudence, à explorer notre liberté nouvelle, et aujourd'hui nous nous étions dégagés de nos rôles d'épouse et de dotaire de la propriété pour prendre une journée rien qu'à nous. Nous l'avions parfaitement préparée ; Molly avait une courte liste d'articles qu'elle souhaitait acheter ; pour ma part, je n'avais pas besoin de liste pour me rappeler que c'était ma journée libre. Je savourais d'avance le dîner que nous dégusterions à l'auberge en écoutant de la musique ; s'il finissait trop tard, nous pourrions peut-être même rester pour la nuit et ne regagner Flétrybois que le lendemain. Distraitement, je me demandai pourquoi l'idée de passer la nuit seul avec Molly dans une auberge suscitait chez moi des pensées plus dignes d'un adolescent que d'un quinquagénaire, et je souris.

FitzChevalerie !

Le contact d'Art fut un cri dans ma tête, angoissé mais inaudible pour quiconque dans le marché. Je sus aussitôt que c'était Ortie et qu'elle était très inquiète ; la magie de l'Art fonctionnait ainsi : elle transmettait quantité d'informations en un clin d'œil. Dans un coin de mon esprit, je notai qu'elle m'avait appelé « FitzChevalerie », non Tom Blaireau, ni Tom, ni même Ombre-de-Loup. Elle ne m'appelait jamais père ni papa ; j'avais perdu droit à ces titres depuis des années. Mais le « FitzChevalerie » indiquait un problème plus en rapport avec la couronne des Loinvoyant qu'avec nos liens familiaux.

Qu'y a-t-il ? Je me calai sur le banc et, un sourire vide plaqué sur les lèvres, laissai mes pensées et mon Art franchir la distance qui me séparait du château de Castelcerf, sur la côte. Je voyais les branches du chêne qui se découpaient sur le bleu du ciel mais aussi la chambre obscure qui entourait Ortie.

C'est Umbre ; nous croyons qu'il a fait une chute et qu'il s'est peut-être cogné la tête. On l'a découvert ce matin étendu dans l'escalier qui mène au Jardin de la reine ; nous ignorons depuis combien de temps il était là et nous n'arrivons pas à le réveiller. Le roi Devoir souhaite que tu viennes tout de suite.

Je suis là, répondis-je. *Laisse-moi le voir.*

Je le touche en ce moment même ; tu ne le sens pas ? Moi non plus, Devoir non plus, et Lourd est complètement déconcerté. « Je le vois mais il n'est pas là », nous a-t-il dit.

La peur poussa ses vrilles glacées de mon ventre jusqu'à mon cœur, et il me revint un vieux souvenir, celui de la reine de Vérité, Kettricken, tombant dans ces mêmes marches, victime d'un complot visant à tuer son enfant à naître. Je me demandai aussitôt si la chute d'Umbre était bien un accident, mais je dissimulai cette pensée à Ortie et cherchai à percevoir mon vieux mentor à travers elle. Rien. *Je ne le sens pas ; est-il vivant ?* Je m'efforçais de garder mon calme. Poussant davantage mon Art, je vis mieux la pièce où Ortie était assise près d'un lit à baldaquin ; les rideaux tirés devant les fenêtres la plongeaient dans la pénombre. Un petit brasero devait brûler quelque part car je captais l'odeur piquante d'herbes reconstituantes qui se consumaient. J'étais en plein air mais l'atmosphère étouffante de la chambre pesait sur moi. Ortie respira profondément puis me montra Umbre par ses yeux ; mon vieux professeur était étendu roide sous ses couvertures comme sur un bûcher funéraire, pâle, les yeux caves ; une ecchymose bleuissait une de ses tempes et gonflait son front du même côté. Je voyais le conseiller du roi Devoir par les yeux de ma fille mais ne percevais rien d'autre de lui.

Il respire, mais il reste inconscient et aucun d'entre nous ne le sent présent. C'est comme si on touchait...

J'exprimai sa pensée à sa place. *De la terre.* C'était le terme employé par Lourd quand, des années plus tôt, je les avais suppliés, lui et Devoir, de m'aider à guérir le Fou avec leur Art ; pour eux, il était mort, et il retournait déjà à la terre. *Mais il respire ?*

Je viens de te le dire ! Une impatience affolée à la limite de la colère teintait ses propos. *Fitz, nous ne t'aurions pas appelé s'il s'agissait d'un accident sans complication, et, s'il était mort, je ne te le cacherais pas. Devoir veut que tu viennes aussi vite que possible. Même avec Lourd pour lui apporter son énergie, le clan d'Art n'arrive pas à entrer en contact avec Umbre, et, sans contact, pas de guérison. Tu es notre dernier espoir.*

Je suis au marché de Chênes-lès-Eau ; il faut que je retourne à Flétrybois, que j'emballe quelques affaires et que je me procure un cheval. J'arriverai dans trois jours, peut-être moins.

Ça n'ira pas. Devoir sait que ça ne va pas te plaire, mais il veut que tu viennes par les portails de pierre.

Non. J'avais répondu d'un ton catégorique, mais je savais déjà que, pour Umbre, je risquerais ce à quoi je me refusais depuis des années, depuis que je m'étais perdu dans les Pierres. À l'idée de pénétrer dans ces ténèbres brillantes, les poils se dressaient sur ma nuque et sur mes bras. J'étais terrifié au point de me sentir mal. Terrifié. Et tenté.

Il le faut, Fitz. C'est notre seul espoir. Les guérisseurs que nous avons convoqués ne servent à rien, mais ils sont d'accord sur un point : Umbre s'en va. Nous ne pouvons l'atteindre par l'Art, et ils disent que, selon leur expérience, il mourra d'ici quelques jours, les yeux exorbités par le choc qu'il a reçu. Si tu arrives dans trois jours, ce sera pour le voir brûler sur un bûcher funéraire.

Je viens. J'avais formulé la pensée sans force. Pouvais-je prendre sur moi ? Je le devais.

Par les Pierres, insista-t-elle. *Si tu es à Chênes-lès-Eau, tu n'es pas loin de leurs Pierres du jugement, sur la colline aux Pendus. Sur nos cartes, elle porte le glyphe de nos Pierres Témoins. Tu peux facilement arriver avant la nuit.*

Par les Pierres. Je tâchai de ne trahir ni peur ni amertume dans ma pensée. *Ta mère est avec moi au marché ; nous sommes venus avec la carriole à grandes roues. Je devrai la renvoyer seule à la maison.* Séparés encore une fois par les Loinvoyant, privés du plaisir simple d'un repas et d'une soirée à écouter les chansons d'un ménestrel de taverne.

Ortie voulut me consoler. *Elle comprendra.*

Oui, mais ça ne lui plaira pas. Je rompis le contact. Je n'avais pas fermé les yeux mais j'eus l'impression de les ouvrir. L'air frais, le tohu-bohu du marché d'été, le soleil vif brisé en mouchetures par les feuilles du chêne, même la jeune femme aux chaussons rouges, tout me parut une brusque intrusion dans ma sombre réalité. Je me rendis compte qu'en artisan j'avais laissé mon regard braqué sur la cliente du cordonnier, et elle me regardait à présent avec un sourire interrogateur. Je baissai les yeux en hâte. Il était temps de partir.

Je vidai mon fond de cidre, reposai la chope sur la table et me levai en cherchant des yeux Molly dans la foule. Je la repérai à l'instant où elle-même me vit. Jadis aussi mince que la jeune femme aux pantoufles rouges, elle cheminait désormais vers la deuxième partie de sa vie ; elle se déplaçait lentement mais d'un pas régulier dans la cohue, petite femme solide aux yeux noirs brillants et à la bouche résolue. Elle portait sur le bras une longueur de tissu gris souple comme si c'était un trophée remporté de haute lutte, et, un instant, la voir chassa toute autre considération de mon esprit : sans bouger, je la regardai s'approcher de moi. Elle me sourit et tapota de la main sa marchandise. Je plaignis le négociant qui avait été victime de son barguignage. Elle avait toujours été économe, et dame Molly de Flétrybois n'avait pas changé. Le soleil scintillait sur les fils d'argent qui couraient dans ses boucles autrefois brunes.

Je me baissai pour prendre ses emplettes précédentes. Il y avait un pot d'un fromage coulant dont elle était friande, un sachet de feuilles de coulquet pour parfumer ses bougies, et un paquet emballé avec soin de piments rouge vif qu'elle m'avait averti de ne pas toucher à main nue. Ils étaient pour la grand-mère de notre jardinier qui prétendait connaître la formule d'une potion capable de dénouer les articulations, que Molly souhaitait essayer. Elle souffrait depuis peu de douleurs dans le bas du dos. Enfin, il y avait une cruche bouchée qui contenait une tisane pour fortifier le sang qu'elle voulait aussi essayer.

Les bras chargés, je me retournai et me cognai dans la jeune femme aux pantoufles rouges. « Pardon, dis-je en reculant, mais elle me regarda avec un sourire joyeux.

— Il n'y a pas de mal », répondit-elle en penchant la tête. Puis son sourire s'élargit. « Mais, si vous tenez à vous faire pardonner d'avoir failli marcher sur mes pantoufles toutes neuves, vous pouvez m'offrir une chope de cidre. »

Je la dévisageai, abasourdi. Elle avait cru que je la regardais alors que j'artisais ; en effet, je la regardais, mais elle y avait vu de l'intérêt pour une jolie fille – ce qu'elle était : jolie et jeune, beaucoup plus que je ne m'en étais rendu compte, tout comme j'étais beaucoup plus vieux que ce que son expression supposait. Sa proposition était à la fois flatteuse et déconcertante. « Il faudra vous contenter de mes excuses ; je m'en vais rejoindre mon épouse. » De la tête, je désignai Molly.

Elle se retourna, l'examina sans se cacher puis revint à moi. « Votre épouse ? Ou vouliez-vous dire votre mère ? »

Je me raidis. Le charme que lui prêtaient à mes yeux sa jeunesse et sa beauté avait disparu. « Excusez-moi », fis-je d'un ton froid, et je la contournai pour me diriger vers ma femme. Une douleur familière me serra le cœur, une peur que je combattais chaque jour : Molly vieillissait et s'éloignait de moi, de plus en plus séparée de moi par le flot lent et inexorable des années. J'approchais la cinquantaine, mais mon organisme persistait à me garder l'aspect d'un homme de trente-cinq ans. Un mécanisme de guérison renforcé par l'Art et enclenché des années auparavant continuait à se mettre en branle et à se déchaîner en moi quand je me blessais ; sous son empire, je tombais rarement malade et bleus et entailles disparaissaient rapidement. Le printemps précédent, j'avais fait une chute du grenier à foin et m'étais cassé le bras ; le soir, j'étais allé me coucher après l'avoir serré dans une attelle, et je m'étais réveillé le lendemain maigre comme un loup en hiver et pris d'une fringale irrépressible ; mon bras me faisait mal mais je pouvais m'en servir. Cette magie dont je ne voulais pas me maintenait jeune et en parfaite santé, bénédiction terrible alors que je voyais Molly se courber peu à peu sous le poids des années accumulées. L'Art m'interdisait d'avancer au même rythme qu'elle, et le fleuve implacable du temps l'emportait loin de moi. Depuis son évanouissement à la fête de l'Hiver, quelques années plus tôt, l'écart semblait se creuser plus vite : elle se fatiguait plus facilement et souffrait parfois de vertiges et de troubles de la vue, et cela m'attristait car elle refusait d'en tenir compte et même d'en parler.

Comme je m'avançais vers elle, je remarquai que son sourire s'était figé : l'échange entre la jeune fille et moi ne lui avait pas échappé. Sans lui laisser le temps de rien dire, je déclarai en baissant le ton afin qu'elle seule m'entendît dans le bruit du marché : « Ortie m'a artisé. C'est Umbre ; il est gravement blessé. Ils veulent que je me rende au château de Castelcerf.

— Tu dois partir ce soir ?

— Non. Tout de suite. »

Elle me dévisagea. Une succession d'émotions passa sur ses traits, agacement, colère, et enfin, terrible, résignation. « Il faut que tu t'en ailles, fit-elle.

— Hélas oui. » Elle hocha la tête avec raideur et me déchargea de quelques paquets, puis, traversant le marché, nous nous dirigeâmes vers l'auberge ; c'est là que nous avions garé la carriole et où j'avais mis le cheval à l'écurie en espérant que nous passerions la nuit sur place. Tout en rangeant ses courses sous le siège, je dis : « Tu n'es pas obligée de te précipiter à la maison, tu sais ; tu peux rester profiter du marché. »

Elle soupira. « Non. Je vais demander au valet d'écurie de sortir le cheval. Je ne suis pas venue pour le marché, Fitz, mais pour passer une journée avec toi, et elle est finie. Si nous rentrons maintenant, tu pourras te mettre en route avant la tombée de la nuit. »

Je m'éclaircis la gorge et lui annonçai la nouvelle. « C'est trop urgent ; je dois passer par la Pierre de la Colline aux pendus. »

Elle demeura bouche bée. Je soutins son regard agrandi en m'efforçant de cacher ma propre peur. « C'est indispensable ? fit-elle dans un souffle.

— Hélas oui. »

Ses yeux parcoururent mon visage quelques instants encore, puis ses lèvres fanées se pincèrent et je crus qu'elle allait protester. Mais elle dit d'une voix tendue : « Va chercher le cheval ; je vais t'y conduire. »

J'eusse pu m'y rendre facilement à pied, mais je ne discutai pas. Elle voulait être là, me voir pénétrer dans la pierre et disparaître. Elle n'y avait jamais assisté et n'en avait jamais manifesté le désir ; mais, si je devais en passer par là, elle m'accompagnerait. Je savais ce qu'elle pensait : ce serait peut-être la dernière fois qu'elle me verrait si mon Art me trahissait. Je m'efforçai de la rassurer : « Je demanderai à Ortie d'envoyer un oiseau de Castelcerf dès mon arrivée. Tu n'as donc pas à t'inquiéter.

— Si, je m'inquiéterai, pendant un jour et demi, le temps que le pigeon parvienne jusqu'à moi. C'est mon plus grand talent. »

Les ombres commençaient à s'allonger quand je l'aidai à descendre de la voiture sur la Colline aux pendus. Main dans la main, nous gravîmes le chemin raide qui menait au sommet. Il n'y avait pas là, comme à Castelcerf, un cercle de pierres dressées mais seulement une vieille potence, dont le bois gris effrité dorait au soleil, ses montants plantés au milieu de joyeuses pâquerettes incongrues. Au-delà, tout en haut de l'éminence, d'un noir brillant veiné d'argent, la pierre de mémoire s'érigeait, solitaire. Haute comme au moins trois hommes, elle avait cinq faces, chacune gravée d'un glyphe. Depuis qu'on avait découvert le véritable usage de ces blocs taillés, le roi Devoir avait dépêché des équipes chargées de les nettoyer, de noter les glyphes et leur orientation. Chaque signe correspondait à une destination ; nous en connaissions certaines mais la majorité nous restait obscure. Au bout de dix ans passés à étudier les manuscrits sur la magie oubliée de l'Art, les pratiquants regardaient pour la plupart les voyages par ces portails comme dangereux et débilitants.

Nous en fîmes le tour. J'avais le soleil dans les yeux quand je repérai le glyphe qui devait me transporter aux Pierres Témoins près de Castelcerf. Je le regardai fixement en sentant la peur grandir dans mon ventre. Je n'avais aucune envie d'y plaquer la main, mais je le devais.

Le bloc se dressait, noir et immobile, et m'attirait comme un étang calme par une journée d'été torride. Et, comme un étang, il pouvait m'aspirer dans ses profondeurs et m'engloutir à jamais.

« Reviens-moi dès que possible », murmura Molly, et elle se jeta contre moi pour m'étreindre brutalement. La bouche contre ma poitrine, elle poursuivit : « Je hais les jours où tu dois me quitter. Je hais ces devoirs qui te retiennent encore, et je les hais de toujours nous séparer. Je les hais de t'obliger à t'en aller au pied levé. » Elle s'exprimait avec violence, et ses mots étaient autant de poignards qui plongeaient en moi. Puis elle ajouta : « Mais je t'aime d'être un homme qui fait encore ce qu'il doit faire. Notre fille appelle et tu vas la rejoindre, comme ton devoir l'exige. » Elle reprit son souffle et secoua la tête dans un éclair de colère. « Fitz, Fitz ! Je suis encore tellement jalouse de chaque minute de ton temps ! Et, avec l'âge, au lieu de m'éloigner, je crois que je m'accroche à toi encore davantage. Mais va ; va accomplir ton devoir et reviens-moi aussi vite que tu le peux. Mais pas par les Pierres ; reviens-moi sans prendre de risque, mon amour. »

Aujourd'hui encore, je ne sais pas pourquoi des paroles aussi simples renforcèrent tant mon courage. Je la serrai contre moi et me redressai. « Tout ira bien, répondis-je d'un ton assuré. La dernière fois que je me suis perdu dans les Pierres, c'est seulement parce que je les avais empruntées trop souvent les jours précédents. Cette fois, ce sera facile : j'entrerai ici et je sortirai par les Pierres Témoins au-dessus de Bourg-de-Castelcerf ; et je commencerai par faire envoyer un oiseau à Flétrybois pour t'avertir que je suis bien arrivé.

— Et il lui faudra au moins une journée pour parvenir jusqu'ici. Mais je l'attendrai. »

Je l'embrassai à nouveau puis m'écartai. Mes genoux tremblaient, et je regrettai soudain de ne pas m'être vidé la vessie. Ce n'est pas la même chose d'affronter un danger imprévu et inconnu et de se lancer en toute conscience dans une expérience qu'on a déjà vécue et qu'on sait périlleuse ; c'était comme si je décidais de m'avancer dans un brasier ou d'enjamber le bastingage d'un bateau en pleine tempête. Je risquais de mourir – ou, pire, de ne jamais mourir – dans ces ténèbres froides où rien ne bougeait.

Plus que quatre pas. Je ne devais pas m'évanouir. Je ne devais pas trahir ma terreur. Je devais continuer. La pierre n'était plus qu'à deux pas. De la main, j'adressai un dernier signe à Molly, mais je n'eus pas le courage de la regarder. Une peur sans mélange m'asséchait la bouche. La main toujours levée, je posai la paume sur la face du bloc dressé, juste en dessous du glyphe qui devait m'emporter à Castelcerf.

La pierre était fraîche. L'Art m'envahit d'une façon indescriptible. Je n'entrai pas dans le monolithe : il m'engloutit. Un instant de néant noir étincelant, un sentiment indéfinissable de bien-être caressant qui me tenta ; j'étais au bord de comprendre une merveille ; encore un instant et je la saisirais dans sa totalité. Je ne la comprendrais pas seulement : je serais elle. Je serais achevé, je n'aurais plus besoin de rien ni de personne, jamais. Je serais accompli.

Je trébuchai soudain. Ma première pensée cohérente, quand je sortis de la pierre et tombai sur l'herbe humide du versant qui surplombait Castelcerf, fut la même qu'avant d'y entrer : je me demandai ce que Molly avait vu au moment de ma disparition.

À genoux, tremblant, je ne cherchai pas à me relever. Je parcourus les alentours du regard en respirant l'air légèrement salé venu de la baie de Castelcerf. Il faisait plus frais ici et la brise était plus humide ; il avait plu peu de temps auparavant. Devant moi, des moutons paissaient sur la colline. Je voyais les murailles noires du château au fond d'un paysage heurté de pâtures pierreuses et d'arbres tordus par le vent. La forteresse se dressait comme de toute éternité, dominant l'immensité de la mer de ses hautes tours. Je ne voyais pas la ville, mais je savais que Bourg-de-Castelcerf s'accrochait au pied de sa falaise à pic comme un lichen d'hommes et de bâtiments. Chez moi ! J'étais chez moi.

Peu à peu mon cœur s'apaisa. Une carriole grinçante passa le sommet de la colline et poursuivit son chemin vers les portes de la citadelle. L'œil critique, j'observai avec approbation l'allure lente à laquelle une sentinelle arpentait les remparts ; nous étions en paix, mais Devoir ne baissait pas la garde. Très bien. Chalcède avait beau se préoccuper de la guerre civile qui la déchirait, la rumeur disait que la duchesse avait repris les rênes de la plupart de ses provinces rebelles ; dès le calme rétabli, Chalcède recommencerait à coup sûr à chercher noise à ses voisins.

Je me retournai vers le pilier d'Art, pris du soudain désir d'y rentrer, de me baigner à nouveau dans ce plaisir troublant des ténèbres étincelantes. Il y avait là une existence immense et merveilleuse que je mourais d'envie de rejoindre. Il me suffisait de pénétrer à nouveau dans la pierre pour la trouver ; elle m'attendait.

Je pris une grande bouffée d'air et tendis mon Art vers Ortie. *Envoie un pigeon à Flétrybois pour annoncer à Molly que je suis arrivé sain et sauf ; choisis le plus rapide.*

D'accord. Pourquoi ne m'avoir pas prévenue quand tu es entré dans le pilier ? Je l'entendis parler à quelqu'un près d'elle. « Il est là. Dépêche un garçon d'écurie à sa rencontre avec un cheval, vite. » Elle revint à moi. *Et si tu étais sorti de là inconscient et incapable de parler, comme il y a des années ?*

Je laissai le reproche passer. Elle avait raison, naturellement, et Umbre serait furieux lui aussi. Non, me dis-je soudain avec un atterrement glaçant, Umbre risque de ne plus jamais être furieux contre moi. Je pris la direction du château et ne pus m'empêcher de me lancer au petit trot. Je contactai Ortie à nouveau. *Les gardes à la porte sont au courant de mon arrivée ?*

Le roi Devoir lui-même leur a donné ordre d'attendre le dotaire Blaireau, porteur d'un message important de ma mère à mon intention. Personne ne te retiendra ; je t'envoie un palefrenier avec un cheval.

J'arriverai avant qu'il ait quitté les écuries. Je me mis à courir.

La chambre d'Umbre était somptueuse, et silencieuse comme une tombe. Elle se trouvait au même étage que les appartements royaux de Devoir, et je doutais que mon roi vécût dans un luxe semblable à celui du vieil assassin reconverti en conseiller. Mes bottes s'enfoncèrent dans d'épais tapis vert mousse ; les lourdes tentures aux fenêtres ne laissaient entrer nul rayon de soleil, mais partout des bougies allumées répandaient un parfum de cire fondue. Près du lit, un brasero en bronze laissait monter une épaisse fumée d'herbes reconstituantes. En toussant, je m'avançai à tâtons vers la table de chevet ; j'y découvris une carafe et une coupe pleine. « C'est seulement de l'eau ? » demandai-je aux guérisseurs qui allaient et venaient, et l'un d'eux acquiesça de la tête. Je bus la coupe et toussai à nouveau ; j'avais encore le souffle court d'avoir grimpé les escaliers quatre à quatre.

Derrière moi, le roi Devoir s'approchait, accompagné d'Ortie. Lourd était assis sur un tabouret dans un coin, le bout de la langue posé sur la lèvre inférieure, sa figure de simple d'esprit gonflée par la tristesse et les larmes. Le fredonnement de son Art était un chant funèbre assourdi. Il me

75

regarda un long moment, les yeux plissés, puis sa bouche de grenouille se fendit en un sourire de bienvenue. « Je te connais », dit-il.

Et je te connais aussi, mon ami, artisai-je. J'écartai de mes pensées qu'il vieillissait mal ; c'était souvent le cas chez les gens comme lui. Il avait déjà vécu plus longtemps que ne s'y attendaient les guérisseurs de Castelcerf.

Le vieil Umbre fait le mort, fit-il d'un ton angoissé.

Nous ferons tout pour le réveiller, répondis-je au petit homme.

Calme, demi-frère d'Ortie et membre du clan d'Art royal, se tenait près de Lourd ; je le saluai de la tête. Je m'étais frayé un chemin parmi les guérisseurs et leurs assistants pour parvenir près d'Umbre. L'odeur de l'inquiétude pesait dans la chambre et sur mon Vif, et j'avais l'impression de traverser un enclos d'animaux promis à l'abattoir.

Je n'hésitai pas. « Qu'on ouvre les rideaux et les fenêtres ! Laissez entrer un peu d'air et de lumière ! »

Un guérisseur intervint : « Nous avons jugé que la pénombre et le calme seraient le plus efficace pour... »

Je le coupai sèchement : « Ouvrez ! » Une image était soudain revenue à ma mémoire, celle de mon premier roi, Subtil, dans une chambre sans air pleine de fortifiants, de médicaments, enfumée par les drogues, et elle me terrifiait. Les mires me dévisageaient, hostiles, et ne réagissaient pas ; qui était cet individu qui s'introduisait chez le seigneur Umbre, buvait dans sa coupe et donnait des ordres ? Leur rancœur était palpable.

« Ouvrez », répéta mon roi derrière moi, et ils obéirent précipitamment.

Je me tournai vers lui. « Pouvez-vous les faire tous sortir ? »

J'entendis un hoquet de surprise dans la pièce, et j'ajoutai en hâte : « S'il vous plaît, mon roi. » Dans la fébrilité du moment, j'avais oublié qu'ils me voyaient comme Tom Blaireau, dotaire de Flétrybois, et qu'ils ignoraient sans doute pourquoi on me consultait sur l'état de santé d'Umbre. Je m'efforçai de me maîtriser ; je vis un sourire las et désabusé tirer les coins de la bouche de Devoir quand il donna l'ordre de vider la pièce des physiciens qui l'encombraient. L'air et la lumière entrèrent, les gens sortirent, et la pression sur mes sens s'atténua. Sans demander la permission, j'écartai grand les tentures du lit avec l'aide d'Ortie. Le soleil couchant tomba sur la couche et sur les traits de mon vieux mentor, de mon vieil ami, de mon grand-oncle Umbre Tombétoile. Le désespoir me saisit.

On eût dit un cadavre. Il avait la bouche ouverte, la mâchoire de biais, les yeux clos et caves. L'ecchymose que j'avais observée lors de mon contact d'Art avec Ortie s'était étendue et lui noircissait la moitié du visage. Je lui pris la main et, par le Vif, sentis avec soulagement qu'il était vivant ; la perception était faible mais bien réelle. La présence des guérisseurs accablés m'avait empêché d'en avoir conscience. Il avait les lèvres desséchées, la langue comme un bloc grisâtre dans la bouche. Je trouvai un tissu propre sur la table de chevet, le mouillai avec l'eau de la carafe et l'appliquai sur ses lèvres ; j'en profitai pour lui refermer la bouche, puis je passai le chiffon humide sur son visage creusé de rides. Il s'était servi de l'Art pour ralentir l'érosion des ans, mais nulle magie ne peut inverser la marche du temps ni les traces qu'il laisse sur les hommes. Quel âge avait-il ? Il me paraissait vieux quand il m'avait pris comme apprenti quarante ans plus tôt. Finalement, je préférais ne pas le savoir ; mieux valait m'atteler à des tâches plus utiles. J'humectai à nouveau le tissu pour le placer doucement sur sa meurtrissure. « Avez-vous essayé de traiter sa blessure ? Même si on ne peut l'atteindre par l'Art, le guérir physiquement permettrait peut-être à son esprit de revenir.

— Naturellement. » Je pardonnai à Devoir l'irritation qui perçait dans sa voix. À question évidente, réponse évidente. « Nous avons tenté d'entrer en lui, mais sans succès. »

Je posai le tissu et m'assis au bord du lit. La main d'Umbre était tiède dans la mienne. Je fermai les yeux. Du bout des doigts, je sentais les os, les muscles et la chair ; je tâchai de dépasser cette conscience physique pour accéder à des sensations d'Art que je ne connaissais plus depuis des années, et de pénétrer en lui avec mon esprit pour voir si son sang circulait normalement et si rien n'entravait son souffle. En vain. J'insistai ; mais les barrières ne cédèrent pas.

Les barrières… Je me dissociai de lui et ouvris les yeux.

« Il est fermé, annonçai-je, accablé. Il a été rendu imperméable à l'Art, comme Chevalerie l'avait fait avec Burrich. »

Lourd se balançait dans son coin. Je le regardai, et il rentra encore davantage sa tête carrée dans ses épaules ; ses petits yeux croisèrent les miens. « Ouais, ouais, il est fermé comme un coffre. On peut pas entrer. » Il hocha gravement la tête, le bout de la langue relevé sur la lèvre.

Je parcourus la chambre du regard. Le roi se tenait près du lit, son jeune mâtin appuyé contre son genou comme pour le réconforter. Du clan d'Art royal, seuls Ortie et Calme étaient présents ; j'en conclus qu'ils avaient déjà tenté, avec les autres membres du groupe, d'associer leur énergie pour franchir les murailles d'Umbre, sans résultat. Le fait qu'Ortie eût décidé de m'appeler et de faire venir Lourd était éloquent : en tant que maîtresse d'Art du roi, elle avait jugé que la magie conventionnelle avait échoué. Nous qui étions à présent réunis devrions, si l'ordre nous en était donné, nous risquer à des usages dangereux et inconnus de l'Art.

Lourd, notre simple d'esprit adoré, possédait une puissance prodigieuse mais aucune créativité ; le roi lui-même était assez doué, tandis que le point fort d'Ortie était la manipulation des rêves ; son demi-frère Calme lui servait de réservoir d'énergie, et elle pouvait lui confier n'importe quel secret. Mais c'était moi qu'ils regardaient tous, le Solitaire, le Loinvoyant bâtard au talent imprévisible, comme si je devais savoir quoi faire.

Je l'ignorais. J'étais autant dans le noir que la dernière fois que nous avions employé l'Art pour tenter de guérir un homme fermé comme l'était Umbre. Nous avions échoué, et Burrich était mort. Dans sa jeunesse, c'était le bras droit de Chevalerie et la réserve d'énergie du roi-servant ; ce dernier l'avait muré de crainte que les ennemis des Loinvoyant ne se servissent de lui comme canal pour apprendre les secrets de Chevalerie, mais ce rempart avait fait obstruction à la magie qui l'eût sauvé.

« Qui en est responsable ? » Je n'avais pas pu m'empêcher de prendre un ton accusateur. « Qui l'a fermé ainsi à l'Art ? » L'explication la plus plausible était qu'il y avait un traître dans le clan d'Art ; cette idée me glaça, mais déjà ma formation d'assassin avait fait le lien entre cette muraille intérieure et sa chute. Double perfidie pour tuer le vieillard : le couper de sa magie pour lui interdire d'appeler à l'aide puis le blesser gravement. Si Umbre avait été l'objet d'une telle trahison, le roi était-il la cible suivante ?

Devoir poussa une exclamation de surprise et d'atterrement. « Si vous avez raison, je l'ignorais. Mais c'est impossible : il y a quelques jours à peine, lui et moi avons mené une petite expérience sur l'Art, et je l'ai contacté sans effort. Il n'était absolument pas muré ! Certes, malgré ses années de pratique, ce n'est jamais devenu un artiseur hors pair, mais il est très compétent dans les limites de son talent. Assez pour nous empêcher de l'atteindre ? Ça m'étonnerait qu'il ait... » Il se tut et je compris qu'il partageait à présent mes soupçons. Il tira une chaise de l'autre côté du lit, s'assit et me regarda. « Quelqu'un l'aurait emmuré ?

— En quoi consistait votre "petite expérience" ? » demandai-je d'une voix tendue. Tous les regards étaient sur lui.

« Elle n'avait rien de funeste ! Il détenait un bloc de pierre noire, la pierre de mémoire, rapporté de l'ancienne forteresse des Anciens sur l'île d'Aslevjal. Il y a imprimé une pensée puis l'a remis à un coursier qui me l'a donné, et j'ai pu décrypter son message. C'était une simple poésie qui parlait de trouver des violettes dans le château de Castelcerf, et je me suis servi de l'Art pour vérifier avec lui que je ne m'étais pas trompé. Il était donc capable d'artiser pour graver son poème dans la pierre et recevoir ma réponse. Par conséquent, il n'était pas muré à ce moment-là. »

Un léger mouvement attira mon attention. Ce n'était pas grand-chose : Calme avait ouvert la bouche puis l'avait refermée. Piste infime, mais je décidai de la suivre. Je me tournai brusquement vers lui, l'index tendu. « Que t'a dit Umbre qu'il t'a défendu de répéter ? » demandai-je sèchement.

À nouveau, il se trahit en ouvrant la bouche puis en la refermant aussitôt. Il secoua la tête, l'air buté. C'était le fils de Burrich : il était incapable de mentir. Je m'apprêtai à insister mais sa demi-sœur me prit de vitesse. Ortie traversa la chambre en deux enjambées et prit son frère par les bras en s'efforçant de le secouer ; on eût cru voir un chaton s'en prendre à un taureau. Calme ne réagit pas et se contenta de rentrer la tête dans ses larges épaules. « Dis-nous le secret ! lança-t-elle. Je connais cette expression que tu as. Dis-le-nous tout de suite, Calme ! »

Il courba le cou et ferma les yeux, au milieu d'un pont dont les deux extrémités ne touchent plus terre : il ne pouvait pas mentir et il ne pouvait pas rompre sa promesse. D'un ton apaisant, j'intervins en m'adressant à Ortie : « Calme ne trahira pas son secret ; ne le lui demande pas. Mais je vais formuler une hypothèse : il a pour talent de prêter son énergie à un artiseur, de servir d'homme lige si le roi a besoin d'un supplément de puissance pour sa magie. »

Calme inclina la tête, acquiesçant à ce que nous savions déjà de lui. J'avais joué ce rôle autrefois auprès du roi Vérité ; pris par son besoin et par mon inexpérience, je l'avais laissé m'épuiser, et l'invalidité définitive que j'avais frôlée l'avait mis en fureur. Mais Calme n'était pas comme moi ; il avait été formé spécifiquement pour cette tâche.

Laborieusement, j'échafaudai ma logique à partir de ce que je savais d'Umbre. « Il t'a donc convoqué, et il a emprunté ton énergie pour… Pour quoi ? Pour faire quelque chose qui a consumé tout son Art ? »

Calme ne bougea pas. Ce n'était pas cela. Je compris tout à coup. « Il a puisé dans ta force pour s'emmurer lui-même ? »

Le jeune homme n'eut pas conscience de son hochement de tête infime. Devoir intervint, suffoqué : « Ça ne tient pas debout ! Umbre cherchait toujours à étendre son Art, non à s'en couper. »

Je poussai un grand soupir. « Umbre adore ses secrets ; il passe son existence dans un château plein de secrets. Or l'Art est un moyen d'accéder à un autre esprit. Si un artiseur puissant prend quelqu'un par surprise, il peut lui faire croire n'importe quoi, le persuader qu'une tempête terrible attend son bateau et qu'il doit faire demi-tour, convaincre un chef de guerre que l'ennemi est trop nombreux et qu'il doit changer de stratégie. Votre père, le roi Vérité, a passé une partie de sa vie à employer l'Art ainsi, pour détourner les Pirates rouges de nos côtes. Songez à tous les usages que nous avons donnés à l'Art au cours du temps ; nous savons tous comment dresser des murailles contre les intrusions d'autres artiseurs, pour préserver notre intimité. Mais, si on sait que d'autres sont plus forts que soi… » Je laissai ma phrase inachevée.

Devoir poussa un gémissement. « On cherche de l'aide pour bâtir une muraille plus solide qui ne pourra être franchie que si on y consent et qu'on sera le seul à pouvoir ouvrir.

— À condition d'être réveillé ou conscient », enchaînai-je à mi-voix. Les larmes coulaient sur les joues de Calme. En cet instant, il ressemblait tant à son père que ma gorge se noua. Ortie avait cessé de le secouer et appuyait son front contre sa poitrine. La musique d'Art de Lourd s'éleva comme une tempête de désespoir ; j'y résistai tant bien que mal, organisai mes pensées et interrogeai Calme :

« Nous savons ce qui s'est passé, et tu n'as pas rompu ta promesse de te taire. Mais voici une autre question : si tu as aidé un artiseur à se murer, sais-tu comment pénétrer ses remparts ? »

Il pinça les lèvres et secoua la tête.

« Celui qui est capable de bâtir un mur doit être capable de le détruire », fit Devoir, sévère.

Calme secoua de nouveau la tête puis il prit la parole d'une voix empreinte de douleur. Maintenant que nous connaissions son secret, il se jugeait en droit d'en donner les détails. « Sire

Umbre avait découvert cet usage dans un des anciens manuscrits ; c'était une protection que l'on conseillait pour le clan le plus proche du roi ou de la reine pour éviter la corruption. Ce système crée une muraille que seul l'artiseur lui-même peut baisser, ou bien le souverain et quiconque connaît le mot clé. »

Je me tournai aussitôt vers Devoir, qui se récria : « Je ne le connais pas ! Umbre ne m'en a jamais parlé ! » Il posa son coude sur son genou et son front sur son poing. Mon roi avait soudain l'air d'un adolescent inquiet ; ce n'était pas rassurant.

Ortie intervint : « S'il ne l'a pas révélé à Devoir, c'est toi qui dois le détenir, Fitz. Tu as toujours été le plus proche de lui. Ça ne peut être que l'un de vous deux ; à qui d'autre l'aurait-il confié ?

— Pas à moi, en tout cas », fis-je d'un ton brusque. J'omis de signaler que nous n'avions pas échangé un mot depuis des mois, fût-ce par l'Art. Ce n'était pas la colère qui nous séparait mais seulement le temps ; nous nous étions lentement écartés au cours des dernières années. Certes, en période de grands troubles, il n'hésitait pas à me contacter pour me demander mon avis, voire mon aide, mais il avait dû se faire à l'idée que je refusais désormais de participer à la danse complexe qu'était la vie au château de Castelcerf. Je regrettais à présent cette distance.

Je me frottai le front puis me tournai vers Lourd. « Sire Umbre t'a-t-il appris un mot spécial, Lourd, pour que tu t'en souviennes ? » Je le regardais dans les yeux avec un sourire que je voulais rassurant. J'entendis la porte s'ouvrir mais ne détournai pas mon attention.

Il gratta son oreille minuscule et réfléchit, le bout de la langue pendant. Je me contraignis à la patience ; enfin, il sourit, se redressa puis se pencha vers moi. « S'il te plaît. Il m'a dit de penser à dire "s'il te plaît". Et "merci". Les mots pour avoir ce qu'on veut. Il ne faut pas se servir : il faut dire "s'il te plaît" avant de prendre quelque chose.

— Ça pourrait-il être aussi simple ? » fit Ortie, étonnée.

Kettricken intervint derrière moi. « Il s'agit d'Umbre ? Alors sûrement pas. Cet homme ignore le sens de ce mot. » Je me tournai vers celle qui avait été ma reine et, malgré la gravité de la situation, ne pus m'empêcher de lui sourire. Elle n'avait rien perdu de son maintien royal et, comme toujours, la mère du roi était vêtue avec une simplicité plus appropriée à une servante, mais aussi avec une dignité et une autorité absolues. Ses cheveux blonds, précocement argentés, tombaient librement dans son dos et sur les épaules de sa robe bleu Cerf. Encore une contradiction. Elle avait poussé les Six-Duchés à étendre leur commerce, et, durant ma vie, j'avais vu notre royaume embrasser tout ce que le monde avait à offrir : mets et condiments exotiques venus des îles aux Épices, modes vestimentaires singulières venues de Jamaillia et des pays au-delà, techniques étrangères du travail du verre, du métal et de la terre, tous les aspects de la vie au château de Castelcerf en avaient été bousculés. Les Six-Duchés envoyaient par bateau du blé et de l'avoine, du fer en minerai et en lingots, de l'eau-de-vie de Bord-des-Sables et des vins fins des duchés de l'intérieur ; les arbres abattus dans le royaume des Montagnes devenaient du bois de charpente que nous vendions à Jamaillia. Nous nous enrichissions et accueillions le changement à bras ouverts, et pourtant ma reine, insensible aux bouleversements qu'elle avait encouragés, s'habillait avec la simplicité démodée d'une servante de mon enfance, sans même un diadème pour marquer son rang de reine mère.

Elle s'avança vers moi et je me levai dans l'attente de sa solide étreinte. « Merci, Fitz, me murmura-t-elle à l'oreille. Merci d'être arrivé si vite et à si grand risque. Quand j'ai appris que Devoir avait annoncé à Ortie qu'il fallait vous faire venir tout de suite, j'ai été à la fois horrifiée et prise d'un immense espoir. Quel égoïsme de vous arracher à votre tranquillité si méritée pour vous demander de voler une fois de plus à notre secours !

— Si je puis vous aider, ce sera toujours avec plaisir. » Ses paroles avaient dissipé la vague irritation que j'éprouvais à m'être vu contraint de voyager par les piliers. Elle avait ce talent ; la reine Kettricken avait toujours su reconnaître les sacrifices faits au service du trône Loinvoyant et, en échange, elle n'hésitait pas à renoncer à son confort et à sa sécurité pour ceux qui lui étaient fidèles. En l'occurrence, sa gratitude me semblait compenser justement le danger que j'avais couru. Elle s'écarta de moi.

« Eh bien, croyez-vous pouvoir l'aider ? »

Je secouai la tête avec regret. « Umbre s'est imposé un blocage semblable à celui par lequel Chevalerie avait fermé Burrich à l'Art ; il a puisé dans l'énergie de Calme pour y parvenir. Si nous arrivions à le surmonter, nous pourrions stimuler son rétablissement en unissant notre Art ; mais il nous empêche d'entrer et, comme il est inconscient, il ne peut s'ouvrir à nous ni se guérir lui-même.

— Je vois. Et comment va-t-il ?

— Ses forces diminuent. Je suis arrivé il y a peu, mais je sens déjà une baisse de sa vitalité. »

Elle se raidit à ces mots, mais je savais qu'elle estimait la franchise par-dessus tout. Elle eut un geste qui nous désignait tous. « Que pouvons-nous faire ?

— Pas grand-chose, sinon rien, répondit le roi Devoir. Si nous rappelons les guérisseurs, ils ne sauront que se disputer ; celui-ci dira qu'il faut rafraîchir le malade avec des linges humides, celui-là qu'il faut le mettre au chaud sous des couvertures et allumer le feu dans la cheminée. L'un d'eux a même parlé de le saigner. Je ne crois pas qu'aucun d'entre eux connaisse le moyen de soigner ce type de blessure ; or, si nous n'agissons pas, il mourra sans doute avant deux jours. » Il souleva sa couronne, se passa les doigts dans les cheveux et reposa l'insigne de sa fonction un peu de travers. « Ah, Umbre ! » s'exclama-t-il avec un mélange de reproche et de supplique dans la voix. Il se tourna vers moi. « Fitz, êtes-vous certain de n'avoir reçu aucun message de sa part, sur papier ou par l'Art, qui nous donnerait un indice sur la clé à chercher ?

— Rien, en tout cas depuis plusieurs mois. »

Kettricken parcourut la chambre des yeux. « L'un d'entre nous possède cette clé », dit-elle avec une élocution lente et précise. Elle nous regarda l'un après l'autre, sans hâte, puis reprit : « À mon avis, c'est vous, Fitz. »

C'était sans doute exact. Je m'adressai à Calme. « Comment se sert-on de ce mot si on le connaît ? »

Le jeune homme eut l'air hésitant. « Il ne me l'a pas expliqué, mais je suppose qu'on le lui artise, et c'est ce qui permet d'entrer. »

Mon cœur se serra. Burrich avait-il lui aussi une clé qui m'eût permis d'accéder à lui ? Un mot de passe que Chevalerie avait emporté dans la tombe après son « accident » de cheval ? Je me sentis défaillir à l'idée que j'eusse pu sauver Burrich si j'en avais eu connaissance. Eh bien, cela ne se reproduirait pas. Kettricken avait raison : Umbre était beaucoup trop intelligent pour avoir verrouillé une serrure sans confier la clé à l'un de nous.

Je pris la main du vieil espion et observai ses traits tirés, ses lèvres qui bougeaient légèrement au rythme de sa respiration. Concentré sur lui, je tendis à nouveau mon Art mais ne trouvai nulle prise, comme si j'essayais de saisir un globe de verre avec des mains savonneuses. Je serrai les dents et choisis une voie d'action qu'il avait toujours désapprouvée : je le cherchai avec mon Vif, m'accrochai à la vie animale que je sentais aller et venir en lui, puis entrepris de l'aiguillonner avec l'Art. Je commençai par une liste de noms. *Chevalerie. Vérité. Subtil. Tombétoile. Loinvoyant. Burrich. Kettricken.* Je passai en revue tous ceux à qui il tenait dans l'espoir d'une réaction. En vain. Je terminai par *dame Thym. Sire Doré. Rôdeur.*

Je renonçai et ouvris les yeux. Le silence régnait. Le roi Devoir était toujours assis de l'autre côté du lit ; à la fenêtre derrière lui, le soleil sombrait vers l'horizon. « J'ai renvoyé tout le monde, murmura-t-il.

— Je ne suis arrivé à rien.

— Je sais ; j'écoutais. »

Profitant de cet instant d'intimité, j'observai mon roi. Ortie et lui avaient à peu près le même âge et se ressemblaient par certains détails si l'on savait les chercher. Ils avaient la même tignasse brune et bouclée, typique des Loinvoyant, le même nez droit et le même pli résolu à la bouche ; mais Devoir me dépassait en taille tandis qu'Ortie n'était guère plus grande que sa mère. Les mains jointes, le bout des doigts sur les lèvres, il avait la mine grave. Mon roi. Le troisième souverain Loinvoyant que je servais.

Il se leva et s'étira avec un grognement d'effort. Son chien l'imita, se redressant puis s'inclinant bas, les pattes avant tendues. Le roi se dirigea vers la porte, l'ouvrit et dit : « Qu'on apporte de quoi manger, je vous prie, et de l'eau pour Courseur. Et aussi de l'eau-de-vie de qualité avec deux coupes. Prévenez madame ma mère que nous n'avons pas encore réussi. » Il referma la porte et se tourna vers moi. « Quoi ? Pourquoi souriez-vous ?

— Quel roi vous êtes devenu, Devoir ! Vérité serait fier de vous. Il était comme vous capable de dire "je vous prie" au plus humble serviteur sans une ombre d'ironie. Mais il y a des mois que nous n'avons pas parlé ; dites-moi comment vous va la couronne ? »

Il l'ôta, secoua la tête, se passa de nouveau les doigts dans les cheveux, et posa l'ornement sur la table de nuit d'Umbre. « Je la trouve pesante parfois, même celle-ci ; l'officielle que je dois coiffer quand je rends la justice est encore pire. Mais il faut le supporter. »

Je savais qu'il ne parlait pas du poids du métal. « Et votre reine ? Et les princes ?

— Ils vont bien. » Un soupir. « Sa terre natale lui manque, et aussi la liberté dont elle jouissait en tant que narcheska et qu'elle n'a plus comme reine des Six-Duchés. Elle a de nouveau emmené les garçons chez ses mères. Je sais que, selon la coutume de son peuple, c'est la lignée maternelle qui compte, mais ma propre mère et Umbre jugent imprudent de laisser si souvent mes deux fils affronter les dangers de la mer. » Il eut un sourire contrit. « Mais j'ai du mal à lui dire non ; et puis, comme elle me le fait observer, ce sont autant ses enfants que les miens. Après la mauvaise chute de Prospère l'hiver dernier, elle a comparé les parties de chasse où je les emmène aux voyages qu'elle leur organise. Et elle s'irrite de n'avoir pas encore donné de fille à sa Maison des mères, tandis que, pour ma part, j'éprouve un certain soulagement à n'avoir que des fils. Je serais parfaitement heureux de n'avoir jamais à décider où ma fille doit grandir. Mais Elliania s'agace de ne pas être tombée enceinte depuis quatre ans. Enfin… » Il soupira.

« Elle est encore jeune, dis-je, non sans audace. Vous avez, quoi, trente ans à peine ? Et elle est votre cadette. Vous avez le temps.

— Mais elle a fait deux fausses couches… » Il s'interrompit et contempla une ombre dans l'angle de la chambre. À ses pieds, le mâtin gémit en levant vers moi un regard accusateur, et Devoir posa la main sur son flanc. Nous restâmes un moment silencieux puis le roi changea de conversation en désignant Umbre de la tête. « Il s'affaiblit, Fitz. Qu'allons-nous faire ? »

On frappa à la porte. Je me levai et allai ouvrir. Un page entra avec un plateau garni ; trois autres suivirent, l'un avec une carafe d'eau chaude, une cuvette et des serviettes, l'autre avec l'eau-de-vie et les coupes ; le dernier, une fille, portait une petite table, le souffle court. Nous nous tûmes pendant qu'ils disposaient la collation, puis ils s'alignèrent, s'inclinèrent à l'unisson et attendirent les remerciements de Devoir avant de se retirer. Une fois la porte fermée, je désignai la table ; Courseur lapait déjà bruyamment son bol d'eau.

« Mangeons, buvons, puis nous essaierons à nouveau », dis-je.

Ce que nous fîmes.

Dans la nuit, à la lueur des bougies, je pris un tissu mouillé et humectai les lèvres d'Umbre. J'avais l'impression d'une veillée funèbre. J'avais renoncé à ma liste de noms et entamé une longue conversation avec lui sur les souvenirs de mon apprentissage d'assassin auprès de lui ; j'avais évoqué l'époque où il m'apprenait à concocter des poisons et celle de notre folle chevauchée jusqu'à Forge ; j'avais récité des poèmes qui

permettaient de retenir les noms des simples et leurs propriétés médicinales ; j'avais décrit nos disputes et les moments où
nous étions le plus proches, tout cela avec l'espoir qu'un mot
prononcé par moi fût la clé. En vain. Devoir m'avait tenu
compagnie tandis que les autres entraient et sortaient comme
des ombres qui se déplacent avec le passage du soleil. Lourd
s'était assis quelque temps avec nous et avait proposé des mots
que nous avions déjà essayés. Ortie s'était rendue dans le vieux
bureau d'Umbre pour fouiller le fatras qui traînait sur sa
table ; elle en avait rapporté des parchemins et d'autres objets
qu'elle nous avait soumis, mais nous n'y avions trouvé nul
indice. L'espoir nous était arraché comme un bandage trempé
d'une blessure purulente ; j'étais d'un optimisme tremblant à
mon arrivée, je souhaitais désormais que tout fût fini.

« Avons-nous essayé les noms de plantes ?

— Oui ; vous ne vous en souvenez pas ?

— Non, reconnut Devoir. Je suis trop fatigué. Je ne sais
plus ce que nous avons tenté ou non. »

Je reposai la main d'Umbre sur sa poitrine qui montait et
descendait doucement et m'approchait de la table où s'étalait
le bric-à-brac rapporté de son bureau. Les bougies à demi
consumées me montrèrent un manuscrit d'Art sur la façon
d'imprimer un message dans la pierre, un autre sur la fabrication du fromage, et un vieux vélin sur l'art de voir l'avenir
dans un bol d'eau. Outre ces textes, il y avait un bloc de
pierre de mémoire vide, une lame de couteau cassée et un
verre à vin qui contenait quelques fleurs fanées. Devoir me
rejoignit. « La lame brisée ? » demanda-t-il.

Je secouai la tête. « Elle ne nous apprend rien ; il était toujours pressé et cherchait à ouvrir tout et n'importe quoi avec
une lame de couteau. » Je poussai du doigt le bloc de pierre.
« D'où cela vient-il ? D'Aslevjal ? »

Il acquiesça de la tête. « Umbre s'y est rendu quelques fois
au cours des cinq dernières années ; ce que vous lui aviez
raconté sur la forteresse de Kébal Paincru et sur les Anciens
qui l'avaient bâtie et occupée il y a des éternités avait suscité
chez lui une intense curiosité. Nous voyions ces expéditions

d'un mauvais œil, mais vous le connaissez : il n'écoute que lui-même. Et puis ses excursions ont cessé brusquement ; il a dû vivre une expérience effrayante qui lui a restitué sa jugeote, mais il n'en a jamais parlé. Son amour-propre l'en a sans doute empêché, et il ne voulait pas nous donner la satisfaction de lui dire : "Nous vous avions prévenu !" Lors d'un de ses voyages, il avait trouvé une salle jonchée de cubes de pierre de mémoire, et il en avait rapporté un petit sac ; certains renfermaient des souvenirs, surtout des poèmes et des chansons, les autres étaient vides.

— Il a donc imprimé une pensée dans l'un d'eux et vous l'a envoyé récemment.

— Oui. »

Je regardai Devoir sans rien dire. Il se redressa lentement, la consternation le disputant au soulagement sur ses traits.

« Ah ! C'est la clé, c'est ça ?

— Vous rappelez-vous ce que racontait le poème ?

— Parfaitement. » Il s'approcha du lit, s'assit et prit la main d'Umbre pour faciliter le contact d'Art. « Là où les violettes fleurissent sur les genoux d'une dame, la vieille araignée sage tisse sa trame. »

Nous souriions tous les deux. Mais Devoir reprit peu à peu son air sombre, et je lui demandai : « Qu'y a-t-il ?

— Pas de réaction ; il est aussi invisible à mon Art qu'avant. »

Je m'assis à mon tour sur le lit et saisis la main Umbre. Je me concentrai sur lui et m'exprimai à la fois par la parole et par l'Art. « *Là où les violettes fleurissent sur les genoux d'une dame, la vieille araignée sage tisse sa trame.* »

Rien ; seulement la main inerte du vieil assassin dans la mienne.

« Il est peut-être trop faible pour répondre, dit Devoir.

— Chut. » Je me redressai et réfléchis. Des violettes sur les genoux d'une dame... Des violettes sur les genoux d'une dame... Cela m'évoquait un souvenir, un lointain souvenir. Il me revint soudain : une statue du jardin des Femmes ; elle se trouvait au fond, dans un angle, sous un taillis de pruniers.

Là, où l'ombre restait profonde et fraîche même en plein été, résidait une représentation d'Eda, assise les mains posées devant elle. Elle était là depuis longtemps. Je me rappelai de petites fougères qui poussaient entre les plis moussus de sa robe, et, oui, des violettes sur ses genoux.

« Il me faut une torche. Je sais où il a caché la clé ; je dois descendre au jardin des Femmes auprès de la statue d'Eda. »

Umbre prit une brusque inspiration ; l'espace d'un instant, je craignis que ce ne fût son dernier soupir, puis Devoir déclara d'un ton impétueux : « C'est la clé ! La vieille araignée, c'est Umbre. Eda, dans le jardin des Femmes. »

Quand il prononça le nom de la déesse, j'eus l'impression que d'épais rideaux s'écartaient, et Umbre s'ouvrit à l'Art. Devoir appela aussitôt Ortie, Lourd et Calme mais n'attendit pas l'arrivée du reste du clan.

« A-t-il la résistance nécessaire ? » demandai-je d'une voix tendue ; je savais qu'une guérison forcée consume sans merci les réserves du patient. La magie elle-même ne le traite pas : elle oblige l'organisme à accélérer le processus.

« Nous pouvons laisser l'agonie épuiser lentement ses forces, ou nous pouvons les brûler dans l'espoir de le rétablir. À sa place, que choisiriez-vous ? »

Je refoulai la réponse qui me montait aux lèvres. Je l'ignorais ; tout ce que je savais, c'est qu'Umbre et Devoir avaient un jour pris la décision sans me consulter et que j'en supportais encore les conséquences : une constitution qui réparait agressivement toute blessure, que je le voulusse ou non. Mais je pouvais certainement éviter ce sort à mon vieux mentor ; je saurais quand arrêter le processus de guérison. Cette décision prise, je refusai de me demander s'il eût fait ce choix pour lui-même.

J'assurai mon lien d'Art avec Devoir et nous plongeâmes ensemble en Umbre. J'eus vaguement conscience d'Ortie qui se joignait à nous, puis de Lourd, encore somnolent et déconcerté mais obéissant à l'appel, et enfin de Calme qui ajoutait son énergie à notre effort commun.

Je menais la troupe. Je n'étais pas le plus puissant des artiseurs présents ; ce rôle était occupé par Lourd, dont la simplicité d'esprit dissimulait son talent naturel. Calme venait ensuite, puits d'énergie pour tout artiseur, même si lui-même était incapable d'y puiser. Devoir avait reçu une meilleure formation que moi sur les différents usages de l'Art, et Ortie, ma fille, le maniait de façon plus intuitive. Mais je les dirigeais en vertu de mes années et de ma connaissance, durement acquise, du fonctionnement du corps humain. C'était Umbre lui-même qui me l'avait enseignée, non comme guérisseur mais comme assassin, pour m'apprendre où la pression d'un doigt peut provoquer la suffocation ou comment une petite dague peut déclencher l'émission d'un jet de sang à chaque battement du cœur.

Toutefois, je ne « voyais » pas à l'intérieur d'Umbre ; en réalité, j'écoutais son organisme et je sentais où il s'efforçait de se réparer. Je prêtais ma force et ma concentration à ce travail, et me servais de mon savoir pour l'employer là où le besoin en était le plus pressant. La douleur n'est pas toujours un indicateur précis des dégâts ; une grande souffrance peut faussement désigner une détérioration étendue. Liés à Umbre par l'Art, nous nageâmes à contre-courant de sa douleur et de sa peur pour repérer les dommages dissimulés derrière l'os du crâne, siège d'une constriction où la circulation ne se faisait plus et où le sang formait une poche devenue toxique.

Je disposais de la puissance de tout un clan exercé, ce qui ne m'était jamais arrivé ; la sensation m'enivrait. J'attirais l'attention de mes compagnons sur les réparations que je souhaitais, et ils unissaient leurs forces pour convaincre les fonctions vitales d'Umbre d'y appliquer leur énergie. Quelle aisance ! Les tentantes possibilités déroulaient devant moi leur somptueuse tapisserie. Que ne pouvais-je accomplir ! Reconstruire Umbre, lui rendre la jeunesse ! Mais je ne devais pas dilapider les réserves de sa chair ; nous avions de l'énergie plus qu'il ne nous en fallait, mais pas lui ; aussi, quand, à mon estimation, nous eûmes fourni à son organisme tout ce dont il avait besoin en l'appliquant convenablement, je chassai mon clan de la chair d'Umbre comme une troupe de poules bien intentionnées entrées par effraction dans un jardin.

J'ouvris les yeux et vis, éclairé par les bougies, un cercle de visages angoissés. Des filets de transpiration coulaient sur la figure de Calme, son col était trempé, et il haletait comme un messager qui vient de remettre sa missive. Ortie se tenait le menton appuyé sur les paumes, les doigts sur les joues. Lourd avait la bouche béante, et la sueur plaquait les cheveux de mon roi sur son front. Je battis des paupières et sentis le lointain tambour d'une prochaine migraine.

Je souris. « Nous avons fait notre possible ; il faut maintenant le laisser seul et donner du temps à son organisme. » Je me levai lentement. « Allez vous reposer ; allez-y. Il n'y a plus rien à faire pour le moment. » Je les fis sortir sans me soucier de leur répugnance. Calme s'appuyait sur le bras de sa sœur. « Donne-lui à manger », murmurai-je sur leur passage, et ma fille hocha la tête.

« Ouais », acquiesça Lourd avec entrain, et il les suivit.

Seul Devoir osa me défier et se rassit au chevet d'Umbre ; avec un soupir, son chien se laissa tomber à ses pieds. Je secouai la tête, repris ma place et, à l'encontre de mes propres instructions, tendis ma conscience vers celle du vieil assassin.

Umbre ?

Que s'est-il passé ? Que m'est-il arrivé ? Son esprit était flou et confus.

Vous avez fait une chute et vous êtes cogné la tête. Vous étiez inconscient, et, comme vous vous étiez muré contre l'Art, nous avons eu du mal à établir le contact et à vous guérir.

Je sentis la terreur l'envahir, et il projeta son Art dans son organisme. Il me faisait songer quelqu'un qui vérifie ses poches pour s'assurer qu'un tire-laine ne l'a pas dépouillé. Je sus qu'il découvrit les traces que nous avions laissées et qu'elles étaient nombreuses. *Je n'ai plus de force. J'ai failli mourir, n'est-ce pas ? Donne-moi à boire, s'il te plaît. Pourquoi m'avez-vous laissé m'affaiblir à ce point ?*

La colère me saisit, mais je me maîtrisai : ce n'était pas le moment. Je portai la coupe à sa bouche en lui soulevant la tête. Les yeux clos, il tâta vaguement des lèvres le bord du récipient puis aspira bruyamment. Je remplis la coupe et, cette fois, il but plus lentement. Enfin, il se détourna pour montrer qu'il s'était assez désaltéré, et je reposai la coupe. « Pourquoi ce secret ? Vous n'avez prévenu personne que vous vous étiez fermé à l'Art. Et pourquoi l'avoir fait ? »

Il était encore trop épuisé pour parler. Je repris sa main, et ses pensées touchèrent les miennes.

Protéger le roi. Je connais trop de ses secrets, trop de secrets des Loinvoyant. Peux pas laisser un tel défaut dans la cuirasse. Il faut murer tous les clans.

Mais comment communiquerions-nous ?

Murés pendant le sommeil ; réveillé, je sentirais qui cherche à m'atteindre.

Vous ne dormiez pas : vous étiez inconscient et vous aviez besoin de nous.

Peu probable. Un coup… de malchance. Et… tu es venu. Tu as déchiffré le rébus.

Son esprit s'affaiblissait. Je le savais épuisé ; mon propre corps commençait à réclamer du repos. Artiser demandait un grand effort, aussi exténuant que chasser ou se battre. Or c'était bien un combat que nous avions livré, l'invasion du territoire d'Umbre…

Je me réveillai en sursaut. Je tenais toujours la main de mon mentor, mais il dormait profondément ; Devoir, avachi dans son fauteuil de l'autre côté du lit, ronflait légèrement. Son chien leva la tête, me regarda un instant puis la reposa sur ses pattes. Nous étions tous à bout de forces. Aux dernières lueurs des bougies, j'observai le visage ravagé d'Umbre. On eût dit qu'il sortait d'un jeûne de plusieurs jours ; ses joues s'étaient creusées, et je distinguais la charpente osseuse sous ses traits. Sa main était un fagot d'os dans un sac de peau. Il ne mourrait pas, mais il faudrait du temps pour reconstruire son organisme et retrouver sa vigueur. Le lendemain, il serait affamé.

Je me renversai contre mon dossier avec un soupir. J'avais mal au dos, et les tapis étaient épais et accueillants ; je m'allongeai le long du lit comme un chien fidèle et m'endormis.

Lourd me marcha sur la main. Je me redressai avec un juron et faillis faire tomber le plateau qu'il portait. « On ne dort pas par terre ! » me lança-t-il.

Je fourrai mes doigts meurtris sous mon bras. Il était difficile de discuter la réflexion de Lourd. Je me levai et me laissai choir aussitôt dans mon fauteuil. Umbre était appuyé sur des oreillers ; il était squelettique, et son sourire devant mon malheur prenait un aspect effrayant sur ses traits décharnés. Le siège de Devoir était vide. Sur le plateau, je vis un bol qui contenait des œufs mollets écrasés avec un peu de beurre, de sel et de poivre à côté d'une rangée de tranches de jambon fumé ; je mourais d'envie de tout dévorer, et mon expression dut me trahir car le sourire émacié d'Umbre s'élargit. Sans rien dire, il agita la main pour me donner congé.

Jadis je me fusse rendu aussitôt aux cuisines ; enfant, j'y étais le chouchou de Mijote ; adolescent puis jeune homme, j'avais partagé les repas des gardes dans leur réfectoire bruyant et mal tenu. Mais cette fois j'artisai le roi Devoir pour lui demander s'il avait déjà déjeuné ; il m'invita à le rejoindre, lui et sa mère, dans un salon privé. J'y allai en savourant d'avance le repas et la conversation qui l'accompagnerait.

Devoir et Kettricken m'attendaient. Cette dernière, fidèle à ses origines montagnardes, s'était levée tôt et avait mangé frugalement ; néanmoins, elle partagea notre table, une tasse délicate de tisane claire devant elle. Devoir était aussi affamé que moi, et plus fatigué encore car il s'était réveillé de bonne heure pour rapporter à sa mère les détails de la guérison d'Umbre. Une caravane de pages se présenta avec le petit déjeuner et le disposa sur la table. Devoir congédia les jeunes gens, et la porte se referma derrière eux pour nous laisser dans une relative intimité. Hormis pour me saluer à mon arrivée, Kettricken avait gardé le silence, et elle se tut pendant que nous remplissions nos assiettes puis notre estomac.

Une fois nos premières assiettées terminées, Devoir prit la parole, parfois la bouche pleine, pendant que je continuais de me restaurer. Les guérisseurs étaient venus au chevet de sire Umbre pendant que je dormais ; ils avaient été horrifiés de son émaciation, mais son appétit et son emportement les avaient convaincus qu'il se remettrait. Le roi avait interdit à Calme de fournir de l'énergie à Umbre pour se murer à nouveau, et il espérait que cela suffirait pour prévenir tout accident futur. À part moi, je songeai que le vieil assassin trouverait toujours un moyen de soudoyer ou de tromper Lourd pour l'amener à l'aider.

Quand le rythme de notre gavage ralentit et que Kettricken eut rempli nos tasses pour la troisième fois, elle dit doucement : « À nouveau, FitzChevalerie, vous avez répondu à notre appel désespéré. Vous voyez à quel point nous avons encore besoin de vous. Je sais que vous aimez l'existence paisible que vous menez, et je ne disputerai pas que vous l'avez méritée, mais je vous demande d'envisager la possibilité de passer un mois de chaque saison avec nous, au château de Castelcerf. Je suis sûre que dame Molly se réjouirait d'être plus proche d'Ortie et de Calme pendant ces périodes ; Leste aussi passe souvent. Ses fils doivent lui manquer, et, en ce qui nous concerne, nous serions heureux de vous recevoir. »

C'était la reprise d'une vieille discussion. Cette invitation m'avait été lancée nombre de fois sous quantité de formes : on nous avait proposé des appartements dans le château, une résidence charmante au sommet des falaises avec une vue exceptionnelle sur la mer, une petite maison douillette près des pâtures, et maintenant on nous offrait de nous accueillir à Castelcerf quatre fois par an. Je souris à mes deux convives, qui lurent la réponse dans mes yeux.

Pour moi, la question n'était pas le lieu choisi, mais le fait de redevenir un Loinvoyant en contact permanent avec la politique de la couronne. Devoir estimait que le temps avait passé et que peu de gens s'intéresseraient à la résurrection miraculeuse de FitzChevalerie Loinvoyant, quel que fût le déshonneur jadis attaché à ce nom. J'en doutais, mais, même sous l'humble nom de « dotaire Tom Blaireau », même sous celui de sire Blaireau, comme on me l'avait proposé, je ne souhaitais plus naviguer dans ces eaux ; inévitablement, leurs courants m'entraîneraient loin de Molly et m'engloutiraient dans la politique des Loinvoyant. Devoir et sa mère le savaient aussi bien que moi.

Je me contentai donc de répondre : « Si vous avez besoin de moi de façon urgente, je viendrai toujours ; je pense l'avoir démontré à de nombreuses reprises. Et, maintenant que j'ai utilisé les Pierres pour voyager rapidement, je le referai sans doute en cas de nécessité pressante. Mais je ne pense pas que j'habiterai de nouveau entre les murs du château ni que je servirai de conseiller au trône. »

Kettricken prit une inspiration comme pour parler, et Devoir murmura : « Mère. » Ce n'était pas une réprimande ; peut-être lui rappelait-il que nous avions déjà parcouru cette voie. Elle me regarda et sourit.

« Votre invitation me touche, dis-je ; vraiment. Autrement, je redouterais que vous ne me jugiez inutile. »

Elle me rendit mon sourire et nous achevâmes notre repas. Au moment de sortir de table, je déclarai : « Je vais aller voir Umbre, et, s'il me paraît avoir assez repris de forces pour que je n'aie plus à m'inquiéter, je rentrerai à Flétrybois aujourd'hui même.

— Par les Pierres ? » demanda Kettricken.

Je mourais d'envie de retourner chez moi ; est-ce pour cela que cette idée me tenta ? Ou bien était-ce la séduction du fleuve d'Art qui court, profond et vif, derrière ces piliers gravés ? Mes deux amis m'observaient. Devoir fit à mi-voix : « N'oubliez pas ce que l'Homme noir vous a dit : il est dangereux de voyager par les Pierres trop souvent et à intervalle trop rapproché. »

Il n'avait pas besoin de me le rappeler : le souvenir des semaines que j'avais perdues dans un pilier me glaçait encore. Je secouai la tête, incapable de croire que j'eusse seulement envisagé ce moyen pour mon trajet de retour. « Puis-je emprunter un cheval ? »

Devoir sourit. « Vous pouvez prendre et garder n'importe quelle monture des écuries, Fitz, vous le savez bien. Choisissez-en une bonne pour l'ajouter à votre cheptel. »

Je le savais mais jamais je ne le considérerais comme un acquis.

C'est en milieu d'après-midi que j'allai rendre visite au vieillard. Une multitude d'oreillers de velours en camaïeu de vert le redressait, et les tentures ouvertes de son lit étaient retenues par d'épais liens de soie torsadée. On avait placé le cordon d'appel à sa portée, ainsi qu'une table de chevet avec un saladier de fruits venus de la serre chaude, accompagnés de noix que je ne reconnus pas, témoins de la vitalité de nos échanges avec nos nouveaux partenaires commerciaux du Sud. On lui avait brossé les cheveux avant de les nouer en queue de guerrier ; poivre et sel quand je l'avais connu, ils luisaient désormais d'un argent uniforme. L'ecchymose enflée et violacée avait disparu en ne laissant qu'une ombre brun jaunâtre, et ses yeux verts avaient le brillant du jade poli. Mais ces signes de santé ne lui rendaient pas la chair qu'il avait perdue lors de sa guérison forcée. C'était un squelette très pétulant. À mon entrée, il posa le manuscrit qu'il lisait.

« Qu'est-ce donc que vous portez ? » demandai-je, curieux.

Il baissa les yeux sur sa tenue sans aucune gêne apparente. « Je crois que ça s'appelle une liseuse ; c'est un cadeau d'une aristocrate jamaillienne arrivée il y a quelques mois avec une cargaison de marchandises. » Il caressa la manche chargée de broderies. « C'est très confortable ; ça sert à garder les épaules et le dos au chaud quand on s'adonne à la lecture au lit. »

Je tirai un tabouret pour m'asseoir près de lui. « Très spécialisé, comme vêtement, dirait-on.

— En cela, il est typiquement jamaillien. Savais-tu qu'ils portent une robe particulière pour prier leur dieu à deux visages ? On l'enfile dans un sens si on s'adresse à l'aspect masculin ou dans l'autre si on parle à l'aspect féminin. Et (il se redressa, ses traits s'animant comme toujours lorsqu'il se lançait dans un sujet qui le passionnait), si une femme tombe enceinte, elle porte tel vêtement pour avoir un garçon, tel autre pour avoir une fille.

— Et ça marche ? » J'étais sceptique.

« En principe, mais ce n'est pas garanti. Pourquoi ? Molly et toi essayez encore d'avoir un enfant ? »

Umbre n'avait jamais regardé aucun aspect de ma vie comme privé depuis qu'il avait appris mon existence, et il en serait toujours ainsi. Il était plus facile de lui répondre que de lui reprocher son indiscrétion. « Non, nous ne nourrissons plus d'espoir depuis un certain temps ; elle a passé l'âge. Ortie restera notre seule fille. »

Son expression s'adoucit. « Je suis navré, Fitz ; il paraît que rien ne donne un sentiment d'achèvement comme d'avoir des enfants. Je sais que tu voulais... »

Je l'interrompis. « Je me suis occupé de Heur, et je me flatte de m'être bien débrouillé pour quelqu'un qui s'est brusquement retrouvé avec un orphelin de huit ans sur les bras. Il continue à m'envoyer des nouvelles quand ses voyages et ses devoirs de ménestrel le lui permettent. Ortie a bien tourné, et Molly a partagé avec moi ses autres enfants. J'ai vu Âtre et Juste devenir des adultes et s'en aller ensemble. J'ai bien profité de ces années, Umbre, et on ne gagne rien à regretter les occasions manquées. J'ai Molly, et, franchement, cela me suffit. Avec elle, je suis chez moi. »

Je lui avais coupé l'herbe sous le pied avant qu'il pût chercher à me convaincre de rester un moment ou de m'installer à Castelcerf pour une saison, un an ou deux. Je connaissais sa litanie aussi bien que celle de Kettricken, mais ses arguments s'appuyaient sur la culpabilité plus que sur le sens du devoir. Malgré son âge, il avait encore beaucoup à m'enseigner ; j'avais toujours été son élève le plus prometteur ; Devoir avait encore besoin d'un assassin accompli, et j'étais une arme unique en cela que le jeune roi pouvait s'entretenir avec moi en silence par le biais de l'Art. Et la magie elle-même ! Elle recelait encore tant de mystères à débrouiller ! Il demeurait tant de traductions à effectuer, tant de secrets et de techniques inconnues à extraire de la mine de parchemins que nous avions rapportés d'Aslevjal !

Je connaissais ses arguments et ses stratégies de persuasion. Je les avais tous entendus au cours des années et j'y avais résisté. Toujours. Mais le jeu devait se dérouler jusqu'au bout ; c'était devenu notre rite d'adieu, tout comme les tâches qu'il m'assignait dans ces moments.

« Ma foi, si tu ne veux pas rester pour m'aider à faire le travail, dit-il comme si nous venions d'achever la discussion sur ce sujet, accepteras-tu au moins de partager le fardeau ?

— Comme toujours », répondis-je.

Il sourit. « Dame Romarin a préparé une sélection de manuscrits à ton intention et prévu une mule pour les porter ; elle s'apprêtait à les placer dans un bât mais je lui ai dit que tu voyagerais à dos de cheval. »

Je hochai la tête. Bien des années plus tôt, Romarin avait pris ma place comme apprentie auprès d'Umbre et, depuis une vingtaine d'années, exécutait les « besognes discrètes » dévolues à un assassin et à un espion de la famille royale. Non, depuis plus longtemps que cela. Je me demandai distraitement si elle-même avait déjà un apprenti.

Mais Umbre me ramena au présent en m'énonçant une liste de plantes et de racines que je devais lui obtenir en secret. Il mit à nouveau sur le tapis l'idée que la couronne devrait poster un artiseur en formation à Flétrybois pour permettre une communication rapide avec Castelcerf, et je lui rappelai qu'en tant qu'artiseur moi-même je pouvais m'en charger sans accueillir un de ses espions sous mon toit. Il sourit et détourna la conversation sur la fréquence d'utilisation des Pierres et les risques encourus ; seul individu vivant à m'y être perdu et à y avoir survécu, j'avais tendance à me montrer plus réticent que lui, qui était toujours prêt à toutes les expériences. Mais cette fois il ne récusa pas mon avis.

Je m'éclaircis la gorge. « Cette idée de mot clé secret n'est pas bonne, Umbre ; s'il vous en faut un, notez-le et confiez-le au roi.

— Ce qui est écrit peut-être lu ; ce qui est caché peut-être découvert.

— En effet. Voici une autre vérité : quand on est mort, on est mort.

— J'ai été fidèle aux Loinvoyant toute ma vie, Fitz ; je préfère mourir que servir d'arme contre le roi. »

Il me fut pénible de m'avouer qu'il avait raison. Néanmoins, je répliquai : « Alors, selon votre logique, tous les membres d'un clan d'Art devraient être murés, chacun avec un mot différent qui ne pourrait être découvert qu'en répondant à une devinette. »

Ses mains, grandes et agiles encore, se déplacèrent comme des araignées le long de son dessus-de-lit. « Ce serait sans doute le mieux, oui ; mais, tant que je n'aurai pas convaincu le reste du clan royal de cette nécessité, je prendrai des mesures pour protéger son membre le plus précieux de la corruption. »

Il ne s'était jamais tenu en basse estime. « C'est-à-dire vous, dis-je.

— Évidemment. »

Je le regardai sans rien dire, et il se hérissa. « Quoi ? Tu n'es pas d'accord ? Sais-tu combien de secrets je garde pour notre famille ? Tous les détails de notre histoire et de notre lignée, toutes les connaissances sur l'Art qui ne subsistent que dans ma mémoire et dans quelques parchemins moisis, pour la plupart quasiment illisibles ? Imagine que je tombe sous l'emprise de quelqu'un ; imagine qu'on pille mon esprit et qu'on se serve de mes secrets contre le trône ! »

Avec effroi, je me rendis compte qu'il avait parfaitement raison. Je courbai la tête et réfléchis. « Ne pouvez-vous me révéler le mot que vous emploierez pour vous murer et me faire confiance pour le garder secret ? » J'avais déjà accepté l'idée qu'il recommencerait l'expérience.

Il se pencha vers moi. « Consentirais-tu à fermer ton esprit à l'Art ? »

J'hésitai. Je n'en avais pas envie ; je conservai un souvenir trop vif de la mort de Burrich, inaccessible aux secours qui l'eussent peut-être sauvé, et du danger qu'avait couru Umbre. J'avais toujours cru qu'entre une guérison par l'Art et la mort, je choisirais à présent la mort, mais sa question me forçait à affronter la vérité. Non, je voudrais maintenir le choix, et il resterait plus facilement disponible si mon esprit n'était pas fermé à ceux qui souhaitaient m'aider.

Umbre s'éclaircit la gorge. « Eh bien, en attendant que tu sois prêt, je ferai ce que je juge le mieux. Toi aussi, d'ailleurs, j'en suis sûr. »

J'acquiesçai de la tête. « Umbre, je... »

Il m'interrompit d'un geste. « Je sais déjà tout ça, mon garçon, dit-il, bourru. Et je serai un peu plus prudent. Mets-toi le plus vite possible au travail sur ces manuscrits, veux-tu ? Les traduire sera compliqué, mais pas au-delà de tes compétences. Et maintenant, il faut que je me repose – ou que je mange ; je ne sais pas si c'est la faim ou la fatigue qui l'emporte. Ah, cette guérison d'Art... » Il secoua la tête.

« Je sais. Je renverrai les parchemins à mesure que je les traduirai, et j'en garderai une copie cachée à Flétrybois. Rétablissez-vous pendant ce temps.

— C'est promis. »

Il se laissa aller contre son amoncellement d'oreillers et ferma les yeux, épuisé. Je sortis sans bruit, et, avant le coucher du soleil, j'étais en route pour rentrer chez moi.

4

PRÉSERVATION

J'ignorais qui était mon père avant d'arriver au château de Castelcerf. Ma mère était fantassin de l'armée Loinvoyant pendant les deux années où les forces des Six-Duchés s'étaient massées à la frontière de Bauge et de Chalcède ; elle s'appelait Hyacinthe Tombétoile et ses parents étaient fermiers. Ils avaient tous deux succombé l'année du mal suffocant. Incapable de s'occuper seule de la ferme, elle avait loué la terre à ses cousins pour aller chercher fortune à Lès-Marais ; là, elle était devenue soldat pour la duchesse Capable de Bauge, avait appris le maniement de l'épée et y avait montré du talent. Quand la guerre avait éclaté sur la frontière et que le roi des Six-Duchés en personne était venu mener ses troupes au combat, elle était là ; elle avait fait partie des forces qui avaient tenu le terrain jusqu'à ce que l'envahisseur fût repoussé sur son territoire et une nouvelle frontière établie.

Elle était alors retournée dans sa ferme en Bauge et m'y avait donné le jour. Un homme du nom de Rogan Maindure était revenu avec elle, et elle l'avait pris pour mari. Il avait fait la guerre à ses côtés et il l'aimait. À l'égard du fils bâtard de sa femme, qui ne lui était rien, il se montrait moins bienveillant, et je le lui rendais avec vigueur ; mais nous aimions tous deux *ma mère et elle nous aimait, aussi tâcherai-je de parler de lui avec équité. Il ne connaissait rien à l'agriculture mais il faisait des efforts. Ce fut le père que je connus jusqu'à la mort de ma mère, et, bien qu'il fût dur et me regardât comme une gêne, j'ai vu des hommes endosser le même habit de façon bien pire. Il agit selon sa conception de son rôle : il m'enseigna à obéir, à travailler sans relâche et à ne pas défier l'autorité. En outre, il trima aux côtés de ma mère pour gagner l'argent nécessaire afin de m'envoyer chez un scribe local apprendre à lire et à calculer, talents qu'il ne possédait pas mais que ma mère jugeait essentiels. Je crois qu'il ne se demanda jamais s'il m'aimait ou non : il m'éleva comme il fallait. Et, naturellement, je le détestais.*

Toutefois, pendant les derniers jours de la vie de ma mère, le chagrin nous réunit. Sa mort nous choqua : comment une femme aussi forte pouvait-elle succomber de façon aussi inutile et stupide ? Alors qu'elle montait dans le grenier de l'étable à vaches, elle avait glissé sur la vieille échelle et s'était enfoncé une longue écharde dans le poignet ; elle l'avait extraite, et la blessure avait à peine saigné. Mais le lendemain elle avait tout le bras enflé, et le surlendemain elle était morte. Le mal n'avait pas perdu de temps. Nous l'enterrâmes ensemble, et, le matin suivant, il me mit sur la mule avec une besace contenant des pommes tardives, des biscuits et douze lanières de viande séchée ; il me donna aussi deux pièces d'argent et m'enjoignit de ne pas quitter la route du Roi : elle me conduirait au château de Castelcerf. Il me confia un manuscrit très abîmé à délivrer au souverain des Six-Duchés ; je n'ai jamais revu ce document depuis que je l'ai remis au roi en mains propres. Je sais que Rogan Maindure ne savait pas écrire, il devait donc être de la main de ma mère. Je n'en déchiffrai que les mots écrits à l'extérieur : À n'ouvrir que par le roi des Six-Duchés.

Mes débuts, Umbre Tombétoile

L'intrusion d'Umbre fut comme un murmure à mon oreille, hormis le fait qu'un murmure ne m'eût pas empêché de dormir. Un contact d'Art s'impose de façon irréfutable.

Regrettes-tu parfois d'avoir tout couché sur le papier, Fitz ?

Il ne fermait quasiment jamais l'œil quand j'étais enfant, et, plus il prenait de l'âge, moins il paraissait avoir besoin de sommeil. Il en concluait que je ne dormais jamais non plus, et, si je somnolais après une rude journée de labeur sans dresser convenablement mes protections mentales, il lui arrivait souvent de s'introduire dans mes pensées sans plus d'égards pour mon intimité qu'il n'en avait pour entrer dans ma chambre à l'époque où je vivais au château de Castelcerf. Dans ma jeunesse, il déclenchait une porte secrète et descendait l'escalier qui menait de son bureau dissimulé dans une tour jusque chez moi. Aujourd'hui, à une vie entière et à plusieurs lieues de distance, il pénétrait sans prévenir dans mon esprit. Je songeais souvent que l'Art est une magie merveilleuse mais une calamité entre les mains d'un vieillard.

Je me retournai dans mon lit, désorienté. Sa voix résonnait toujours dans ma tête avec le même ton impérieux et pressant que dans mon enfance, alors qu'il était beaucoup plus jeune et m'enseignait son savoir. Mais, ce qui me marquait, ce n'était pas seulement la force de ses mots : c'était que le contact avec mon esprit s'accompagnait de l'image qu'il avait de moi. De même qu'Ortie me voyait jadis comme un loup plus que comme un homme – et nos conversations restaient teintées de cette impression d'animal sauvage toujours sur ses gardes –, je serais toujours pour Umbre l'apprenti de douze ans à sa totale disposition.

Je rassemblai mon énergie et lui répondis. *Je dormais.*

Allons, il n'est pas si tard ! Peu à peu, je distinguai son environnement. Une chambre confortable ; installé dans un fauteuil rembourré, il contemplait un petit feu dans la cheminée. Il y avait une table près de lui, et je sentais l'arôme riche du vin rouge qu'il levait dans un verre délicat et l'odeur du bois de pommier qui brûlait dans l'âtre. Quelle différence avec son atelier d'assassin au-dessus de la chambre de mon enfance ! L'espion qui servait secrètement la famille royale des Loinvoyant était désormais un vétéran respecté de la politique, conseiller du roi Devoir. Je me demandais parfois si sa nouvelle respectabilité l'ennuyait ; en tout cas, elle n'avait pas l'air de l'épuiser !

Il n'est peut-être pas tard pour vous, mais j'ai passé des heures à tenir les registres de Flétrybois ce soir, et demain je dois me lever à l'aube pour me rendre au marché de Chênes-lès-Eau pour parler à un négociant en laine.

Ridicule ! Que sais-tu de la laine et des moutons ? Envoie un de tes bergers à ta place.

Impossible. C'est mon travail, non le leur. Et d'ailleurs j'en ai appris beaucoup sur les moutons et la laine depuis que j'habite ici. Je m'écartai doucement de Molly avant de repousser les couvertures et de chercher du pied la robe de chambre que j'avais laissée tomber en me couchant. Je la trouvai, la fis sauter en l'air, l'attrapai au vol et l'enfilai, puis je traversai sans bruit la chambre obscure.

Même si je ne parlais pas tout haut, je ne tenais pas à risquer de déranger Molly. Elle dormait mal depuis quelque temps, et je l'avais surprise plusieurs fois à m'observer avec un sourire spéculateur. Quelque chose la tracassait le jour et l'empêchait de trouver le sommeil la nuit. J'eusse aimé connaître son secret mais je me gardais bien de la harceler ; quand elle serait prête, elle le partagerait. Au moins, cette nuit, elle dormait à poings fermés, et je m'en réjouissais : la vie était plus dure pour elle que pour moi ; vieillissante, elle était sujette à des maux et à des douleurs qui ne m'affectaient pas. *C'est injuste*, me dis-je, puis je chassai cette pensée en sortant dans le couloir.

Trop tard.

Molly est malade ?

Non. Ce sont seulement les années qui nous rattrapent.

Umbre parut étonné. *Rien ne l'oblige à supporter ces douleurs. Le clan se ferait un plaisir d'effectuer une petite mise au point de son organisme ; rien d'important, mais...*

Elle n'apprécierait pas cette ingérence, Umbre. Nous en avons parlé, et c'est sa décision. Elle préfère affronter l'âge à sa façon.

Comme tu veux. Je sentis qu'il trouvait absurde que je n'intervinsse pas.

Non : comme elle veut. De fait, l'Art l'eût débarrassée de nombre de ses maux. Quand je me couchais avec des élancements dans le dos, ils avaient disparu au matin ; pour prix de ces petites réparations, je dévorais comme un débardeur, et en toute impunité. Je n'avais donc rien à payer. *Mais ce n'est pas pour discuter de la santé de Molly que vous m'avez tiré du lit. Allez-vous bien ?*

Assez bien ; je dois encore reprendre du poids à la suite de la guérison ; mais, comme l'Art paraît avoir réparé toutes sortes d'autres petits défauts, l'affaire reste bonne.

Pieds nus, je suivis dans le noir les couloirs lambrissés et quittai notre appartement douillet pour gagner l'aile ouest, peu utilisée. Avec la réduction de la maisonnée, Molly et moi jugions que le corps de logis principal suffisait amplement pour nous et nos rares visiteurs. L'aile ouest était la partie la plus ancienne de la maison, froide en hiver et fraîche en été ; depuis que nous l'avions condamnée, elle était devenue le dernier refuge des chaises grinçantes, des tables branlantes et de tout ce qu'Allègre regardait comme trop usé pour servir au quotidien, mais encore en trop bon état pour être jeté. Frissonnant, j'enfilai un couloir d'un pas vif puis j'ouvris une porte étroite et descendis un escalier de service. Je continuai par un passage réduit en frôlant le mur du bout des doigts, et finalement je poussai la porte de mon antre privé. Quelques braises clignotaient encore dans la cheminée ; je me frayai un chemin entre les étagères à manuscrits et m'agenouillai devant l'âtre pour y allumer une chandelle, dont je me servis pour allumer d'autres bougies à demi consumées sur mon bureau. Mon travail de traduction de la veille était encore étalé sur le plateau. Je m'assis dans mon fauteuil et bâillai à m'en décrocher la mâchoire. *Au fait, Umbre !*

Je ne t'ai pas réveillé pour parler de Molly, même si je m'intéresse à sa santé en ce qu'elle affecte ton bonheur et l'attention d'Ortie. Je voulais te poser une question : tous ces journaux que tu as tenus au cours des années… As-tu jamais regretté d'y avoir tant écrit ?

Je réfléchis très brièvement. L'éclat tremblotant des bougies dansait, tentant, le long des étagères pleines de manuscrits derrière moi ; beaucoup de ces parchemins roulés étaient vieux, voire antiques ; leurs bords étaient déchiquetés, leur vélin taché. J'en faisais des copies sur un papier de qualité que je reliais souvent avec les traductions correspondantes. J'aimais ce travail de préservation de ces textes, et selon Umbre, c'était encore mon devoir envers lui.

Toutefois, ce n'était pas de ces écrits-là qu'il parlait, mais de mes nombreuses tentatives pour raconter ma vie. J'avais été témoin de quantité de changements dans les Six-Duchés depuis l'arrivée au château de Castelcerf du bâtard royal que j'étais ; de royaume isolé, et certains diraient même arriéré, nous étions devenus une destination commerciale de premier plan, et, dans l'intervalle, j'avais vu le mal engendrer la trahison et le sang payer la fidélité. J'avais vu tuer un roi, et, en tant qu'assassin, j'avais assouvi ma vengeance ; j'avais donné ma vie et ma mort pour les miens à plus d'une reprise ; j'avais vu des amis mourir.

Régulièrement, au cours de mon existence, l'envie m'avait pris de coucher sur le papier tout ce que j'avais vécu, et souvent j'avais dû détruire en hâte ces documents de crainte de les voir tomber entre de mauvaises mains. Je frémis à cette idée. *Je regrette seulement de les avoir rédigés alors que j'ai dû finalement les brûler ; je songe toujours au temps passé à peaufiner mes textes pour les voir réduits en cendres en quelques minutes.*

Mais tu as toujours recommencé.

Je faillis éclater de rire. *C'est vrai ; et, chaque fois, je me suis aperçu que l'histoire changeait avec ma perspective sur la vie. Certaines années, je me percevais comme un héros, d'autres comme un personnage maudit par le sort et injustement opprimé par la vie.* Mes pensées vagabondèrent un moment. J'avais poursuivi les assassins de mon roi dans tout le château de

Castelcerf devant la cour entière. Courageux, inconsidéré, stupide, nécessaire… Je ne comptais plus les avis que j'avais portés sur cet incident au cours des ans.

Tu étais jeune, dit Umbre. *Jeune et plein d'une juste colère.*

Vexé et accablé de douleur, répondis-je. *Écœuré qu'on me mette sans cesse des bâtons dans les roues. Fatigué d'être tenu par des règles qui ne s'appliquaient à personne d'autre.*

Oui, aussi.

Je perdis soudain toute envie de me remémorer cette journée, celui que j'étais, mes actes ni surtout leurs motifs. Tout cela appartenait à une existence passée qui ne pouvait plus me toucher. Les douleurs d'autrefois ne pouvaient plus me faire mal. À moins que… Je lui retournai la question. *Pourquoi me demandez-vous cela ? Songeriez-vous à écrire vos mémoires ?*

Peut-être. Ça m'occuperait pendant ma convalescence. Je crois comprendre un peu mieux tes exhortations à pratiquer les guérisons d'Art avec prudence. Par El, quel temps il faut pour que je redevienne moi-même ! Mes vêtements pendent sur moi au point que j'ai honte de me montrer, et je marche avec la raideur d'un épouvantail. Je le sentis tout à coup écarter la conversation de lui, comme s'il m'avait tourné le dos. Il n'aimait pas reconnaître ses faiblesses. *Quand tu as écrit tes souvenirs, pourquoi as-tu commencé ? Tu étais toujours en train de noter des choses.*

La réponse était facile. *C'est à cause de Geairepu et de dame Patience.* Le scribe qui m'avait enseigné et la femme qui rêvait d'être ma mère. *Tous deux disaient souvent que quelqu'un devrait composer une histoire ordonnée des Six-Duchés, et j'ai entendu que c'était moi qui devais m'en charger. Mais, chaque fois que j'ai essayé de parler du royaume, j'ai fini par écrire sur moi.*

À qui destinais-tu tes mémoires ? À ta fille ?

Encore une vieille blessure. Je répondis avec franchise. *Au début, je n'y ai pas pensé ; j'écrivais pour moi-même, comme si cela pouvait me permettre de comprendre ma vie. Les contes d'autrefois étaient clairs : le bien triomphait, ou bien le héros*

*mourait de façon tragique mais sa mort aboutissait à une vic-
toire. Je narrais donc mon existence comme s'il s'agissait d'un
conte et je lui cherchais un heureux dénouement – ou un sens.*

Mes pensées s'égarèrent un moment, et je remontai les
années jusqu'à l'enfant qu'on avait donné comme apprenti à
un assassin afin qu'il servît une famille qui ne l'avait jamais
reconnu comme fils, jusqu'au guerrier qui se battait à la hache
contre des bateaux pleins d'envahisseurs, jusqu'à l'espion,
l'homme qui servait son roi disparu pendant que tous som-
braient dans l'anarchie autour de lui. Était-ce moi ? Que de
vies vécues ! Que de noms portés ! Et toujours, toujours cette
aspiration à une autre existence.

Je revins à Umbre. *Pendant toutes les années où je ne pouvais
communiquer ni avec Ortie ni avec Molly, je me disais parfois
qu'un jour elles me liraient peut-être et comprendraient pourquoi
je n'étais pas avec elles. Même si je ne revenais jamais, peut-être
sauraient-elles un jour que je l'avais toujours désiré. À l'origine,
c'était donc comme une longue lettre que je leur adressais pour
leur expliquer ce qui me retenait loin d'elles.* Je consolidai mes
murailles mentales ; je ne tenais pas à ce qu'Umbre perçût la
pensée qui m'était venue, selon laquelle ces premières tentatives n'étaient peut-être pas aussi sincères qu'on eût pu le souhaiter. J'étais jeune, et qui ne cherche pas à se présenter sous
son meilleur jour quand il se raconte à l'être aimé ? Ou à
trouver de bonnes excuses face à quelqu'un à qui il a fait du
tort ? Je refoulai cette idée et posai une question à Umbre.

Et, vous, pour qui écririez-vous vos mémoires ?

Sa réponse me sidéra. *Peut-être est-ce comme pour toi.* Il se
tut puis, quand il reprit la parole, je sentis qu'il avait failli
s'épancher mais s'était ravisé. *J'écris peut-être pour toi. Tu es si
proche d'un fils pour moi que ça ne fait plus de différence ; je
tiens peut-être à ce que tu saches quel jeune homme j'ai été, ou
à t'expliquer pourquoi j'ai donné à ta vie la forme qu'elle a. Je
veux peut-être me justifier devant toi de mes décisions.*

Ce ne fut pas qu'il me considérât comme un fils qui me
laissa pantois, mais qu'il crût que je ne comprenais pas les
motifs de son enseignement ni des missions qu'il m'avait

confiées. Souhaitais-je qu'il s'en expliquât ? Je ne le pensais pas. Je cherchai une réponse tout en protégeant mes pensées, et perçus alors son amusement teinté d'une dérision sans méchanceté. Avais-je eu droit à une leçon ?

Vous jugez que je sous-estime Ortie, qu'elle n'aurait pas envie que je me révèle complètement à elle et que ça ne lui servirait à rien.

Oui. Mais je comprends aussi ton besoin de t'expliquer ; en revanche, j'ai plus de mal à comprendre comment tu parviens à t'y mettre. J'ai essayé parce que je le crois nécessaire, pour moi plus que pour ceux qui me suivront, peut-être, comme tu le dis, pour donner une sorte d'ordre ou de sens à mon passé, mais c'est difficile. Que faut-il inclure, que faut-il exclure ? Où commencer l'histoire ? Selon quelle préséance ?

Je souris en me renversant dans mon fauteuil. *En général, j'essaie d'écrire sur un sujet quelconque et je finis par parler de moi.* Une idée me vint tout à coup. *Umbre, j'aimerais vraiment que vous le fassiez — non pour vous expliquer, mais parce que beaucoup de questions que je me pose sur vous n'ont pas de réponse. Vous m'avez fourni quelques détails sur votre vie, mais... qui a décidé que vous deviendriez assassin royal ? Qui vous a enseigné ?*

Un vent glacé souffla en moi et, l'espace d'un instant, j'eus l'impression qu'on m'étranglait sans merci. Aussi brusquement que cela avait commencé, tout cessa, mais je sentis la muraille qu'Umbre avait dressée en hâte. Derrière se dissimulaient des souvenirs noirs et durs. Se pouvait-il qu'il eût souffert d'un précepteur qu'il craignait autant que je craignais Galen ? Ce dernier cherchait plus à m'éliminer discrètement qu'à m'apprendre l'Art, et le soi-disant maître d'Art avait failli parvenir à ses fins : sous prétexte de créer un nouveau clan pour soutenir le roi Vérité dans son combat contre les Pirates rouges, il m'avait battu, humilié, et il avait été bien près d'anéantir mon talent pour la magie. Il avait aussi détourné la loyauté du clan du vrai souverain Loinvoyant : il était l'instrument de la reine Désir puis de son fils, le prince Royal, qui tentaient de se débarrasser du bâtard Loinvoyant pour mettre

Royal sur le trône. Sombre époque. Je me rendis compte qu'Umbre avait compris quels souvenirs m'étaient revenus, et je ne le lui cachai pas, espérant le débusquer un peu. *Eh bien, voilà un « vieil ami » auquel je n'avais pas pensé depuis des années.*

Tu parles d'un ami ! Mais, à ce propos, as-tu des nouvelles de ton vieux compagnon, le Fou ?

Avait-il changé brusquement de sujet pour me prendre au dépourvu ? En ce cas, ce fut un succès. À l'instant où je bloquais ma réaction, je sus que ma défense lui en révélait autant que tout ce que je cherchais à lui dissimuler. Le Fou ! Je n'avais aucune nouvelle de lui depuis des années.

Je me surpris les yeux fixés sur son dernier cadeau, sa sculpture de nous trois, lui, moi et mon loup Œil-de-Nuit. Je levai la main pour la prendre puis me retins ; je ne voulais plus voir son expression changer et perdre ce petit sourire un peu torve qu'il arborait. Je tenais à me le rappeler ainsi. Nous avons avancé ensemble dans la vie pendant de nombreuses années, supporté des épreuves et affronté la mort ensemble. Différentes morts, me dis-je : mon loup avait fini par s'éteindre et mon ami m'avait quitté sans un adieu, et sans un message depuis. Me croyait-il mort ? Pour ma part, je me refusais à évoquer cette éventualité à son égard. C'était impossible ; il m'avait répété qu'il était beaucoup plus âgé que je ne l'imaginais, qu'il vivrait sans doute beaucoup plus longtemps que moi, et c'était un des motifs de son départ : il m'avait prévenu qu'il s'en allait avant notre séparation définitive, croyant me libérer d'un lien et d'une obligation, et me permettre enfin de suivre mes propres inclinations. Mais cette rupture inachevée avait laissé une plaie qui, au cours des ans, était devenue une de ces cicatrices douloureuses aux changements de saison. Où était-il aujourd'hui ? Pourquoi n'avait-il jamais envoyé ne fût-ce qu'une lettre ? S'il me croyait mort, pourquoi avait-il laissé un cadeau à mon intention ? S'il pensait que je finirais par réapparaître, pourquoi ne m'avait-il jamais contacté ? Je détachai mon regard de la sculpture.

Je ne l'ai pas vu et je n'ai reçu aucun message de sa part depuis mon départ d'Aslevjal il y a quatorze ou quinze ans. Pourquoi cette question ?

C'est bien ce que je pensais. Tu te rappelleras que je m'intéressais aux histoires du Prophète blanc bien avant que le Fou ne se déclare comme tel.

En effet ; c'est même dans votre bouche que j'ai entendu le terme pour la première fois. Je tins la bride à ma curiosité et m'interdis de l'interroger davantage. À l'origine, quand il m'avait montré des textes sur le Prophète blanc, j'y avais vu les écrits d'une religion insolite d'un pays exotique. Je connaissais assez bien Eda et El ; ce dernier, dieu de la mer, était une divinité chatouilleuse, impitoyable et exigeante ; Eda, déesse des terres agricoles et des pâtures, était généreuse et maternelle. Mais, même à l'endroit de ces déités propres aux Six-Duchés, Umbre ne m'avait inculqué qu'une maigre révérence, et encore moins envers Sâ, le dieu à deux visages et des deux sexes de Jamaillia, si bien que j'avais eu du mal à comprendre sa fascination pour les légendes du Prophète blanc. Les parchemins prédisaient qu'à chaque génération naissait un enfant sans couleur doué de prescience et du pouvoir d'influer sur le cours du monde par la manipulation d'événements, grands et petits. Cette idée avait intrigué Umbre, ainsi que les récits légendaires sur des Prophètes blancs qui avaient évité des guerres ou renversé des rois en déclenchant des événements infimes qui en avaient entraîné d'immenses. Une de ces épopées racontait que l'un d'eux avait vécu trente ans au bord d'une rivière uniquement pour prévenir un certain voyageur, un certain soir, que le pont céderait s'il tentait de le franchir pendant un orage ; le voyageur devenait plus tard le père d'un illustre général qui avait joué un rôle crucial dans le gain d'une bataille dans un lointain pays. Je ne voyais dans ces histoires que de charmantes billevesées avant de croiser le Fou.

Lorsqu'il s'était déclaré Prophète blanc, j'avais réagi avec scepticisme, et plus encore quand il avait décrété que je serai son catalyseur, celui qui changerait le cours de l'histoire. C'est pourtant ce qui s'était passé, indubitablement. S'il n'avait pas vécu à Castelcerf, je serais mort ; plus d'une fois, son intervention m'avait sauvé la vie. Dans les Montagnes, alors que je gisais brûlant de fièvre et mourant dans la neige, il m'avait transporté chez lui et soigné ; il m'avait maintenu en vie afin que les dragons pussent reprendre leur place légitime dans le monde. Je ne savais toujours pas si c'était bénéfique aux hommes, mais on ne peut nier que, sans lui, rien de tout cela ne se fût produit.

Abîmé dans mes souvenirs, je sursautai quand Umbre me ramena au présent.

Eh bien, des individus singuliers sont passés par Bourg-de-Castelcerf il y a trois semaines. Je n'ai entendu parler d'eux qu'après leur départ, sans quoi je me serais débrouillé pour en apprendre plus long sur eux. L'homme qui me les a signalés dit qu'ils se prétendaient marchands itinérants, mais ils n'avaient que des bibelots bon marché et des articles très courants, verroterie, bracelets en cuivre et autres ; rien de valeur, et, alors qu'ils affirmaient venir de loin, mon informateur disait qu'ils proposaient les marchandises classiques qu'un négociant de la ville met à l'étalage dans un marché de campagne pour les jeunes clients qui n'ont qu'une demi-pièce de cuivre en poche. Ni épices exotiques ni pierres extraordinaires, rien qu'un fatras de colporteur.

Votre espion pensait donc qu'ils se faisaient seulement passer pour des marchands. Je tâchai de ne pas trahir mon impatience. Umbre tenait aux comptes rendus fouillés parce que la vérité se cache dans les détails, et il avait raison, je le savais ; mais j'eusse préféré qu'il allât droit au fait et laissât les à-côtés pour plus tard.

Il avait l'impression qu'ils espéraient acheter plutôt que vendre, ou, mieux encore, obtenir des renseignements gratuitement. Ils demandaient si quelqu'un avait croisé un de leurs amis, un individu au teint très clair ; mais, là où ça devient curieux, c'est qu'il y avait plusieurs descriptions contradictoires de cet « ami » ; l'un parlait d'un jeune homme qui voyageait seul, un autre d'une femme au visage et aux cheveux pâles qui se déplaçait en compagnie d'un jeune homme avec des taches de rousseur et une tignasse rousse ; un troisième posait des questions sur deux jeunes hommes, l'un très blond et l'autre aile-de-corbeau mais à la peau blanche, comme s'ils savaient seulement qu'ils cherchaient un voyageur au teint anormalement clair, seul ou accompagné.

Ou bien des gens dissimulés sous un déguisement. Toutefois, on dirait qu'ils cherchaient en effet un Prophète blanc. Mais pourquoi à Castelcerf ?

Ils n'ont jamais prononcé l'expression « Prophète blanc », et ils n'avaient pas l'air de pèlerins lancés dans une quête pieuse. Il se tut un instant. *Mon informateur paraissait croire que c'étaient des hommes de main en mission, ou peut-être des mercenaires à qui on avait promis une récompense pour leur proie. L'un d'eux a trop bu un soir et, quand ses compagnons sont venus l'emmener de la taverne, il les a injuriés – en chalcédien.*

Intéressant. Je ne pensais pas que les Prophéties blanches avaient des disciples en Chalcède. En tout cas, il y a des dizaines d'années que le Fou n'a pas mis les pieds à Castelcerf ; et, la dernière fois, son teint était plus fauve que pâle. Il se faisait appeler sire Doré.

Je le sais parfaitement ! Alors que je réfléchissais tout haut, il avait cru que je cherchais à réveiller sa mémoire vieillissante, et cela l'irritait. *Mais, à part nous, peu de personnes sont au courant. Néanmoins, les questions posées par nos lascars ont ressuscité quelques histoires sur le bouffon blanc du roi Subtil ; mais ces vieilles lunes ne les intéressaient pas : ils voulaient des nouvelles de quelqu'un qui était passé récemment par Castelcerf.*

Et vous vous êtes dit que le Fou était peut-être revenu.

Je me suis posé la question, en effet. Dans cette hypothèse, c'est toi qu'il serait allé voir en premier. Mais, si tu n'as pas entendu parler de lui, nous sommes face à une énigme sans guère d'indices.

Où se trouvent les marchands à présent ?

Je perçus son agacement. *Le rapport m'est parvenu tardivement ; mon informateur ignorait à quel point il m'intéresserait. Selon la rumeur, ils ont suivi la route du fleuve vers l'intérieur.*

Vers Flétry. Vous dites que ça s'est passé il y a trois semaines ; et on n'a pas de nouvelles d'eux ?

Ils ont disparu complètement, semble-t-il.

Ce n'étaient donc pas des marchands.

Non.

Nous nous tûmes un moment pour évaluer les rares informations dont nous disposions. Si ces hommes se dirigeaient vers Flétrybois, ils eussent déjà dû y parvenir ; peut-être s'étaient-ils contentés de traverser la ville pour continuer vers une destination plus lointaine. Les faits ne suffisaient pas à former une énigme et encore moins à la résoudre.

Tiens, un autre détail curieux : quand mes espions m'ont rapporté qu'ils n'avaient aucune information sur un voyageur au teint pâle ni sur ces prétendus marchands, l'un d'eux m'a demandé si je m'intéressais à d'autres histoires sur des gens d'une pâleur anormale. J'ai répondu que oui, et il m'a parlé d'un meurtre perpétré sur la route du Roi il y a quatre ans ; pendant une patrouille de routine, la garde royale a découvert deux corps, tous deux vêtus à l'étrangère. Une victime était morte à la suite d'un coup brutal à la tête ; l'autre, une jeune fille, avait le teint blême comme le ventre d'un poisson et les cheveux de la couleur d'un glaçon. Elle aussi était morte mais elle ne portait aucune marque de violence ; elle avait l'air d'avoir succombé à un mal qui la rongeait de l'intérieur. Elle n'avait plus que la peau sur les os, mais elle avait manifestement survécu à son compagnon car elle avait découpé des bandes de tissu de son manteau pour panser sa blessure. Peut-être la soignait-il, et, quand il a été tué, a-t-elle fini de dépérir. On l'a trouvée à quelque distance de l'homme, près d'un petit feu de camp ; s'ils avaient des provisions ou des montures, on les avait volées. Personne ne s'est présenté pour demander de leurs nouvelles. L'affaire paraissait curieuse à mon espion : on avait assassiné l'homme mais laissé la femme malade indemne. Les bandits de grand chemin n'agissent pas ainsi.

Je m'étais senti bizarrement glacé par son récit. *Et si elle s'était cachée pendant l'attaque, tout bêtement ? Il ne faudrait peut-être pas faire une montagne d'une taupinière.*

Ni une taupinière d'une montagne. Le ton pensif d'Umbre m'invitait à réfléchir. *Un détail : elle portait des bottes jaunes, comme ta messagère.*

Un picotement d'angoisse me parcourut. La fameuse soirée de la fête de l'Hiver reflua dans ma mémoire. Comment Allègre avait-il décrit la jeune femme ? Avec des mains blanches comme la glace. J'avais cru que c'était à cause du froid, mais s'il s'agissait une Prophétesse blanche ? Toutefois, le meurtre qu'évoquait Umbre datait de quatre ans alors que ma messagère était venue trois hivers plus tôt, et les espions avaient parlé d'un autre messager, peut-être de deux, trois semaines à peine auparavant. Ainsi, une éventuelle succession de messagers, peut-être de Prophètes blancs. Envoyés par le Fou ? Je voulais y réfléchir seul. L'idée d'avoir manqué une missive de sa part me broyait le cœur, et je refusais cette éventualité. *Toutes ces affaires pourraient n'avoir aucun rapport avec moi ni avec vous.*

Ça m'étonnerait. Mais je vais te laisser te recoucher ; tu es toujours de mauvais poil quand tu manques de sommeil.

Vous en avez été responsable assez souvent, répliquai-je, et, à mon grand agacement, il éclata de rire ; puis il disparut de mon esprit.

Une des bougies commençait à vaciller, et je la mouchai. Le matin approchait ; autant allumer une nouvelle chandelle, car je ne dormirais pas davantage cette nuit. Pourquoi Umbre m'avait-il artisé ? Pour m'interroger sur ma façon d'écrire ou pour piquer ma curiosité avec des histoires de voyageurs étrangers en rapport ou non avec le Fou ? Les informations me manquaient pour y réfléchir, mais non pour m'empêcher de dormir. Peut-être ferais-je bien de rester à mon bureau et de reprendre ma traduction : par la faute d'Umbre, mes pensées ne me laisseraient pas en paix. Je me levai lentement et parcourus la pièce des yeux. Le désordre y régnait ; il y avait sur le bureau une coupe qui avait contenu de l'eau-de-vie, et deux plumes dont j'avais cassé la pointe la veille. Il fallait que je me misse au rangement. Les domestiques n'avaient pas le droit d'entrer dans mon bureau, et j'eusse été surpris d'apprendre qu'aucun d'entre eux, hormis Allègre, savait tout le temps que j'y passais, car j'y venais rarement dans la journée ou le soir, que je préférais partager avec Molly. Non, cette pièce me servait de refuge lors de mes nuits blanches, lorsque le sommeil me fuyait ou que les cauchemars m'assaillaient. J'y venais toujours seul. Umbre m'avait inculqué l'habitude d'une discrétion qui ne m'avait jamais quitté, et j'étais le seul gardien de cette salle d'une aile peu fréquentée de la maison. C'était moi qui apportais le bois pour le feu, qui vidais les cendres, qui balayais et rangeais – enfin, parfois. Mon antre avait grand besoin d'attention, mais je n'avais pas l'énergie de m'en occuper.

Je m'étirai, puis m'immobilisai soudain, les mains en l'air, le regard arrêté sur l'épée de Vérité au-dessus du manteau de la cheminée. C'était Hod qui l'avait créée pour lui, et c'était la meilleure forgeronne qu'eût jamais connue Castelcerf ; elle avait péri en défendant le roi Vérité, et celui-ci avait renoncé à sa vie d'homme pour son peuple en s'infusant dans son dragon. À présent, il dormait dans la pierre, à jamais hors de ma portée. Le chagrin me frappa si violemment que j'eus l'impression d'un choc physique, et je ne pus rester plus longtemps dans ce bureau où tant d'objets me reliaient au passé. Je balayai encore une fois lentement la pièce du regard. Oui, c'était là que je rangeais mon passé et toutes les émotions contradictoires qu'il suscitait en moi ; c'était là que je venais pour tâcher de comprendre mon histoire, et c'était là que je pouvais l'enfermer derrière une porte verrouillée pour reprendre le cours de ma vie avec Molly.

Et, pour la première fois, je me demandai pourquoi. Pourquoi l'avais-je rassemblée dans cette imitation des anciens appartements d'Umbre à Castelcerf, et pourquoi m'y terrais-je, seul et incapable de fermer l'œil, pour ressasser des tragédies et des désastres auxquels je ne pouvais plus rien ? Pourquoi ne pas quitter cette pièce, fermer la porte derrière moi et ne jamais y retourner ? Je sentis la culpabilité me poindre, et je m'emparai de cette épée pour l'étudier. Pourquoi ? Pourquoi ce devoir de me rappeler ceux que j'avais perdus et de continuer à les pleurer ? Je m'étais donné beaucoup de mal pour me créer une existence qui m'appartînt, et j'avais triomphé ; elle était à moi désormais, je la tenais entre mes mains, et pourtant je me trouvais dans une pièce pleine de parchemins poussiéreux, de plumes abîmées et de souvenirs du passé pendant qu'ailleurs dans la maison une femme qui m'aimait dormait seule, chaude de sommeil.

Mes yeux se posèrent sur le dernier présent du Fou. La sculpture à trois visages en pierre de mémoire se dressait sur le manteau de la cheminée, et, chaque fois que je levais le nez de mon travail, le regard du Fou croisait le mien. Je me lançai un défi et la pris lentement. Je ne l'avais pas touchée depuis la fête de l'Hiver, trois ans plus tôt, où j'avais entendu le cri. Elle reposait maintenant entre mes paumes et mon regard plongeait dans celui du Fou. Avec un tremblement d'inquiétude, je posai mon pouce sur son front, et j'entendis les mots qu'il prononçait toujours : « *Je n'ai jamais été raisonnable.* » C'est tout ; rien que cette dernière phrase, de sa propre voix, qui m'apaisait et me déchirait à la fois. Je reposai délicatement la sculpture.

M'approchant d'une des deux grandes fenêtres étroites, j'écartai le rideau épais pour contempler le potager de la propriété. La vue était modeste et convenait au bureau d'un scribe, mais ravissante néanmoins. L'éclat nacré de la lune baignait les feuilles et les bourgeons des plantes ; des sentiers de gravier blanc couraient entre les parterres et attiraient la lumière. Je portai mon regard plus loin ; derrière la résidence majestueuse de Flétrybois s'étendaient des prairies vallonnées, et au loin se dressaient les flancs boisés des montagnes.

Par cette belle nuit d'été, dans cette vallée sans danger, on avait laissé les moutons dans les pâtures. Les brebis formaient de grosses taches claires avec leurs agneaux autour d'elles. Les étoiles brillaient comme un troupeau clairsemé dans le ciel noir. Je ne voyais pas les vignes qui couvraient les collines au-delà des pâturages ni la Flétry qui coulait entre les propriétés avant de se jeter dans la Cerf ; parler dans son cas d'une rivière était un peu prétentieux, car on pouvait la traverser à cheval en soulevant à peine quelques éclaboussures, mais elle n'était jamais à sec, même en été, et son flot inépuisable et sonore alimentait notre riche petite vallée. Flétrybois était une propriété paisible et avenante où même un assassin pouvait s'adoucir. J'avais dit à Umbre devoir aller en ville discuter le prix de la laine, mais, en vérité, il avait vu juste : Lin, le vieux berger, et ses trois fils me toléraient plus qu'ils ne comptaient sur moi. J'avais beaucoup appris auprès d'eux, mais, si je tenais à me rendre à Flétry pour m'entretenir avec le négociant en laine, c'était surtout pour une question d'amour-propre. Lin m'accompagnerait avec deux de ses fils et, si ma poignée de main scellait un accord, c'est le signe de tête du berger qui m'indiquerait le moment opportun.

Ma vie était très agréable. Quand la mélancolie me prenait, je savais qu'elle ne venait pas du présent mais des ténèbres du passé, et que ces regrets amers n'étaient que des souvenirs incapables de me faire du mal. Alors que je réfléchissais ainsi, je bâillai soudain, et je décidai d'aller me recoucher.

Je laissai retomber le rideau puis éternuai à cause du nuage de poussière qui s'en échappa. Ce bureau avait grand besoin d'un bon nettoyage – mais pas cette nuit. Peut-être jamais. Et si je le quittais, refermais la porte derrière moi et laissais le passé où il était ? Je jouai avec cette idée comme d'autres jouent avec l'ambition de cesser de boire ; cela me ferait du bien, et peut-être plus encore à Molly et moi, mais je savais que je ne m'y résoudrais pas. J'ignorais pourquoi. Sans hâte, je mouchai les dernières bougies. Un jour… Mais je me mentais à moi-même.

Quand je fermai la porte, l'obscurité froide du couloir m'engloutit. Le plancher était glacé et un vent coulis errait dans les aîtres ; je soupirai. Flétrybois, avec ses vastes dimensions, nécessitait un entretien et des réparations constants ; il y avait toujours quelque chose à faire et de quoi occuper le dotaire Blaireau. Je souris. Quoi, regrettais-je qu'Umbre ne m'eût pas contacté nuitamment pour m'ordonner d'assassiner quelqu'un ? Il était bien préférable que mon seul projet pour le lendemain fût de parler avec Allègre de la cheminée bouchée du salon.

Pieds nus, je retraversai en sens inverse la demeure endormie ; parvenu à ma chambre, j'ouvris la porte sans bruit et la refermai discrètement derrière moi. Ma robe de chambre tomba de nouveau par terre et je me glissai sous les couvertures. La tiédeur et le parfum sucré de Molly m'attiraient. Frissonnant, j'attendis que le froid me quittât tout en tâchant de ne pas réveiller ma compagne, mais elle se retourna vers moi et me prit dans ses bras. Ses petits pieds chauds se placèrent sur mes orteils glacés et elle se mussa sous mon menton, la tête sur ma poitrine.

« Je ne voulais pas te réveiller, murmurai-je.

— J'étais déjà réveillée. Tu n'étais pas là et je t'attendais. » Elle parlait bas mais sans chuchoter.

« Pardon. » Elle me laissa continuer : « C'était Umbre qui m'artisait. »

Je sentis son soupir mais ne l'entendis pas. « Tout va bien ? demanda-t-elle.

— Oui. C'était seulement un vieillard qui ne trouvait pas le sommeil et qui cherchait un peu de compagnie.

— Hmm, acquiesça-t-elle. Je comprends ça ; je ne dors plus aussi bien que dans ma jeunesse.

— Moi non plus. Nous vieillissons tous. »

Elle soupira de nouveau et se serra contre moi. Je la pris dans mes bras et fermai les yeux.

Elle s'éclaircit délicatement la gorge. « Tant que tu ne dors pas... Si tu n'es pas trop fatigué... » Elle bougea contre moi de façon suggestive, et, comme d'habitude, un choc me parcourut. Je souris dans l'obscurité ; c'était ma Molly telle que je l'avais toujours connue. Depuis quelque temps, elle se montrait si pensive et si taciturne que je craignais de l'avoir blessée sans m'en rendre compte ; mais, quand je lui avais posé la question, elle avait secoué la tête, les yeux baissés, un petit sourire aux lèvres. « Je ne suis pas encore prête à te répondre », avait-elle dit, malicieuse. Le matin même, j'étais entré dans la salle où elle raffinait son miel et préparait les bougies qu'elle fabriquait pour notre usage personnel, et je l'avais trouvée immobile, le regard perdu au loin, le long fuseau qu'elle trempait dans la cire pendant entre ses doigts, oublié.

Elle toussota et je m'aperçus que c'était moi qui rêvassais à présent. Je l'embrassai dans le cou, et elle émit une sorte de ronronnement.

Je l'étreignis davantage. « Je ne suis pas trop fatigué, et j'espère ne jamais devenir vieux à ce point. »

Pendant un certain temps, dans notre chambre, nous fûmes aussi jeunes que jamais, mais, avec nos années d'expérience l'un de l'autre, il n'y eut aucune gêne, aucune hésitation. J'avais croisé jadis un ménestrel qui se vantait d'avoir couché avec mille femmes, une fois chacune ; jamais il ne saurait ce que je savais : que coucher avec une femme mille fois et chaque fois y trouver un plaisir différent était bien meilleur. Je comprenais à présent la lueur qui brille dans les yeux des vieux couples quand ils échangent un regard d'un bout d'une pièce à l'autre. À plus d'une reprise j'avais croisé celui de Molly lors de réunions familiales surpeuplées, et, à son sourire et à ses doigts qui touchaient ses lèvres, j'avais saisi ce qu'elle avait en tête pour nous deux quand nous serions seuls. La connaissance intime que j'avais d'elle valait tous les élixirs d'amour d'une sorcière des haies au marché.

Ce fut simple, bon et approfondi. Après, ses cheveux répandus sur ma poitrine, la tiédeur de ses seins contre le flanc, je flottai, au chaud et satisfait. Elle parla doucement à mon oreille, me chatouillant de son souffle.

« Mon amour ?

— Hm ?

— Nous allons avoir un enfant. »

J'ouvris aussitôt les yeux, saisi non de la joie que j'espérais naguère éprouver mais d'un brusque désarroi. Je respirai lentement en m'efforçant de trouver mes mots, de trouver mes pensées. J'avais l'impression d'être passé du chaud clapotis de l'eau au bord d'une rivière à un courant froid et profond où je me noyais en culbutant. Je me tus.

« Tu es réveillé ? demanda-t-elle, insistante.

— Oui. Et toi ? Parles-tu dans ton sommeil, ma chérie ? »
Peut-être avait-elle glissé dans un rêve et se rappelait-elle un
autre homme et une autre époque où elle avait prononcé tout
bas ces paroles capitales, et où elles étaient vraies.

« Je suis éveillée. » Et, un peu agacée apparemment, elle
ajouta : « As-tu entendu ce que j'ai dit ?

— Oui. » Je rassemblai mon courage. « Molly, tu sais bien
que c'est impossible ; tu m'as déclaré toi-même que tu n'étais
plus en âge d'avoir des enfants. Il y a des années que…

— Eh bien, j'avais tort ! » Il n'y avait plus à se méprendre
sur son irritation. Elle me prit la main et la posa sur son
ventre. « Tu as dû t'apercevoir que je grossissais. J'ai senti le
petit bouger, Fitz ; je ne voulais rien annoncer avant d'avoir
une certitude, et maintenant je l'ai. Je sais que c'est inattendu,
que ça paraît impossible alors que je n'ai plus de règles depuis
des années, mais je ne me trompe pas. J'ai perçu ses premiers
mouvements ; je porte ton enfant, Fitz. Avant la fin de l'hiver,
nous aurons un bébé.

— Oh, Molly ! » m'exclamai-je, la voix fêlée. Les mains
tremblantes, je la serrai contre moi et couvris son front et ses
yeux de baisers.

Elle m'étreignit à son tour. « Je savais que tu serais content
– et étonné », fit-elle, heureuse. Elle s'installa confortablement
contre moi. « Je demanderai aux domestiques de descendre le
berceau du grenier. Je l'ai cherché il y a quelques jours et il
est toujours là-haut ; c'est du vieux chêne de bonne qualité,
il n'y a aucun jeu. Enfin, il va servir ! Patience aurait été ravie
d'apprendre qu'il va y avoir un petit Loinvoyant à Flétrybois.
Mais je n'utiliserai pas sa chambre d'enfants : elle est trop loin
de la nôtre ; je pense que j'utiliserai une des pièces du rez-de-
chaussée comme chambre pour lui et moi, peut-être la salle
des moineaux. À mesure que je prendrai du poids, je préfére-
rai éviter les escaliers… »

Elle continua de détailler ses projets, les paravents qu'elle
déplacerait de l'ancien salon de couture de Patience, les tapisseries et des tapis qu'il faudrait nettoyer, et la laine d'agneau
qu'elle voulait finement filée et teinte spécialement pour notre

enfant. Je l'écoutais, muet de terreur. Elle s'éloignait de moi, son esprit parti là où je ne pouvais le suivre. Je l'avais vue vieillir au cours des dernières années, j'avais remarqué ses doigts qui gonflaient aux articulations et les pauses qu'elle faisait parfois entre deux étages pour reprendre son souffle ; plus d'une fois, je l'avais entendue appeler Tavia, la fille de cuisine, par le nom de sa mère. Souvent, elle commençait un travail puis le laissait inachevé pour aller faire autre chose, ou bien elle entrait dans une pièce où je me trouvais, la parcourait des yeux et me demandait : « Mais que suis-je donc venue chercher ? »

Nous riions de ces petites défaillances, mais cette fois il n'y avait rien de drôle à la voir perdre la tête. Pelotonnée contre moi, elle continuait de parler des projets qu'elle préparait manifestement depuis des mois. Je la tenais serrée, mais je craignais d'être en train de la perdre.

Et alors je me retrouverais seul.

5

ARRIVÉE

On sait bien que, quand les femmes passent l'âge d'enfanter, elles deviennent plus vulnérables à toutes sortes de maux. À mesure que leurs règles diminuent puis se tarissent, beaucoup souffrent de bouffées de chaleur ou de crises de transpiration, souvent pendant la nuit. Le sommeil peut les fuir et une fatigue générale les envahir. La peau des mains et des pieds s'affine, ce qui accroît le risque de coupures et de blessures à ces extrémités. Le désir baisse fréquemment, et certaines femmes peuvent même prendre un aspect plus masculin, avec une poitrine réduite et une pilosité nouvelle sur le visage. Même les fermières les plus solides accomplissent plus difficilement les rudes tâches qu'elles exécutaient naguère sans mal. Les os se fracturent plus facilement lors de simples chutes dans la cuisine, et les dents peuvent se déchausser. Chez certains sujets, une bosse peut apparaître en haut du dos, ce qui les oblige à regarder par en dessous. Tous ces signes sont classiques chez la femme vieillissante.

Ce qu'on sait moins, c'est qu'elle peut aussi être sujette à des accès de mélancolie, de colère, ou à des élans irréfléchis. Dans une vaine tentative pour retrouver sa jeunesse, même la plus posée peut se laisser aller à l'achat effréné de babioles et à d'autres pratiques coûteuses. En général, ces orages passent en moins d'un *an, et la femme retrouve son calme et sa dignité quand elle accepte son âge.*

Quelquefois, cependant, ces symptômes peuvent précéder une détérioration de l'esprit. Si la femme se montre étourdie, se trompe sur le nom des gens, laisse des tâches ordinaires inachevées ou, dans les cas extrêmes, ne reconnaît plus les membres de sa famille, ses proches doivent admettre qu'on ne peut plus compter sur elle : on ne doit plus lui confier les petits enfants, une casserole oubliée sur le fourneau peut conduire à un incendie, le bétail risque de rester sans boire ni manger par une journée torride. Reproches et remontrances ne changeront rien à ce comportement ; la compassion est plus appropriée que la colère.

Il faut donner à l'intéressée des travaux de moindre conséquence ; au coin du feu, qu'elle fasse des pelotes de laine ou accomplisse toute autre tâche qui ne met personne en danger. Bientôt, la déchéance physique suivra l'absence de l'esprit ; l'entourage aura moins de chagrin à la mort du sujet s'il a été traité avec patience et bonté durant son déclin.

Si la patiente devient excessivement pénible, qu'elle ouvre les portes la nuit, s'en va se promener sous une pluie battante ou est prise d'accès de violence quand elle ne comprend plus ce qui l'entoure, il faut lui administrer une tisane concentrée de valériane de façon à la rendre docile. Ce remède peut rétablir la sérénité à la fois chez la patiente et chez la famille lasse de lui prodiguer ses soins.

Du vieillissement de la chair, guérisseur Molingal

La démence de Molly était d'autant plus difficile à supporter qu'elle restait parfaitement pragmatique et raisonnable dans tous les autres domaines de sa vie.

Ses règles avaient cessé très tôt après notre mariage, et elle m'avait alors annoncé qu'elle ne pourrait plus concevoir. Je m'étais efforcé de la consoler, ainsi que moi, en lui disant que nous avions déjà une fille en commun, même si j'avais manqué son enfance, et qu'il ne fallait pas en demander plus à la fortune que ce qu'elle nous avait déjà donné. J'avais ajouté que j'acceptais de ne pas avoir d'autre enfant, et je croyais qu'elle l'acceptait aussi. Nous menions une existence confortable et bien remplie à Flétrybois ; les épreuves qu'elle avait vécues dans sa jeunesse étaient oubliées, et j'avais pris mes distances avec la politique et les machinations de la cour de Castelcerf. Nous avions enfin du temps pour nous. Nous avions les moyens d'accueillir les ménestrels itinérants, de nous offrir ce que nous désirions et de célébrer les fêtes saisonnières avec tout le faste que nous souhaitions. Nous sortions souvent à cheval pour examiner les troupeaux de moutons, les vergers en fleurs, les champs et les vignes, et nous contemplions à loisir ces paysages paisibles ; nous rentrions quand nous étions las, dînions selon notre faim et nous couchions tard si cela nous chantait.

Notre intendant, Allègre, avait acquis une telle compétence que je ne servais quasiment plus à rien. Crible l'avait bien choisi, même s'il n'était pas devenu le garde du corps espéré ; il voyait Molly chaque semaine pour parler de repas et de provisions, et il me harcelait aussi souvent qu'il l'osait avec des listes de réparations, d'améliorations ou, Eda m'en est témoin, de changements pour l'unique raison qu'il aimait le changement. Je l'écoutais, lui allouais des fonds et m'en remettais à lui. Nos domaines généraient des revenus plus que suffisants pour compenser leur entretien, néanmoins je surveillais de près les comptes et mettais tout ce que je pouvais de côté pour subvenir aux besoins futurs d'Ortie. À plusieurs reprises, elle m'avait gourmandé parce que j'avais puisé dans mes propres caisses pour régler des réparations que la propriété eût pu payer, mais la couronne m'avait attribué une généreuse compensation en retour de mes années de service auprès du prince Devoir, et nous avions plus que ce qu'il nous fallait. Je nous croyais parvenus dans la campagne perdue de nos jours, dans un temps de paix pour nous deux ; son évanouissement lors de la fête de l'Hiver m'avait inquiété mais j'avais refusé d'y voir le présage de ce qui allait suivre.

L'année du décès de Patience, Molly était devenue pensive et paraissait souvent distraite. Par deux fois, des vertiges l'avaient prise, et en une occasion elle avait passé trois jours alitée avant de se remettre complètement ; elle avait maigri et s'était ralentie. Quand ses derniers fils avaient décidé de tracer leur propre chemin dans le monde, elle les avait regardés partir avec un sourire pour eux et des larmes pour moi le soir. « Je suis heureuse pour eux. C'est un commencement ; mais, pour moi, c'est une fin, et c'est difficile. » Elle s'était mise à des travaux calmes, se montrait très attentive à moi et manifestait sa douceur plus qu'au cours des années précédentes.

L'année suivante, elle s'était un peu rétablie. Le printemps venu, elle avait nettoyé les ruches qu'elle avait négligées et était même sortie capturer un nouvel essaim. Ses enfants, adultes désormais, allaient et venaient, donnaient des nouvelles de leurs vies bien remplies, et lui amenaient ses petits-enfants en visite. Ils se réjouissaient de voir que leur mère avait retrouvé en partie son énergie passée. Le désir lui revint aussi, à mon grand plaisir ; ce fut une bonne année pour nous deux, et je me risquai à espérer que la cause de ses évanouissements avait disparu. Nous nous rapprochâmes comme deux arbres plantés loin l'un de l'autre découvrent que leurs branches se rejoignent et s'entremêlent. Ses enfants formaient certes un obstacle entre nous, mais surtout ils tenaient le premier plan de ses pensées et de son temps. Je reconnais sans honte avoir apprécié de redevenir le centre de son monde, et je faisais tout pour lui montrer qu'elle avait toujours occupé cette place dans mon existence.

Plus récemment, elle avait commencé à reprendre du poids. Elle avait un appétit insatiable et, devant son ventre qui s'arrondissait, je la taquinais un peu. Je cessai le jour où elle me regarda dans les yeux et dit avec une pointe de tristesse : « Je ne peux rester sans âge comme toi, mon amour. Je vais vieillir, grossir peut-être, et devenir lente. Ma jeunesse est passée, tout comme l'âge de porter des enfants. Je suis vieille, Fitz, et j'espère seulement que le physique lâchera avant la tête. Je n'ai pas envie de continuer à vivre alors que je ne me rappellerai plus qui tu es ni qui je suis. »

Aussi, quand elle m'annonça sa « grossesse », je crus que nos pires craintes se réalisaient. Son ventre s'alourdit, des douleurs naquirent dans son dos et elle se mit à marcher plus lentement. Ses pensées s'éloignaient de notre vie quotidienne, elle négligeait les tâches auxquelles elle prenait plaisir naguère, et je la trouvais souvent le regard perdu au loin, l'air perplexe et pourtant émerveillé.

Au bout de quelques semaines, comme elle persistait à se croire enceinte, je tentai à nouveau de lui faire entendre raison. Nous étions couchés, et je la tenais dans mes bras ; elle venait de parler encore une fois de l'enfant à venir. « Molly, comment est-ce possible ? Tu m'as dit toi-même... »

Avec un brusque retour de son tempérament vif d'autrefois, elle me ferma la bouche de la main. « Je sais ce que j'ai dit, et je sais autre chose aujourd'hui. Je porte ton enfant, Fitz ; j'imagine que ça te paraît étrange, car, pour moi, c'est plus qu'étonnant. Je me doutais de mon état depuis des mois, mais je me taisais de peur que tu ne me prennes pour une vieille bête. Pourtant, c'est la réalité : j'ai senti le petit bouger dans mon ventre ; avec tous les enfants que j'ai eus, je ne risque pas de me tromper. Je vais avoir un bébé.

— Molly... » Je la serrais contre moi, toutefois je me demandais si elle était vraiment là. Je ne savais plus quoi dire, et, lâchement, je n'osai pas récuser ses propos. Cependant elle perçut mon doute et se raidit ; je crus qu'elle allait s'écarter de moi.

Mais je sentis alors sa colère s'éteindre. Elle exhala dans un soupir l'inspiration qu'elle avait prise pour me semoncer et appuya sa tête sur mon épaule. « Tu me crois folle, et je ne peux sans doute pas te le reprocher. Depuis des années, je me voyais comme une carcasse sèche, incapable de donner la vie à nouveau, et je m'efforçais de l'accepter, mais c'est faux. L'enfant que nous espérions est là, notre enfant, le tien et le mien, que nous élèverons ensemble ; et je me moque de savoir comment c'est arrivé ou si tu me crois folle, parce que, bientôt, quand il naîtra, tu sauras que j'avais raison. En attendant, tu peux me traiter de démente ou de simple d'esprit, mais j'ai bien l'intention d'être heureuse. »

Elle se détendit dans mes bras, et, malgré l'obscurité, je vis le sourire qu'elle m'adressait. Je fis de mon mieux pour le lui rendre. D'une voix douce, elle dit en reprenant sa place à côté de moi dans le lit : « Tu as toujours été entêté, toujours sûr de tout mieux savoir que tout le monde – et tu as peut-être eu raison une fois ou deux. Mais, cette fois, c'est un savoir de femme dont il s'agit, et je suis mieux placée que toi en l'occurrence. »

Je fis une dernière tentative. « Quand on désire quelque chose trop longtemps et trop fort, et que vient le moment d'affronter le fait qu'on ne l'aura pas, il arrive que...

— Il arrive qu'on n'y croie pas quand on l'obtient enfin. Il arrive qu'on ait peur d'y croire. Je comprends tes hésitations. » Elle sourit à nouveau, ravie de retourner mes propos contre moi.

« Il arrive que vouloir ce qui est inaccessible dérange l'esprit », dis-je d'une voix rauque, car je me sentais obligé de prononcer ces mots terribles.

Elle poussa un léger soupir, mais avec un sourire. « Dans ce cas, t'aimer aurait dû me déranger l'esprit depuis longtemps ; mais ce n'est pas le cas. Donc, fais ton entêté tant que tu veux, crois-moi même folle si ça te chante, mais je te dis la vérité : je vais avoir ton enfant, Fitz. Avant la fin de l'hiver, il y aura un petit dans cette maison. Alors, demain, tu seras gentil de demander aux domestiques de descendre le berceau du grenier ; je veux préparer sa chambre avant de devenir trop lourde. »

Et c'est ainsi que Molly resta dans mon lit, sous mon toit, et pourtant me quitta pour emprunter un chemin sur lequel je ne pouvais la suivre.

Le lendemain, elle annonça son état à plusieurs de nos femmes de chambre ; elle donna des instructions pour qu'on transformât la salle aux moineaux en chambre d'enfant et en salon pour elle et son enfant imaginaire. Je ne la contredis pas, mais je vis l'expression des femmes quand elles sortirent.

Plus tard, je croisai deux d'entre elles qui échangeaient des murmures d'un air navré ; à mon apparition, elles se turent et me souhaitèrent le bonjour en détournant le regard.

Molly œuvrait à son illusion avec une énergie que je lui croyais perdue : elle fabriqua de petites robes et des bonnets miniatures et organisa le nettoyage de fond en comble de la salle aux moineaux ; la cheminée fut ramonée et l'on commanda des rideaux neufs pour les fenêtres. Elle exigea que je me servisse de l'Art pour apprendre la nouvelle à Ortie et lui demander de venir passer les sombres mois d'hiver avec nous pour nous aider à accueillir notre enfant.

Notre fille vint donc, même si, lors de nos discussions d'Art, nous étions tombés d'accord sur le fait que Molly s'abusait. Elle passa la fête de l'Hiver en notre compagnie et resta jusqu'au moment où la neige commença de fondre et les sentiers de réapparaître. Nul enfant ne naquit. Je pensais que Molly devrait se rendre à l'évidence, mais elle affirma sans se démonter s'être seulement trompée sur l'avancement de sa grossesse.

Le printemps s'épanouit. Pendant nos soirées ensemble, elle lâchait parfois sa broderie pour s'exclamer : « Tiens, il bouge ! Viens le sentir ! » Mais, chaque fois que je posais docilement la main sur son ventre, rien ne se produisait. « Il s'est arrêté », disait-elle alors, et j'acquiesçais gravement de la tête. Que faire d'autre ?

« Il sera là à l'été », disait-elle avec assurance, et elle créait désormais de petits habits légers au crochet. Les jours torrides passant au son stridulant des sauterelles, ils composèrent une nouvelle épaisseur dans le coffre à vêtements qu'elle constituait pour son enfant imaginaire.

L'automne arriva dans une explosion de couleurs. Flétry-bois se para comme toujours d'atours ravissants, avec les gerbes rouges des aulnes, les feuilles des bouleaux semblables à des pièces d'or et les minces feuilles jaunes des saules qui flottaient au vent, enroulées, pour former d'épais bourrelets sur les côtés du parc soigneusement entretenu. Nous ne sortions plus à cheval ensemble, car Molly soutenait qu'elle risquait de perdre l'enfant, mais nous nous promenions à pied ;

nous ramassions des noix blanches et je l'écoutais m'exposer son projet de déménager les paravents dans la chambre d'enfant afin de créer une zone close autour du berceau. Les jours s'écoulèrent et les pluies gonflèrent la rivière qui traversait la vallée ; la neige arriva et Molly tricota des affaires plus chaudes pour notre petit spectre, certaine à présent qu'il naîtrait en hiver et aurait besoin de couvertures moelleuses, de bottes et de bonnets en laine. Et, comme la glace cachait la rivière, je tâchais de lui cacher le désespoir grandissant que j'éprouvais.

Mais je suis sûr qu'elle n'en ignorait rien.

Elle avait du courage. Elle nageait à contre-courant des doutes que son entourage lui renvoyait, et elle entendait les domestiques parler ; ils la pensaient folle ou sénile et s'étonnaient qu'une femme qui avait eu l'esprit si pratique pût avoir la sottise de préparer une chambre pour un enfant imaginaire. Elle gardait sa retenue et sa dignité devant eux et les forçait par là à la traiter avec respect, mais elle s'écartait d'eux ; naguère elle fréquentait la petite noblesse locale, mais elle ne prévoyait plus de dîners et ne se rendait plus au marché du carrefour. Elle ne demandait à personne de tisser ni de coudre pour son enfant.

Le fruit de son imagination la consumait. Elle n'avait plus guère de temps pour moi ni pour ce qui l'intéressait autrefois ; elle passait ses soirées et parfois ses nuits dans la chambre d'enfant. Son absence dans le lit me pesait mais je ne la pressais pas de monter me rejoindre. Quelquefois, le soir, je descendais dans sa chambre douillette avec la traduction sur laquelle je travaillais, et elle m'accueillait toujours avec plaisir. Tavia nous apportait un plateau avec des tasses et des herbes, mettait une bouilloire à chauffer dans l'âtre puis nous laissait. Molly était installée dans un fauteuil rembourré, ses pieds enflés posés sur un menu coussin. Je m'asseyais à une petite table destinée à mon travail pendant qu'elle s'occupait les mains à tricoter ou à faire de la frivolité. J'entendais parfois le cliquetis de ses aiguilles s'interrompre et je la surprenais le regard perdu dans les flammes, les mains sur le ventre et la mine mélancolique ; en ces occasions je regrettais de tout cœur que son illusion ne fût pas réalité. Malgré notre âge, je nous estimais encore capables d'élever un nourrisson ; je lui avais même demandé un jour ce qu'elle pensait de l'idée d'adopter un enfant trouvé. Elle avait soupiré tout bas. « Sois patient, Fitz ; le tien grandit en moi. » Je n'avais plus jamais évoqué la question. Si son rêve la rendait heureuse, quel mal y avait-il à cela ? Autant la laisser faire.

Au cœur de l'été, j'appris que le roi Eyod des Montagnes était décédé. La nouvelle n'avait rien d'inattendu mais elle créait une situation délicate : Kettricken, ancienne reine des Six-Duchés, était l'héritière d'Eyod, suivie en ligne de succession par son fils Devoir. Certains Montagnards devaient espérer qu'elle reviendrait régner sur le royaume malgré ses affirmations claires et souvent réitérées qu'elle comptait sur son fils Devoir pour prendre les Montagnes sous son autorité, comme un septième duché. La mort d'Eyod marquait une transition que les Six-Duchés devaient observer avec respect et gravité. Kettricken ferait naturellement le voyage, mais aussi le roi Devoir et la reine Elliania, les princes Prospère et Intégrité, la maîtresse d'Art Ortie et plusieurs membres du clan, sire Umbre, sire Civil… La liste des membres de la délégation semblait infinie, et de nombreux nobliaux s'y inscrivirent pour s'attirer les bonnes grâces de la cour. Mon nom aussi y fut noté. Je devais participer au déplacement en tant que dotaire Blaireau et officier de la garde de Kettricken. Umbre insista, Kettricken demanda, Devoir fut à deux doigts d'ordonner, et Ortie implora. Je préparai mes affaires et choisis une monture.

Au cours de l'année écoulée, l'obsession de Molly m'avait réduit à la résignation, et je ne m'étonnai donc pas quand elle refusa de m'accompagner sous prétexte que « le terme » approchait. D'un côté, je répugnais à la laisser seule alors qu'elle n'avait plus toute sa tête, mais, d'un autre, j'aspirais à souffler un peu et à ne plus avoir à céder à son illusion. Prenant Allègre à part, je l'exhortai à satisfaire tout particulièrement ses demandes pendant mon absence ; il eut presque l'air vexé que je crusse l'instruction nécessaire. « Comme toujours, messire », dit-il avec une petite inclinaison raide du buste qui signifiait : *« Idiot ! »*

J'abandonnai donc Molly et quittai Flétrybois seul pour me joindre discrètement à la procession des nobles des Six-Duchés qui s'en allait dans les Montagnes, au Nord, pour les rites funéraires. J'éprouvais une très étrange impression à revivre un trajet que j'avais effectué jadis, alors que je n'avais pas vingt ans et que je me rendais dans le royaume des Montagnes pour demander Kettricken comme épouse du roi-servant Vérité. Lors de mon second voyage vers les Montagnes, j'avais souvent évité les routes pour prendre à travers prairies et bois avec mon loup.

Je savais que Cerf avait changé, et je voyais à présent que les transformations avaient eu lieu dans tous les Six-Duchés. Les routes étaient plus larges que dans mes souvenirs, les territoires plus occupés ; des champs de céréales s'étendaient à la place des pâturages d'antan ; des villes s'étiraient le long des voies de communication au point qu'au sortir de l'une on avait l'impression d'entrer dans la suivante. Il y avait plus d'auberges et de villages, mais la masse de notre délégation dépassait parfois leurs capacités d'accueil. Les terres sauvages s'apprivoisaient, ouvertes par la charrue et fermées pour la pâture. Je me demandais où les loups chassaient désormais.

Je faisais partie des gardes de Kettricken, je portais ses couleurs, le blanc et le violet, et je me déplaçais avec la suite royale. Kettricken n'avait jamais été à cheval sur les formes, et ceux qui la connaissaient acceptaient en toute simplicité que je me tinsse près d'elle à sa demande. Nous bavardions à mi-voix, et les bruits des harnais et des sabots de nos voisins nous garantissaient une intimité inattendue. Je lui racontais des anecdotes de mon premier passage dans les Montagnes, et elle me parlait de son enfance et d'Eyod, non comme souverain mais comme père affectueux. Je ne lui disais rien de la maladie de Molly : sa douleur à la mort de son père était un fardeau suffisant.

En tant que membre de la garde, je couchais dans les mêmes auberges qu'elle ; Ortie aussi, dans son statut de maîtresse d'Art, ce qui nous donnait parfois le temps de bavarder entre nous. J'étais heureux de la voir et soulagé de discuter franchement avec elle de l'illusion de sa mère ; quand Calme participait à nos réunions, nous nous exprimions moins crûment, par le choix d'Ortie. Je n'arrivais pas à savoir si elle jugeait son cadet trop jeune pour supporter la nouvelle ou si elle estimait qu'il s'agissait d'une affaire de femmes. Burrich avait bien nommé son fils ; de tous, c'était celui qui lui ressemblait le plus de traits et de carrure, et il partageait aussi sa démarche posée et son respect inflexible pour l'honneur et le devoir. Quand il était avec nous, j'avais l'impression d'avoir son père à notre table. Je remarquais aussi que ma fille se reposait volontiers sur sa force, et pas seulement pour artiser. Je me réjouissais qu'il fût si souvent à scs côtés, et en même temps je ne pouvais me dissimuler mes regrets : tout en étant heureux de retrouver son père en lui, j'eusse aimé qu'il fût de moi. Je pense qu'il percevait cette ambiguïté chez moi : malgré sa déférence envers moi, ses yeux noirs plongeaient parfois au fond des miens comme s'il pouvait voir mon âme. Dans ces moments-là, l'absence de Burrich me pourfendait le cœur.

Quand nous n'étions que tous les deux, Ortie me lisait les lettres mensuelles de sa mère détaillant les progrès d'une grossesse qui durait depuis plus de deux ans. La gorge nouée, j'écoutais ma fille me lire les divers prénoms que Molly envisageait et ses descriptions de divers travaux de couture pour un enfant qui n'existerait jamais. Mais aucune solution ne s'offrait à nous, hormis le maigre réconfort que nous prenions à partager nos inquiétudes.

Un accueil chaleureux nous fut réservé à notre arrivée dans les Montagnes. Les bâtiments vivement colorés de Jhaampe, la capitale, me faisaient toujours songer à des corolles de fleurs, et, comme dans mes souvenirs, les plus anciens incorporaient les arbres parmi lesquels ils étaient construits. Mais même ce royaume connaissait le changement, et les approches de la cité ressemblaient aux villes de Bauge et de Labour, de bois et de pierre. Cela m'attrista car cette transition me paraissait néfaste, comme si chacune de ces constructions était un cancer qui poussait sur la forêt.

Pendant trois jours nous pleurâmes un roi que je respectais profondément, non par de grands cris ni des océans de larmes, mais en échangeant à mi-voix des anecdotes sur lui et sur la qualité de son règne. Son peuple déplorait la disparition de son souverain mais se réjouissait à mesure égale du retour de sa fille accompagnée du roi Devoir, de la narcheska et des deux princes. À plusieurs reprises, j'entendis des gens observer avec une fierté discrète que le jeune Intégrité tenait beaucoup de feu le frère de Kettricken, le prince Rurisk ; je n'avais jamais remarqué cette ressemblance, et je ne l'oubliai plus.

À la fin du deuil, Kettricken se tint devant le peuple et lui rappela que son père et le roi-servant Chevalerie avaient entamé le processus de paix entre les Six-Duchés et le royaume des Montagnes, elle évoqua la sagesse avec laquelle ils avaient assuré cette paix par son mariage avec Vérité, et elle demanda qu'on regardât son fils, le roi Devoir, comme le futur monarque des Montagnes et la paix qui régnait désormais comme la plus grande victoire du roi Eyod.

Les cérémonies funéraires achevées, le véritable travail commença. Chaque jour nous nous réunissions avec les conseillers d'Eyod et discutions longuement de la transmission sans heurt de la souveraineté des Montagnes. Je participais à certaines des séances, parfois debout d'un côté de la salle pour servir d'yeux et d'oreilles supplémentaires à Umbre et à Devoir, d'autres fois assis dehors au soleil, les yeux fermés, mais lié par l'Art à eux deux pour les réunions les plus restreintes. Mais le soir j'avais quelquefois quartier libre.

Et c'est ainsi que je me retrouvai devant une porte délicatement sculptée et peinte à contempler avec mélancolie l'œuvre du Fou. C'était la maison où il s'était installé à l'époque où il croyait avoir échoué à accomplir son destin de Prophète blanc. La nuit de la mort du roi Subtil, Kettricken s'était enfuie de Castelcerf, et le Fou l'avait accompagnée. Ils avaient effectué ensemble ce difficile voyage jusqu'au royaume des Montagnes où elle pensait trouver protection chez son père pour elle et son enfant à naître ; mais alors le destin avait porté deux coups au Fou : l'enfant de Kettricken n'avait pas survécu, et mon compagnon avait appris la nouvelle de ma mort dans les cachots de Royal. Il n'avait pas su mener à bien la mission qui était la sienne : assurer l'existence d'un héritier à la lignée des Loinvoyant et réaliser la prophétie. Son existence en tant que Prophète blanc était terminée.

Me croyant mort, il était resté dans les Montagnes avec Kettricken, logeant dans la maisonnette devant laquelle je me trouvais et tâchant de se ménager une petite vie comme sculpteur sur bois et fabricant de marionnettes. Et puis il m'avait découvert, brisé et mourant, et m'avait ramené sous son toit. Jofron, qui partageait son domicile, avait alors déménagé. Une fois ma guérison achevée, le Fou et moi avions accompagné Kettricken dans une quête sans espoir pour suivre la piste déjà ancienne de son époux jusqu'au cœur des Montagnes. Le Fou avait laissé la petite maison et tous ses outils à Jofron, et, d'après les pantins joyeusement colorés qui pendaient aux fenêtres, je supposai qu'elle y habitait toujours et continuait à façonner des jouets.

Je ne frappai pas et restai dans la longue soirée d'été à étudier les becqueteux et les farfadets sculptés qui gambadaient sur les garnitures des volets. Comme beaucoup des bâtiments anciens des Montagnes, celui-ci était peint de couleurs vives, avec force détails, comme un coffre aux trésors d'enfant – un coffre aux trésors vides, dont mon ami était parti depuis longtemps.

La porte s'ouvrit et l'éclat jaune d'une lampe inonda le sol. Un grand jeune homme au teint clair, d'une quinzaine d'années, les cheveux blonds jusqu'aux épaules, apparut dans l'encadrement. « Étranger, si vous cherchez un abri, vous n'avez qu'à frapper et demander. Vous êtes dans les Montagnes à présent. » Il sourit et ouvrit entièrement le battant en s'écartant avec un geste pour m'inviter à entrer.

Je m'approchai lentement. Ses traits m'étaient vaguement familiers. « Jofron habite-t-elle encore ici ? »

Son sourire s'élargit. « Elle vit et travaille encore ici. Grandmère, tu as une visite ! »

Je pénétrai sans hâte dans la maison. Jofron était installée à un établi près de la fenêtre, une lampe posée près d'elle ; elle peignait un objet en jaune paille avec un petit pinceau, à coups réguliers. « Un instant, dit-elle sans lever les yeux de son travail. Si je laisse ceci sécher entre deux coups de pinceau, on verra la différence de couleur. »

Je me tus et attendis. Ses longs cheveux blonds étaient désormais striés d'argent, et quatre nattes les maintenaient en arrière. Elle avait retroussé jusqu'aux coudes les manches de son corsage brodé de couleurs vives ; ses bras étaient secs et tachetés de peinture jaune, bleue et vert clair. Il fallut plus qu'un instant avant qu'elle ne posât son pinceau, s'adossât dans sa chaise et se tournât vers moi. Ses yeux avaient le bleu que j'avais gardé dans mon souvenir. Son sourire n'avait rien de forcé. « Bienvenue, l'hôte. Vous êtes cervien, à en juger par votre aspect. Vous êtes venu rendre hommage au dernier repos de notre roi, j'imagine.

— C'est exact », répondis-je.

Au son de ma voix, un éclat naquit dans ses yeux puis s'embrasa. Elle m'avait reconnu. Elle soupira et secoua lentement la tête. « Vous, son Catalyseur. Il a volé mon cœur et m'a donné du courage pour se mettre en quête de sagesse, puis vous êtes venu et vous m'avez dépouillée de lui. Comme de juste. » Elle prit un chiffon taché sur son atelier et s'essuya en vain les doigts. « Je ne pensais pas vous revoir un jour sous ce toit. » Elle s'exprimait sans inimitié, mais il y avait de la douleur dans sa voix. Une douleur ancienne.

Je m'efforçai de la consoler. « Quand il a jugé que nous n'avions plus rien à faire ensemble, il m'a quitté aussi, Jofron. Nous nous sommes séparés il y a près de quinze ans, et, depuis, pas un mot, pas une visite de sa part. »

Elle releva la tête. Son petit-fils referma doucement la porte, s'approcha discrètement et toussota. « Étranger, pouvons-nous vous offrir de la tisane ? Du pain ? Une chaise pour vous asseoir ou un lit pour la nuit ? » À l'évidence, il avait envie de savoir quel rapport j'avais avec sa grand-mère et cherchait à me retenir.

« Apporte-lui un siège et de la tisane, je te prie », répondit Jofron sans me consulter. Le garçon s'en alla et revint avec une chaise à dos droit. Mon hôtesse posa sur moi des yeux bleus empreints de compassion. « Vraiment ? Pas un mot, pas une visite ? »

Je secouai la tête. Songeant que c'était une des rares personnes au monde qui me comprendrait peut-être, je déclarai : « Il disait qu'il avait perdu sa vue de l'avenir, que notre mission était terminée et que, si nous restions ensemble, nous risquions de réduire à néant ce que nous avions déjà accompli. »

Elle demeura impassible ; puis, très lentement, elle acquiesça.

Je me levai, hésitant. Un vieux souvenir me revint : j'entendais sa voix alors que je gisais devant la cheminée. « Je crois ne vous avoir jamais remerciée de m'avoir aidé quand le Fou m'a amené ici il y a bien des années. »

Elle hocha de nouveau la tête, gravement, mais me corrigea : « C'est le Prophète blanc que j'aidais. C'était mon destin et je ne l'ai jamais regretté. »

Le silence retomba. J'avais l'impression d'essayer de bavarder avec un chat. Je recourus aux banalités. « J'espère que vous allez bien, vous et les vôtres. »

Comme un chat, elle étrécit les yeux un instant, puis répondit : « Mon fils n'est pas ici.

— Ah ! »

Elle reprit son chiffon et s'essuya soigneusement les doigts. Le petit-fils revint avec, sur un petit plateau, une tasse, moins grosse que mon poing, remplie d'une tisane aromatique typique des Montagnes. Heureux de cette diversion, je remerciai l'adolescent et bus une gorgée de la boisson ; je reconnus un goût de raisin sec et une épice tirée de l'écorce d'un arbre des Montagnes que je n'avais plus savourée depuis des années. C'était délicieux et je le dis.

Jofron quitta son établi et traversa la pièce, le dos très droit. Un des murs avait été sculpté en un bas-relief représentant un arbre. Ce devait être son œuvre, car ce travail n'existait pas à l'époque où j'avais logé dans la maison. Des feuilles et des fruits de toutes sortes pendaient des branches. Elle leva le bras et poussa doucement de côté une grande feuille pour révéler un petit réduit d'où elle sortit un coffret.

Elle revint et me le montra. Ce n'était pas le travail du Fou, mais je reconnus les mains recourbées qui formaient le couvercle ; c'était Jofron qui les avait sculptées. Je hochai la tête en signe de compréhension. Quand elle ouvrit la boîte, un parfum s'en échappa, inconnu mais attirant. Elle ne chercha pas à m'en cacher le contenu, et je vis de petits manuscrits, au moins quatre, voire davantage, dissimulés en dessous. Elle en prit un et referma le couvercle.

« C'est son message le plus récent », dit-elle.

Le plus récent. J'éprouvai un instant une jalousie aiguë, poignante, comme je n'en avais jamais connu. Il ne m'avait jamais envoyé le moindre message, fût-ce par pigeon voyageur, mais Jofron en avait un coffret plein ! Le souple parchemin beige était maintenu roulé par un mince ruban orange ; elle tira sur une extrémité et le nœud se défit. Elle déroula la missive très délicatement puis elle la parcourut des yeux. Je crus qu'elle allait la lire tout haut mais son regard bleu se planta dans le mien, intransigeant. « Celle-ci est brève ; aucune nouvelle de lui, pas de salut chaleureux, pas de souhait de bonne santé ; rien qu'un avertissement.

— Un avertissement ? »

Ses traits exprimaient non l'hostilité mais seulement la détermination. « Il me prévient que je dois protéger mon fils, que je ne dois rien dire de lui à des inconnus qui m'interrogeraient.

— Je ne comprends pas. »

Elle haussa les épaules. « Moi non plus. Mais ce n'est pas nécessaire pour prendre sa mise en garde au sérieux. C'est pourquoi je vous dis que mon fils n'est pas ici, et je n'en révélerai pas plus. »

Me voyait-elle comme une menace ? « Je ne savais même pas que vous aviez un fils, ni un petit-fils, d'ailleurs. » Mes pensées s'agitaient comme un essaim de guêpes. « Et je n'ai rien demandé sur lui ; en outre, je ne suis pas un inconnu pour vous. »

Elle avait acquiescé à chacune de mes affirmations. Elle dit : « Votre tisane vous a-t-elle plu ?

— Oui, merci.

— Mes yeux se fatiguent facilement. Cela va mieux quand je dors, car je me réveille revigorée, et c'est à la lumière de l'aube que je travaille le mieux. » Elle roula la petite feuille beige, y noua le ruban orange, puis elle la replaça dans le coffret et referma le couvercle.

Quelle courtoisie chez ces Montagnards ! Elle ne voulait pas m'intimer de m'en aller. Mais il eût été des plus impoli de ma part de chercher à demeurer chez elle, et je me levai aussitôt. Si je n'insistais pas aujourd'hui, peut-être pourrais-je revenir le lendemain pour tenter d'en apprendre davantage sur le Fou. Mieux valait me retirer sans rien dire. Je savais que je ne devais pas poser la question ; je la posai. « Comment ces messages vous sont-ils parvenus, je vous prie ?

— Par de nombreuses mains et un long chemin. » Elle faillit sourire. « Celui qui m'a remis le dernier est parti d'ici depuis longtemps. »

Je la regardai et compris que je tenais ma dernière chance de lui parler. Elle ne me recevrait pas le lendemain. « Jofron, ni vous ni les vôtres n'avez rien à craindre de moi. Je suis venu faire mes adieux à un roi avisé qui m'a bien traité. Merci de m'avoir appris que le Fou vous écrivait ; au moins je sais maintenant qu'il est toujours vivant. Je garderai cette consolation comme le témoignage de votre bonté envers moi. » Je m'inclinai profondément.

Il me sembla distinguer une mince lézarde dans sa façade, une petite manifestation de compassion quand elle dit : « Le dernier message est arrivé il y a deux ans, et il lui a fallu au moins une année pour me parvenir. Aussi, quant au destin du Prophète blanc, ni vous ni moi ne pouvons avoir de certitude. »

Ces mots me glacèrent le cœur. Son petit-fils était allé à la porte et la tenait ouverte pour moi. « Je vous remercie de votre hospitalité », leur dis-je ; je posai la petite tasse sur un coin de l'établi, m'inclinai à nouveau et sortis. Je ne tentai pas de revenir le jour suivant.

Deux jours plus tard, le roi Devoir et sa suite quittèrent les Montagnes. Kettricken resta sur place pour passer du temps avec sa famille et son peuple, et assurer à ce dernier qu'elle reviendrait plus souvent à mesure que progresserait la longue transition du royaume vers le statut de septième duché du roi Devoir.

Discrètement, je demeurai moi aussi en arrière jusqu'à ce que la compagnie du souverain disparût à ma vue, puis j'attendis encore la fin de l'après-midi pour me mettre en route à mon tour. Je voulais être seul pour réfléchir. Je m'éloignai de Jhaampe sans me préoccuper de savoir où ni comment je trouverais à dormir le soir.

Je croyais puiser quelque sérénité dans les Montagnes ; j'avais vu avec quelle grâce les gens du royaume abandonnaient leur souverain à la mort et faisaient place à la vie. Mais j'emportais plus de jalousie que de paix de l'âme. Ils avaient perdu leur roi après avoir profité de toute une existence de sagesse, et il s'était éteint l'esprit et la dignité intacts. Moi, je perdais ma Molly adorée, et je savais que cela ne ferait qu'empirer avant la fin. J'avais perdu le Fou, mon meilleur ami, des années plus tôt. J'avais eu le sentiment de l'avoir accepté, de ne plus souffrir de son absence ; mais, plus Molly s'avançait dans la démence, plus il me manquait. C'était toujours vers lui que je me tournais en quête de conseils ; Umbre faisait de son mieux, mais il était mon aîné et mon mentor. En me rendant à l'ancien logis du Fou, je ne pensais que le contempler un moment et me rappeler que j'avais eu un ami qui me connaissait bien et m'aimait toujours.

Mais je m'étais aperçu que je ne le connaissais peut-être pas aussi bien que je le croyais. Son amitié avec Jofron comptait-elle tellement plus que ce que nous avions partagé ? Une idée me vint, surprenante : était-elle plus pour lui qu'une amie ou une disciple du Prophète blanc ?

Lui en aurais-tu voulu ? Lui aurais-tu reproché de vivre quelque temps dans le présent et de jouir d'un peu de bonheur quand tout espoir l'avait déserté ?

Je levai les yeux en souhaitant de tout mon cœur voir une silhouette grise courir entre les arbres le long de la route. Mais, naturellement, il n'y avait rien. Mon loup était mort depuis bien des années, depuis plus longtemps que le Fou ne m'avait quitté ; il ne vivait plus qu'en moi, en ce que sa nature de loup pouvait faire intrusion soudain dans mes pensées. Il me restait au moins cela de lui. Maigre consolation.

« Non, je ne le lui aurais pas reproché », dis-je tout haut, et je me demandais si je ne mentais pas pour m'éviter d'avoir honte de moi. Je secouai la tête et m'efforçai de ne m'intéresser qu'au présent. La journée était magnifique, la route était bonne, et, même si des problèmes m'attendaient à mon retour, ils n'étaient pas là pour l'instant ; et, en vérité, l'absence du Fou ne me peinait pas plus aujourd'hui qu'elle ne me peinait au cours de tous les jours passés sans lui. Il écrivait à Jofron et non à moi ? Eh bien, cela durait depuis des années, apparemment. La seule différence, c'est que, maintenant, je le savais.

Je tâchais de me convaincre qu'être au courant de ce petit fait ne changeait rien quand j'entendis un claquement de sabots derrière moi. Quelqu'un arrivait au galop, peut-être un messager. Ma foi, la route était assez large pour qu'il pût me doubler sans difficulté ; néanmoins, je me rabattis davantage sur le côté puis jetai un regard par-dessus mon épaule.

Un cheval noir, un cavalier, et, en trois foulées, je reconnus Ortie sur Encre. Je la pensais partie avec les autres, mais je compris qu'elle avait dû être retenue et se hâtait pour les rattraper. Je tirai les rênes et fis halte, certain qu'elle allait me dépasser avec un signe de la main.

Mais, dès qu'elle me vit arrêté, elle ralentit, et, quand elle parvint à ma hauteur, Encre n'avançait plus qu'au trot. « Ho ! » fit Ortie, et la jument s'immobilisa exactement à côté de moi.

« Je croyais que tu allais rester encore une nuit, et, quand je me suis rendu compte que tu étais parti, j'ai dû foncer pour te rattraper, expliqua-t-elle, le souffle court.

— Pourquoi n'es-tu pas avec le roi ? Où sont tes gardes ? »

Elle haussa les sourcils. « J'ai dit à Devoir que, comme je serais avec toi, je n'en aurais pas besoin. Umbre et lui en ont convenu.

— Pourquoi ? »

Elle me regarda, interloquée. « Ma foi, tu as auprès d'eux une certaine réputation d'assassin très compétent. »

Je me tus un moment. Ils me voyaient encore ainsi alors que je ne me renvoyais plus cette image moi-même. Je remis de l'ordre dans mes pensées. « Non, je voulais savoir pourquoi tu tenais à voyager avec moi. Note que je suis ravi de te voir ; je m'étonne seulement. » J'avais ajouté cette dernière remarque devant sa mine soudain rembrunie. « Je ne savais même pas que quelqu'un avait remarqué mon absence de la délégation. »

Elle pencha la tête. « Aurais-tu remarqué la mienne ?

— Bien sûr, voyons !

— Eh bien, ton retrait discret n'a échappé à personne non plus. Devoir m'a parlé il y a déjà plusieurs jours pour me dire qu'il te trouvait très morose, même pour des funérailles, et qu'il vaudrait peut-être mieux ne pas te laisser seul. Kettricken était là, et elle a ajouté que le voyage avait peut-être réveillé chez toi de vieux souvenirs, des souvenirs tristes. Du coup, me voici. »

En effet. Je lui en voulais presque de gâcher ma superbe bouderie – et je pris alors conscience que, de fait, je boudais. Je boudais parce que le Fou avait écrit à Jofron et non à moi ; et, comme un gosse, j'avais voulu mettre à l'épreuve ceux qui m'aimaient et les avais quittés pour voir s'ils se lanceraient à ma recherche.

Et elle était venue. Je me sentais contrarié dans mon indignation, et, même si je me savais ridicule, le rire moqueur d'Ortie me poignit. « Je voudrais que tu voies ta tête ! s'exclama-t-elle. Allons, est-ce si terrible qu'après tant d'années toi et moi puissions enfin passer quelques jours ensemble à parler sans être interrompus par un désastre ou par des enfants ?

— Non, ce sera agréable », convins-je, et, sans autre forme de procès, mon humeur s'éclaircit. Et nous entamâmes notre trajet de retour.

Jamais je ne m'étais déplacé de façon aussi insouciante. J'avais emporté peu de provisions en pensant vivre à la dure, et Ortie elle aussi voyageait léger, hormis une bourse pleine de pièces d'argent. La première fois que je proposai de chercher un site pour camper, elle se dressa dans ses étriers, balaya les alentours du regard puis désigna un ruban de fumée qui montait. « Ça, c'est au moins une maison, et plus probablement un village avec une auberge, fût-elle modeste ; c'est là que j'ai l'intention de m'arrêter ce soir, et, s'il y a possibilité d'un bain chaud, je me l'offre. Et un bon repas ! »

Et elle avait raison : les trois étaient présents, et elle paya pour moi aussi en disant : « Umbre m'a enjoint de faire ce qu'il faut pour t'empêcher de te punir de ta tristesse. »

Je réfléchis un instant en tâchant de voir si ces mots s'appliquaient à moi. Ce n'était pas le cas, j'en étais convaincu, mais je ne vis pas comment m'en défendre. Elle s'éclaircit la gorge. « Parlons de Heur, veux-tu ? Es-tu au courant d'une rumeur qui prétend qu'en dépit de sa qualité de ménestrel, et itinérant en plus, il a une dulcinée à Casteldarat et qu'il lui est fidèle ? Elle est tisserande là-bas. »

Je l'ignorais, tout comme la plupart des autres commérages qu'elle partagea avec moi. Ce soir, bien qu'il y eût plusieurs nobliaux dans l'auberge, Ortie me tint compagnie, et nous restâmes longtemps près du feu dans la salle après que les autres furent allés se coucher. J'appris de sa bouche que la politique à Castelcerf était toujours aussi complexe et les ragots sur la famille royale toujours aussi méchants. Elle s'était disputée avec le roi Devoir car elle craignait pour la sécurité des princes adolescents, trop souvent partis pour les îles d'Outre-mer avec leur mère ; il avait eu le front de lui dire que cela ne la regardait pas, et elle avait répliqué que, si elle ne pouvait pas se marier parce qu'il exposait constamment ses héritiers au danger, elle avait bien le droit de donner son avis sur la question. La reine Elliania venait de faire une fausse couche et de perdre une fille, l'enfant dont elle rêvait ; c'était une perte terrible et un mauvais présage pour sa maison maternelle. S'ils étaient partis si précipitamment pour Castelcerf, c'était afin qu'Elliania pût emmener à nouveau les princes pour un long séjour sur sa terre natale, et certains ducs commençaient à maugréer sur les fréquentes absences des princes. Le roi Devoir, pris entre ses ducs et sa reine, paraissait incapable de trouver un compromis.

Quand j'interrogeai Ortie sur Crible, elle répondit qu'il se portait bien la dernière fois qu'elle l'avait vu, puis elle changea résolument de conversation. Elle semblait avoir abandonné tout espoir d'obtenir un jour la permission du roi de se marier, et pourtant je ne l'avais jamais vue montrer de l'intérêt pour aucun autre homme. J'eusse aimé savoir ce que dissimulait son cœur, et je regrettais qu'elle ne fût pas plus encline à se confier à moi comme naguère à sa mère.

Mais elle préférait parler d'autres problèmes qui se profilaient le long de la frontière.

Des dragons survolaient Chalcède, chassaient où bon leur semblait, et ils avaient commencé à sortir du pays pour ravager les troupeaux de Haurfonds et même de Bauge. Le peuple attendait du clan d'Art du roi qu'il les repoussât ou du moins négociât avec eux, mais les concepts de diplomatie et de concession étaient risibles pour les grandes créatures – enfin, si elles riaient, ce dont Ortie et moi doutions.

Nous nous demandâmes s'il était possible de négocier avec des dragons, quelles répercussions entraînerait le meurtre de l'un d'eux, et si le fait de leur rendre hommage en leur sacrifiant du bétail était un acte de lâcheté ou de simple pragmatisme.

Certaines des nouvelles qu'elle partagea avec moi concernaient non la politique mais la famille. Leste et Trame étaient passés récemment à Castelcerf ; l'oiseau du premier était vigoureux et en bonne santé, mais la mouette du second allait si mal qu'il avait pris à Bourg-de-Castelcerf une chambre qui dominait la mer ; l'animal passait ses journées sur le rebord de la fenêtre, et Trame devait le nourrir car il ne volait plus guère. La fin approchait, et tous deux l'attendaient. Ortie ne possédait pas le Vif, mais, par mon truchement et celui de son frère Leste, elle comprenait ce que représentait la perte d'un compagnon de Vif.

Mais nous n'échangeâmes pas seulement des anecdotes sur les uns et les autres ; nous parlâmes de gastronomie, des musiques que nous aimions et des vieilles légendes que nous préférions. Elle me raconta des histoires de son enfance, surtout les bêtises qu'elle et ses frères avaient commises, et j'évoquai ma jeunesse à Castelcerf et le décalage qui existait alors entre le château et la ville. Burrich figurait souvent dans nos souvenirs.

Lors de notre dernière soirée ensemble, avant que nous ne quittions la route du Fleuve pour emprunter la piste qui menait à Flétrybois, elle m'interrogea sur sire Doré. Avait-il vraiment été le fou du roi Subtil ? Oui. Et lui et moi étions... très proches ? « Ortie... » fis-je alors que, montée sur sa jument, elle regardait droit devant elle ; j'attendis qu'elle se tournât vers moi. Ses joues hâlées étaient un peu plus rouges que d'habitude. « J'aimais cet homme comme je n'avais jamais aimé personne. Je ne dis pas que je l'aimais plus que ta mère, mais différemment ; si on t'a rapporté que notre relation avait quelque chose d'inconvenant, c'est faux. Ce n'est pas ce que nous étions l'un pour l'autre ; ce qui nous unissait allait bien au-delà. »

Elle hocha la tête sans se tourner vers moi. « Et qu'est-il devenu ? demanda-t-elle plus doucement.

— Je l'ignore. Il a quitté Castelcerf alors que j'étais encore perdu dans les pierres, et je n'ai aucune nouvelle de lui. »

Ma voix dut en révéler bien plus que ma réponse. « Je suis navrée, papa », murmura-t-elle.

Se rendait-elle compte que c'était la première fois qu'elle m'honorait de ce titre ? Je gardai soigneusement le silence pour savourer cet instant. Au sommet d'une légère côte, le village de Flétry apparut devant nous, niché au creux d'une vallée accueillante près d'une rivière. Je sus alors que nous atteindrions Flétrybois avant la fin de l'après-midi, et le regret me prit soudain que notre voyage ensemble dût s'achever aussi vite ; pire, je redoutais ce qu'Ortie allait penser de sa mère et de ses illusions qui l'entraînaient loin de nous.

Mais tout se passa bien au début. À notre arrivée, Molly me serra affectueusement dans ses bras puis se tourna, ravie, vers sa fille ; elle ne m'espérait pas si tôt et ne pensait pas voir Ortie. Il était midi passé et nous mourions de faim ; nous nous rendîmes tous trois aux cuisines où nous semâmes joyeusement la consternation dans le personnel en pillant le garde-manger pour un festin de pain, de fromage, de saucisse et de bière au lieu d'attendre qu'on nous préparât un repas plus sophistiqué. Quand Muscade, la cuisinière, intervint et nous chassa de son territoire, nous allâmes pique-niquer sur un bout de la grande table de la salle à manger. Nous racontâmes à Molly notre voyage, les cérémonies simples mais émouvantes qui avaient précédé l'inhumation du roi et la décision de Kettricken de rester quelque temps dans les Montagnes. Et, comme tout périple, si solennel qu'en fût le but, le nôtre avait eu son lot d'incidents amusants qui nous fit rire aux éclats.

Molly avait elle aussi quelques nouvelles à nous apprendre. Quelques chèvres avaient réussi à pénétrer dans le vignoble, où elles avaient abîmé certains des plus vieux ceps ; ils s'en remettraient, mais le raisin de cette zone était perdu pour cette année. Des sangliers avaient opéré plusieurs incursions dans la prairie qu'ils avaient piétinée au point de rendre impossible la récolte du foin ; Lozum était venu du village avec ses chiens pour les chasser et il avait abattu un grand mâle, mais un de ses molosses avait reçu une grave blessure au passage. Je soupirai à part moi ; c'était sans doute un des premiers problèmes dont je devrais m'occuper. Je n'avais jamais aimé la chasse aux sangliers, mais je n'y couperais pas cette fois ; et Grand en profiterait pour réclamer à nouveau des chiens pour la propriété.

Alors que je réfléchissais ainsi aux sangliers, aux limiers et à la chasse, la conversation avait dévié, et soudain Molly me tira la manche et me demanda : « Tu ne veux pas voir ce que nous avons fait ?

— Si, naturellement », répondis-je, et je laissai là les pitoyables reliefs de notre repas pour suivre ma femme et ma fille.

Mon cœur se serra quand je vis que Molly nous menait à la chambre d'enfant. Ortie me jeta un regard par-dessus son épaule mais je restai impassible ; elle n'avait pas vu la pièce depuis que sa mère s'en était emparée. Et, une fois la porte ouverte, je pris conscience que moi non plus.

C'était à l'origine un salon destiné à recevoir les hôtes importants. Pendant mon absence, il avait été transformé en une chambre meublée avec soin et dotée de toutes les commodités qu'une femme enceinte pût souhaiter pour son enfant à venir.

Le berceau qui reposait au milieu était en chêne tendre et bâti de telle façon qu'on pût bercer l'enfant en posant le pied sur un levier. Gravé dans le bois, le cerf Loinvoyant veillait sur la tête du petit lit ; c'est dame Patience, je crois, qui l'avait fait fabriquer lors de son installation à Flétrybois, à l'époque où elle espérait encore tomber enceinte. Il avait attendu des décennies, vide. Aujourd'hui, il était garni de couvertures moelleuses et couvert d'un treillis de dentelle afin qu'aucun moustique ne pût en piquer l'occupant. De gros coussins couvraient le canapé bas où une mère pouvait s'allonger pour allaiter son petit, et d'épais tapis adoucissaient le plancher. Devant les fenêtres renfoncées tombaient d'abord un voile de dentelle, puis une tenture de soie translucide et enfin un rideau à trame serrée pour empêcher le soleil trop vif et le froid d'entrer. Il y avait un abat-jour en verre peint que Molly pouvait placer autour de la lampe pour en assourdir aussi la lumière. Derrière un pare-feu en métal orné de fleurs et d'abeilles, le feu dansait tout bas dans la vaste cheminée.

Elle sourit devant notre air stupéfait. « N'est-ce pas ravissant ? » demanda-t-elle à mi-voix.

Ortie parvint à répondre tant bien que mal : « C'est… magnifique. Quelle paix dans cette chambre ! »

Je m'efforçai de dénouer ma langue. Jusque-là, j'avais tenu l'illusion de Molly à distance, mais cette fois j'y étais entré de plain-pied, et l'envie ridicule que je croyais avoir étouffée se réveilla soudain comme un feu reprend sous des charbons éteints. Un petit ! Quel bonheur c'eût été d'avoir notre propre enfant là où je pouvais le voir grandir, où je pouvais voir Molly s'occuper de lui ! Je feignis de tousser, me passai la main sur le visage puis m'approchai de la lampe pour examiner les fleurs peintes sur l'abat-jour avec un intérêt qu'elles ne méritaient pas.

Molly continua de parler avec Ortie. « Quand Patience était encore vivante, elle m'avait montré ce berceau dans le grenier ; elle l'avait fait faire à l'époque où elle vivait ici avec Chevalerie et où elle rêvait encore de parvenir à concevoir. Il est resté là-haut depuis. Il était beaucoup trop lourd pour que je le déplace seule, aussi ai-je appelé Allègre pour le lui indiquer, et il l'a fait descendre ; une fois le bois nettoyé, nous l'avons jugé si beau qu'il méritait un cadre en harmonie avec son allure. Ah, tiens, viens voir ces coffres. Allègre les a dénichés dans un autre grenier, mais c'est étonnant comme leur bois s'assortit bien avec celui du berceau, tu ne trouves pas ? Il pense qu'il s'agit peut-être d'un chêne qui pousse ici même, à Flétrybois, ce qui expliquerait que les teintes soient si proches. Celui-ci contient des couvertures, certaines en laine pour l'hiver et d'autres plus légères pour le printemps ; et celui-là, j'en suis moi-même étonnée, renferme uniquement des vêtements pour le petit. Je ne m'étais pas rendu compte de tout le travail de couture que j'avais fourni avant qu'Allègre propose de tout regrouper. J'ai prévu différentes tailles, évidemment ; je n'ai pas fait la sottise de ne préparer que des robes pour un nouveau-né. »

Et ainsi de suite. Elle s'épanchait comme si, depuis des mois, elle n'attendait que de parler ouvertement des espoirs qu'elle nourrissait pour l'enfant ; et Ortie souriait à sa mère et acquiesçait à ses descriptions. Elles s'assirent sur le canapé, sortirent des habits du coffre et les étendirent pour les examiner ; je restai debout à les regarder, et je pense que, pendant un moment, Ortie se laissa prendre au rêve de Molly – à moins qu'elles n'eussent la même envie en partage : la mère, d'un enfant qu'elle ne pouvait plus porter, la fille, d'un enfant qu'elle n'avait pas le droit de porter. Cette dernière saisit une robe et la posa sur sa poitrine en s'exclamant : « C'est minuscule ! J'avais oublié que les bébés étaient si petits ; Âtre est né il y a des années.

— Oh, il faisait partie des plus gros ; il n'y a que Juste qui était plus grand que lui. Il n'entrait plus dans les affaires de son frère au bout de quelques mois à peine.

— Mais oui, je m'en souviens ! fit Ortie. Ses petits pieds dépassaient de la robe, et, quand on les couvrait, il donnait des coups de pied dans sa couverture et la faisait tomber. »

Une jalousie sans mélange me broya le cœur. Elles étaient retournées toutes les deux à une époque où je n'existais pas dans leur vie, à une maison douillette, bruyante et pleine d'enfants. Je n'en voulais pas à Molly de ses années de mariage avec Burrich ; il avait été bon pour elle. Mais, à les voir se remémorer une expérience que je ne pourrais jamais partager, j'avais l'impression d'un couteau qu'on retournait lentement dans la plaie. J'étais de nouveau un étranger. Puis, comme si une porte s'ouvrait ou qu'un rideau se soulevât soudain, je pris conscience que je m'excluais tout seul, et j'allai m'asseoir auprès d'elles. Molly tira du coffre une paire de bottes en laine minuscules, sourit et me les tendit. Je les pris sans un mot. Elles couvraient à peine la paume de ma main ; j'essayai en vain d'imaginer le petit pied qui pouvait y entrer.

Je me tournai vers Molly. Elle avait des pattes d'oie aux yeux et des rides aux coins de la bouche ; ses lèvres pleines et rouges n'étaient plus que deux arcs rose pâle. Je la vis soudain non plus comme Molly mais comme une femme de cinquante et quelques années ; son abondante chevelure brune s'était clairsemée et des mèches grises la rayaient. Mais elle me regardait avec tant d'espoir et tant d'amour, la tête légèrement de côté ! Et je vis dans ses yeux un éclat qui n'y était pas dix ans plus tôt : elle savait que je l'aimais. La méfiance qui teintait notre relation avait disparu, effacée par cette décennie passée ensemble. Elle était enfin sûre que je l'aimais, qu'elle occuperait toujours la première place dans mon cœur. J'avais enfin gagné sa confiance.

J'examinai les bottes miniatures puis les enfilai au bout de deux doigts et leur fis esquisser quelques pas sur ma paume. Molly m'arrêta de la main et me retira les deux chaussons de laine grise. « Bientôt », chuchota-t-elle, et elle s'appuya contre moi. Ortie me regarda avec une telle reconnaissance que j'eus l'impression d'avoir gagné une bataille que j'ignorais mener.

Je m'éclaircis la gorge et réussis à m'exprimer d'une voix nette. « Je prendrais volontiers une tasse de thé », dis-je.

Molly se redressa en s'exclamant : « C'est exactement ce dont j'ai envie moi aussi ! »

Et, malgré la fatigue du voyage, l'après-midi s'écoula agréablement. Plus tard, le soir, nous partageâmes un dîner conforme aux exigences de Muscade et une goutte d'eau-de-vie qui excédait les miennes. Nous nous étions retirés dans le bureau de la maison, où Ortie avait refusé d'examiner ma comptabilité en se disant certaine que tout était parfait. Elle devait repartir au matin, et Molly avait tenté en vain de l'en dissuader. Je somnolais dans un fauteuil près de la cheminée quand Ortie murmura, depuis le canapé où elle était installée : « Tu m'en avais parlé, mais c'est encore pire à voir en réalité. » Elle poussa un long soupir. « C'est vrai ; nous sommes en train de la perdre. »

J'ouvris les yeux. Molly était sortie en disant vouloir vérifier dans le garde-manger s'il restait de ce fromage piquant dont elle s'était soudain entichée. Elle mettait ce goût sur le compte de sa grossesse, et, bien dans sa manière, elle avait rejeté l'idée de sonner un domestique à une heure aussi tardive. Le personnel l'adorait parce qu'elle lui épargnait ces contraintes indélicates.

Les coussins du canapé gardaient l'empreinte de son corps, et son parfum flottait dans la pièce. Je répondis à mi-voix : « Elle s'éloigne de moi peu à peu. Aujourd'hui, ça s'est à peu près bien passé ; certains jours, elle pense tellement à ce "bébé" qu'elle ne parle de rien d'autre.

— À l'entendre, on croirait vraiment qu'il existe, fit Ortie d'une voix qui hésitait entre le regret et l'angoisse.

— Je sais. C'est dur. J'ai essayé de lui dire que c'est impossible, et chaque fois j'ai l'impression de la supplicier. Mais entrer dans son jeu comme aujourd'hui… je trouve ça encore plus cruel. Comme si je renonçais à elle. » Je regardai le feu mourant. « J'ai dû demander aux femmes de chambre de lui passer ses lubies ; je les avais vues lever les yeux au ciel sur son passage. Je les ai tancées, mais je crois que ça n'a… »

Un éclat furieux naquit soudain dans les yeux d'Ortie ; elle se redressa. « Peu importe que maman ait un grain ! Il faut les obliger à la traiter avec respect. Tu ne dois pas tolérer qu'elles se moquent d'elle ! C'est ma mère et ton épouse, dame Molly !

— Je ne sais pas comment m'y prendre sans susciter un désastre, fis-je sur le ton de la confidence. C'est Molly qui s'est toujours occupée des affaires de la maison ; si je commence à réprimander les domestiques, elle risque de m'en vouloir d'usurper son autorité. Et puis que leur dire ? Nous savons tous que ta mère n'est pas enceinte ! Combien de temps dois-je leur ordonner de jouer la comédie ? Comment cela finira-t-il ? Par la naissance d'un enfant imaginaire ? »

Ortie blêmit à ces mots, et, l'espace d'un instant, les méplats de son visage apparurent blancs et contrastés comme les flancs glacés d'une montagne sous la neige. Puis elle enfouit tout à coup sa figure dans ses mains et je ne vis plus que la raie claire qui séparait ses cheveux noirs et luisants. Elle dit entre ses doigts : « Nous la perdons, Tom, et ça n'ira qu'en s'aggravant, nous le savons bien. Que feras-tu quand elle ne te reconnaîtra plus ? Quand elle ne pourra plus s'occuper d'elle-même ? Que deviendra-t-elle ? »

Elle releva la tête ; des larmes brillaient sur ses joues.

J'allai serrer ses mains entre les miennes. « Je te promets que je prendrai soin d'elle toujours et que je l'aimerai toujours. » Je rassemblai mon courage. « Je parlerai aussi aux domestiques en privé et je leur dirai que, quelle que soit leur ancienneté à notre service, s'ils tiennent à leur place, ils doivent traiter dame Molly comme il sied à la maîtresse des lieux, aussi farfelues que leur paraissent ses demandes. »

Elle renifla et se dégagea pour s'essuyer les yeux du dos des mains. « Je sais que je ne suis plus une enfant, mais l'idée de la perdre… »

Elle se tut sans prononcer les mots qui montaient en elle. Elle pleurait encore Burrich, le seul vrai père qu'elle eût connu ; elle ne voulait pas voir sa mère disparaître à son tour, ou, pire encore, ne plus la reconnaître.

Je répétai ma promesse : « Je prendrai soin d'elle. » *Et de toi*, songeai-je avant de me demander si elle me laisserait endosser ce rôle. « Même si je dois feindre de croire qu'elle attend un enfant, et même si j'ai l'impression de la tromper. Aujourd'hui… » J'hésitai, saisi d'un sentiment de culpabilité ; aujourd'hui, j'avais fait comme si Molly était vraiment enceinte et je lui avais passé ses lubies comme à un enfant capricieux – ou comme à une démente.

« Tu as fait preuve de bienveillance, murmura Ortie. Je connais ma mère ; tu ne la convaincras pas de renoncer à son illusion. Elle a l'esprit ébranlé ; autant que tu… »

Molly posa le plateau sur la table avec un claquement sonore, et nous sursautâmes, pris en flagrant délit. Elle me regarda fixement, les yeux noirs, les lèvres serrées, et je crus d'abord qu'elle allait continuer à faire semblant de ne pas tenir compte de notre désaccord. Mais Ortie avait raison ; sans se démonter, elle déclara : « Vous me croyez folle tous les deux. Très bien ; mais je vous affirme que je sens le petit bouger dans mon ventre et que mes seins commencent à se gonfler de lait. Le temps n'est pas loin où vous devrez me demander pardon à genoux. »

Surpris dans nos inquiétudes secrètes, nous restâmes sans voix. Ortie ne trouva rien à répondre, et Molly nous tourna le dos puis sortit à grands pas. Nous échangeâmes un regard coupable mais nous ne cherchâmes pas à la retenir ; peu après, nous allâmes nous coucher. Pendant le trajet qui nous ramenait à Flétrybois, je m'étais réjoui d'avance d'agréables retrouvailles avec ma femme suivies d'une nuit ensemble. Mais elle avait préféré le canapé de la chambre d'enfant, et, quand je pénétrai dans la nôtre, elle me parut froide et vide.

Le lendemain, Ortie repartit pour Castelcerf avant midi, en disant qu'elle n'avait pas vu ses apprentis d'Art depuis longtemps et que de nombreuses tâches laissées en l'état devaient l'attendre. Je ne doutais pas de ses dires, mais je n'étais pas persuadé que ce fût la raison primordiale de son départ. Molly la serra dans ses bras, et quelqu'un qui n'eût pas été au courant eût pu croire que tout allait bien entre la mère et la fille ; mais ma femme n'avait pas parlé du bébé depuis qu'elle nous avait quittés la veille ni demandé si Ortie reviendrait pour la naissance.

Et, au cours des jours qui suivirent, elle ne dit pas mot de l'enfant imaginaire. Nous prenions le petit déjeuner ensemble, nous évoquions les affaires de la propriété et nous racontions notre journée au dîner. Et chacun dormait seul – ou plutôt, dans mon cas, ne dormait pas ; j'avançai plus dans mes traductions pour Umbre aux heures sombres de la nuit qu'au cours des six mois précédents. Dix jours après l'incident, tard le soir, je pris mon courage à deux mains et me rendis à la chambre d'enfant. La porte était close ; je mis un long moment avant de me décider à frapper plutôt qu'à entrer sans prévenir. Je toquai, ne reçus pas de réponse, et recommençai plus fort.

« Qui est-ce ? » À sa voix, elle semblait surprise.

« C'est moi. » J'entrebâillai le battant. « Puis-je entrer ?

— Je ne te l'ai jamais interdit », répondit-elle d'un ton acide. La réplique me fit mal, et pourtant je ne pus réprimer un léger sourire ; je me détournai afin qu'elle ne le vît pas. Ça, c'était la Molly Jupes-rouges que je connaissais.

« C'est vrai, fis-je à mi-voix. Mais je sais que je t'ai fait très mal, et je pensais ne pas devoir te forcer si tu voulais m'éviter un moment.

— Tu ne me forces pas, dit-elle sur le même ton. Es-tu certain que ce n'est pas toi qui m'évites, Fitz ? Depuis combien d'années me réveillé-je la nuit pour trouver ton côté du lit vide et froid ? Depuis combien d'années quittes-tu le lit au milieu de la nuit pour te cacher dans ton terrier plein de manuscrits poussiéreux et griffonner jusqu'à avoir les doigts couverts d'encre ? »

Je courbai la tête. Je ne savais pas qu'elle se rendait compte de mes disparitions nocturnes. J'avais été sur le point de lui faire remarquer qu'elle avait déserté notre couche, mais je ravalai cette pique ; ce n'était pas le moment de provoquer une dispute. J'avais franchi sa porte, et j'éprouvais la même impression que le loup la première fois qu'il s'était risqué dans une maison. J'ignorais où je devais me placer ou si je pouvais m'asseoir. Avec un soupir, elle se redressa sur le canapé où elle était allongée ; elle était en robe de chambre, et elle écarta son ouvrage de broderie pour me faire de la place. « Oui, j'y passe sans doute trop de temps », dis-je en guise d'excuse. Je m'installai près d'elle ; je perçus son parfum et déclarai impromptu : « Chaque fois que je sens ton parfum, j'ai envie de t'embrasser. »

Elle me regarda, abasourdie, éclata de rire puis répondit d'un ton attristé : « Je me demandais si tu avais seulement envie de t'approcher de moi. Vieille, pleine de rides, et en plus tu me crois folle… »

Je la pris dans mes bras avant qu'elle pût rien ajouter et déposai des baisers sur le sommet de sa tête, sur sa joue et enfin sur ses lèvres. « J'aurai toujours envie de t'embrasser, dis-je, la bouche dans ses cheveux.

— Mais tu ne crois pas que je sois enceinte. »

Je ne la lâchai pas. « Tu prétends attendre un enfant depuis plus de deux ans. Que dois-je penser, Molly ?

— Je n'y comprends rien moi non plus. J'ai dû me tromper au début, m'imaginer grosse avant de l'être vraiment. Je sentais peut-être que ça allait arriver. » Elle posa le front sur mon épaule. « C'est dur pour moi quand tu t'en vas plusieurs jours, parce que je sais que les femmes de chambre rient de moi dans mon dos. Elles ne savent rien de nous, et elles jugent scandaleux qu'un homme aussi jeune et vigoureux que toi soit marié à une vieille femme comme moi. Elles racontent que tu m'as épousée pour ma fortune et mon rang ! J'ai l'impression d'être une vieillarde stupide. Qui dans mon entourage comprend qui nous sommes et ce que nous sommes l'un pour l'autre ? Rien que toi. Et, quand tu m'abandonnes, quand tu me juges sotte comme eux… Oh, Fitz, je sais que tu as du mal à me croire, mais je me suis convaincue de choses bien plus difficiles sur la seule foi de ta parole. »

J'eus la sensation que le monde cessait brusquement de tourner. Oui, c'était vrai ; je n'avais jamais vu sa situation sous cet angle. Je me penchai pour poser un baiser sur sa joue salée de larmes. « Tu as raison. » Je pris une inspiration. « Je te croirai désormais, Molly. »

Elle réprima un éclat de rire. « Ah, Fitz, je t'en prie. Non, tu ne me croiras pas ; mais je te demanderai de faire semblant, seulement quand nous sommes ici ensemble. Et, en retour, quand je ne serai pas dans cette pièce, je feindrai autant que possible de ne pas être enceinte. » Elle secoua la tête et ses cheveux caressèrent ma figure. « Ce sera sûrement plus facile pour les domestiques. Sauf pour Allègre ; il avait l'air absolument ravi de m'aider à créer mon nid. »

Je songeai à l'intendant, grand, si mince qu'il en paraissait maigre, toujours grave et correct avec moi. « Vraiment ? » J'avais peine à l'imaginer.

« Oh oui ! C'est lui qui a trouvé les paravents à motif de pensées, et il les a fait nettoyer avant même de m'en parler. Je suis entrée un jour, et ils étaient installés autour du berceau, avec la dentelle par-dessus pour tenir les insectes à l'écart. »

Des pensées… Patience m'avait appris qu'on les appelait aussi parfois baume du cœur. Merci, Allègre.

Elle se leva en se dégageant de mes bras et s'écarta ; je la regardai. Sa longue chemise de nuit ne révélait pas grand-chose, mais elle avait toujours eu des courbes généreuses. Elle se dirigea vers la cheminée, et je vis qu'il y avait là, sur un guéridon, un plateau à thé. J'étudiai le profil de Molly. Sa silhouette ne me paraissait guère différente de ce qu'elle était cinq ans plus tôt ; si elle était enceinte, je le verrais sûrement. J'examinai le léger arrondi de son ventre, ses hanches amples, ses seins plantureux, et tout à coup ce ne fut plus du tout à la grossesse que je pensai.

Elle me regarda par-dessus son épaule, la théière à la main. « Tu en as envie ? » Puis, comme je la dévisageais sans répondre, ses yeux s'agrandirent lentement et un sourire malicieux lui tira les lèvres, un sourire digne d'une jeune fille nue seulement vêtue d'une couronne de houx.

« Avec plaisir », répondis-je. Comme je me levais pour la rejoindre, elle vint à ma rencontre. Nous fûmes doux et lents l'un avec l'autre, et cette nuit-là nous dormîmes tous les deux dans son lit de la chambre d'enfant.

L'hiver s'étendit sur Flétrybois le lendemain avec une chute de neige humide qui entraîna les dernières feuilles des bouleaux et ourla de blanc leurs branches gracieuses. Le calme qu'apporte la première neige enveloppa la terre comme un manteau. Dans notre demeure, l'heure parut propice au feu de bois, aux soupes chaudes et au pain frais à midi. J'étais retourné dans le bureau de la résidence, et une flambée claire de bois de pommier crépitait dans l'âtre quand on frappa à la porte.

« Oui ? » répondis-je en levant les yeux d'une lettre de Trame.

Le battant s'ouvrit lentement, et Allègre entra. Son manteau ajusté prenait ses larges épaules et sa taille étroite. Il était toujours impeccablement vêtu et d'un maintien irréprochable ; plus jeune que moi de plusieurs dizaines d'années, il avait une attitude qui me donnait toujours l'impression d'être un adolescent aux mains sales et à la tunique tachée quand il baissait les yeux sur moi. « Vous m'avez fait appeler, dotaire Blaireau ?

— Oui. » J'écartai la missive que je lisais. « Je voulais parler avec vous de la chambre de dame Molly. Les paravents à motif de pensées… »

Je lus dans ses yeux qu'il s'attendait à une réprimande ; il se redressa et posa sur moi le regard empreint de dignité qu'arbore toujours un intendant de qualité. « Messire, s'il vous plaît, ces paravents ne servaient plus depuis des décennies, alors que ce sont des objets ravissants qu'il ne faut pas cacher. Je sais que j'ai agi sans autorisation, mais dame Molly a l'air… découragée ces derniers temps. Avant votre départ, vous m'avez demandé de veiller à ses besoins ; c'est ce que j'ai fait. Quant au berceau, je suis tombé sur dame Molly assise en haut des escaliers, à bout de souffle et au bord des larmes ; c'est un meuble qui pèse son poids, messire, et pourtant elle avait réussi à le déplacer jusque-là toute seule. Je me suis senti honteux qu'elle ne soit pas venue simplement me chercher pour me dire ce qu'elle voulait. C'est pourquoi je me suis efforcé d'anticiper ses souhaits en apportant les paravents. Elle a toujours été bienveillante avec moi. »

Il se tut. À l'évidence, il ne manquait pas d'arguments qu'il eût pu exposer à un être à l'esprit aussi épais et au cœur aussi dur que moi. Je soutins son regard et murmurai :

« Avec moi aussi. Je vous sais gré des services que vous lui rendez, ainsi qu'à toute la propriété. Merci. » Je l'avais convoqué pour lui annoncer que je doublais ses gages. Même si le geste paraissait encore correct, l'idée de l'exposer de vive voix me semblait tout à coup un acte mercantile. Il n'avait pas œuvré pour l'argent mais par reconnaissance pour la bonté de Molly. Il découvrirait notre générosité en recevant son salaire du mois et il comprendrait à quoi elle correspondait, mais ce n'était pas ce qui comptait pour lui. Je repris : « Vous êtes un excellent intendant, Allègre, et nous vous estimons beaucoup. Je veux que vous le sachiez. »

Il courba légèrement la tête. Il ne s'inclinait pas devant moi, il acceptait ce que je venais de dire. « Maintenant, je le sais, messire.

— Merci, Allègre.

— Je vous en prie, messire. »

Et il sortit aussi discrètement qu'il était entré.

L'hiver assura son emprise sur Flétrybois. Les jours raccourcirent, la neige s'amoncela et les nuits devinrent obscures et glaciales. Molly et moi avions conclu notre trêve qui nous simplifiait la vie et nous la respections ; je crois que c'est à la paix que nous aspirions le plus. Je passais souvent le début de soirée dans la pièce que je considérais désormais comme le bureau de Molly ; elle avait tendance à s'y endormir, et, après l'avoir bien couverte, je me retirais sans bruit dans ma propre tanière où je retrouvais mon bric-à-brac et mon travail. Un soir, tard dans la nuit, alors que nous approchions du cœur de l'hiver, j'étudiais des manuscrits très intrigants qu'Umbre m'avait envoyés, écrits dans une langue proche de l'outrîlien. Ils renfermaient trois illustrations représentant apparemment des pierres dressées, avec de petites annotations dans la marge qui étaient peut-être des glyphes. C'était le genre d'énigme que je redoutais parce que je ne disposais pas d'indices suffisants pour la résoudre mais j'étais incapable de m'en détacher. Sur une page à côté de l'original, je reproduisais les dessins fanés, traduisais les mots que je comprenais et laissais de la place pour les autres ; je tâchais de me faire une idée générale du sujet, mais l'usage apparent du mot « gruau » dans le titre me laissait totalement dans le noir.

Il était tard et je me pensais le seul encore debout dans la maison. Une neige humide tombait en abondance, et j'avais fermé les rideaux poussiéreux pour la nuit. À la faveur des rafales de vent, les flocons lourds s'écrasaient sur les vitres. Je me demandais vaguement si les congères allaient nous bloquer le lendemain et si une croûte de gel allait envelopper les vignes. Tout à coup, je relevai la tête, alerté par mon Vif, et, quelques instants plus tard, la porte s'ouvrit doucement. Molly passa la tête par l'entrebâillement.

« Qu'y a-t-il ? » demandai-je d'un ton plus sec que je ne le voulais, pris d'une soudaine angoisse. Je ne me rappelais pas qu'elle fût jamais venue me rejoindre dans mon antre.

Elle s'accrocha au chambranle sans répondre, et je craignis de l'avoir blessée. Puis elle dit, le souffle court : « Je viens rompre ma promesse.

— Comment ?

— Je ne peux plus faire semblant de ne pas être enceinte, Fitz. Le travail a commencé ; le petit va naître cette nuit. » Un léger sourire encadra ses dents serrées, puis elle inspira brusquement.

Je la dévisageai sans rien dire.

« J'en suis sûre, fit-elle en réponse à la question que je n'avais pas posée. J'ai senti les premières contractions il y a plusieurs heures ; j'ai attendu qu'elles se renforcent et se rapprochent pour avoir une certitude. Le bébé arrive, Fitz. » Elle se tut.

« Ne pourrait-il s'agir d'une mauvaise digestion ? demandai-je au bout d'un moment. La sauce du mouton au dîner m'a paru très épicée, et peut-être…

— Je ne suis pas malade, et je n'ai rien mangé au dîner, si tu ne l'as pas remarqué. Je suis en travail. Eda nous bénisse, Fitz, j'ai eu sept enfants qui sont nés vivants et deux fausses couches dans ma vie ! Tu crois vraiment que je me trompe sur mes propres sensations ? »

Je me levai lentement. Son visage luisait de transpiration ; une fièvre qui l'entraînait plus loin dans son illusion ? « Je vais faire appeler Tavia. Elle ira chercher le guérisseur pendant que je t'aiderai à t'allonger.

— Non, dit-elle d'un ton catégorique. Je ne suis pas malade, je n'ai donc pas besoin de guérisseur. Et la sage-femme ne viendra pas : Tavia et elle, comme toi, me croient dérangée. » Elle prit une inspiration et la retint ; elle ferma les yeux, pinça les lèvres, et ses doigts agrippés à la porte blanchirent. Au bout d'un long moment elle poursuivit : « Je peux y arriver seule ; Burrich m'a toujours aidée pour mes autres accouchements, mais je peux me débrouiller seule s'il le faut. »

Avait-elle l'intention de me faire aussi mal ? « Laisse-moi te raccompagner jusqu'à la chambre d'enfant », dis-je. Je m'attendais à ce qu'elle me repoussât quand je lui saisis le bras, mais au contraire elle s'appuya lourdement sur moi. Marchant lentement dans les couloirs obscurs, nous dûmes nous arrêter à trois reprises, au point que je crus devoir la porter. Elle allait très mal, et le loup en moi, depuis si longtemps en sommeil, s'effrayait de son odeur. « Tu vomis ? lui demandai-je. Tu as de la fièvre ? » Elle ne répondit pas.

Il fallut une éternité pour arriver jusqu'à sa chambre. Un feu brûlait dans la cheminée, et il faisait presque trop chaud. Alors qu'elle s'asseyait sur le canapé bas, une crampe la fit gémir de douleur, et je dis à mi-voix : « Je peux t'apporter une tisane pour te purger. Je crois vraiment que…

— Je travaille à donner naissance à ton enfant. Si tu ne veux pas m'aider, laisse-moi ! » lança-t-elle violemment.

Je ne pus le supporter. Je quittai mon siège près d'elle, lui tournai le dos et me dirigeai vers la porte. Là, je m'arrêtai. Je ne saurai jamais pourquoi ; peut-être me parut-il que la rejoindre dans la folie valait mieux que la laisser s'y enfoncer seule, ou que rester sans elle dans un monde rationnel. Je changeai de voix sous l'empire de mon amour pour elle. « Molly, dis-moi ce qu'il te faut. Je n'ai jamais fait ça. Que dois-je apporter, que dois-je faire ? Veux-tu que j'appelle des servantes ? »

Elle était raide comme une barre de fer, et il fallut un moment avant qu'elle répondît : « Non, je ne veux pas d'elles ; elles ne feraient que feindre la politesse en ricanant dans le dos de la vieille folle. Non, je ne veux que toi, si tu trouves la volonté de me croire. Au moins dans cette pièce, Fitz, tiens ta promesse ; fais semblant de me croire. » Un hoquet de douleur l'interrompit et elle se recourba sur son ventre. Quelques instants passèrent, puis elle reprit : « Va chercher une cuvette d'eau tiède pour baigner l'enfant à son arrivée, et un tissu propre pour le sécher. Un peu de ficelle pour garrotter le cordon, et une cruche d'eau fraîche avec un gobelet pour moi. » Elle se plia de nouveau en deux avec un long gémissement.

J'obéis à ses instructions. Aux cuisines, j'emplis une carafe d'eau chaude que je tirai d'une bouilloire placée en permanence près du feu, au milieu du fouillis familier et rassurant

qui régnait là la nuit ; dans la cheminée, les braises fredon-
naient, de la pâte levait lentement dans des plats en terre pour
le pain du lendemain, une marmite de bouillon de bœuf d'un
brun profond répandait son arôme du fond de l'âtre. Je trouvai une cuvette, remplis une grosse chope d'eau froide, tirai
une serviette propre d'un tas bien plié et posai le tout sur un
grand plateau. Je restai un long moment à respirer la sérénité,
la normalité d'une cuisine organisée en une heure de calme.
« Oh, Molly ! » lançai-je aux murs silencieux. Puis je m'armai
de courage comme d'une lourde épée, pris le plateau et me
mis en route dans les couloirs obscurs de Flétrybois.

J'ouvris la porte de l'épaule, plaçai mon chargement sur
une table et contournai le divan près du feu. Une odeur de
transpiration flottait dans l'air. Molly se taisait, le menton sur
la poitrine. Après tout ce remue-ménage, s'était-elle endormie
devant la cheminée ?

Elle était assise les jambes écartées au bord du canapé, la
chemise de nuit remontée jusqu'aux hanches, les mains entre
les cuisses, et elle tenait entre ses paumes l'enfant le plus
minuscule que j'eusse jamais vu. Je chancelai, faillis m'effon-
drer puis tombai à genoux. Qu'il était petit, tout zébré de
sang et de graisse ! Il avait les yeux ouverts. « C'est un bébé ? »
fis-je d'une voix tremblante.

Elle releva la tête et posa sur moi un regard empreint de
l'indulgence qu'apportent les années. *Mon idiot d'homme
adoré.* Malgré son épuisement, elle me sourit. Je lus dans son
expression le triomphe et un amour que je ne méritais pas,
mais nul reproche pour mes doutes. Elle murmura : « Oui,
c'est notre fille. Elle est enfin arrivée. » Le nouveau-né était
rouge foncé, avec un cordon ombilical épais et clair qui se
déroulait de son ventre jusqu'au placenta aux pieds de Molly.

La gorge nouée, j'avais du mal à respirer ; un bonheur
absolu se heurtait à la plus profonde honte. J'avais douté
d'elle ; je ne méritais pas ce miracle. La vie m'en punirait, j'en
étais sûr. D'une voix enfantine, je demandai, contre tout
espoir : « Elle est vivante ? »

Molly répondit d'un ton qui trahissait sa fatigue : « Oui, mais elle est toute petite. Moitié plus petite qu'un chat ! Comment est-ce possible, Fitz ? Une grossesse si longue et un enfant si chétif ! » Elle eut une inspiration hachée et refoula ses larmes pour redevenir pragmatique. « Apporte-moi la cuvette d'eau tiède et les serviettes ; et quelque chose pour couper le cordon.

— Tout de suite ! »

Je m'exécutai et déposai le tout à ses pieds. Le nouveau-né la regardait du creux de ses mains. Molly lui caressait les lèvres de l'index et lui tapotait la joue. « Que tu es calme ! » fit-elle, et ses doigts descendirent sur la petite poitrine ; elle appuya légèrement, en quête de battements de cœur, puis elle leva les yeux vers moi. « On dirait le cœur d'un oiseau. »

Le nourrisson s'agita vaguement et prit une inspiration plus profonde, puis un frisson le parcourut soudain, et Molly le serra sur son sein. Examinant le petit visage, elle ajouta : « Comme tu es petite ! Nous t'attendons depuis si longtemps, depuis tant d'années, et, maintenant que te voici, je crains que tu ne restes pas une journée. »

J'eusse voulu la rassurer, mais elle avait raison. Elle s'était mise à trembler, épuisée par le travail, mais ce fut elle qui coupa le cordon et le noua. Elle se pencha pour tâter la chaleur de l'eau puis elle y trempa doucement l'enfant et la nettoya du sang qui la maculait. La tête miniature était couverte d'un duvet clair.

« Elle a les yeux bleus !

— Tous les nouveau-nés ont les yeux bleus ; ça changera. » Elle souleva le nourrisson et, avec une dextérité que je lui enviai, le transféra d'une serviette à une moelleuse couverture blanche dont elle lui fit un cocon parfaitement lisse. Elle me regarda et secoua la tête devant ma stupeur. « Prends-la, s'il te plaît ; il faut que je m'occupe de moi, maintenant.

— Mais je risque de la laisser tomber ! » J'étais terrifié.

Molly prit un air grave. « Prends-la ; ne la pose pas. Je ne sais pas combien de temps nous l'aurons, alors tiens-la tant que tu en as l'occasion. Si elle nous quitte, que ce soit dans nos bras, pas seule dans son berceau. »

À ces paroles, les larmes se mirent à ruisseler sur mes joues, mais j'obéis, mortifié de l'erreur que j'avais commise et que je reconnaissais à présent. Je m'approchai du canapé, m'assis, et, ma nouvelle petite fille dans les mains, la contemplai. Elle me regardait droit dans les yeux. Elle ne pleurait pas, contrairement à ce que je croyais des nourrissons ; elle était parfaitement calme. Et elle ne bougeait pas.

J'avais l'impression qu'elle connaissait les réponses à tous les mystères du monde. Je me penchai, humai son odeur, et le loup bondit en moi. *À moi*. Je sentis tout à coup l'enfant à moi en tout ; c'était mon petit et je devais le protéger. À moi. De cet instant, je fus prêt à mourir pour le défendre de tout mal. À moi. Le Vif me disait que cette petite étincelle de vie brûlait vigoureusement ; malgré sa taille infime, ce ne serait jamais une proie.

Je me tournai vers Molly ; elle faisait sa toilette. Posant l'index sur le front du nouveau-né, je tendis mon Art vers lui avec la plus grande délicatesse. Je n'étais pas certain de la moralité de mon acte mais j'écartai toute componction ; la petite était trop jeune pour lui demander sa permission. Mon but était clair : si je décelais une anomalie chez elle, un défaut physique, je ferais tout pour le réparer, même s'il fallait pour cela pousser mes capacités à leurs limites et épuiser les maigres réserves d'énergie dont elle disposait. L'enfant était calme et ses yeux bleus ne quittaient pas les miens alors que je la sondais. Qu'elle était petite ! Je sentais son cœur faire circuler le sang, ses poumons inspirer l'air. Elle était petite mais, si elle souffrait d'une malformation, j'étais incapable de la trouver. Elle s'agita faiblement avec une grimace, comme si elle allait pleurer, mais je restai ferme.

Une ombre tomba sur nous et je levai un regard coupable. Molly, vêtue d'une robe propre en tissu doux, tendait les mains pour me reprendre l'enfant. En le lui rendant, je dis à mi-voix : « Elle est parfaite, Molly ; à l'intérieur comme à l'extérieur. » Le nourrisson se détendit visiblement entre ses bras. Mon sondage d'Art lui avait-il déplu ? Sans regarder Molly, honteux de mon ignorance, je demandai : « Est-elle vraiment si petite pour une nouveau-née ? »

Sa réponse me poignit comme une flèche en plein cœur. « Mon amour, je n'ai jamais vu un bébé aussi chétif survivre plus d'une heure. » Elle avait ouvert la couverture et examinait le nourrisson. Elle déplia les mains minuscules et observa les doigts, caressa la petite tête puis étudia les délicats pieds rouges et compta les orteils. « Mais peut-être que... Elle n'est pas née avant terme, ça c'est sûr ! Et elle est très bien formée ; elle a même des cheveux, quoique si blonds qu'on les distingue à peine. Tous mes autres enfants étaient bruns. Même Ortie. »

Elle avait ajouté ces derniers mots comme pour me rappeler que j'étais le père de sa première fille même si je n'étais pas là pour assister à sa naissance ni la voir grandir. Ce n'était pas nécessaire. J'acquiesçai de la tête et touchai de l'index le poing du bébé ; il le ramena sur sa poitrine et ferma les yeux. « Ma mère était d'origine montagnarde, fis-je à mi-voix. Elle et ma grand-mère avaient les cheveux blonds et les yeux bleus, comme beaucoup d'habitants de ce royaume. J'ai peut-être transmis ces traits à notre fille. »

Molly eut l'air surpris, sans doute parce que j'évoquais rarement la mère qui m'avait abandonné dans ma petite enfance. Je ne me cachais plus que j'étais capable de me la rappeler ; elle nouait ses cheveux blonds en une longue natte qui lui tombait dans le dos, elle avait les yeux bleus, les pommettes hautes et le menton étroit ; elle ne portait jamais de bagues. « Keppet », m'avait-elle baptisé. Quand je songeais à cette lointaine enfance dans les Montagnes, j'avais plus l'impression d'une légende qu'on m'avait racontée que de mon histoire propre.

Molly interrompit mes pensées. « Tu dis qu'elle est parfaite "à l'intérieur comme à l'extérieur" ; tu t'es servi de l'Art pour le savoir ? »

Je la regardai d'un air coupable, sachant que cette magie la mettait mal à l'aise. Je baissai les yeux et avouai : « Non seulement l'Art mais aussi le Vif me disent que nous avons une fille très petite mais en excellente santé, mon amour. Le Vif voit que l'étincelle de vie est vive et brillante en elle. Malgré sa taille, rien ne lui interdit de survivre, de se bien porter – et de grandir. » Molly s'illumina comme si je venais de lui donner un trésor inestimable. Me penchant, je traçai du bout du doigt un cercle sur la joue de la petite, et elle me surprit en se tournant vers moi, les lèvres froncées.

« Elle a faim », expliqua Molly, et elle éclata d'un rire sans force mais soulagé. Elle s'installa dans un fauteuil, ouvrit le haut de sa robe et mit le nourrisson au sein. Bouche bée, je regardai ce spectacle auquel je n'avais jamais assisté, ému au-delà des larmes. Je me rapprochai discrètement, m'agenouillai, passai délicatement le bras autour des épaules de ma femme et contemplai l'enfant qui tétait.

« Quel idiot je fais ! dis-je. J'aurais dû te croire depuis le début.

— Oui, répondit-elle, puis elle ajouta : Mais ce n'est pas grave », et se laissa aller contre mon bras. Et notre dissension s'acheva là.

6

L'ENFANT SECRET

L'envie d'utiliser l'Art ne diminue pas à force d'usage ni en vieillissant ; la curiosité se déguise en un désir légitime de sagesse, ajoute à la tentation, et seule la discipline peut lui tenir la bride. C'est pourquoi il est préférable que les membres d'un clan d'Art restent à proximité les uns des autres durant toute leur vie afin de veiller en commun à l'emploi convenable de la magie. Il est aussi essentiel que les clans de compagnons surveillent les apprentis et que les maîtres surveillent à la fois les compagnons et les apprentis. Avec les Solitaires, soyez particulièrement vigilants ; ils manifestent souvent un tempérament aventureux et hautain, ce qui les empêche d'entrer dans un clan, et les maîtres d'Art doivent impérativement les garder à l'œil. Si un Solitaire commence à se montrer réservé et exagérément secret, il peut être nécessaire que tous les maîtres d'Art se réunissent et envisagent de brider sa magie, de crainte qu'elle ne s'empare du Solitaire et qu'il ne nuise à lui-même ou à d'autres.

Mais qui gardera le berger ?

Cette question pose le problème avec simplicité. Le maître d'Art, à son niveau élevé, ne peut être soumis qu'à sa propre surveillance ; c'est pourquoi ce poste ne doit jamais être politique ni accordé comme un honneur, mais confié seulement aux plus *érudits, aux plus puissants et aux plus disciplinés des artiseurs. Quand nous nous sommes réunis pour discuter du mésusage de l'Art, des dégâts effroyables infligés au village de Vachecoque et de la chute du maître d'Art Clarté, nous avons dû faire face aux résultats de la politisation de ce titre. Sans personne pour l'encadrer, le maître d'Art pénétrait dans les rêves, influait sur la pensée, condamnait ceux qu'il regardait comme mauvais, récompensait le « bien » par des avantages commerciaux et arrangeait des mariages dans cette communauté réduite, tout cela par une volonté malavisée de « créer une ville harmonieuse où la jalousie, l'envie et l'ambition excessive seraient refrénées pour le bien commun ». Nous avons constaté les effets de ce noble objectif : un village dont les habitants étaient contraints d'aller contre leur nature, où les émotions étaient réprimées et où, pour finir, en une seule saison, suicides et meurtres ont ôté la vie à plus de la moitié de la population.*

Devant l'énormité de la souffrance ainsi créée, nous ne pouvons que nous en prendre à nous-mêmes si le magistère des artiseurs n'a découvert les agissements du maître d'Art Clarté qu'une fois le mal fait. Afin d'éviter tout usage aussi désastreux de l'Art à l'avenir, les mesures suivantes ont été prises.

Le maître d'Art Clarté sera fermé à l'Art sous toutes ses formes. Le choix d'un nouveau maître d'Art s'opérera selon un processus où la reine ou le roi proposera trois candidats parmi le magistère, dont les membres voteront pour désigner le nouveau maître d'Art. Le vote sera secret, les bulletins décomptés publiquement et les résultats annoncés par trois ménestrels consacrés à la vérité choisis au hasard.

Le magistère conclut qu'aucun Solitaire ne devra plus jamais se voir attribué le titre de maître d'Art. Si Clarté avait eu son propre clan, il n'aurait pas pu dissimuler ses actes.

Dorénavant, le maître d'Art se soumettra à un examen critique par ses pairs au moins une fois par an ; si un vote le déclare incompétent, il sera remplacé et, dans les cas extrêmes d'abus ou de manque de réflexion, fermé à l'Art.

Soins et dédommagements seront dispensés aux survivants de la tragédie de Vachecoque ; aucun ne doit savoir que l'Art est à l'origine de la folie qui s'est abattue sur leur village en cette nuit fatale, toutes les réparations possibles leur seront accordées libéralement et jusqu'à leur mort naturelle.

Résolution du magistère à la suite de la tragédie
du village de Vachecoque

Le premier soir où l'enfant exista hors de Molly, je restai confondu par sa présence. Longtemps après que sa mère se fut endormie, le nourrisson contre elle, je continuai, assis près du feu, à les regarder tous les deux en inventant mille avenirs pour notre fille, tous pleins de promesses. Molly la disait chétive, mais je ne m'en inquiétais pas : tous les bébés sont chétifs ! Elle se porterait bien, et mieux que bien : elle serait intelligente, ma petite fille, et ravissante. Elle danserait comme un duvet de chardon dans la brise et monterait à cheval comme si elle ne faisait qu'un avec sa monture ; Molly lui enseignerait l'apiculture et les noms et les propriétés de toutes les plantes du jardin, et je lui apprendrais à lire et à calculer. Ce serait un enfant prodige. Je l'imaginais, ses menottes tachées d'encre, m'aidant à transcrire un document ou copiant des illustrations que je ne parviendrais pas à reproduire convenablement ; je la voyais sur la piste de danse du château de Castelcerf tournoyant dans une robe rouge. Mon cœur était plein d'elle et j'avais envie que le monde entier fêtât son arrivée avec moi.

Je ris piteusement de l'étonnement qu'elle allait susciter. Ortie et moi avions maintenu le secret sur la prétendue grossesse de Molly, y voyant une douleur que nous devions garder pour nous. Mais que nous aurions l'air bête quand on apprendrait que j'avais un enfant, une petite fille, blonde comme une pâquerette ! Je me représentais une réunion pour l'accueillir parmi nous ; ses frères seraient là avec leurs conjoints et leurs enfants, et Heur aussi. Ah, si seulement je pouvais annoncer au Fou le bonheur qui était entré dans ma vie ! Je souris en regrettant que ce fût impossible. Il y aurait de la musique et un banquet le jour où on la nommerait, et

Kettricken, Devoir, sa reine, les princes et même Umbre feraient le déplacement jusqu'à Flétrybois.

À cette idée, mon enthousiasme commença de s'effilocher. L'enfant qu'on imagine n'est pas celui qui dort dans les bras de sa mère. Que verraient Kettricken et Umbre en la regardant ? J'imaginais d'ici le scepticisme du vieil assassin devant ce nourrisson aux cheveux blonds : comment pourrait-il être d'ascendance Loinvoyant ? Et Kettricken ? Si elle acceptait le fait que ma mère montagnarde avait sans doute les cheveux clairs et qu'elle reconnût la petite comme la fille de FitzChevalerie Loinvoyant, que se croirait-elle en droit d'attendre d'elle ? Considérerait-on ma fille, à l'instar d'Ortie, comme une réserve secrète de sang Loinvoyant, comme une héritière qu'on pourrait présenter au peuple si jamais la lignée officielle défaillait ?

L'inquiétude monta en moi comme une marée glaciale qui engloutit mon cœur dans l'effroi. Comment avais-je pu désirer cet enfant sans songer aux dangers qui l'entoureraient du simple fait qu'elle serait ma fille ? Umbre voudrait vérifier si elle avait ou non l'Art, et Kettricken serait convaincue que le trône avait le droit de lui choisir un époux.

Je me levai pour faire les cent pas dans la chambre, comme un loup qui garde sa tanière. Molly dormait, épuisée. Contre elle, dans sa couverture, le nourrisson s'agita légèrement puis replongea dans le sommeil. Je devais la préserver, lui donner un avenir dont elle serait seule maîtresse. Différentes options dansaient dans mon esprit. La fuite… Nous ferions nos bagages dès demain et nous en irions pour nous installer ailleurs, sous l'identité de Molly, Tom et leur petite fille… Non, Molly n'accepterait jamais de rompre les liens avec ses autres enfants, et je ne pouvais pas quitter ceux que j'aimais, même s'ils représentaient peut-être une menace.

Que faire, alors ? Je les regardai, si paisibles, si vulnérables. Je fis le serment de les protéger, et je songeai soudain que la blondeur et les yeux bleus de la petite pouvaient jouer en notre faveur ; en la voyant, nul n'irait penser qu'elle était de moi ou de Molly, et nous pourrions prétendre que c'était une enfant trouvée que nous avions adoptée. Le subterfuge s'épanouit dans mon esprit. Rien de plus simple ! Même Ortie n'aurait pas à le savoir, et, une fois que j'aurais exposé le risque à Molly, peut-être accepterait-elle de jouer le jeu. Ortie croirait que nous avions adopté la petite pour combler le désir d'enfant de sa mère. Personne ne devait savoir qu'elle était une vraie Loinvoyant ; un simple mensonge pouvait la mettre à l'abri.

À condition que je parvinsse à convaincre Molly.

Cette nuit-là, j'allai chercher des couvertures dans notre chambre, les rapportai et dormis devant la porte, par terre, comme un loup qui défend sa tanière et son petit. C'était la chose à faire.

Le lendemain fut une journée empreinte de douceur et d'inquiétude. À la lueur de l'aube, je vis l'absurdité de mon projet : les domestiques d'une grande maison sont au courant de tout, et Allègre saurait pertinemment qu'on ne nous avait remis aucun enfant trouvé la veille. Incapable de cacher au personnel que Molly avait donné naissance à la petite, je le prévins qu'elle était fragile et sa mère fatiguée ; on dut me juger aussi insensé que Molly, car j'exigeai de lui porter moi-même ses repas et interdis qu'on la dérangeât. Je perdis aussitôt toute crédibilité quant à la présence d'un nouveau-né dans la demeure mais aussi toute autorité en tant qu'homme dans un domaine aussi purement féminin. Seules, par deux ou par trois, les femmes de notre domesticité prétextèrent toutes des affaires pressantes qui les obligeaient à entrer dans la chambre d'enfant ; ce fut d'abord Muscade qui prétendit devoir s'entretenir avec Molly pour savoir ce que sa maîtresse désirait comme déjeuner et comme dîner pour un jour aussi important ; sa fille Douce se glissa derrière elle, ombre frêle de la silhouette généreuse de sa mère. Molly ignorait les efforts que je faisais pour la garder au calme, et je ne pus lui reprocher la fierté un peu guindée avec laquelle elle présenta la petite à la cuisinière et à sa fille.

Elle avait seulement conscience, je pense, qu'elle leur démontrait leur erreur, qu'elle avait été bel et bien enceinte et que leur refus narquois de la prendre au sérieux quand elle demandait qu'on préparât une chambre d'enfant se trouvait à présent contredit. Avec la majesté d'une reine, elle les laissa approcher pour contempler le petit paquet qu'elle tenait dans une attitude protectrice. Muscade parvint à se maîtriser et sourit devant le « ravissant petit bébé » ; Douce était moins formée au maintien. « Elle est minuscule ! s'exclama-t-elle. On dirait une poupée ! Et elle est blanche comme le lait ! Comme ses yeux sont bleus ! Est-elle aveugle ?

— Bien sûr que non », répondit Molly en abaissant un regard d'adoration sur le nourrisson. Muscade donna une calotte à sa fille en lançant d'une voix sifflante : « Tes manières !

— Ma mère était blonde aux yeux bleus, dis-je.

— Ma foi, voilà qui explique tout », déclara la cuisinière avec un soulagement exagéré. Elle fit une révérence à Molly. « Alors, maîtresse, poisson de rivière ou morue salée ? On sait bien que le poisson est le meilleur aliment pour une femme qui vient d'accoucher.

— Poisson de rivière, je vous prie », répondit Molly, et, cette importante décision prise, la cuisinière s'éclipsa avec sa fille.

Elle avait à peine eu le temps de retourner à ses devoirs que deux femmes de chambre se présentèrent pour demander s'il fallait des linges propres pour l'enfant ou sa mère. Chacune en avait les bras chargés, et c'est tout juste si elles ne me piétinèrent pas en m'écartant de ma position près de la porte, en insistant : « En tout cas, il en faudra bientôt, car un nouveau-né salit très vite son lit. »

Et j'assistai encore une fois au spectacle déconcertant de deux femmes tenant la bride à leur stupéfaction et s'extasiant sur ma fille. Molly n'y paraissait pas sensible, mais tous mes instincts sonnaient l'alarme ; je savais bien comment finissent les petits d'animaux qui présentent trop de différences avec les autres. J'avais vu des poussins malformés tués à coups de bec, des vaches repousser un veau chétif, l'avorton de la portée de porcelets écarté de la mamelle, et je n'avais nulle raison de croire les hommes meilleurs que les bêtes à cet égard. J'ouvrirais l'œil.

Même Allègre se présenta, porteur d'un plateau avec des vases de fleurs. « Des pensées d'hiver, si vigoureuses qu'elles fleurissent presque toute la saison froide dans les serres chaudes de dame Patience – encore qu'elles ne soient plus chaudes désormais ; elles ne sont plus aussi bien entretenues qu'autrefois. » Il coula dans ma direction un regard que je feignis de ne pas remarquer. Molly lui fit un honneur qu'elle n'avait accordé à aucun des autres visiteurs : elle déposa entre ses grands bras maigres le nourrisson emmailloté. Il eut un hoquet de surprise, puis ses longs doigts couvrirent la petite poitrine et un sourire béat détendit son expression ordinairement sombre. Il regarda Molly, leurs yeux se croisèrent, et j'éprouvai une brusque jalousie à les voir partager le même ravissement. Il continua de la tenir sans un mot et ne la rendit qu'au moment où une femme de chambre toqua à la porte pour lui demander ses services. Avant de sortir, il disposa soigneusement chaque vase, si bien que les fleurs et les paravents se répondaient de façon charmante. Molly sourit.

Le premier jour de la vie de notre fille, je ne m'occupai que succinctement de la supervision et de la gestion de la propriété et je passai tous mes moments libres dans la chambre d'enfant. À force de contempler Molly et notre enfant, mon inquiétude se mua en émerveillement. Le petit être m'étonnait chaque fois que je le voyais ; ses doigts minuscules, le tortillon de cheveux clairs sur sa nuque, le rose délicat de ses oreilles… J'étais sidéré que toutes ces choses eussent pu simplement se développer dans le secret de mon épouse. C'était assurément l'œuvre scrupuleuse d'un artiste magicien, non le produit d'une union de hasard. Quand Molly alla prendre son bain, je demeurai près du berceau pour regarder ma fille respirer.

Je n'avais pas envie de la prendre dans mes bras ; elle me paraissait beaucoup trop fragile. *Comme un papillon.* Je craignais en la touchant de détruire le miroitement vital qui la maintenait en vie. Je la regardais dormir et suivais des yeux le mouvement infime de va-et-vient de la couverture sur sa poitrine. Ses lèvres roses bougeaient comme si elle tétait. Quand sa mère revint, je les observai avec plus d'attention que si elle et Molly étaient des comédiens jouant une pièce de théâtre. Molly était telle que je ne l'avais jamais vue, calme, compétente, toute à ce qu'elle faisait. C'était donc ainsi, une mère ! Mon enfant était totalement en sécurité dans ses bras, et elle s'occupait d'elle parfaitement. Qu'elle eût déjà joué ce rôle sept fois n'amoindrissait en rien mon admiration, et, naturellement, je m'interrogeais sur la femme qui m'avait ainsi regardé et tenu entre ses mains ; une tristesse empreinte de regret me prit : était-elle encore en vie ? Avait-elle la moindre idée de ce que j'étais devenu ? Retrouvait-on peu ou prou ses traits dans ceux de ma fille ? Mais, en observant le profil de la petite endormie, je vis qu'elle était unique.

Cette nuit-là, Molly gravit avec moi l'escalier qui menait à notre chambre ; elle s'allongea au milieu du lit avec l'enfant au maillot, et, quand je les rejoignis, j'eus l'impression de former l'autre moitié d'une coque autour d'une précieuse graine. Molly s'endormit aussitôt, une de ses mains posée avec légèreté sur notre bébé somnolent. Couché au bord du lit, je ne bougeais pas, prodigieusement concentré sur la petite vie entre nous. Lentement, je déplaçai ma main jusqu'à pouvoir tendre un doigt et toucher celle de Molly, puis je fermai les yeux et me laissai flotter à la surface du sommeil. Je me réveillai quand le nourrisson s'agita et commença à vagir. Dans la pénombre, je sentis ma femme se tourner pour la mettre au sein, puis j'écoutai les petits bruits du bébé qui tétait et la respiration lente et profonde de sa mère. Je sombrai à nouveau dans le sommeil.

Je rêvai.

Enfant, au château de Castelcerf, je me promenais au sommet d'une muraille près du jardin des simples ; il faisait chaud en ce beau jour de printemps ; les abeilles vaquaient activement dans le foisonnement de fleurs parfumées d'un cerisier qui surplombait l'enceinte. En équilibre sur mon mur, je ralentis pour franchir les bras tendus de l'arbre aux corolles roses, et, là, à demi dissimulé, je me figeai en entendant des voix. Des enfants poussaient des cris joyeux, manifestement pris dans un jeu qui les opposait les uns aux autres. L'envie de me joindre à eux me saisit.

Mais, même dans le royaume du rêve, je savais que c'était impossible. Dans le château, je n'étais ni chair ni poisson ; j'étais de trop basse extraction pour me lier d'amitié avec mes semblables bien nés, mais trop noble par ma naissance illégitime pour jouer avec les rejetons des domestiques. Je les écoutai donc s'amuser, douloureusement envieux, et, au bout de quelques instants une petite silhouette souple se coula par le portail du jardin, qu'elle repoussa et laissa entrebâillé ; c'était un gamin décharné, tout de noir vêtu, excepté ses manches qui étaient blanches. D'un bonnet noir plaqué sur sa tête dépassaient quelques mèches claires. Il traversa le jardin à bonds légers, franchissant les parterres sans toucher une seule feuille pour atterrir sur le chemin pavé avant de s'élancer au-dessus de la plate-bande suivante. Il se déplaçait quasiment en silence, mais ses poursuivants bruyants n'étaient pas loin ; ils ouvrirent violemment le portail avec un hurlement à l'instant où il se glissait derrière un rosier qui grimpait sur un treillis.

Je retins mon souffle. Sa cachette n'était pas parfaite ; le printemps commençait, et l'enfant faisait une ombre noire derrière les minces sarments et les feuilles à demi ouvertes du rosier en espalier. Avec un petit sourire, je me demandai qui allait remporter la partie. Six autres enfants s'égaillaient dans le jardin, deux filles et quatre garçons, tous de mon âge à deux ou trois ans près ; d'après leur habillement, c'étaient des enfants de domestiques. Deux des garçons les plus grands portaient déjà la tunique et le pantalon bleu de Cerf, et ils s'étaient sans doute défilés pour couper à leurs corvées.

« Il est entré ici ? lança une des filles d'une voix aiguë.

— Il n'a pas pu faire autrement ! » répondit un garçon, mais il n'avait pas l'air sûr de lui. Les poursuivants se déployèrent promptement, chacun résolu à repérer le gibier le premier. Je gardai mon immobilité, le cœur battant, en me demandant s'ils risquaient de me voir et de m'inclure impromptu dans leur jeu. Même en sachant où il se cachait, je distinguais tout juste la silhouette du garçon en noir ; ses doigts blancs agrippaient le treillis, et je voyais sa poitrine monter et descendre, trahissant la longueur de sa course.

« Il n'est pas entré dans ce jardin ! Venez ! » déclara un des plus âgés, et, comme une meute de chiens que le fouet détourne du renard, les enfants reculèrent et se rassemblèrent autour du chef qui retournait vers le portail. Leur proie cherchait déjà des prises dans les pierres du mur chaud de soleil derrière le treillis ; il commença de grimper, puis un cri m'avertit qu'un de ses poursuivants avait surpris son mouvement du coin de l'œil.

« Il est là ! » cria une fille, et la meute rentra aussitôt dans le jardin au pas de course. Alors que le garçon en noir escaladait la muraille, les autres se baissèrent et, un instant plus tard, mottes de terre et cailloux fendaient l'air ; ils touchèrent le rosier, le treillis, le mur, et certains, avec des chocs sourds, le dos de leur victime. J'entendis ses grognements rauques de douleur, mais il ne lâcha pas prise et poursuivit son ascension.

Le jeu s'était soudain transformé en une chasse cruelle. Agrippé à la muraille, il n'avait nul abri, et les poursuivants ramassaient déjà de nouveaux projectiles. J'eusse pu leur crier de cesser, mais je savais qu'alors je ne le sauverais pas : je deviendrais une deuxième cible.

Une pierre le frappa violemment à la tête, et son front donna contre le mur. J'entendis le choc de la chair contre le minéral et je le vis s'arrêter, à demi sonné, les doigts commençant à glisser. Mais il n'eut pas un cri ; avec un frisson, il se remit à grimper, plus vite cette fois. Son pied dérapa, se rattrapa, partit de nouveau, et sa main accrocha le sommet de l'enceinte. Comme si cet objectif atteint avait changé les règles du jeu, les autres enfants s'élancèrent. Il monta à cheval sur la muraille, y resta le bref instant qu'il fallut pour que son regard croisât le mien, puis il bascula de l'autre côté. Le sang qui maculait son menton était d'un rouge choquant sur sa peau blême.

« Faites le tour, faites le tour ! » s'exclama une fille d'une voix stridente, et, glapissant comme des chiens de chasse, les autres sortirent du jardin en courant. J'entendis le claquement sonore du portail qu'ils tirèrent brutalement derrière eux et les bruits de leur course éperdue, accompagnés de grands éclats de rire. Peu après, un cri aigu de désespoir retentit.

Je me réveillai ; j'avais le souffle court comme si je sortais d'une bagarre, et ma chemise de nuit entortillée autour de moi était trempée de sueur. Désorienté, je m'assis et me dégageai tant bien que mal des couvertures.

« Fitz ! lança Molly en jetant un bras protecteur sur notre enfant. Qu'est-ce qui te prend ? »

Je redevins brusquement moi-même, un homme adulte et non plus un enfant horrifié. Je me tapis sur le lit près de Molly et de notre minuscule nourrisson que j'avais failli tuer dans mon agitation. « Lui ai-je fait mal ? » m'écriai-je, épouvanté, et le bébé se mit à vagir.

Molly tendit la main et me prit le poignet. « Tout va bien, Fitz ; tu l'as réveillée, c'est tout. Recouche-toi ; ce n'était qu'un rêve. »

Au bout de tant d'années, elle n'ignorait rien de mes cauchemars, et, à mon grand dam, elle savait qu'il pouvait être dangereux de me tirer du sommeil dans ces moments-là. Je me sentais honteux comme un chien battu. Me voyait-elle comme une menace pour notre enfant ? « Je crois que je ferais mieux d'aller dormir ailleurs », dis-je.

Sans lâcher mon poignet, elle roula sur le flanc en serrant le nourrisson contre elle ; il eut un léger hoquet et se mit aussitôt à chercher le sein. « Tu vas dormir avec nous, déclara Molly, et, sans me laisser le temps de répondre, elle rit tout bas et ajouta : Elle croit encore avoir faim. » Elle me libéra pour dégager sa poitrine. Je demeurai immobile pendant qu'elle se mettait en place puis j'écoutai les petits bruits satisfaits d'une jeune créature qui se remplit l'estomac. Elles sentaient si bon toutes les deux, ma fille avec son odeur de bébé, Molly avec son odeur de femme ! Je me vis soudain trop grand, trop brutal, trop mâle, comme un intrus dans la paix et la sécurité de la vie d'une famille.

Je m'écartai. « Il faut que…

— Il faut que tu restes ici. » Elle me saisit à nouveau par le poignet et me ramena près d'elle ; elle n'eut de cesse que je fusse assez près pour qu'elle pût passer ses doigts dans mes cheveux. Elle repoussa les mèches mouillées de sueur de mon front à gestes légers et apaisants ; je fermai les yeux et, au bout d'un moment, ma conscience s'échappa.

Le rêve qui s'était dissipé à mon réveil se peignit à nouveau sur la toile de mon esprit, et je dus me forcer à respirer doucement, avec lenteur, malgré le poids qui m'écrasait la poitrine. C'est un rêve, me répétais-je, non un souvenir. Jamais je ne m'étais caché pour regarder les autres enfants du château tourmenter le Fou. Jamais.

Mais ç'aurait été possible, affirmait ma conscience. *Si j'avais été là en temps et en heure, ç'aurait été possible. Comme n'importe quel enfant.* Comme on le fait au milieu de la nuit après un tel rêve, je fouillai mes souvenirs en quête de rapprochements dans l'espoir de comprendre pourquoi une vision aussi effrayante avait envahi mon sommeil. Je n'en découvris pas.

Je me rappelais néanmoins la façon dont les gamins du château parlaient du bouffon royal au teint pâle. Le Fou était là, dans mes souvenirs d'enfance, depuis mon premier jour à Castelcerf ; il s'y trouvait avant mon arrivée, et, s'il fallait l'en croire, il m'attendait depuis toujours. Pourtant, des années s'étaient écoulées avant que notre relation allât au-delà d'un geste grossier qu'il m'adressait dans une salle ou d'une imitation peu flatteuse de ma personne dans un couloir, et je l'avais évité aussi assidûment que les autres de mon âge. Toutefois, je m'inventais certaines circonstances atténuantes, car je ne l'avais jamais traité cruellement, je ne m'étais jamais moqué de lui et je n'avais jamais manifesté de répulsion à son égard. Non, je l'avais simplement évité. Je voyais en lui un personnage vif mais ridicule, un acrobate qui ravissait son roi par ses pitreries, mais malgré tout un peu simplet. S'il m'inspirait un sentiment, c'était la pitié, à cause de sa différence.

Tout comme ma fille serait différente de ses camarades de jeu.

Tous les enfants de Cerf n'avaient pas les yeux marron, le cheveu sombre ni la peau mate, mais la plupart de ses amis répondraient à ces traits. Et si elle ne grandissait pas comme eux, si elle restait petite et le teint blanc ? Quelle enfance aurait-elle ?

Une onde froide naquit au creux de mon ventre et s'étendit jusqu'à mon cœur. Je me rapprochai de Molly et de mon enfant. Elles dormaient à présent, mais je ne fermai pas l'œil. Vigilant comme un loup aux aguets, je posai un bras léger sur elles en me faisant la promesse, à moi et à Molly, de protéger notre fille. Nul ne se moquerait d'elle, nul ne la tourmenterait ; même si je devais cacher son existence au monde entier, je la garderais à l'abri.

7

LA PRÉSENTATION

Il était une fois un brave homme et sa femme qui avaient travaillé dur toute leur vie ; peu à peu la fortune leur avait accordé tout ce qu'ils désiraient sauf un souhait : ils n'avaient pas d'enfant.

Un jour que la femme marchait dans son jardin en se lamentant de n'être point mère, un becqueteux sortit d'un buisson de lavande et lui dit : « Femme, pourquoi pleures-tu ?

— Je pleure de n'avoir point de nourrisson, répondit-elle.

— Ah, quant à cela, que tu es sotte ! Demande-moi, et je te révélerai comment avoir un enfant dans les bras avant la fin de l'année.

— Dis-moi ! » s'exclama-t-elle, implorante.

Le becqueteux sourit. « Quant à cela, c'est facile. Ce soir, à l'instant où le soleil touche l'horizon, étend sur le sol un carré de soie en veillant à ce qu'il ne fasse pas de pli ; et demain ce qui se trouvera sous le carré sera à toi. »

La femme se hâta de s'exécuter. À l'instant où le soleil frôlait l'horizon, elle posa le carré de soie à plat sur le sol sans qu'il fît de pli. Mais, alors que l'obscurité tombait sur le jardin et que la femme rentrait dans sa maison, une souris curieuse s'approcha du *carré, le renifla et le traversa au trot en laissant un petit pli sur un des côtés.*

Aux premières lueurs de l'aube, la femme courut au jardin. Elle entendit de petits bruits et vit la soie bouger ; quand elle la souleva, elle découvrit un enfant parfait aux yeux noirs et brillants. Mais il n'était pas plus grand que la paume de sa main...

Vieux conte de Castelcerf

Dix jours après la naissance, je décidai enfin de faire un aveu à Molly. Je le redoutais, mais je savais que je n'y couperais pas, et repousser l'instant fatidique ne rendrait pas les choses plus faciles.

Comme Ortie et moi ne croyions pas à sa grossesse, nous n'en avions parlé à personne en dehors de notre entourage proche. Ortie avait mis ses frères au courant mais seulement sous l'angle que leur mère vieillissait et qu'elle commençait à perdre la tête. Ils avaient tous une vie indépendante et active, et, dans le cas de Chevalerie, cela comprenait trois petits enfants, une épouse et un domaine à gérer. Ils avaient bien trop à faire avec leur travail et leur famille pour accorder plus qu'un intérêt fugace au fait que l'esprit de leur mère battait la campagne ; ils se fiaient à Ortie et à moi pour prendre en charge le problème, et, de toute manière, que pouvaient-ils faire contre la sénilité de leur mère ? Les jeunes ont cette capacité à accepter facilement les défaillances de l'âge en ce qui concerne leurs vieux parents.

Et voilà qu'il fallait leur expliquer l'arrivée d'un enfant – à eux et au reste du monde.

J'avais affronté la difficulté en lui tournant le dos. Personne en dehors de Flétrybois n'était au courant de cette naissance ; je n'en avais même pas prévenu Ortie.

Et je devais maintenant l'avouer à Molly.

Je me préparai pour l'opération. J'avais demandé aux cuisines un plateau des petits biscuits qu'adorait Molly avec un pot de crème épaisse sucrée et de la confiture de framboises ;

j'y ajoutai du thé noir préparé de frais, et, après avoir assuré Tavia que j'étais parfaitement apte à la tâche, je me mis en route pour la chambre d'enfant. Tout en marchant, je fourbis mes raisons comme j'eusse apprêté mes armes pour une bataille : d'abord, Molly était fatiguée et je ne voulais pas de visites intempestives ; ensuite, il y avait le nouveau-né, très petit et peut-être fragile. Molly elle-même m'avait dit qu'il risquait de ne pas survivre ; assurément, la décision d'empêcher qu'on le dérangeât était la meilleure. Enfin, je refusais qu'on imposât à notre enfant d'autres obligations que celle d'être lui-même... Non, je ne pouvais pas lui faire part de ce motif – du moins, pas maintenant.

Elle avait allumé une chandelle au chèvrefeuille qui embaumait l'air d'un parfum suave mais pénétrant. Du bois de pommier brûlait dans la petite cheminée ; c'étaient les seules sources de lumière, et la chambre en était accueillante comme une chaumière. Molly appréciait le luxe de n'avoir pas à s'inquiéter constamment de l'argent, mais elle n'avait jamais été complètement à l'aise dans son rôle de noble dame. « J'aime faire les choses moi-même », m'avait-elle répondu plus d'une fois quand je lui disais qu'une femme de chambre convenait parfaitement à son nouveau rang, que les gros travaux de la résidence, nettoyage, dépoussiérage, cuisine, lessive et repassage, pouvaient être confiés aux domestiques. Mais c'était elle qui époussetait et passait le balai dans notre chambre, qui tirait sur notre lit des draps séchés au soleil ou mettait l'édredon à chauffer devant l'âtre par les nuits froides. Entre ces quatre murs, tout au moins, nous restions Molly et Fitz.

Les paravents à motif de pensées avaient été déplacés pour capter et retenir la chaleur du feu ; les bûches crépitaient doucement et les ombres dansaient. La petite somnolait dans les bras de sa mère quand je posai le plateau.

« Qu'est-ce que c'est ? demanda Molly avec un sourire surpris.

— Je me suis dit que nous pourrions peut-être passer un moment tranquille ensemble en dégustant quelques douceurs. »

Son sourire s'élargit. « Je n'aurais pas prévu mieux !

— Moi non plus. » Je m'assis près d'elle en prenant garde de ne pas la bousculer puis je me penchai pour observer le petit visage de ma fille. Elle était rouge, ses sourcils clairs froncés par la concentration ; elle n'avait que de fines mèches de cheveux sur la tête, et ses ongles étaient plus réduits et aussi délicats que des écailles de poisson. Je la contemplai ainsi quelque temps sans rien dire.

Molly avait pris un biscuit, l'avait trempé dans la confiture puis s'en était servi pour cueillir une noisette de crème. « Ça a le goût et l'odeur de l'été », fit-elle au bout d'un moment. Je versai le thé, et son arôme se mêla au parfum de la framboise. Je m'emparai à mon tour d'un biscuit que je plongeai plus généreusement qu'elle dans la confiture et la crème.

« C'est vrai », répondis-je. Nous partageâmes pendant quelques minutes notre collation et la chaleur de la flambée sans échanger une parole. Dehors, une neige légère tombait ; nous étions à l'abri et au chaud comme dans un terrier. Peut-être valait-il mieux remettre la discussion au lendemain.

« Qu'y a-t-il ? »

Je me tournai vers elle, surpris. Elle secoua la tête. « Ça fait deux fois que tu soupires, et tu t'agites comme si tu avais des puces et que tu n'aies pas le droit de te gratter. Je t'écoute. »

C'était comme arracher un pansement d'une plaie : il faut faire vite. « Je n'ai pas dit à Ortie que la petite était née ; je n'ai pas envoyé non plus de lettre aux garçons. »

Elle se raidit légèrement, et l'enfant ouvrit les yeux. Je sentis l'effort qu'elle faisait pour se détendre et rester calme afin de ne pas réveiller la petite davantage. « Mais pourquoi, Fitz ? »

J'hésitai ; je ne voulais pas la mettre en colère, mais je tenais à faire prévaloir mon point de vue. Je répondis enfin avec gêne : « Je pensais qu'il valait mieux ne pas révéler son existence tout de suite, attendre qu'elle ait un peu grandi. »

Molly déplaça sa main sur le nourrisson, et je la vis mesurer la poitrine minuscule, inférieure à la longueur de ses doigts. « Tu as compris à quel point elle est différente, fit-elle tout bas. Qu'elle est toute petite. » Elle s'exprimait d'une voix rauque.

J'acquiesçai de la tête. « J'ai entendu les femmes de chambre parler entre elles, et j'aurais préféré qu'elles ne la voient pas. Elles ont peur d'elle, Molly. "On dirait une poupée vivante, tellement elle est petite, avec ses yeux bleus délavés qui ne se ferment jamais ; on pourrait la croire aveugle mais en réalité elle regarde tout." C'est ce que Tavia a dit à Douce, qui a répondu que ce n'était "pas normal", qu'un enfant aussi jeune et aussi minuscule n'est pas aussi vif. »

J'eus l'impression d'avoir feulé au museau d'un chat. Ses yeux s'étrécirent et ses épaules se raidirent. « Elles ont fait le ménage ici hier ; je leur avais dit que je n'avais pas besoin de leur aide, mais elles sont quand même venues, et c'était pour ça, j'en suis sûre – pour la voir. Parce que je suis descendue aux cuisines avec elle hier, et Muscade a dit : "La petite puce n'a pas grandi d'un doigt, on dirait ?" Elle a grandi, évidemment, mais pas assez pour qu'elle le remarque. » Elle serra les dents. « Qu'elles s'en aillent toutes, les femmes de chambre et la cuisinière. Renvoie-les. » Il y avait autant de peine que de colère dans sa voix.

« Molly… » Je pris un ton calme pour la ramener à la raison. « Elles sont là depuis des années. Le berceau de Douce était dans nos cuisines, et l'année dernière nous l'avons embauchée comme aide. Elle sort à peine de l'enfance, et notre maison est la sienne depuis toujours. C'est Patience qui a engagé Muscade il y a des années, et Tavia nous sert depuis seize ans, depuis qu'elle a remplacé sa mère, Saline. Son mari travaille aux vignes. Si nous les renvoyons, ça provoquera de la rancœur dans tout le personnel ! Les gens parleront, et des rumeurs circuleront sur l'enfant que nous cherchons à cacher. Et nous ne saurons rien de leurs remplaçants. » Je me passai la main sur le visage puis ajoutai avec moins d'impétuosité : « Il faut qu'ils restent, et il faut peut-être les payer bien pour nous assurer de leur fidélité.

— Nous les payons déjà bien ! répliqua-t-elle sèchement. Nous avons toujours été généreux avec eux ; nous avons toujours embauché leurs enfants quand ils étaient en âge de se rendre utiles ; quand le mari de Tavia s'est cassé la jambe et a dû rester au repos pendant les moissons, nous l'avons gardé. Quant à Muscade, elle passe désormais plus de temps assise sur une chaise que devant les fourneaux, mais nous n'avons jamais parlé de la renvoyer ; nous avons simplement engagé plus de personnel. Fitz, tu proposes sérieusement de soudoyer nos gens pour qu'ils ne pensent pas de mal de mon enfant ? Crois-tu qu'ils représentent un danger pour lui ? Parce que, si c'est le cas, je les tuerai.

— Si je le jugeais, ils seraient déjà morts », répondis-je. Ces paroles m'horrifièrent parce qu'elles étaient parfaitement exactes.

Toute autre que Molly s'en fût effrayée, mais je la vis se détendre, rassurée. « Alors tu l'aimes ? demanda-t-elle à mi-voix. Tu n'as pas honte d'elle ? Tu n'es pas épouvanté d'avoir un enfant aussi singulier ?

— Mais évidemment que je l'aime ! » J'étais sidéré. Comment pouvait-elle en douter ? « C'est ma fille, l'enfant que nous espérions depuis des années ! Comment peux-tu croire que je ne l'aimerais pas ?

— Parce que certains hommes se détourneraient d'elle », répondit-elle avec simplicité. Elle posa la petite sur ses genoux pour l'examiner. Le nourrisson se réveilla mais ne pleura pas et nous scruta tous les deux avec ses grands yeux bleus. Il disparaissait presque dans sa chemise de nuit moelleuse ; même l'ouverture pour la tête était trop large et dénudait une épaule menue. Molly resserra le vêtement. « Fitz, parlons clair. Tu sais comme moi que c'est un petit être étrange. Ma grossesse a duré très longtemps ; je sais, tu n'y crois guère, mais fais-moi confiance : j'ai porté cet enfant pendant deux ans, voire davantage. Et pourtant il est minuscule. Observe-le ; il pleure rarement mais il regarde tout, comme l'a dit Tavia ; il est encore trop jeune pour relever la tête tout seul, mais on a l'impression qu'il sait déjà beaucoup de choses. Il regarde tout, et ses yeux vont sans cesse de toi à moi comme s'il nous écoutait et savait déjà ce que nous allons dire.

— C'est peut-être le cas », fis-je avec un sourire mais sans prêter le moindre crédit à cette hypothèse. Molly serra le nourrisson contre elle et reprit, sans me regarder et avec un effort manifeste : « Un autre homme, en la voyant, me traiterait de putain. Des cheveux clairs comme un agneau de printemps et des yeux bleu pâle… Personne ne penserait qu'elle est de toi. »

J'éclatai de rire. « Eh bien, moi, si ! Elle est de moi, et de toi, et elle nous est venue de façon aussi miraculeuse que les enfants donnés par les becqueteux dans les vieux contes. Molly, tu sais que j'ai le Vif, et, en un mot comme en cent, dès que j'ai senti son odeur, j'ai su qu'elle était de moi – et de toi. De nous deux. Je n'en ai jamais douté. » Je dégageai une de ses mains du nourrisson, dépliai ses doigts serrés et déposai un baiser sur sa paume. « Et je n'ai jamais douté de toi non plus. »

Avec douceur, je l'attirai pour qu'elle reposât contre moi, pris une mèche de ses cheveux et l'enroulai autour de mon index. Il fallut un peu de patience, mais je finis par sentir ses muscles raides se décrisper. Elle se détendit, et la paix s'installa brièvement. Le feu chantonnait tout bas et, dehors, le vent soufflait entre les vieux saules qui donnaient son nom à la propriété. Le temps de quelques battements de cœur, nous fûmes simplement une famille. Puis je rassemblai mon cœur et repris la parole.

« Mais j'aimerais conserver son existence secrète encore quelque temps et ce n'est pas parce que je ne suis pas sûr qu'elle soit de moi ni parce que je crains son étrangeté. »

Molly secoua la tête d'un mouvement infime, son opinion sur ma bêtise absolue irradiant de toute sa personne. Malgré tout, je continuai à la serrer contre moi et elle ne chercha pas à s'écarter. Le front contre ma poitrine, elle demanda d'un ton plein d'entrain : « Combien de temps, mon amour ? Un an ? Deux ans ? Et si nous révélions son existence à son seizième anniversaire, comme les princesses des histoires d'antan ?

— Je sais, ça paraît ridicule, mais…

« — Non : c'est ridicule. C'est pour ça que ça paraît ridicule. Il est trop tard pour cacher son existence. Les domestiques savent que nous avons un enfant, donc tous les habitants du village sont au courant, ainsi sans doute que tous leurs cousins en amont et en aval de la rivière. Fitz, mon amour, tu aurais dû envoyer ces lettres ; à présent, Ortie et les garçons vont se demander pourquoi elles ne sont pas arrivées plus tôt. Préserver le secret ne fera qu'exciter sire Umbre qui se mettra à renifler partout comme un chien de chasse après un renard dans un arbre, sans parler des questions que se posera la reine mère. Et, plus nous attendrons pour annoncer la naissance, plus les gens s'interrogeront : la petite est-elle vraiment de nous ? N'est-ce pas l'enfant de quelque pauvresse obligée de l'abandonner ? L'avons-nous trouvé dans un arbre creux de la forêt ou bien s'agit-il d'un changelin que les becqueteux ont laissé à notre porte ?

— C'est absurde ! Personne ne croirait une aberration pareille !

— Ce serait peut-être plus facile à croire que l'idée que des parents ont dissimulé l'existence d'un enfant légitime à tout le monde, y compris à ses frères et à sa sœur. Moi-même, j'ai du mal à l'imaginer.

— Très bien. » Je m'avouai vaincu. « J'enverrai les lettres demain. »

Molly ne me laissa pas m'en tirer aussi aisément ; elle s'écarta légèrement pour me regarder. « Tu dois avertir Ortie tout de suite ; elle est plus proche de ses frères et pourra dépêcher des messagers plus vite. Oh, Fitz ! » Elle ferma les yeux et secoua la tête.

Défaite totale. « D'accord. » Je me levai et me reculai un peu.

Jadis, le fait qu'Ortie partageait avec moi un lien d'Art était un secret ; mais elle était aujourd'hui chef du clan d'Art du roi, la ligne de défense magique contre tous les dangers qui menaçaient les Six-Duchés. Tout le monde supposait que c'était une bâtarde Loinvoyant mais personne ou presque n'avait la bêtise de proférer tout haut cette hypothèse. Ce lien magique entre ma fille et moi gênait parfois Molly, mais elle avait fini par l'accepter, tout comme elle avait accepté que Leste possédait le Vif ; nous avions été beaucoup plus surpris en découvrant que Calme avait aussi des aptitudes pour l'Art. Je tus la question que nous nous posions désormais tous les deux : le nourrisson qu'elle tenait entre ses bras avait-il hérité de moi l'une ou l'autre de ces magies ?

« Regarde, on dirait qu'elle sourit », murmura sa mère.

J'ouvris les yeux. J'avais contacté Ortie et lui avais transmis la nouvelle ; j'avais à demi dressé mes murailles pour bloquer sa réaction indignée : pourquoi ne l'avais-je pas prévenue plus tôt ? Comment sa mère avait-elle pu donner le jour à un enfant ? Il fallait qu'elle réorganise en urgence tout son emploi du temps pour venir nous voir le plus vite possible ! Le flot de ses pensées menaçait d'engloutir les miennes. Je fermai les yeux, lui expliquai que nous serions ravis de la recevoir dès qu'elle pourrait se déplacer, qu'il en allait de même pour chacun de ses frères qui voudrait nous rendre visite, et que je lui saurais gré de leur transmettre l'information ; puis je ressortis promptement de son esprit et me retirai dans l'intimité du mien.

Je savais que je paierais cette attitude plus tard quand ma fille aînée et moi nous retrouverions dans la même pièce et que je ne pourrais pas éviter aussi facilement de me faire sonner les cloches. Je n'étais pas pressé. Je redressai les épaules. « Ortie est désormais au courant et transmettra la nouvelle aux garçons, dis-je à Molly. Elle ne tardera pas à passer. » Je me rapprochai d'elle et m'assis par terre à ses pieds. Légèrement appuyé à ses jambes, je pris ma tasse de thé.

« Va-t-elle voyager par les Pierres ? » Il y avait de l'angoisse dans sa voix.

« Non. J'ai réussi à imposer mon point de vue là-dessus, et les piliers ne servent qu'en cas d'extrême urgence et en secret. Elle viendra dès qu'elle en aura le temps, à cheval et avec une escorte. »

Molly avait réfléchi de son côté. « Est-ce la reine que tu redoutes ? » me demanda-t-elle dans un murmure.

Je haussai les sourcils. « Pas du tout. Elle ne s'intéresse en aucune façon à mon existence ; Devoir et elle sont partis avec les princes passer une dizaine de jours dans le duché de Béarns. Je crois que le roi a fini par écouter Umbre ; la famille royale a le projet de faire la tournée des six duchés et du royaume des Montagnes et de séjourner au moins dix jours dans chacun. J'avoue me demander si les ducs commencent déjà à exhiber leurs filles aux princes dans l'espoir d'un arrangement précoce pour...

— N'essaie pas de détourner la conversation. Tu sais très bien de quelle reine je parle. »

Elle avait raison sur les deux sujets. Je baissai les yeux devant son regard noir. « Kettricken est en route, de retour des Montagnes ; c'est Devoir qui m'a artisé la nouvelle il y a quelques jours. Elle a conclu un accord à la fois avec son peuple d'origine et avec les six ducs. Elle passera beaucoup plus de temps dans les Montagnes désormais, peut-être la moitié de l'année ; elle ne portera pas le titre de reine là-bas, mais s'entretiendra souvent avec Devoir. Quand elle sera revenue à Castelcerf, ils ont l'intention de choisir un des apprentis artiseurs pour l'accompagner chaque fois qu'elle ira dans les Montagnes, pour rendre plus rapides les communications entre elle et les Six-Duchés. À mon avis, ce sera un soulagement pour elle et pour Devoir ; là-bas, elle est encore reine, même si on ne l'appelle pas ainsi, et Elliania aura plus de latitude pour arranger la cour et le château selon ses goûts. Je pense qu'ils sont parvenus à un bon compromis. »

Molly secoua la tête. « Ce sera un bon compromis si Devoir respecte sa part du marché et tient tête à la narcheska. Les garçons devaient aller dans les Montagnes deux mois par an pour perfectionner leur connaissance de la langue et des coutumes de ce duché ; s'il ne s'y met pas, à la mort de la reine Kettricken, il risque de constater que son septième duché adoré n'a aucune envie de s'intégrer aux six autres. »

J'acquiesçai de la tête, soulagé de ce changement de sujet. « Tu mets précisément le doigt sur ce qui m'inquiète. Il y a toujours eu des frictions entre les deux reines et... »

Molly ne se laissa pas distraire. « Mais ça ne répond pas à ma question. À propos de notre petite et de ton idée ridicule de l'élever dans le secret, à qui espérais-tu la cacher ? Je ne vois que la reine Kettricken – et peut-être sire Umbre ? »

Je me déplaçai, mal à l'aise, puis appuyai la tête sur son genou. Elle me passa la main dans les cheveux et murmura : « Je n'ai jamais été idiote, tu le sais.

— Loin de là. Je sais que tu as tout compris au cours des années, même si nous en parlons rarement. Mais, quand nous abordons le sujet, le souvenir des mensonges et des subterfuges que j'ai employés à ton encontre me point comme un coup d'épée dans la poitrine. Je suis si… »

Elle acheva ma phrase d'un ton volontairement léger : « Évasif. Fitz, tu t'es déjà excusé mille fois pour ce qui s'est passé à cette époque, et je t'ai pardonné ; alors, par pitié, ne m'oblige pas à me mettre en colère en essayant de dévoyer la conversation. De qui et de quoi as-tu peur ? »

Le silence plana un instant, puis j'avouai d'une petite voix, autant à moi-même qu'à elle : « Je crains tout le monde. Toi et moi, nous voyons un bébé que nous attendons depuis longtemps, une enfant si différente des autres qu'on risque de la mépriser pour cette seule raison ; mais d'autres la verront peut-être comme une princesse possible, une éventuelle artiseuse ou un pion sur l'échiquier politique, une future jeune fille à marier là où elle sera le plus utile à la couronne. Je sais qu'on la regardera ainsi, de même qu'on m'a regardé comme un bâtard royal, un outil très pratique, un assassin ou un diplomate jetable – de même qu'on regardait Ortie comme une poulinière potentielle pour obtenir un héritier royal si jamais la semence de Devoir ne remplissait pas sa fonction. Quand Umbre et Kettricken ont rompu les fiançailles d'Ortie avec Crible…

— Par pitié, Fitz, ne recommence pas ! Ce qui est fait est fait, c'est terminé, inutile de réveiller d'anciennes douleurs.

— Comment puis-je croire que c'est "terminé" alors qu'Ortie est toujours seule dans la vie ? » L'indignation que j'avais éprouvée à l'époque m'envahit à nouveau. Jamais,

jamais je ne comprendrais comment elle avait pu se soumettre à l'édit secret du trône et continuer à le servir. Pour ma part, j'avais été bien près de couper les ponts avec Castelcerf, et seule l'intervention d'Ortie, qui m'avait demandé de garder mon calme et de la laisser prendre elle-même ses décisions, m'en avait retenu. Chaque fois que j'y pensais...

« Ah, Fitz ! » soupira Molly. Elle avait perçu mon humeur et sa main caressait ma nuque d'un geste apaisant ; tout en massant mes muscles crispés de ses mains encore vigoureuses, elle murmura : « Ortie est quelqu'un de réservé. Elle a l'air d'être seule et de s'être résignée au décret de la couronne lui interdisant de se marier avec Crible, mais les apparences peuvent être trompeuses. »

Je me redressai et me tournai vers elle. « Elle défierait le trône Loinvoyant ? »

Elle secoua la tête. « Le défier ? Probablement pas. Ne pas tenir compte de ses avis ? Oui, tout comme nous n'avons pas tenu compte de ce que dame Patience et le roi Subtil avaient décrété pour nous. Ta fille te ressemble beaucoup, Fitz ; elle est secrète et n'obéit qu'à elle-même. Je suis sûre que, si elle veut continuer à voir Crible, elle ne s'en prive pas.

— Douce Eda, et si elle tombait enceinte ? » L'angoisse me nouait la gorge.

Molly eut un petit rire rauque. « Fitz ! Il faut toujours que tu imagines un désastre après l'autre ! Écoute donc ce que je dis : j'ignore quelle voie Ortie a choisie ; mais, si elle est seule, c'est parce qu'elle l'a décidé, non parce qu'on le lui a imposé. Sa vie lui appartient, et ce n'est pas à toi de la réparer.

— Alors tu ne penses pas qu'elle et Crible sont ensemble ? »

Nouveau soupir. « Je ne pense rien du tout, et c'est exprès. Mais je te signale que Crible a quitté son poste chez nous pour aller travailler à Bourg-de-Castelcerf et qu'Ortie n'encourage apparemment personne à la courtiser. Et, de toute façon, c'est une femme faite depuis des années, et ce n'est pas à moi de m'inquiéter à sa place, pas plus qu'à toi de prendre ses décisions à sa place. Tout ce dont nous avons à nous occuper se trouve entre ces quatre murs, mon amour ; les autres enfants sont grands et vivent leur vie. Même Âtre a une amoureuse, et il a un apprentissage à suivre à Rivière. Laissons Ortie et Crible mener leur existence, ça nous laissera un peu de tranquillité. Si tu tiens tant à t'inquiéter d'un enfant, tu en as un devant toi. Tiens, prends-le un peu. »

Se penchant, elle déposa le nourrisson entre mes mains. Comme toujours, je le reçus à contrecœur ; cela n'avait rien à voir avec ce que j'éprouvais pour lui, mais tout avec ma terreur de mal le tenir et de le blesser. Chiots et poulains ne m'inspiraient pas cette crainte, mais avec ma fille j'étais pétrifié ; elle était si chétive, si nue, si faible à côté des bébés animaux dont je m'étais occupé ! Un poulain se dresse sur ses jambes le jour même de sa naissance, un chiot sait gémir et se traîner jusqu'aux mamelles de sa mère, mais elle n'était même pas capable de tenir la tête droite. Néanmoins, alors que je l'installais sur mes genoux, mon Vif voyait l'étincelle de vie brûler en elle avec une force incroyable. Et avec l'Art ? Je touchai sa petite main, peau contre peau, et sentis quelque chose.

Molly se leva et poussa un petit gémissement en redressant le dos. « Je suis restée trop longtemps sans bouger. Je vais aller chercher du thé chaud ; j'emporte la théière, je n'en ai que pour un instant.

— Veux-tu que je sonne un domestique ?

— Oh, non ! Ça me fera du bien d'aller jusqu'aux cuisines. Je n'en aurai pas pour longtemps. » Elle ouvrait déjà la porte.

« Très bien », répondis-je d'un ton distrait ; je contemplai le visage de ma fille mais elle regardait derrière moi. J'entendis le bruissement des chaussons de Molly qui s'éloignait. J'étais seul avec mon enfant. Aucune raison d'être inquiet ; de combien d'animaux nouveau-nés m'étais-je occupé à l'époque où je travaillais aux écuries de Castelcerf ? Un petit d'homme ne devait pas être bien différent ; j'avais gagné la confiance de nombreux poulains ombrageux et chiots timides.

« Hé, petite, regarde-moi ! Regarde papa. » Je me plaçai dans son champ de vision ; elle détourna les yeux et sa main s'agita pour échapper à mon contact. Je fis une nouvelle tentative.

« Alors, petite, tu vas vivre et rester un moment avec nous, hein ? » Je parlais non de la voix haut perchée que beaucoup prennent en s'adressant à un nourrisson mais avec un timbre grave et un rythme lent, comme on parle à un jeune chien ou à un cheval, d'un ton apaisant. Je produisis un claquement de langue. « Hé ! Ici. Regarde-moi. »

Elle n'obéit pas ; je m'y attendais un peu.

Patience. Continue à parler. « Tu es toute petite ; j'espère que tu vas vite grandir. Comment allons-nous t'appeler ? Il est temps de te donner un nom, un bon nom, un nom solide. Cherchons un nom solide mais joli. Brodette ? Ça te plaît ? Brodette ? »

Aucune réaction. J'eus l'impression que l'étincelle brillante devenait moins intense, comme si elle détournait son attention de moi. Était-ce possible ?

Je parcourus sa poitrine du bout de l'index. « Un nom de plante, peut-être ? Ta sœur, c'est Ortie. Pourquoi pas… Fougère ? » Non, je ne me trompais pas : elle portait nettement son attention ailleurs. Je réfléchis un instant puis essayai à nouveau. « Myrte ? Gantelée ? Thym ? »

Elle avait l'air d'écouter ; pourquoi ne me regardait-elle pas ? Je lui touchai la joue pour l'obliger à tourner le visage vers moi ; elle le fit mais évita mes yeux. Je me rappelai soudain qu'Œil-de-Nuit croisait rarement longtemps mon regard et que cela ne l'empêchait pas de m'aimer. *Ne la force pas ; laisse-la venir à toi comme tu m'as laissé venir à toi.* J'acquiesçai à la sagesse du loup et ne cherchai plus à capter le regard de ma fille.

Je dépliai sa main minuscule et fourrai mon petit doigt au creux de sa paume, mais il était encore trop gros pour qu'elle l'agrippât ; elle le lâcha et ramena sa main contre sa poitrine. Je la levai pour l'approcher de mon visage et inspirai profondément pour sentir son odeur. En cet instant, j'étais mon loup, et je me rappelai mon lien avec Œil-de-Nuit si vivement que le chagrin de sa disparition me poignit. Je regardai ma petite en songeant quel bonheur lui eût procuré sa naissance. *Ah, Œil-de-Nuit, comme j'aimerais que tu partages cet instant avec moi !* Les yeux me piquaient, et je vis avec stupéfaction le nourrisson battre des paupières et des larmes commencer à rouler sur ses petites joues.

Je ravalai la douleur d'avoir perdu mon loup. Se pouvait-il qu'elle la ressentît ? Après un instant d'immobilité, je relevai mon propre défi. Je m'ouvris à elle par l'Art et par le Vif.

L'enfant se mit soudain à battre éperdument des bras et des jambes, comme s'il cherchait à s'éloigner de moi à la nage. Puis, à ma grande horreur, elle commença à pleurer de façon beaucoup trop sonore et stridente pour un être d'une taille aussi réduite. « Chut ! Chut ! » fis-je, épouvanté, redoutant que Molly ne l'entendît. Je la plaçai sur mes genoux et écartai les mains d'elle. Elle n'était sûrement pas ouverte à ce point à mes magies ! J'avais dû lui faire mal, la pincer ou la tenir trop serré. Je la regardais, consterné, sans savoir quoi faire.

J'entendis le bruissement de chaussons pressés sur les dalles de pierre et Molly apparut tout à coup, une théière dégouttante à la main. Elle la posa précipitamment sur le plateau et se pencha sur nous, les mains tendues pour reprendre son bébé. « Que s'est-il passé ? Tu l'as laissée tomber ? Elle n'a jamais crié aussi fort ! »

Je me redressai pour permettre à Molly de la soulever, et, aussitôt, les pleurs de la petite cessèrent ; elle était rouge vif et, alors que sa mère lui tapotait le dos, elle haletait encore de l'effort qu'elle avait dû fournir pour hurler.

« Je ne sais pas ce que j'ai fait ; je la tenais et je la regardais, et d'un seul coup elle a crié. Attends ! J'ai glissé mon doigt dans sa main ! Ça lui aurait fait mal aux doigts ? Je ne comprends pas ce qui l'a mise dans cet état. Lui ai-je fait mal à la main ? Elle va bien ?

— Chut, laisse-moi l'examiner. » Elle prit le poignet du nourrisson et, très délicatement, lui déplia les doigts. L'enfant n'eut pas de réaction, sinon qu'elle leva les yeux vers sa mère avec ce que je ne puis décrire que comme une expression de soulagement. Molly la serra contre elle et entama un lent tour

de la chambre d'un pas balancé. « Elle va bien, elle va bien »,
chantonna-t-elle. Revenue auprès de moi, elle dit d'une voix
douce : « Elle a l'air de s'être remise. C'était peut-être un rot
qui ne sortait pas. Ah, Fitz, j'ai eu si peur en l'entendant crier
comme ça ! Mais, tu sais (et elle eut un brusque sourire qui
me prit par surprise), quel soulagement j'ai ressenti aussi !
Elle était tellement silencieuse, tellement calme que je me
demandais si elle pouvait pleurer. » Elle eut un petit rire.
« Avec les garçons, je ne souhaitais qu'une chose : qu'ils se
taisent et qu'ils s'endorment rapidement ; mais, avec elle, c'est
le contraire : sa placidité m'inquiète. Pourrait-elle être simple
d'esprit ? Mais elle va bien. J'ignore ce que tu as fait, mais tu
as démontré qu'elle avait ton emportement.

— Mon emportement ? »

Elle feignit de prendre l'air grave. « Évidemment ! De qui
d'autre l'aurait-elle hérité ? » Elle se rassit, et j'indiquai de la
tête la flaque d'eau autour de la théière.

« On dirait que tu as été dérangée en la remplissant. Veux-
tu que je la rapporte aux cuisines pour chercher de l'eau
chaude ?

— Je pense qu'il y a assez pour nous deux. »

Elle s'installa plus confortablement dans son fauteuil. La
paix retomba dans la chambre. Molly reprit en regardant la
petite : « Un jour, j'ai vu un cheval noir et blanc avec un œil
bleu, de la même couleur que les tiens. Le propriétaire disait
que c'était son "œil fou" et conseillait de ne pas se tenir de
ce côté de la bête. » Elle se tut, contemplant le bébé. Elle la
berçait doucement et nous apaisait tous les trois.

Il me fallut quelques instants pour comprendre qu'elle
demandait à être rassurée sur la normalité de notre enfant. Je
n'en savais rien, et je déclarai avec circonspection : « Je n'ai
pas souvenir que Burrich ait ramené un cheval avec un œil
bleu aux écuries, ni un chien avec un œil bizarre. T'en a-t-il
parlé ?

— Non. Ne soyons pas bêtes, Fitz ; c'est une petite fille,
non un cheval ni un chiot. Et la reine Kettricken, qui a les
yeux bleus, paraît jouir de ta confiance.

— En effet. » Je versai un peu de thé dans une tasse. Trop clair. Je le laissai infuser encore un peu. « J'ai l'impression que la petite ne m'aime pas », murmurai-je d'un ton hésitant.

Molly poussa un soupir agacé. « Mon amour, faut-il toujours que tu trouves des sujets d'inquiétude ? Elle ne te connaît pas. Un bébé, ça pleure, c'est tout. Elle va bien maintenant.

— Mais elle refuse de me regarder.

— Fitz, ne compte pas sur moi pour céder à tes sottises ! Alors cesse. D'ailleurs, nous avons un sujet de préoccupation plus important : il lui faut un nom.

— J'y réfléchissais justement. » Je me rapprochai d'elles et tendis la main vers la théière.

Molly m'arrêta. « Patience ! Il doit infuser encore un peu. » Je la regardai en haussant les sourcils. « Patience ?

— J'y ai pensé, mais elle est si petite…

— Alors… il lui faut un petit nom ? » J'étais perdu.

« Ma foi, il lui faut un nom qui lui corresponde. J'avais songé à… » Elle hésita, mais j'attendis sans rien dire, et elle termina enfin : « Abeille, à cause de sa taille.

— Abeille ? » répétai-je. Je ne pus retenir un sourire. Abeille ! Naturellement. « C'est ravissant.

— Abeille », fit-elle d'un ton décidé. Sa question suivante me surprit. « Lui imprimeras-tu son nom ? » Elle faisait allusion à une vieille coutume de la famille royale ; quand on baptisait un prince ou une princesse Loinvoyant, une cérémonie était organisée où toute l'aristocratie tenait un rôle de témoin. La tradition voulait qu'on passât l'enfant dans le feu, qu'on le saupoudrât de terre puis qu'on le plongeât dans l'eau afin de lui imprimer son nom par le feu, la terre et l'eau. Mais ces nouveau-nés-là s'appelaient Vérité, Chevalerie ou Royal — ou Devoir, et, une fois le nom gravé, on escomptait que l'enfant acquerrait une affinité pour la vertu éponyme.

« Je ne crois pas », murmurai-je, en songeant que la cérémonie attirerait sur la petite l'attention que je souhaitais précisément éviter. Car j'espérais encore tenir son existence secrète.

Cet espoir s'évanouit quand Ortie arriva cinq jours plus tard. Elle avait quitté Castelcerf dès qu'elle avait pu se libérer et effectué le trajet à cheval pour voyager le plus vite possible. Deux de ses gardes l'accompagnaient, escorte minimum pour la maîtresse d'Art du roi ; l'un était un vieil homme aux cheveux gris, l'autre une jeune fille élancée, mais tous deux avaient l'air plus épuisé que ma fille quand je les entrevis de la fenêtre de mon bureau, après avoir écarté les rideaux pour jeter un œil dehors en entendant des chevaux hennir.

Je pris une profonde inspiration et rassemblai mon courage. Laissant le rideau retomber, je quittai mon bureau à grands pas pour rejoindre les nouveaux venus. Avant de parvenir à l'entrée principale, j'entendis la porte s'ouvrir, la voix claire d'Ortie qui saluait Allègre puis le claquement de ses bottes quand elle traversa le vestibule en courant. Je sortis d'un couloir connexe et elle faillit me heurter ; je la saisis par les épaules et la regardai dans les yeux.

Ses cheveux noirs et bouclés noués en queue-de-cheval s'étaient libérés pour retomber sur ses épaules, et le froid avait rougi ses joues et son front. Elle avait encore son manteau et avait commencé à ôter ses gants. « Tom ! s'exclama-t-elle en guise de salut. Où est ma mère ? »

Je désignai la porte de la chambre d'enfant au bout du couloir ; elle se dégagea et fila comme le vent. Je me retournai ; à l'entrée, Allègre accueillait la suite d'Ortie. Notre intendant était très compétent ; les gardes paraissaient épuisés, glacés et en grand besoin de repos ; il pouvait s'en occuper. Je suivis ma fille.

Quand je la rejoignis, elle se tenait dans l'encadrement de la porte, agrippée au chambranle, comme pétrifiée. « Tu as vraiment eu un enfant ? Un vrai bébé ? » demandait-elle, sidérée, à Molly qui riait. Je m'arrêtai. Quand Ortie entra d'un pas circonspect dans la chambre, je me glissai discrètement près de la porte et me positionnai là où je pouvais tout observer sans être vu. Ortie avait fait halte devant le berceau vide près du feu. Elle s'exclama d'une voix empreinte d'un repentir absolu : « Maman, pardonne-moi de ne t'avoir pas crue ! Où est-elle ? Vas-tu bien ? »

Molly était l'image même de la sérénité, mais je perçus sa tension. Ortie avait-elle observé comme moi le soin avec lequel elle s'était apprêtée pour recevoir sa fille aînée ? Elle s'était coiffée et avait étalé avec soin son châle sur ses épaules. La petite était emmaillotée dans une couverture moelleuse d'un rose presque blanc, et un bonnet de la même couleur dissimulait son petit visage. Sans perdre de temps ni d'énergie à répondre, Molly la tendit à Ortie. L'expression de cette dernière ne m'était pas visible, mais je remarquai son changement d'attitude. Le paquet que lui remettait sa mère était trop réduit pour être un enfant, même un nouveau-né. Elle traversa la chambre avec la prudence d'un loup qui s'aventure en territoire inconnu. Elle redoutait encore une démence précoce. Elle prit le nourrisson, et je vis ses muscles s'adapter à son poids infime. Elle regarda Abeille, surprise de la voir bel et bien là et encore plus de ses yeux bleus, puis elle releva la tête. « Elle est aveugle, n'est-ce pas ? Oh, maman, je suis navrée ! Tu penses qu'elle va survivre longtemps ? » Dans ces paroles, j'entendais ce que je redoutais : que non seulement le monde extérieur mais jusqu'à sa propre sœur ne perçût Abeille comme anormale.

Molly lui retira vivement la petite et la serra d'un geste protecteur, comme si les mots d'Ortie jetaient un mauvais sort sur l'enfant. « Elle n'est pas aveugle. Fitz juge probable que sa mère montagnarde avait les yeux bleus et que c'est d'elle qu'elle les tient. Et, si elle est minuscule, elle est parfaitement formée ; dix orteils, dix doigts, elle mange et dort bien, et elle ne pleure quasiment jamais. Elle s'appelle Abeille.

— Abeille ? » Ortie eut l'air intriguée, puis elle sourit. « C'est vrai qu'elle est toute petite. Mais je me demande ce que l'ancienne reine pensera d'elle.

— La reine Kettricken ? » Sa mère avait pris un ton mi-inquiet, mi-perplexe.

« Elle n'est pas très loin, et elle arrive. Elle est revenue à Castelcerf alors que je m'apprêtais à partir ; je lui ai annoncé la nouvelle, et elle était ravie pour vous deux. Elle ne doit pas avoir plus d'un jour de retard sur moi ; en tout cas, j'ai été heureuse d'avoir la permission de Devoir de me mettre en route tout de suite : elle aurait visiblement préféré que je l'attende. » Elle s'interrompit puis la loyauté envers sa mère prit le dessus. « Et je savais que Fitz était au courant de sa venue parce que je l'ai averti moi-même par l'Art ! Et il ne t'a rien dit ! Je le vois à ton expression. J'en déduis que les domestiques n'ont sans doute pas aéré les chambres ni fait aucun préparatif pour recevoir des invités. Ah, maman, ce mari que tu as…

— Ce mari est ton père », coupa Molly, et comme toujours Ortie se détourna sans répondre, car, si un enfant peut hériter certains traits d'un parent adoptif, elle tenait son entêtement de Burrich. Elle changea promptement de sujet pour s'intéresser à une question plus immédiate. « Je vais dire aux domestiques d'ouvrir les chambres, de les rafraîchir et de veiller à ce qu'il y ait du bois pour les cheminées. Et je vais prévenir aussi les cuisines. Ne t'en fais pas !

— Je ne m'en fais pas, répondit sa mère. La reine des Montagnes n'a jamais été pour nous un hôte difficile, du moins en ce sens. » Le sous-entendu était clair. « Ortie ! lança-t-elle d'un ton qui arrêta sa fille avant qu'elle pût sortir. Pourquoi vient-elle ? Que veut-elle ? »

Ortie regarda sa mère en face. « Tu le sais ; elle veut voir la fille cadette de FitzChevalerie Loinvoyant, assister à l'empreinte de son nom et revendiquer un droit sur elle. Un ménestrel l'accompagnera ; elle lui montrera uniquement ce qu'elle voudra, mais, une fois qu'il aura vu, il ne niera jamais la vérité. Elle lui fait confiance pour ne chanter que quand on le lui demande et pour ne chanter alors que la vérité. »

Ce fut au tour de Molly de détourner le regard et de se taire. J'avais le cœur glacé de découvrir qu'Ortie aussi avait percé à jour le motif de la visite de Kettricken.

Il demeurait entre la reine et moi un lien singulier fait d'affection et de jalousie. Kettricken avait toujours traité Molly, Burrich et leurs enfants avec une équité irréprochable, mais Molly n'avait jamais pardonné à la reine de lui avoir laissé croire que j'étais mort, de l'avoir laissée porter mon deuil puis accepter un autre homme à ma place, alors qu'elle savait le bâtard Loinvoyant vivant. J'en étais aussi responsable que Kettricken, mais je pense que Molly avait plus de mal à pardonner à une femme, surtout à une femme qui avait elle-même connu les affres de croire mort l'homme qu'elle aimait.

Et le fossé avait subsisté, reconnu par les deux femmes comme une distance qui ne se réduirait jamais. Kettricken était du genre à estimer mériter cet amer développement de leur amitié.

Avec un petit salut de la tête, Ortie sortit en criant à Tavia de lui prêter main-forte pour préparer quelques chambres à l'intention de dame Kettricken des Montagnes qui allait arriver peut-être avant la tombée de la nuit. Elle n'observait pas plus que sa mère les formes avec la domesticité. En me croisant dans le couloir, elle m'adressa un regard de reproche avant d'appeler Allègre. Je me glissai dans la chambre d'enfant. « Elle va ouvrir les fenêtres et secouer les édredons elle-même », me dit Molly, fière du pragmatisme de sa fille.

« Elle me rappelle parfois Vérité. » Je souris. « Elle ne demande à personne de faire ce qu'elle hésiterait à entreprendre. Et, si elle juge une tâche nécessaire, elle n'attend pas pour s'y mettre.

— Tu savais que Kettricken venait et tu ne m'as pas prévenue », répondit Molly en guise de salut.

C'était vrai. Je la regardai sans rien dire ; de mon point de vue, ne pas l'avertir n'était pas lui mentir, mais elle ne partageait pas cet avis. D'une voix que la colère imprégnait d'un feu glacé, elle murmura : « Ça ne me facilite pas les choses quand je n'ai pas le temps de me préparer.

— J'ai retourné la question dans tous les sens, et il n'y a rien à faire pour nous préparer à cette situation sinon l'affronter aujourd'hui. Je n'ai pas vu l'intérêt de t'inquiéter à l'avance ; les domestiques sont capables de mettre les chambres en ordre très vite.

— Je ne parlais pas des chambres, répliqua-t-elle d'une voix étouffée, mais de moi-même, de me préparer mentalement et physiquement. » Elle secoua la tête et reprit d'un timbre plus clair : « Fitz, Fitz ! Tout va bien entre nous jusqu'au moment où ton ascendance Loinvoyant vient s'interposer, et alors tu retrouves tes habitudes de secret et de duplicité qui nous ont détruits jadis. T'en débarrasseras-tu un jour ? Viendra-t-il un temps où ton premier réflexe ne sera pas de dissimuler ce que tu sais ? »

Ses paroles me frappèrent comme une volée de flèches, et je tressaillis sous l'impact. « Je regrette », dis-je, et ces mots me révulsèrent. J'avais vraiment des remords de lui avoir caché la venue de la reine, et je me demandais comme elle pourquoi je cédais toujours à cette impulsion de tout garder pour moi-même. Une mise en garde qu'Umbre m'avait donnée bien des années plus tôt résonna dans mon esprit : il m'avait prévenu que l'expression « Je regrette » pouvait perdre de sa substance, que je risquais de m'excuser si souvent que cela n'aurait plus de sens pour personne, pas même pour moi. Avais-je atteint ce stade avec mon épouse ? « Molly...

— Fitz, fit-elle d'un ton ferme, tais-toi. »

J'obéis. Elle serra son enfant contre sa poitrine. « Écoute-moi. Je partage tes inquiétudes, et ce n'est pas le moment de nous disputer. Plus tard, nous en reparlerons, une fois que Kettricken sera partie ; mais pas avant, et surtout pas devant Ortie. Si la reine mère vient voir notre petite, nous devons être prêts à y faire face ensemble et à affirmer que nous saurons agir au mieux pour Abeille. »

Sa colère n'était pas retombée : elle la réprimait seulement, et je la méritais. « Merci », fis-je à mi-voix. Des étincelles jaillirent à nouveau dans ses yeux, puis elle secoua la tête d'un air attristé et me sourit. « Ils m'ont privée de cette partie de toi il y a longtemps, bien avant que je te choisisse. Ce n'est pas ta faute, Fitz ; ce n'est pas ta faute, même si je pense parfois que tu pourrais la reprendre si tu t'en donnais vraiment la peine. » Elle posa notre enfant contre son épaule puis me regarda comme si elle avait rejeté sa colère jusqu'aux îles d'Outre-mer.

Ortie passa le reste de la journée à houspiller les domestiques. Seul Allègre paraissait ravi du défi que posait l'arrivée à l'improviste d'un membre de la famille royale ; il ne vint pas moins de huit fois me consulter sur les menus et les chambres. La neuvième, quand il frappa à ma porte pour demander s'il pouvait engager des musiciens de Flétry pour égayer les soirées, je l'envoyai en référer à Ortie, sans égard pour ma fille.

Mais le résultat fut que nous profitâmes d'une soirée calme en famille pour partager un dîner entre adultes et bavarder jusque tard dans la nuit. Grâce à Ortie et à Allègre, tout ce qui pouvait être prévu et arrangé l'avait été. L'heure s'avançant, nous nous réunîmes dans la chambre d'enfant, nous y fîmes porter le repas, et nous nous restaurâmes en parlant d'abondance. Ortie tenait la petite contre son épaule et observait son profil.

Elle nous donna des nouvelles de Castelcerf mais Molly s'intéressait surtout à ses fils, et sa fille lui dit ce qu'elle en savait. Calme n'était pas au château parce qu'il rendait visite à Âtre ; elle lui avait annoncé la naissance d'Abeille par pigeon voyageur. Leste voyageait avec Trame ; elle lui avait envoyé un message mais ignorait quand il lui parviendrait. Les affaires de Chevalerie prospéraient ; il avait continué d'améliorer le cheptel d'excellents chevaux que Burrich lui avait légué, et il venait d'acheter la propriété mitoyenne de la sienne pour accroître ses pâtures et avoir la place de bâtir de plus grandes écuries. Elle nomma ainsi chacun des frères désormais égaillés dans les six duchés. Molly l'écoutait en berçant Abeille ; je la regardais et je croyais deviner ses pensées : c'était son dernier enfant, celui qui l'accompagnerait dans la vieillesse. Les yeux d'Ortie allaient de sa mère au nourrisson, et j'y lisais de la pitié ; pitié pour nous tous, car selon elle Abeille mourrait bientôt ou vivrait l'existence d'une créature malformée, limitée de corps et d'esprit. Elle taisait ses réflexions mais Burrich l'avait bien éduquée et lui avait appris à estimer d'un coup d'œil les chances de survie d'un nouveau-né. Cependant, je jugeais que j'avais l'avantage de l'expérience, et, même si Abeille était un avorton, elle possédait l'étincelle nécessaire pour s'en tirer. Elle vivrait ; quel serait son avenir, nul ne pouvait le prédire, mais elle vivrait.

Dans la matinée, un héraut nous avait annoncé que la reine Kettricken arriverait bientôt, et, quand elle se présenta dans l'après-midi, les chambres des invités étaient prêtes, un repas simple mais savoureux mijotait, et Abeille avait été habillée avec des vêtements qu'on avait rapidement arrangés pour les mettre à sa taille. Ortie vint elle-même nous prévenir de l'arrivée de Kettricken et de sa garde. Nous étions dans la chambre d'enfant ; Molly avait changé les vêtements d'Abeille deux fois et les siens trois ; à chaque reprise, je l'avais assurée qu'elle était ravissante, mais elle avait jugé que la première robe faisait trop jeune et que la seconde lui donnait l'air d'une « grand-mère égrotante ». Au troisième essayage, elle avait mis une tenue que je ne lui connaissais pas : un pantalon si ample que je le pris d'abord pour une jupe, une sorte de veste qui lui descendait aux genoux par-dessus un corsage à manches bouffantes, et une large ceinture autour de la taille. Les trois premiers éléments étaient de différentes nuances de bleu, et elle s'était noué les cheveux en arrière dans une résille en rubans bleus. « De quoi ai-je l'air ? » me demanda-t-elle en rentrant, et je ne sus trop quoi répondre.

— J'aime bien tes chaussures », dis-je avec circonspection ; elles étaient rouges avec des broderies en perles noires, et très pointues.

Elle éclata de rire. « C'est un cadeau d'Ortie. C'est un style jamaillien très en vogue à Castelcerf. » Elle tourna lentement sur elle-même, m'invitant à l'admirer. « C'est très confortable. Ortie m'a suppliée de le mettre afin que je n'aie pas l'air trop provinciale – et je crois bien que je vais l'écouter. »

Je portais pour ma part un simple pourpoint brun sur une chemise bleu de Cerf, un pantalon marron et des bottes noires qui montaient au genou. L'épingle à motif de renard que Kettricken m'avait donnée scintillait à mon col. Je me demandai un instant si j'avais l'air provincial, puis je conclus que cela m'était égal.

Ortie entra sur ces entrefaites, haussa les sourcils et sourit à sa mère, ravie de son apparence. Elle-même arborait une tenue similaire brun profond et jaune ambre. Puis elle se tourna vers le berceau d'Abeille et eut un mouvement de surprise ; avec son franc-parler habituel, elle dit : « Ses vêtements d'avant étaient trop larges, mais ils la faisaient paraître plus grande. Elle est si petite, maman, dans cette tenue elle a presque l'air... monstrueux. » Pourtant, elle souleva sa sœur et la regarda en face ; le nourrisson détourna les yeux. Toutefois, alors qu'Ortie l'examinait, elle se mit soudain à agiter les bras, puis sa bouche s'ouvrit grand, elle prit une longue inspiration et poussa une plainte aiguë.

Aussitôt, Molly la reprit. « Qu'y a-t-il, ma petite Abeille ? Qu'y a-t-il ? » Dès l'instant où sa mère la plaça contre elle, l'enfant perdit toute sa raideur et son cri se réduisit à quelques sanglots reniflants. Molly lui tapota le dos, et elle se calma rapidement. Sa mère se tourna vers Ortie d'un air d'excuse. « Ne le prends pas contre toi ; elle fait la même chose avec son père. Je suppose qu'elle est juste assez âgée pour comprendre que je suis sa mère et penser que c'est toujours moi qui dois la tenir. »

J'adressai à Ortie un petit sourire mi-figue mi-raisin. « Ça me soulage ; je commençais à croire qu'il n'y avait que moi qu'elle n'aimait pas. »

Les deux femmes me jetèrent à l'unisson un regard indigné. « Mais Abeille aime Ortie ! s'exclama Molly. Elle ne... » Sa voix mourut et ses yeux s'agrandirent légèrement. Puis, aussi directe que sa fille, elle se tourna vers Ortie et demanda : « Lui as-tu fait quelque chose ? Avec ton esprit ?

— Je... Non ! Enfin, pas exprès. Parfois... » Elle s'interrompit. « C'est difficile à expliquer à quelqu'un qui ne l'a pas. Je touche les gens quand je suis près d'eux ; ce n'est pas toujours volontaire. C'est comme... » Elle chercha une comparaison. « Comme sentir l'odeur de quelqu'un. Même si ça paraît grossier, je n'y peux rien ; c'est ainsi que je perçois les gens. »

Molly réfléchit tout en se balançant lentement d'un pied sur l'autre, comme elle faisait toujours avec la petite dans les bras. « Donc ta sœur possède l'Art ? Comme toi ? »

Ortie éclata de rire puis secoua la tête. « Je ne peux pas le déterminer rien qu'en la tenant. Et puis ce n'est qu'un nourrisson. » Elle se tut, songeant à son propre talent pour l'Art et à la précocité de ses premières manifestations. Elle me jeta un regard puis je la sentis envoyer une sonde d'Art vers l'enfant. Je retins mon souffle. Devais-je l'arrêter ? Abeille se recroquevilla contre sa mère et fourra son visage contre son cou. Éprouvait-elle le contact de sa sœur ? J'observai l'expression d'Ortie : perplexité puis résignation. Elle n'avait pas perçu l'Art chez l'enfant.

Ma curiosité piquée, je lançai un fil d'Art vers Abeille avec la plus extrême prudence, mais je ne trouvai là que Molly. Elle n'avait pas la moindre parcelle d'Art, mais le contact établi surchargeait mes sens de sa présence, et je me mis à lui sourire avec affection.

Puis Ortie s'éclaircit la gorge, et je repris conscience de mon environnement, de mes filles et de ma femme. Molly prit une grande inspiration et redressa les épaules. « Bien ; je vais aller à la rencontre de Kettricken et lui souhaiter la bienvenue. Croyez-vous que je doive apporter Abeille ? »

Ortie intervint aussitôt : « Non. Non, il vaut mieux que tu choisisses le moment où la reine des Montagnes la verra, et que ce soit d'abord en privé. Sa nourrice peut-elle rester avec elle pendant que nous... » Elle s'interrompit puis éclata de rire. « J'ai l'impression que je vis depuis trop longtemps à la cour. Je suis arrivée depuis hier et je n'ai vu personne s'occuper d'elle à part toi. A-t-elle une nourrice, une bonne d'enfant, quelqu'un qui se charge d'elle ? »

Molly fit un petit bruit de gorge amusé puis secoua la tête. « Pas plus que toi quand tu étais petite.

— Pourrais-tu demander à une des filles de cuisine, ou à une femme de chambre ? » Ortie savait parfaitement que sa mère n'avait pas de domestique particulier. « Je n'aurais jamais de quoi l'occuper toute la journée », avait-elle toujours répété à sa fille.

Elle secoua de nouveau la tête. « Elles ont déjà assez à faire. Non, elle sera très bien dans la chambre d'enfant ; c'est un enfant calme. » Elle reposa Abeille dans son berceau et la couvrit chaudement.

« Je m'inquiète de la laisser seule, fit Ortie, mal à l'aise, pendant que sa mère étalait un tissu en dentelle par-dessus le berceau.

— Mais non », répondit celle-ci paisiblement. Elle se déplaça de fenêtre en fenêtre pour tirer les différentes épaisseurs de rideaux jusqu'à ce que régnât dans la pièce une obscurité crépusculaire illuminée seulement par l'éclat chaud du feu. Elle se retourna vers sa fille aînée, soupira puis dit : « Tu vis depuis trop longtemps à la cour, en effet. Tu devrais prendre du temps pour toi ; viens ici ou va voir un de tes frères, mais oublie un peu cette atmosphère de soupçon et ces pas de danse prudents que tu exécutes sans cesse. Regarde, elle s'endort déjà ; elle sera très bien toute seule.

— Certainement », mentit Ortie. Je m'approchai discrètement pour jeter un coup d'œil dans le berceau. Abeille avait fermé les yeux.

« Viens, dit Molly en m'attrapant la main. Allons accueillir la reine. » Elle m'entraîna hors de la chambre.

Notre intendant, Allègre, jouait beaucoup mieux le rôle de maître de la propriété que je n'eusse espéré le tenir moi-même. Nous évitâmes le vestibule où il devait être occupé à trier les nouveaux venus par ordre d'importance ; on conduirait les gardes et les simples domestiques à leurs chambres dépouillées mais propres et on leur proposerait de faire un tour aux étuves de Flétrybois ou de se laver les mains et la figure à l'eau chaude avant de descendre prendre un repas revigorant composé de soupe, de pain, de beurre, de fromage, de bière et de vin. Allègre n'avait que compassion pour les serviteurs, souvent malmenés, et pendant leur séjour à Flétrybois, ils seraient traités comme les invités de notre propre personnel. Ils apprécieraient certainement cette hospitalité après leur trajet dans la neige récemment tombée.

Avec la compétence d'un général mettant de l'ordre dans ses troupes, il avait recruté des aides temporaires dans le village ; la petite noblesse serait confiée à ce personnel plein de bonne volonté mais moins expérimenté qui porterait les bagages dans les appartements, irait chercher de l'eau pour les ablutions, allumerait les flambées et accomplirait toutes les autres tâches nécessaires. À nos domestiques aguerris reviendrait l'honneur d'assister les hôtes de haut rang tandis qu'Allègre se consacrerait, avec son bras droit Dixont, au service exclusif de dame Kettricken. Il m'avait fait un exposé fastidieux de tous ces arrangements la veille ; j'avais passé mon temps à acquiescer de la tête et à autoriser tout ce qu'il proposait.

Molly, Ortie et moi gagnâmes rapidement la grande salle où Allègre avait décrété que nous accueillerions nos invités. Je constatai en entrant qu'elle avait changé : les lambris des murs luisaient, frottés d'huile parfumée, un énorme feu brûlait joyeusement dans l'âtre, et une longue table avait été installée, ornée de vases de fleurs. Sans me demander mon avis, mes dames me postèrent là pour attendre nos hôtes, une fois qu'ils se seraient rafraîchis, pendant qu'elles filaient aux cuisines pour s'assurer que tout était prêt. Je demeurai sans bouger en écoutant décroître le bruit de leurs pas dans le couloir ; quand je ne les entendis plus, je me rendis dans le vestibule et arrêtai sans ambages un de nos serviteurs temporaires.

« Mon garçon, j'ai oublié quelque chose dans mes appartements ; reste ici et, si quelqu'un arrive, dis-lui que dame Molly et Ortie ne vont pas tarder et que je vais descendre très bientôt. »

Il écarquilla les yeux. « Messire, est-ce que je ne pourrais pas plutôt aller chercher ce que vous avez oublié ? Je ne sais pas comment on s'adresse à une reine, messire, même si elle n'est plus reine. »

Je souris, implacable. « Et c'est bien pourquoi tu es la personne idéale pour ce travail, mon garçon. Si tu l'accueilles avec autant de chaleur et de respect que tu en accorderais à ta propre grand-mère, ce sera plus que suffisant.

— Mais, messire... » Je me rendis compte soudain qu'il avait des taches de rousseur, car sa pâleur les faisait maintenant ressortir.

J'eus un rire bon enfant tout en le prenant en pitié intérieurement. « Rien qu'un moment, rien qu'un moment ! » Et je le quittai dans le magnifique claquement de mes bottes sur le dallage.

À peine eus-je tourné l'angle du couloir que je me baissai, les ôtai et me mis à courir pieds nus comme si j'étais le jeune serviteur lui-même. Ce serait le moment que je choisirais si j'étais en mission. Mon attitude était-elle ridicule ? Avais-je, comme Ortie, vécu trop longtemps à Castelcerf dans le maillage d'intrigues qui s'y nouait ? Il n'y avait qu'une façon de le savoir. J'ouvris la porte de la chambre d'enfant assez pour me glisser par l'entrebâillement et la refermai sans bruit derrière moi. Mon Vif me disait que j'étais seul avec ma fille ; néanmoins, je me déplaçai sans faire grincer les lattes du parquet, et, en évitant de me découper sur la lumière du feu, j'allai cacher mes bottes dans un coin de la pièce. Un coup d'œil au berceau en passant. Elle était là, mais je ne crois pas qu'elle dormait. *Ne pleure pas*, la suppliai-je. *Ne crie pas.* À pas de loup, je me rendis dans l'angle le plus obscur, derrière les deux paravents, et m'installai là, bien campé sur mes deux jambes, en parfait équilibre ; pas un bruit de respiration, pas de mouvement sur le plancher ancien. Je dressai tous mes murs et enfermai mon Art et mon Vif dans mon esprit. Je devins un vide dans le noir.

Le feu crachotait. Une bûche s'affaissa dans un choc sourd. Dehors, les flocons de neige poussés par le vent déposaient des baisers sur les vitres. Je n'entendais pas mon propre souffle. J'attendais. J'étais un idiot soupçonneux, esclave de peurs surannées. Les invités avaient dû arriver ; on devait se demander où j'étais ; Ortie et Molly devaient être furieuses. J'attendais.

La porte s'ouvrit doucement ; quelqu'un s'introduisit sans bruit dans la chambre et referma discrètement le battant. Je ne voyais pas l'intrus ; je sentis une odeur d'huile parfumée et entendis le froufrou de tissus de qualité. Puis une mince silhouette se détacha des ombres et s'avança d'un mouvement fluide vers le berceau de ma fille. L'inconnu ne la toucha pas, il ne souleva pas le voile, mais se pencha pour l'examiner.

L'enfant était vêtu élégamment d'une chemise en soie sous une veste brodée ; il portait un collier en argent et deux anneaux du même métal à chaque oreille. Le parfum que j'avais perçu était celui de sa pommade à cheveux : ses boucles noires luisaient à la lueur des flammes. Il regardait Abeille, et j'imaginais ma fille, les yeux levés vers lui et se demandant s'il lui voulait du mal. Il était complètement absorbé dans sa contemplation. Je me déplaçai. Quand il tendit la main pour lever le voile de dentelle, la lame de mon poignard bondit à sa gorge et je l'appuyai brutalement à plat sur sa chair.

« Recule, fis-je à mi-voix, et je te laisse la vie sauve. Au moins un moment. »

Son hoquet de surprise ressemblait à un sanglot. Il écarta les mains en un geste d'imploration tandis que la pression de mon couteau l'éloignait du berceau. Je le guidais ; un pas, deux, trois. D'une voix tremblante, il déclara : « Sire Umbre disait que vous m'attraperiez, mais dame Romarin a insisté pour m'envoyer. »

Je penchai la tête comme un loup qui tend l'oreille en tâchant de savoir si j'entendais la vérité. « Tactique intéressante. Ces noms peuvent apparaître comme des défauts dans ma cuirasse, et un autre que moi pourrait en rire et te relâcher, te renvoyer chez tes maîtres en t'expliquant qu'il faut encore t'exercer.

— Je ne suis leur apprenti que depuis trois mois. » Il y avait du soulagement dans sa voix.

« J'ai dit "un autre que moi", fis-je d'un ton glacial. Pas moi. » Je me plaçai entre l'assassin et mon enfant. « Déshabille-toi, ordonnai-je. Complètement. Tout de suite.

— Je... » Il s'étrangla. Ses yeux s'agrandirent. Il fit mine de croiser les bras sur sa poitrine, et sa voix monta dans les aigus. « Messire ! C'est inconvenant ! Non, je refuse.

— Tu vas obéir, répliquai-je, sans quoi je ne serai pas content. Je n'ai aucune raison de ne pas provoquer un scandale et ensuite de ne pas me montrer outré de ta présence dans cette pièce. Le trône Loinvoyant envoie un espion et un assassin non seulement sous mon toit mais jusque dans la chambre de mon enfant ? Dis-moi, petit, qu'ai-je à perdre ? Et que devra faire dame Kettricken pour effacer cette honte ? Sire Umbre et dame Romarin avoueront-ils que tu es leur apprenti ? Ou bien t'ont-ils prévenu qu'ils prendraient leurs distances avec toi si tu te faisais attraper ? »

Le gamin avait la respiration hachée. Ses mains tremblaient, j'en étais sûr, et il s'évertuait à défaire une rangée interminable de minuscules boutons de nacre. De la nacre ! Leur nouvel assassin ! Mais qu'est-ce qui avait pris à Umbre ? Si l'espion ne s'était pas trouvé dans la chambre de ma fille, j'eusse pu m'amuser du ridicule de la situation, mais elle n'avait rien de comique. Mes veines charriaient un sang de glace.

J'entendis le doux froissement de la soie quand il laissa tomber sa chemise. « Intéressant, ce bruit, fis-je. La suite, je te prie, et vite. Tu dois être aussi pressé que moi d'en avoir fini. » Il dut se pencher pour ôter son pantalon et ses bas. L'éclat du feu fit briller des larmes sur ses joues. Mieux valait les siennes que celles de Molly ou les miennes. « Complètement », lui rappelai-je, et ses sous-vêtements s'ajoutèrent au tas. Peu après, je repris : « Tu as l'air d'avoir froid ; va te mettre près du feu, et ne bouge pas. »

Le jeune garçon obéit promptement. Il me tourna le dos puis se tordit pour regarder ce que je faisais ; il se frictionnait pour se réchauffer malgré la proximité de la flambée pendant que je fouillais méthodiquement ses affaires. Les coutures de minuscules poches s'ouvrirent avec un petit bruit de déchirure, et mon poignard éventra la soie avec un son étouffé.

J'en éprouvai une certaine fierté : il faut une lame bien aiguisée pour trancher de la soie. J'achevai mes recherches.

« Seulement sept ? » fis-je. Je levai un regard interrogateur vers lui tout en palpant à nouveau ses bottes et ses habits. Je disposai mes trouvailles devant moi en une courte rangée. « Voyons : deux poisons à mélanger dans un liquide, une poudre toxique, une autre soporifique et un émétique. Voilà pour les poches secrètes. Un poignard dissimulé dans une botte, tellement petit qu'il mérite à peine son nom, un nécessaire à crocheter les serrures et un bloc de cire molle... Pour quoi faire ? Ah, des empreintes de clés, évidemment ! Et ça, c'est quoi ?

— C'est ce que je devais laisser dans le berceau. » Il s'exprimait avec raideur, la gorge nouée par les larmes. « Pour que vous le trouviez, comme preuve que j'étais là. »

Un carcan de glace se referma sur mon cœur. D'un geste de mon poignard, j'indiquai à l'assassin de s'éloigner davantage de mon berceau, et je me déplaçai avec lui, gardant la même distance entre nous. J'ignorais ce que contenait le paquet et je ne voulais pas courir le risque de l'ouvrir à proximité d'Abeille. J'allai le poser sur une petite table qu'éclairait le feu.

Il était emballé dans du papier de bonne qualité. J'en découpai soigneusement le côté avec ma lame puis le renversai ; une chaînette très fine en glissa. Je tapotai le paquet, et le reste suivit. « Un très joli collier – et très cher, j'ai l'impression. » Je soulevai la chaîne ; la flambée s'y refléta en scintillements rouges. « C'est le cerf Loinvoyant, en argent ; mais il charge, la tête baissée. Intéressant. » Je me tournai vers le jeune homme. Savait-il ce qu'était ce bijou ? Le sceau de Fitz-Chevalerie Loinvoyant, le bâtard royal mort depuis longtemps.

Il l'ignorait. « C'est un cadeau pour la petite, de la part de sire Umbre Tombétoile.

— Naturellement », répondis-je d'une voix sans inflexion. Je m'approchai du tas de vêtements, glissai le bout de ma botte en dessous et l'envoyai dans sa direction. « Tu peux te rhabiller.

— Et mes affaires ? » lança-t-il d'un ton rogue par-dessus son épaule en enfilant ses sous-vêtements. Je me baissai et ses instruments disparurent dans ma manche. J'entendis le bruissement du tissu quand il enfila sa chemise et son pantalon.

« Quelles affaires ? demandai-je d'un ton léger. Tes bottes et tes bas ? Là, par terre. Mets-les, puis sors d'ici ; et reste à l'écart de cette aile de ma maison, ou je te tue.

— Je n'avais pas pour mission de faire du mal au bébé, seulement de l'examiner, de laisser le cadeau et de rendre compte de ce que j'avais vu. Sire Umbre l'avait prévenue que vous m'attraperiez mais dame Romarin a insisté. C'était une épreuve, et je l'ai ratée.

— À double titre, à mon avis : ça m'étonnerait qu'ils t'aient autorisé à prononcer leurs noms devant quiconque. »

Il ne répondit pas tout de suite. « Ils ont dit que c'était une épreuve. » Sa voix se brisa. « Et je l'ai ratée ; dans tous les domaines.

— Tu pars du principe que c'est toi qu'ils mettaient à l'épreuve. Ça y est, tu es vêtu ? Bien. Du vent. Non, attends. Comment t'appelles-tu ? »

Il se tut. Avec un soupir, je m'avançai d'un pas.

« Lant. »

J'attendis la suite.

L'enfant prit une inspiration où l'on sentait un sanglot. « FitzVigilant. »

Je m'octroyai un moment pour passer en revue les noms de la petite noblesse. « De Bauge ?

— Oui, messire.

— Et quel âge as-tu ? »

Il redressa les épaules. « Douze ans, messire.

— Douze ? Onze, j'aurais pu y croire ; mais c'est plus probablement dix, n'est-ce pas ? »

Ses yeux noirs étincelèrent de colère ; les larmes coulaient sans retenue sur ses joues. Ah, Umbre ! Est-ce là votre futur

assassin ? Le garçon baissa les yeux et dit simplement :
« Messire. »

Je soupirai. Avais-je été un jour aussi jeune ? « Va-t'en,
petit, vite. »

L'espion détala sans s'efforcer à la discrétion. Il ne claqua
pas la porte derrière lui, mais la ferma vigoureusement, puis
ses pas s'éloignèrent dans le couloir. Quand je ne les entendis
plus qu'à peine, j'allai à la porte, tendis l'oreille, ouvris et
sortis. Puis je rentrai, ramassai mes bottes et m'approchai du
berceau d'Abeille. « Il est parti pour le moment, dis-je à ma
fille, puis je secouai la tête. Umbre, vieille araignée, à quoi
jouez-vous ? N'aviez-vous vraiment personne de plus compétent à m'envoyer ? Ou bien n'était-ce qu'un leurre ? »

Je fis le tour de la chambre, vérifiant le loquet de la fenêtre
et examinant tous les recoins où un assassin pût se cacher.
Cela fait, je retournai au berceau dont j'écartai le voile de
dentelle ; j'allumai une lampe, la posai sur la table de nuit
près de mon enfant, puis, à gestes délicats comme si le nourrisson qui me regardait était en sucre filé, je soulevai chaque
couverture et la secouai. Apparemment, l'assassin n'avait pas
touché à ses vêtements ; pouvais-je courir le risque ? J'avais
commencé à les ôter pour voir si l'espion ou quelqu'un d'autre
n'y avait pas caché quelque chose quand Molly entra.

« Te voilà ! Il y a une demi-douzaine de serviteurs qui te
cherchent partout. Nos hôtes attendent de se restaurer, et tu
as manqué une chanson interminable que leur ménestrel a
exécutée pour nous remercier de notre hospitalité.

— Tant mieux », répondis-je. Les petits rubans de la robe
d'Abeille m'appelaient.

« Fitz ? » Molly entra brusquement. « Que fais-tu ? Tu ne
m'as pas entendue ? Le repas va être prêt. »

Je mentis à nouveau. « Je suis venu voir si tout allait bien,
et elle pleurait ; je me suis dit qu'elle était peut-être mouillée.

— Elle pleurait ? Et je ne l'ai pas entendue ?

— Elle ne criait pas fort ; je ne me serais douté de rien si
je n'étais pas passé devant sa porte. »

Molly prit aussitôt l'enfant en charge. Je serrai les dents, craignant la présence d'un objet ou d'un produit dans les vêtements qui pût blesser la petite ou sa mère. Celle-ci les défit d'une main experte, palpa la couche puis me regarda d'un air perplexe. « Tout va bien. » Je ne la quittai pas des yeux pendant qu'elle renouait les rubans que j'avais défaits.

« Je ne veux pas la laisser seule », dis-je tout à coup.

Molly se tourna vers moi puis secoua la tête. « Moi non plus ; mais je ne veux pas l'emmener pour accueillir nos invités ; je tiens à décider moi-même du moment et de la façon dont la reine Kettricken la verra. »

Je la repris : « Dame Kettricken ; elle n'est plus reine des Six-Duchés.

— Seulement par le titre, répliqua Molly d'un ton ronchon. La narcheska n'habite au château de Castelcerf que quelques mois par an, et le roi Devoir passe trop de temps loin du trône. C'est elle qui gouverne des Six-Duchés, Fitz, ainsi que le royaume des Montagnes.

— Ma foi, il faut bien que quelqu'un tienne les rênes du pouvoir en l'absence de Devoir, et il vaut mieux Kettricken qu'un Umbre sans surveillance. » Percevait-elle le conflit d'allégeances qui me taraudait ? L'idée que, si Kettricken n'avait pas pris sur elle ces responsabilités, elles eussent pu retomber sur moi ? Umbre avait espéré me harnacher pour ce rôle, et Kettricken comme le roi Devoir eussent été ravis de le laisser faire. Je connaissais l'ancienne reine depuis mon adolescence, et, à une époque, nous étions aussi proches que peuvent l'être des conspirateurs. Mais ce soir elle avait introduit sous mon toit un espion qui s'était approché du berceau de ma fille. Était-elle au courant de la mission du petit FitzVigilant, ou bien Umbre et dame Romarin avaient-ils agi seuls, par souci de la couronne et de la lignée des Loinvoyant ? J'étais bien placé pour savoir que, pour Umbre, l'intérêt du trône passait bien avant celui de tel ou tel Loinvoyant ; je l'avais appris auprès de lui.

Molly interrompit mes réflexions. « Ortie ne va pas tarder à conduire nos hôtes dans la salle à manger. Il faut que nous soyons là. »

Je pris ma décision. « Emportons la petite, avec son berceau.

— Fitz, je ne crois pas... »

Mais j'avais déjà saisi le berceau. Il n'était pas grand, toutefois il n'était pas léger non plus. L'air de ne pas faire d'effort, je franchis la porte et me mis en route dans le couloir. Molly me suivit, Abeille sur son sein.

La salle à manger ne servait pas souvent ; les plafonds étaient hauts et les deux larges cheminées à chaque extrémité avaient peine à chauffer un aussi vaste volume, aussi avions-nous l'habitude de prendre la plupart de nos repas dans une salle beaucoup plus réduite. Mais ce soir les âtres ronflaient et les lustres brillaient. La longue table préparée pour quinze personnes eût pu aisément en accueillir quarante ; sur le bois sombre courait un chemin de table brodé sur lequel se dressaient des candélabres en argent où brûlaient de gracieuses bougies blanches et effilées, œuvre de Molly elle-même. Des récipients en bois sculpté représentant les mains d'Eda en coupe contenaient des pommes jaunes et rouges, de grosses grappes de raisin et des noix brunes et luisantes. Les bougies jetaient une chaude lumière sur la table mais ne pouvaient éclairer le plafond lointain ni les coins de la salle.

Nous entrâmes en même temps que nos invités, et nous les saluâmes à mesure qu'ils passèrent devant nous. Je me donnais beaucoup de mal pour avoir l'air de tenir le berceau sans effort, et je fus soulagé quand vint le moment de les suivre dans la salle à manger. Sans aucun commentaire, j'installai le berceau près du feu afin de maintenir le bébé au chaud mais à moins de six pas de ma chaise ; Molly y déposa promptement la petite puis rabattit le voile de dentelle afin de la mettre à l'abri les courants d'air et des regards. Nous nous rendîmes à la tête de la table, saluâmes de nouveau nos hôtes et nous assîmes.

Dame Kettricken était à ma droite, Ortie occupait l'autre place d'honneur à la gauche de Molly. Si d'aucuns s'étonnaient de cet arrangement, nul ne dit rien. Je repérai le jeune espion installé sur le côté gauche de la table, aussi loin de moi que possible ; il s'était changé, ce qui n'avait rien de surprenant car j'avais ouvert ses coutures et ses poches à l'aide de mon poignard sans guère prendre de gants. Il avait l'air passionné par l'examen du bord de la table. Kettricken était venue accompagnée du capitaine de sa garde, et il était parmi nous, arborant le violet et le blanc de l'ancienne reine. Elle avait aussi amené une guérisseuse de haute naissance, dame Réconfort, et son époux, sire Diguier. Les autres membres de la suite m'étaient inconnus sinon de nom. Sire Cœurvaillant était un homme direct et cordial, avec les cheveux blancs et le nez rouge ; dame Espérance était ronde et affable, et de fréquents éclats de rire ponctuaient ses incessants bavardages.

Kettricken posa la main sur la mienne. Je me tournai vers elle avec un sourire, et comme toujours j'éprouvai un instant de surprise. Pour moi, elle restait une jeune femme aux cheveux d'or et aux yeux bleus, ouverte et paisible, et j'avais devant moi une femme à la chevelure argentée et au front ridé par les soucis. Son regard était aussi bleu que celui d'Abeille ; elle se tenait le dos droit, la tête haute, gracieux vase de cristal empli de pouvoir et d'assurance. Ce n'était plus la princesse étrangère qui s'efforçait de surnager dans les courants d'influence d'une cour qu'elle ne connaissait pas : elle était devenue le courant que d'autres devaient affronter. Elle s'adressa à Molly et moi seuls : « Je suis ravie pour vous. »

Je hochai la tête et fis signe à Allègre de commencer le service. Je ne parlai pas d'Abeille ni de sa présence dans la salle à manger ; Kettricken le comprit et n'aborda pas le sujet. Le repas débuta, présenté avec beaucoup moins de cérémonie qu'un dîner à Castelcerf mais avec beaucoup plus de pompe que nous n'en avions l'habitude à Flétrybois. Ortie avait demandé à Allègre de s'en tenir à une réception simple, et, bien qu'il eût regimbé, il avait plus ou moins obéi. Les plats passaient donc, je servais le vin, et les conversations étaient informelles, voire parfois enjouées. Nous apprîmes ainsi que dame Réconfort se déplaçait souvent désormais avec Kettricken, que ses articulations commençaient à faire souffrir et qui appréciait ses frictions d'huiles et les boissons chaudes qu'elle préparait. Sire Cœurvaillant et dame Espérance s'étaient joints à eux simplement parce qu'ils rentraient chez eux pour l'hiver après un agréable séjour à Castelcerf et que Flétrybois se trouvait sur leur trajet ; de fait, la majorité des domestiques et des gardes qui accompagnaient Kettricken n'étaient pas les siens mais ceux de sire Cœurvaillant.

L'arôme des plats et le sympathique tohu-bohu des convives eussent pu apaiser les craintes d'un autre que moi, mais j'en profitai pour étudier mes invités. La présence de dame Réconfort était certainement due au souhait de Kettricken, mais je réservais mon jugement sur celle de sire Cœurvaillant et de dame Espérance. Le jeune assassin faisait-il partie de la suite de l'ancienne reine, et, dans ce cas, savait-elle qui il était ou bien les assassins royaux l'avaient-ils placé auprès d'elle de façon anonyme ? Peut-être dame Romarin l'avait-elle fait passer pour un palefrenier ; j'avais souvent tenu ce rôle quand Umbre voulait avoir des yeux et des oreilles là où il ne pouvait accéder en personne. Pourtant le gamin était bien habillé, non de la tenue de cuir d'un garçon d'écurie, mais de soie et de lin. J'observai Lant pendant qu'il mangeait du bout des dents et me demandai à nouveau s'il avait été envoyé comme leurre pour détourner mon attention. Je me félicitai de ne pas avoir laissé Abeille seule et songeai à inspecter sa chambre pouce par pouce avant de l'y recoucher ce soir. Non, décidai-je brusquement : j'installerais son berceau près de mon propre lit et veillerais sur elle moi-même.

Soudain soulagé, je sortis de mon silence et devins bavard, voire jovial, et Molly, Ortie et Kettricken sourirent de me voir de cette bonne humeur. La conversation animée portait sur la récolte tardive des pommes, les capacités en matière de gibier des alentours de Flétrybois et de Castelcerf, les vieux amis qui vivaient dans le royaume des Montagnes ; Kettricken demanda des nouvelles des enfants de Molly et nous mit au courant de ce que devenaient les princes. Le ménestrel et ses deux assistants arrivèrent avec leurs tambourins et leurs fifres et ajoutèrent la musique aux plaisirs du repas. Le dîner dura longtemps, et il était tard quand on desservit le dernier plat.

« Voulez-vous que nous nous rendions dans une pièce plus accueillante ? proposa Molly, car la salle à manger, par ses dimensions, était froide et pleine de courants d'air par une nuit de tempête.

— D'accord », répondis-je.

Kettricken enchaîna : « Au chaud, ce sera plus agréable pour faire la connaissance de votre petite fille. »

Elle ne demandait pas : cela allait de soi. Je ne pus m'empêcher de sourire. C'était un jeu que nous pratiquions de longue date ; elle avait observé ma tactique, la respectait, et mettait à présent la sienne en place. J'étais toutefois résolu à remporter cette partie dont l'enjeu était Abeille comme je n'y étais pas parvenu pour Ortie. En me levant en même temps que mon épouse et nos hôtes, je souris mais ne dis rien. Je me rendis promptement auprès du berceau et écartai le voile pour permettre à Molly de retirer la petite ; elle l'emmaillota dans une couverture puis attendit que j'eusse pris le berceau sous le bras ; j'y parvins sans émettre le moindre grognement d'effort. D'un coup d'œil, je vis qu'Ortie avait retenu l'ancienne reine en l'entretenant d'un sujet sans importance et qu'elle l'invitait à présent à la précéder pour sortir de la salle à manger. Molly et moi fermâmes la marche tandis qu'Ortie conduisait la troupe dans un salon.

Quelqu'un qui ne connaissait pas la maison eût pu croire qu'il s'agissait de mon antre. Outre des fauteuils confortables et un feu rugissant dans l'âtre, la pièce renfermait des bibliothèques sur tous les murs et de nombreux ouvrages reliés à la jamaillienne ; au-dessus, dans des râteliers, se trouvaient des parchemins et des vélins plus anciens. Il y avait un bureau dans un coin, près de la fenêtre aux épais rideaux, avec un encrier et du papier. Ce n'était qu'un décor. Sur les étagères, un espion eût découvert un relevé des oiseaux que j'avais observés au cours des quatre années passées ou des notes sur la gestion de Flétrybois ; les documents et les archives sur la propriété pouvaient laisser croire à un cambrioleur ordinaire qu'il s'était introduit dans ma tanière ; mais il ne décèlerait nulle trace de FitzChevalerie Loinvoyant ni du travail que j'effectuais pour Umbre.

À nouveau, je déposai soigneusement le berceau, mais, alors que Molly s'apprêtait à y coucher Abeille, Kettricken contourna vivement Ortie pour se porter à ses côtés. « Puis-je la tenir dans mes bras ? » demanda-t-elle, et il y avait tant de chaleur et de simplicité dans sa voix que nul n'eût pu refuser ; seul, peut-être, je remarquai le sourire crispé de mon épouse quand elle remit l'enfant au maillot à l'ancienne reine. En le prenant avec sa couverture, Kettricken haussa imperceptiblement les sourcils. Ortie se rapprocha, et je sentis le bourdonnement méfiant de l'Art de ma fille aînée ; je pense qu'elle réagissait à un instinct de meute qui la poussait à protéger les petits et qui opérait à un niveau si profond qu'elle se rendait à peine compte qu'elle mêlait son Art au mien. L'instant était inévitable ; Molly souleva la couverture légère qui dissimulait le visage de son enfant.

J'observai l'expression de Kettricken quand elle baissa les yeux sur Abeille ; le nourrisson était réveillé et levait vers elle un regard aussi bleu que celui de l'ancienne reine. Celle-ci eut un tressaillement si infime que, là encore, moi seul peut-être le remarquai ; son sourire ne disparut pas mais il se figea. Elle fit deux pas et prit place dans un fauteuil, puis, comme si elle cherchait une preuve, elle écarta la couverture qui emmaillotait Abeille.

Ma fille portait une confection de soie et de dentelle comme n'en avait jamais eu aucun des autres enfants de Molly. Même repris pour sa petite taille, car Molly l'avait cousu des mois avant la naissance, le vêtement ne faisait que souligner sa stature minuscule. Elle avait les mains repliées sur la poitrine, et Kettricken examina ses doigts fins comme ceux d'un oiseau. Comme en réponse à un défi, elle toucha la main gauche d'Abeille du bout de l'index.

Les autres invités s'étaient assemblés, pensant avoir eux aussi la permission de voir le nouveau-né. Kettricken se tourna, non vers moi, mais vers dame Réconfort, sa guérisseuse ; elle était venue près de l'ancienne reine pour regarder l'enfant, et, quand son regard croisa celui de Kettricken, je sus ce qu'exprimait sa mine résignée ; j'avais vu les femmes de la domesticité arborer la même. À son avis, Abeille ne resterait pas longtemps de ce monde. Quant à ses cheveux blonds et à ses yeux bleus, Kettricken garda pour elle ce qu'ils lui inspiraient ; elle rabattit délicatement la couverture sur l'enfant et couvrit de nouveau son visage. Ce spectacle me glaça car elle avait des gestes aussi doux que si elle refermait un linceul sur un enfant mort. « Qu'elle est petite ! » dit-elle en la rendant à sa mère. C'étaient des mots de condoléances ; ils signifiaient qu'elle comprenait pourquoi Abeille n'avait pas été annoncée à un monde où elle ne séjournerait que brièvement.

Molly la reprit et je perçus son soulagement de retrouver Abeille en sécurité dans ses bras. Droite comme un soldat au garde-à-vous, le regard calme et la voix ferme, elle enchaîna : « Mais parfaite.

— Et elle grandit tous les jours », ajoutai-je en mentant de façon éhontée.

Je regrettai aussitôt ces mots, car un grand silence les suivit. Chaque femme les mena jusqu'à leur conclusion logique, mais seule la guérisseuse parla. « Quelle taille faisait-elle à la naissance ? Est-elle née prématurément ? » Tout le monde se figea dans l'attente de la réponse.

Mais Molly serra seulement Abeille contre elle et alla se placer près de la cheminée ; là, elle la berça en lui tapotant le dos, sans rien dire, et, comme tancés, les hôtes reculèrent pour s'asseoir ; même Kettricken trouva un fauteuil confortable, et dame Réconfort demeura seule debout. Elle observa un moment mon épouse puis déclara soudain : « Vous paraissez vous être remise très vite de votre accouchement, dame Molly. » Une question sous-entendue : *L'enfant est-il vraiment d'elle ?*

« Ça s'est passé facilement », répondit l'intéressée avec pudeur en détournant les yeux des hommes présents. Je sentais dame Réconfort avide de poser d'autres questions ; elle avait l'envie de tout guérisseur d'exhumer toutes les racines d'un problème pour employer son talent à le résoudre. Molly le percevait aussi, et cela la mettait mal à l'aise. Quand elle regardait notre enfant, elle ne voyait rien d'anormal sinon qu'il était beaucoup plus petit que les autres ; mais, dans le regard aigu de la guérisseuse, elle lisait que la femme estimait Abeille comme atteinte de lésions graves ou maladives ; si on la lui confiait, elle chercherait à la réparer comme on répare un jouet. J'éprouvai une brusque antipathie à son égard : comment osait-elle considérer mon Abeille comme moins que parfaite ? Et, sous-jacent, un courant glacé de crainte qu'elle n'eût raison. Il fallait que je soustraie d'urgence ma fille au regard inquisiteur de la guérisseuse ; je ne voulais plus rien entendre d'elle sur Abeille. Mon regard croisa celui de Molly ; elle serra notre enfant contre elle et sourit.

« Vous êtes bien bonne de vous inquiéter pour moi ; naturellement, je me fatigue vite. Ce n'est pas facile d'être mère à mon âge. » Elle parcourut l'assistance du regard. « Vous ne m'en voudrez pas de laisser ma fille se charger de mes devoirs d'hôtesse, car vous comprendrez que j'aie besoin de me retirer tôt, et je vous en remercie. Mais, je vous en prie, ne vous croyez pas obligés de m'imiter ; je sais que mon époux meurt d'envie d'avoir de la compagnie et qu'il a rarement l'occasion de passer quelques heures à bavarder avec de vieux amis. Je vais seulement lui demander de déplacer le berceau d'Abeille, et je vous le renverrai tout de suite. »

J'espérai avoir réussi à dissimuler ma surprise devant sa brusque décision et surtout devant la manière impérieuse dont elle en avait informé l'assistance. Je regardai Ortie du coin de l'œil : elle réfléchissait déjà à la façon de réparer l'atteinte à la bienséance. Au pli de ses lèvres, je vis qu'elle partageait la crainte de sa mère que dame Réconfort ne découvrît une anomalie chez Abeille, mais qu'elle avait aussi la conviction que la guérisseuse ne se tromperait pas.

Mais j'avais un berceau à transporter, encore une fois, et un long escalier à gravir. Je plaquai un sourire sur mes lèvres et m'emparai de mon faix pendant que nos invités nous souhaitaient la bonne nuit avec un bel ensemble. Molly ouvrit la marche et je la suivis, l'amour-propre aussi endolori que le dos. Dès que la porte se referma derrière nous, elle murmura : « Elle dormira dans notre chambre cette nuit, près de notre lit.

— C'est aussi mon avis.

— Je n'aime pas la façon dont cette femme regardait Abeille.

— Dame Réconfort ? »

Elle se tut, bouillant de colère. J'eusse aimé être sûr qu'elle ne s'était pas offusquée de la remarque de Kettricken, et elle le savait, mais elle me refusait ce soulagement. Dame Réconfort l'avait offensée, et, comme c'était l'ancienne reine qui l'avait amenée chez nous, elle étendait à elle sa rancœur. Elle savait mon allégeance tiraillée entre elle et Kettricken mais ne m'offrait aucune porte de sortie. Elle parcourut d'un pas vif le couloir puis les larges degrés qui menaient à notre chambre ; je la suivis plus lentement, le berceau pesant davantage à chaque seconde. Quand je le posai enfin, Molly avait installé Abeille au milieu de notre lit, et je compris qu'elle dormirait entre nous. Ah, tant pis. Je parcourus la pièce sous prétexte de mieux fermer les rideaux et d'alimenter le feu mais en vérifiant en réalité que les alcôves et les tentures ne dissimulaient pas d'intrus. Je me tus pendant qu'elle dégageait Abeille de ses parures et lui enfilait sa chemise de nuit moelleuse ; le nourrisson paraissait encore plus petit dedans. Alors que Molly rabattait la longueur en excès sous ses pieds, je lui demandai à mi-voix : « Ça te dérange si je redescends auprès de nos invités ?

— Je verrouillerai la porte derrière toi. »

Je me tournai vers elle ; le regard de ma compagne m'assura que notre petite ne craindrait rien avec elle. « Ce serait avisé, dis-je. Je frapperai et je m'annoncerai à travers la porte quand je viendrai me coucher.

— Voilà qui est rassurant, murmura-t-elle, et nous ne pûmes nous empêcher de rire.

— Je suis sûr que je suis bête de m'inquiéter à ce point, mentis-je.

— Moi, je suis sûre que tu es bête de t'imaginer que je vais te croire », répliqua-t-elle en m'accompagnant à la porte. Après qu'elle l'eut fermée derrière moi, je l'entendis se battre un moment avec un verrou bloqué par le manque d'utilisation ; enfin, il coulissa, métal contre métal. C'était un bruit réconfortant.

Kettricken et sa suite ne restèrent qu'une nuit. Nous n'apportâmes pas Abeille le lendemain pour le petit déjeuner et nul ne demanda pourquoi ; le ménestrel ne fut pas appelé à la voir en public ni en privé ; l'ancienne reine ne parla pas d'inscrire Abeille dans les archives comme enfant légitime de FitzChevalerie Loinvoyant, et ma fille n'entra donc pas dans la lignée officielle des héritiers potentiels du trône. Sa vie ne ressemblerait pas à celle de sa sœur, c'était évident. Kettricken l'avait évaluée et avait jugé qu'elle n'était pas à la hauteur ; je n'arrivais pas à savoir si ce rejet m'emplissait de colère ou de soulagement.

Car il y avait un revers à la médaille. Si Kettricken avait reconnu mon enfant, même en privé, cela eût placé autour de lui un voile protecteur ; le fait de n'avoir pas intégré Abeille dans la dynastie Loinvoyant la mettait hors de ce cercle et la laissait dans la situation qui avait été la mienne pendant tant d'années : celle d'un Loinvoyant à la fois atout et danger pour la couronne.

Kettricken déclara peu après midi qu'elle devait repartir et que ses amis allaient poursuivre leur route jusque chez eux. Elle m'adressa un regard profondément compatissant ; elle devait supposer que Molly et moi désirions rester seuls avec notre enfant condamné et passer avec lui tout le temps possible avant sa disparition. C'eût été un geste empreint de bonté si Abeille était vraiment mourante, mais, en l'occurrence, j'eus peine à mettre de la chaleur dans mon adieu, car par son départ elle donnait presque l'impression de souhaiter une mort rapide à ma fille.

Ortie s'attarda encore une semaine. Elle voyait Abeille quotidiennement, et je pense qu'elle comprit peu à peu que, si sa sœur ne grandissait pas, elle ne dépérissait pas non plus ; elle ne changeait pas, mangeait, buvait, regardait tout de ses yeux bleu vif, et son étincelle de Vif demeurait brillante dans ma conscience. Enfin, notre fille aînée annonça qu'elle devait retourner à Castelcerf et à ses responsabilités ; avant de partir, elle trouva un moment pour me prendre à part, me reprocher de ne l'avoir pas prévenue plus tôt de la naissance d'Abeille et m'implorer de l'avertir aussitôt si la santé de la petite ou de Molly se détériorait. Je n'eus aucun mal à le lui promettre.

Je n'artisai pas à Umbre à propos de son espion raté ; j'avais besoin de temps pour réfléchir. Abeille était en sécurité ; plaisanterie, épreuve ou menace, l'épisode appartenait au passé. Je n'avais guère vu le petit Lant pendant le séjour de Kettricken, mais je restai à l'extérieur pour m'assurer qu'il l'accompagnait lorsqu'elle s'en alla. Au cours des jours suivants, Umbre n'aborda pas le sujet.

Dans les semaines qui suivirent, les fils de Molly vinrent, certains avec femme et enfants, d'autres seuls, et posèrent sur Abeille le regard affectueux et empreint d'acceptation équanime de frères beaucoup plus âgés. C'était un nouveau-né très petit, mais leur mère paraissait heureuse et Tom Blaireau satisfait de son sort ; il n'y avait donc pas à s'inquiéter, et beaucoup d'affaires les rappelaient chez eux. La maison parut plus silencieuse après leur départ, comme si l'hiver avait imprégné jusqu'aux os de la terre.

Je profitai de mon épouse et de mon enfant.

Et je préparai mon prochain coup.

8

L'ANTRE DE L'ARAIGNÉE

Aussi, comme toujours, je m'adresse à toi pour avoir ton avis. Fou que tu es, tu m'as toujours donné les conseils les plus avisés. Je sais que c'est impossible, mais j'aimerais à nouveau m'asseoir pour partager mes pensées avec toi ; ta tournure d'esprit te permettait de discerner chaque fil dans le nœud de la politique courtisane, de me dire où il s'enroulait, où il tombait dans un cul-de-sac, de remonter chaque brin de la corde du bourreau jusqu'à son instigateur. Ta sagacité me manque cruellement, autant que ton amitié. Tu n'étais pas un guerrier, et pourtant, avec toi à mes côtés, je me sentais mieux protégé que par aucun autre.

Mais je dois aussi avouer que tu m'as blessé comme peu d'autres. Tu écrivais à Jofron mais pas à moi ? Si j'avais reçu ne fût-ce qu'un mot de toi au cours de toutes ces années, j'aurais eu au moins une adresse où envoyer ces vaines rêveries ; par messager ou par pigeon voyageur, j'aurais pu les dépêcher et imaginer qu'en un temps ou un lieu lointain elles te parvenaient et que tu avais une pensée pour moi. Tu me connais : je prends des bribes d'information, des indices, et j'en forme un tableau où tu fais exprès de ne pas m'écrire, si bien que je ne puis te contacter. Pourquoi ? Que penser, sinon que tu crains que je n'anéantisse ton œuvre ?

À partir de là, je dois me demander si c'est tout ce que j'ai toujours été pour toi : seulement un Catalyseur ? Une arme à manier sans merci puis à ranger dans un coin de peur qu'elle ne te blesse ou n'abîme ton travail ?

J'ai besoin d'un ami, et je n'ai personne à qui avouer mes faiblesses, mes craintes, mes erreurs. J'ai l'amour de Molly et la fragilité d'Abeille pour me procurer de la force. Je n'ose pas reconnaître devant elles que mon cœur se brise de la voir rester un nourrisson passif ; alors que les rêves que je caressais pour elle s'évaporent et que je redoute un avenir où elle demeure à jamais infantile et chétive, à qui confier ma douleur ? À Molly, qui est en adoration devant elle et soutient que le temps lui donnera ce qui lui manque ? Elle n'a pas l'air de se rendre compte que notre enfant semble moins intelligent qu'un poussin de deux jours. Fou, ma fille refuse de me regarder ; quand je la touche, elle s'écarte autant qu'elle le peut – ce qui n'est pas grand-chose, car elle est incapable de se retourner et de lever la tête. Elle ne fait pas de bruit sauf quand elle pleure, et ce n'est pas fréquent ; elle n'essaie même pas d'attraper le doigt que lui tend sa mère. Elle est passive, Fou, plus végétal qu'enfant, et mon cœur se serre chaque fois que je la vois ; je voudrais l'aimer, mais j'ai donné mon amour à l'enfant qui n'est pas là, à l'enfant que j'imaginais, et je regarde mon Abeille avec le désir qu'elle soit ce qu'elle n'est pas – ce qu'elle ne sera peut-être jamais.

Ah, j'ignore quel réconfort pourrait m'apporter un interlocuteur, sinon de me permettre de dire ces choses tout haut sans reculer d'horreur devant tant d'insensibilité.

Au lieu de cela, j'écris ces mots puis je les jette au feu ou à la poubelle, en compagnie d'autres réflexions futiles que mon obsession me pousse à rédiger nuitamment.

J'attendis quatre mois avant de me rendre au château de Castelcerf affronter Umbre et dame Romarin.

Pendant cette période, la maison vécut dans un calme seulement troublé par l'activité normale de la vie. Ma petite fille mangeait bien et dormait comme tout nouveau-né, d'après Molly, ce qui me paraissait incroyablement peu. Pourtant, elle ne nous dérangeait pas la nuit par ses pleurs : elle restait immobile et silencieuse, les yeux tournés vers un coin de la chambre obscure. Elle couchait toujours entre Molly et moi, et, à toute heure du jour, sa mère s'occupait d'elle.

Elle grandissait, mais avec une lenteur extrême. Malgré sa bonne santé, Molly me confiait qu'elle ne manifestait pas les aptitudes des autres enfants de son âge. Tout d'abord, je voulus faire fi de ses inquiétudes : à mes yeux, Abeille était petite mais parfaite ; quand je la contemplais, elle regardait le plafond avec des yeux azur qui me transperçaient le cœur d'amour. « Laisse-lui le temps, disais-je. Elle y arrivera. J'ai nourri bien des chiots chétifs pour les voir devenir les molosses les plus vifs de la meute. Ça ira.

— Mais ce n'est pas un chiot ! protestait Molly avant de sourire et d'ajouter : Elle est restée longtemps dans mon ventre, et elle est née petite ; il lui faudra peut-être plus de temps pour grandir aussi hors de moi. »

Elle n'était sans doute pas convaincue de ce que je disais, mais elle en tirait tout de même un certain réconfort. Toutefois, les jours passant, je ne pouvais feindre d'ignorer que ma fille ne changeait pas ; à un mois, elle était à peine plus grande qu'à la naissance. Les bonnes avaient d'abord parlé d'un « bon bébé » tant elle se montrait calme et placide, mais elles cessèrent bientôt leurs compliments et la pitié se peignit sur leur visage. Je commençais à craindre que notre enfant ne fût idiot, mais il ne présentait aucun des traits des simples d'esprit que connaissent tous les parents : sa langue ne débordait pas de sa bouche, ses yeux et ses oreilles étaient proportionnés à sa figure ; il était joli comme une poupée, et aussi petit et dépourvu de réaction.

Je me détournai de la question.

Je me penchai sur le cas de l'espion qu'Umbre avait envoyé chez moi. En secret, ma colère grandissait, peut-être alimentée par les peurs et les angoisses que je ne m'avouais pas. Je réfléchis longuement ; je ne voulais pas affronter Umbre par le truchement de l'Art : je devais me tenir devant lui et le forcer à admettre que je n'étais pas homme à me laisser marcher sur les pieds quand il s'agissait de mon enfant.

Au bout de quatre mois, voyant que tout était calme chez nous, j'inventai un prétexte pour me rendre à Rivebrousse ; je racontai que je souhaitais voir un étalon dont j'avais entendu parler. Je promis à Molly de revenir le plus vite possible, emportai des affaires chaudes pour un trajet dans le froid et choisis aux écuries une jument alezane sans rien de remarquable baptisée Sarri, monture dégingandée à la foulée souple qui dévorait les lieues, et sans aucune ambition de tenir tête à son cavalier ; c'était l'idéal pour mon voyage à Bourg-de-Castelcerf.

J'eusse pu emprunter les pierres dressées mais j'eusse dû alors trouver à loger mon cheval ; or je ne tenais pas à exciter la curiosité, et, si ce qui me conduisait chez Umbre était pressant, ce n'était pas non plus une urgence. En outre, je devais reconnaître que j'avais peur de me déplacer par les pierres ; depuis que je m'en étais servi pour me rendre au chevet d'Umbre, j'éprouvais l'envie de répéter l'expérience. Si j'avais été plus jeune et moins averti de l'Art, j'y eusse vu de la curiosité et un désir de connaissance, mais j'avais déjà vécu cet appétit : c'était la soif d'Art, la compulsion à employer la magie pour le plaisir de la sentir frémir en moi. Non, je ne prendrais pas le risque de voyager à nouveau par les pierres, d'autant qu'Umbre devait désormais les faire surveiller et serait aussitôt au courant de mon arrivée.

Je voulais surprendre la vieille araignée, lui rappeler ce qu'on ressent quand on s'aperçoit que ses défenses ont été percées.

Je voyageais du petit matin jusqu'à la tombée de la nuit, me nourrissant de viande séchée ou de biscuit d'avoine sans démonter, et je dormais à l'écart de la route. Il y avait des années que je n'avais pas vécu ainsi à la dure, et mon dos douloureux me rappelait chaque matin que, même dans ma jeunesse, ce genre de trajet était inconfortable. Néanmoins, je ne faisais halte dans aucune auberge ni dans aucun village. Parti depuis une journée de Flétrybois, j'avais enfilé une humble tenue de marchand, et je m'efforçais d'éviter qu'on remarquât le passage d'un voyageur solitaire et surtout qu'on reconnût Tom Blaireau.

Je m'arrangeai pour arriver à destination tard le soir ; je trouvai une petite auberge proprette à la sortie de Bourg-de-Castelcerf où je pris une chambre pour moi et une place à l'écurie pour ma jument. Je savourai un bon repas de porc rôti, de pommes séchées cuites à l'étuvée et de pain noir, après quoi je montai dans ma chambre.

Une fois la nuit bien avancée et obscure, je quittai discrètement l'établissement et entamai une longue marche jusqu'au château de Castelcerf. Je me rendis, non aux portes, mais à une entrée dérobée que j'avais découverte quand j'étais l'apprenti d'Umbre ; une brèche dans la muraille avait été « réparée » de façon à permettre d'entrer et de sortir sans se faire voir. Le buisson d'épines qui la masquait était toujours aussi dense, et ma peau comme mon pourpoint étaient couverts d'éraflures quand j'atteignis l'enceinte et me glissai par l'ouverture, d'une étroitesse trompeuse, qui donnait dans Castelcerf.

Mais franchir le mur extérieur n'était que la première étape ; j'étais dans les murs de la citadelle mais non dans le château proprement dit. Cette partie de la forteresse servait à mettre du bétail à l'abri en cas de siège ; pendant la guerre des Pirates rouges, on y maintenait une réserve de bêtes, mais cette zone ne devait plus être utilisée depuis un certain temps. Dans l'obscurité, derrière des enclos à moutons déserts, j'ôtai ma blouse de toile et mon pantalon large et les cachai dans une auge désaffectée. En dessous, je portais mon ancien uniforme de garde bleu de Cerf ; il me serrait un peu plus à la taille qu'autrefois et sentait la vergerette chasse-puces et le cèdre du coffre où je le rangeais, mais j'espérais qu'il ne m'attirerait pas de regards insistants.

La tête penchée et la démarche lente, comme si j'étais fatigué ou un peu ivre, je traversai la cour et poussai la porte des cuisines qui menait au réfectoire des gardes. J'éprouvai un étrange mélange d'émotions à revenir ainsi chez moi de façon subreptice – car le château de Castelcerf serait toujours chez moi, et surtout les cuisines. Maints souvenirs d'enfance resurgirent, portés par les effluves qui m'accueillaient ; bière, viandes fumées, fromages onctueux, pain au four et soupe mijotante, tout cela m'alléchait, et je faillis céder à la tentation d'entrer et de m'asseoir pour manger, non parce que j'avais faim, mais pour goûter à nouveau ces saveurs familières.

Je poursuivis mon chemin sur les dalles de pierre du couloir, passai deux offices, puis, à la hauteur de l'escalier qui menait à la cave, je pénétrai dans un garde-manger ; là, je relâchai un peu ma discipline et chapardai un petit chapelet de saucisses avant de déclencher l'ouverture du panneau d'étagères qui donnait sur les passages secrets du château. Je refermai le meuble derrière moi et demeurai un moment immobile dans les ténèbres absolues.

Je mangeai une saucisse en regrettant distraitement de n'avoir pas le temps de la faire descendre avec une pinte de bière de Castelcerf, puis, avec un soupir, je laissai mes jambes me conduire par les couloirs tortueux et les étroits escaliers qui se faufilaient dans les murs intérieurs du château. Je connaissais ce labyrinthe depuis mon enfance, et les seules surprises que j'y rencontrai furent les rares toiles d'araignées qui en constituaient l'unique danger notoire.

Je n'allai pas aux appartements secrets où Umbre m'avait enseigné le métier d'assassin ; je savais qu'il n'y logeait plus ; aussi me glissai-je dans l'espace réduit derrière les murs à l'étage de la chambre à coucher du roi et accédai-je à celle, tout aussi somptueuse, d'Umbre par un miroir pivotant dans sa salle de bains. Je fus un peu étonné qu'il ne l'eût pas bloqué. J'entrai discrètement en redoutant qu'il n'eût deviné mes plans et ne m'attendît, mais la pièce était déserte et froide, le feu couvert dans la cheminée. Vivement, je tirai un gland luisant de ma poche et le déposai au milieu de son oreiller, puis je regagnai le dédale secret et me dirigeai vers son vieux laboratoire d'assassin.

Qu'il avait changé depuis mon enfance ! Le sol voyait le passage régulier du balai et de la serpillière, la table griffée où nous menions nos expériences quand j'étais petit était libre d'ingrédients et d'appareils, tout était soigneusement disposé sur ses étagères, les récipients et autres ustensiles en verre étaient propres et triés par catégories. Chaque mortier avait sa place attitrée avec son pilon, et les cuillers de bois, de fer et de cuivre étaient ordonnées dans des râteliers. Il y avait beaucoup moins de casiers à manuscrits que dans mes souvenirs, et ceux qui restaient étaient bien rangés ; dans l'un d'eux se trouvaient les instruments de mon ancien métier : de petits poignards à lame cannelée, certains au fourreau, d'autres nus, reposaient à côté de poudres et de granules soporifiques ou toxiques empaquetés et étiquetés avec soin. Des aiguilles étincelantes en argent et en cuivre étaient piquées dans des bandes de tissu afin d'éviter tout risque de piqûre ; des garrots enroulés sommeillaient comme de petits serpents mortels. Un esprit très méthodique s'occupait désormais de ce laboratoire, et ce n'était pas Umbre ; brillant et précis, il n'avait toutefois jamais été ordonné. Je ne voyais d'ailleurs aucun signe qu'il poursuivît ses recherches : nul manuscrit rongé par l'humidité n'attendait la traduction ni la copie, nulles plumes usagées et nul encrier ouvert ne traînaient. Un édredon somptueux trônait sur le vieux lit en bois, et la petite flambée dans la cheminée balayée de frais brûlait joyeusement. Le lit avait plus l'air d'un élément de décor que d'un meuble qui servait régulièrement. Qui entretenait cet appartement aujourd'hui ? Certainement pas Lourd ; le simple d'esprit était âgé pour un individu de son espèce, et il n'avait jamais aimé les corvées de nettoyage ; il n'eût pas apporté une réserve de bougies, disposées droit comme des soldats, prêtes à prendre leur place dans les bougeoirs. J'en allumai deux pour remplacer celles qui s'apprêtaient à s'éteindre sur la table.

Toutes mes observations m'amenaient à déduire qu'il s'agissait à présent du domaine de dame Romarin. Je m'assis dans son fauteuil rembourré près de la cheminée après avoir ajouté deux bûches dans le feu. Sur une table proche, je découvris de petits biscuits dans un récipient couvert et une carafe de vin ; je me servis, tendis les pieds vers la flambée et me laissai aller contre le dossier. Peu m'importait lequel me trouverait là ; j'avais à leur parler à tous les deux. Mon regard se posa sur le manteau de la cheminée, et je faillis sourire en constatant que le couteau à fruits du roi Subtil y était encore planté. Dame Romarin connaissait-elle l'histoire qui l'avait amené là ? Je me demandai si Umbre se rappelait l'état de fureur glacée dans lequel j'étais quand j'avais enfoncé la lame dans le bois ; la colère qui brûlait aujourd'hui en moi était encore plus froide et beaucoup plus maîtrisée. Je dirais ce que j'avais à dire et, ensuite, nous trouverions un accord. Selon mes conditions.

Umbre avait toujours été un oiseau de nuit, et j'étais résigné à une longue attente avant qu'il n'aperçût mon message sur son oreiller. Les heures passaient et je somnolais dans le fauteuil. Mais, quand j'entendis un léger bruit de pas dans les marches, je sus que ce n'étaient pas les siens ; je redressai la tête et me tournai vers l'escalier dérobé. Une lourde tenture fermait l'ouverture pour bloquer le courant d'air venu du dédale, et je ne fus qu'à peine étonné quand elle s'écarta pour révéler la silhouette du jeune FitzVigilant. Il arborait une tenue beaucoup plus austère que la dernière fois, vêtu d'une chemise blanche, d'une veste bleue et d'un pantalon noir. Le cuir souple de ses chaussures murmurait son approche. Les grandes boucles d'oreilles en argent avaient été remplacées par de plus petites en or. Sa chevelure en bataille laissait penser qu'il venait de quitter son lit pour accomplir ses tâches dans l'appartement secret.

Il sursauta en découvrant les bougies récemment allumées. Je ne bougeai pas, et il lui fallut un moment pour repérer ma présence ; il resta bouche bée à la vue d'un simple garde dans un lieu aussi particulier, puis il me reconnut soudain. « Vous ! fit-il dans un hoquet d'horreur, et il recula.

— Moi, répondis-je. Je constate qu'ils t'ont gardé ; mais je crois que tu as encore beaucoup à apprendre en matière de prudence. » Il me regardait fixement, incapable de prononcer un mot. « J'ai l'impression que dame Romarin ou sire Umbre ne va pas tarder à arriver pour une leçon nocturne ; ai-je raison ? »

Il s'apprêta à répondre puis se ravisa. Ah ! Peut-être avait-il acquis un peu de circonspection depuis notre dernière entrevue. Il esquissa un mouvement en crabe vers le râtelier d'armes, mais je souris et l'arrêtai d'un geste du doigt ; puis, d'une torsion du poignet, je fis apparaître un poignard dans ma main. Il y a des trucs qu'on n'oublie pas. Il regarda l'objet bouche bée puis leva vers moi des yeux écarquillés.

C'était extrêmement satisfaisant. Je me demandai soudain si j'avais jamais posé sur Umbre un tel regard de jeune chien transi d'effarement. Je pris une décision. « Les armes sont inutiles », dis-je d'un ton léger, et, d'une flexion de la main, je fis disparaître mon poignard. Le garçon savait qu'il pouvait réapparaître tout aussi vite, et cela suffisait. Je m'adossai dans mon fauteuil, apparemment détendu, et je vis ses épaules se décrisper en réaction. Je soupirai à part moi ; il lui restait tant à apprendre !

Mais pour le moment sa naïveté m'était utile. Je l'observai un moment pour décrypter de lui tout ce que je pouvais sans que mon regard devînt gênant. Il se méfierait de toute question directe, mais déjà mon silence commençait à le mettre mal à l'aise. Je soupirai puis, prenant une attitude encore plus détendue, je tendis la main vers la carafe et me servis un nouveau verre de vin. Le jeune espion s'agita, inquiet. « C'est le vin préféré de dame Romarin, dit-il avec un vague reproche.

— Vraiment ? Eh bien, elle a bon goût. Et je suis sûr qu'elle n'aurait pas d'objection à le partager ; nous nous connaissons depuis longtemps... Ce n'était qu'une fillette la première fois que je l'ai vue. »

Cela piqua sa curiosité. Que lui avait-on dit sur moi quand on l'avait envoyé en mission auprès du berceau d'Abeille ? Pas grand-chose, apparemment. Pour Umbre, la prudence surpassait toute autre qualité. Je souris, et le garçon mordit à l'hameçon.

« C'est elle qui vous a montré comment entrer ici ? Dame Romarin ? » Le front plissé, il s'efforçait d'assembler les éléments de l'énigme et de voir où je m'insérais.

« À qui parles-tu, Lant ? » La voix de dame Romarin nous parvint avant qu'elle n'entrât en personne. Le garçon pivota d'un bloc vers elle. Je ne bougeai pas, mon verre à la main.

« Oh ! » Elle s'arrêta, tenant le rideau écarté, et me regarda. J'avais dit la vérité à l'apprenti : je la connaissais depuis qu'elle était enfant, bien que nous ne nous fussions guère fréquentés depuis. C'était le prince Royal qui l'avait recrutée alors qu'elle n'était qu'une petite domestique potelée, plus jeune encore que FitzVigilant ; il lui avait fourni une position de servante auprès de la princesse montagnarde qui avait épousé le roi-servant Vérité, elle lui avait servi d'espion auprès de la femme de son frère, et c'était sans doute elle qui avait enduit de graisse les marches de la tour et provoqué la mauvaise chute de Kettricken alors qu'elle était enceinte. On n'avait jamais pu le prouver. Quand Royal avait perdu le trône, tout son entourage était tombé en disgrâce à sa suite, y compris la petite Romarin.

Seule la nature indulgente de Kettricken l'avait sauvée. Alors que tous la repoussaient, la reine avait vu en elle une enfant égarée, tiraillée entre ses allégeances, et peut-être coupable seulement d'avoir voulu faire plaisir à celui qui avait montré tant de bonté pour sa mère. Kettricken l'avait ramenée à la cour et lui avait donné une bonne éducation ; Umbre, qui n'aimait pas le gaspillage, l'avait vue comme un instrument inachevé d'espionnage et d'assassinat et en avait fait promptement sa créature.

Elle se tenait à présent devant moi, femme à la moitié de son existence, dame de la cour et assassin aguerri. Nous nous regardâmes. Elle m'avait reconnu ; se rappelait-elle le jour où elle avait feint de dormir sur les marches du trône du roi-servant pendant que je présentais mon compte rendu à Kettricken ? Malgré les années, j'éprouvais encore de l'horreur et de la rancœur à l'idée qu'une petite fille m'eût abusé aussi facilement. Elle entra, baissa les yeux puis me fit une profonde révérence.

« Sire FitzChevalerie Loinvoyant, votre présence nous honore. Bienvenue. »

Encore une fois, elle me laissa dérouté : exprimait-elle son respect pour moi ou bien faisait-elle part de renseignements à son apprenti ? Le hoquet de surprise du garçon m'apprit qu'il ignorait mon identité mais qu'il devinait à présent tout le poids de ma visite ; il comprenait peut-être aussi mieux la raison de sa mission à Flétrybois. Je regardai dame Romarin d'un œil froid. « Ne vous a-t-on jamais prévenue de ce qu'on risque d'évoquer quand on souhaite la bienvenue à un fantôme et qu'on l'appelle par son nom ?

— Bienvenue ? Et nous serions honorés ? Pour moi, c'est une extrême contrariété quand on débarque à cette heure sans se faire annoncer. » Umbre entra en écartant la même tenture que Romarin. Celle-ci était vêtue d'une robe d'intérieur toute simple ; sans doute, après la leçon prévue avec FitzVigilant, avait-elle l'intention de commencer sa journée. Umbre, lui, portait une élégante chemise verte moulante aux manches blanches bouffantes, serrée à la taille par une ceinture noire et argent, et dont les pans lui descendaient aux genoux. Ses chausses étaient noires, ses souliers aussi mais ornés de perles d'argent, et ses cheveux gris étaient tirés en une sévère queue de guerrier. Manifestement, il terminait une longue nuit de délassement plutôt qu'il n'entamait une journée de travail.

Il n'y alla pas par quatre chemins : « Que fais-tu ici ? »

Je me tournai vers lui. « J'ai posé la même question au petit FitzVigilant il y a quatre mois ; comme sa réponse ne m'a pas satisfait, je suis venu en chercher une meilleure de votre part. »

Il eut un haussement d'épaules dédaigneux. « Ma foi, je t'ai connu moins guindé quand tu étais victime d'une plaisanterie. » Il s'avança dans la pièce d'une démarche un peu raide ; je soupçonnai un corset sous sa chemise pour lui donner l'air mince et soulager son vieux dos. Parvenu à la cheminée, il parcourut du regard les environs. « Où est passé mon fauteuil ? »

Romarin poussa un petit soupir agacé. « Il y a des mois que vous n'êtes pas monté, et vous m'avez dit d'arranger l'appartement à ma convenance. »

Il se renfrogna. « Ce n'est pas pour autant que tu dois me le rendre inconfortable. »

Elle pinça les lèvres en secouant la tête puis fit un signe à FitzVigilant. « Le vieux fauteuil est dans le coin, avec les autres saletés qui n'ont pas encore été jetées. Va le chercher, je te prie.

— Les saletés ? répéta Umbre, outré. Quelles saletés ? Il n'y avait pas de saletés ici ! »

Romarin croisa les bras. « Des bols fêlés, des tasses ébréchées, un petit chaudron avec l'anse cassée, des flacons d'huile si vieille qu'elle commençait à se solidifier, et tout le bric-à-brac que vous aviez repoussé en bout de table. »

Umbre s'assombrit encore mais n'émit qu'un grognement en guise de réponse. FitzVigilant déposa son fauteuil près de la cheminée ; sans me lever, je décalai celui de Romarin pour lui faire de la place. Pour la première fois depuis plusieurs dizaines d'années, je revoyais le siège favori d'Umbre. Les volutes sculptées étaient balafrées, les joints lâches, et le coussin laissait toujours voir la réparation que j'avais exécutée après la terrible bataille qui l'avait opposé à Rôdeur une nuit. Je balayais la pièce des yeux. « Pas de furet ?

— Et pas de crottes de furet », répondit Romarin, acerbe.

Umbre me regarda, leva les yeux au ciel puis, avec un soupir, s'installa dans son fauteuil qui craqua sous son poids. « Eh bien, Fitz, comment vas-tu ? »

Pas question de le laisser se dédouaner si facilement de ma mission. « Je suis irrité, offensé, et méfiant depuis que j'ai découvert un assassin près du berceau de ma fille. »

Umbre eut un petit rire badin. « Un assassin ? Allons donc ! C'est encore à peine un espion.

— Me voilà bien rassuré, répondis-je.

— Ah, Fitz, mais où veux-tu que je l'envoie pour se faire les dents, sinon ? Ce n'est plus comme à l'époque de ton enfance, où la guerre menaçait et où un perfide petit prétendant au trône fomentait ses complots en pleurnichant ici même à Castelcerf. Je disposais sur place, entre les murs du château, d'une infinité de moyens de mesurer tes progrès.

Mais FitzVigilant n'a pas cette chance, et je dois l'envoyer plus loin pour voir ce qu'il vaut. Je m'efforce de choisir ses missions avec soin ; je savais que tu ne lui ferais pas de mal et je pensais que ce serait une bonne façon de le mettre à l'épreuve.

— L'épreuve n'était donc pas pour moi ? »

Il agita vaguement les mains. « Peut-être un peu ; ça ne fait jamais de mal de s'assurer que le tranchant est toujours là. » Il se tourna vers la petite table. « C'est du vin ?

— Oui. » Je remplis mon verre et le lui tendis. Il le prit, but une gorgée et le posa.

« Alors, dis-je, pourquoi aurais-je encore besoin de ce fameux tranchant ? »

Il fixa sur moi ses yeux verts et perçants. « Tu donnes naissance à une nouvelle Loinvoyant, et tu poses la question ? »

Je me dominai. « Pas une Loinvoyant. Elle s'appelle Abeille Blaireau. » Je me retins d'ajouter que ma fille ne représenterait jamais un danger pour personne.

Le coude sur le bras de son fauteuil, il plaça son menton dans sa paume. « Si tu crois qu'un bouclier aussi mince la protégera, c'est que tu as vraiment perdu ton tranchant.

— La protéger de quoi ? » Je jetai un coup d'œil derrière lui à Romarin et FitzVigilant. « Le seul danger que j'ai vu venait de gens en qui j'aurais dû pouvoir avoir confiance, et dont je croyais qu'ils la défendraient.

— Ils ne la menaçaient pas : ils te rappelaient la nécessité d'être sur tes gardes. Toujours. Quand tu t'aperçois qu'il existe un risque, il est trop tard pour mettre tes défenses en batterie. » Il haussa ses sourcils hirsutes. « Dis-moi, Fitz, qu'as-tu prévu pour cet enfant ? Quelle éducation, quelle formation ? Quelle dot lui fourniras-tu et quel mariage espères-tu pour elle ? »

Je le dévisageai, abasourdi. « Mais c'est un bébé, Umbre ! » Et elle le resterait sans doute ; mais, même si elle se décidait à grandir et à manifester un esprit intelligent, j'avais tout le temps de penser à ces choses. Cependant, je me sentis accablé de n'y avoir pas songé ; que deviendrait-elle quand Molly et moi ne serions plus là ? Surtout si elle était idiote ?

Umbre changea de position dans son fauteuil, et la silhouette de son corset apparut fugitivement sous sa chemise. Il posa un regard sévère sur ses deux comparses. « Vous n'avez pas des leçons à terminer, tous les deux ?

— Si, mais…

— Ailleurs », fit-il d'un ton impérieux.

Romarin pinça les lèvres. « Demain », dit-elle à FitzVigilant, qui arrondit les yeux d'être aussi vite congédié. Il s'inclina brièvement devant elle, se tourna vers nous et se figea, ne sachant manifestement pas comment nous dire adieu.

Je lui adressai un salut de la tête avec un sourire. « J'espère ne pas te revoir de sitôt, FitzVigilant.

— Moi de même, messire », répondit-il avant de se pétrifier en se demandant s'il avait été grossier. Umbre eut un petit rire. Le garçon s'éclipsa, et, avec un dernier soupir exaspéré, dame Romarin le suivit d'un pas plus digne. Le vieil assassin garda le silence et attendit qu'ils se fussent éloignés dans l'escalier pour se retourner vers moi.

« Avoue-le, tu n'as pas pensé à son avenir.

— En effet ; je n'avais même pas compris que Molly était enceinte. Mais maintenant qu'Abeille est là… »

Il m'interrompit sans remord : « Abeille ! Quel prénom ! Va-t-elle survivre ? Est-elle en bonne santé ? »

La question me fit réfléchir. « Elle est minuscule, Umbre, et, d'après Molly, elle n'a pas les capacités qu'elle devrait avoir à son âge. Mais elle mange bien, elle dort et elle pleure parfois. De plus, en dehors de sa taille et du fait qu'elle ne relève pas la tête et ne se retourne pas encore, je ne vois rien d'anormal… »

Je me tus. Umbre me regardait d'un air compatissant ; il dit d'un ton bienveillant : « Fitz, tu dois imaginer tous les avenirs possibles. Que feras-tu si elle est simple d'esprit ou qu'elle ne puisse jamais subvenir à ses propres besoins ? Et si elle devient une belle jeune femme intelligente et qu'on reconnaisse en elle une Loinvoyant ? Ou qu'elle soit ordinaire, banale et pas très vive ? À tout le moins, on saura qu'elle est la sœur de la maîtresse d'Art du roi ; ça représente une influence suffisante pour qu'on cherche à la courtiser, ou pour faire d'elle un otage de valeur. » Sans me laisser le temps de me ressaisir, il poursuivit : « Ortie avait reçu une bonne éducation pour une fille de la campagne sans guère d'autre perspective que d'épouser un propriétaire fermier. Demande-lui un jour ce qu'elle pense de cette carence. Burrich lui avait appris à lire, à écrire et à compter, Molly à élever des abeilles et à jardiner, et elle savait se débrouiller avec un cheval. Mais l'histoire ? La forme du monde ? Les langues ? Elle en ignorait tout, et elle a passé des années à combler ces déficiences. J'ai croisé les autres enfants de Molly, et ce sont des hommes bien ; mais ce n'est pas la fille d'un fermier que tu élèves, Fitz ; si les osselets avaient roulé autrement, elle pourrait s'attendre à coiffer le diadème d'une princesse Loinvoyant. Ce ne sera pas le cas ; mais tu dois l'éduquer dans cette optique. »

Si une éducation est à sa portée. J'écartai cette pensée. *Suis plutôt le raisonnement d'Umbre.* « Pourquoi ?

— Parce que nul ne sait ce que le sort nous réserve. » Il eut un geste ample d'une main tout en levant son verre de l'autre. « Si on constate qu'elle possède l'Art, veux-tu qu'elle vienne au château de Castelcerf totalement ignorante de son héritage ? Veux-tu qu'elle doive se battre comme Ortie pour apprendre à négocier les courants de la société ? Dis-moi, Fitz, si tu l'élèves comme Abeille Blaireau, seras-tu satisfait de la marier à un fermier et de la laisser travailler dur toute sa vie ?

— S'ils s'aiment, ce n'est pas un sort si terrible.

— Mais, si un riche aristocrate tombe amoureux d'elle, qu'elle ait reçu l'éducation nécessaire pour en faire un parti pour lui et qu'ils s'aiment, ce sera encore mieux, tu ne crois pas ? » Sans me laisser le temps de trouver une réponse, il ajouta : « FitzVigilant n'avait aucune perspective d'avenir. La jeune épouse de sire Vigilant rejette ce bâtard et lui en veut d'être plus âgé que les héritiers légitimes qu'elle a donnés à son mari ; elle les élève dans la haine de leur demi-frère. J'ai appris qu'elle cherchait à l'éliminer discrètement, et j'ai décidé de l'amener ici pour en faire un nouveau bâtard utile.

— Il a l'air assez vif, dis-je sans m'engager.

— Vif, oui, mais il n'a pas de mordant. Je ferai ce que je pourrai, mais, dans sept ou huit ans, je devrai l'envoyer ailleurs. L'épouse de sire Vigilant le regarde comme un usurpateur, et elle maugrée déjà de le voir à la cour ; c'est une jalouse de la pire espèce : celle qui met en acte sa rancœur. Mieux vaut pour tout le monde qu'il ait quitté Castelcerf quand elle viendra y présenter ses deux enfants.

— Dans sept ou huit ans ?

— Au contraire de toi, je prévois pour ceux que je prends sous mon aile.

— Et vous allez me demander de me charger de lui. » Le front plissé, je m'efforçai de percer son plan à jour. « Comme un parti possible pour Abeille quand elle sera plus grande ?

— Dieux, non ! Ne mélangeons pas ces lignées ! Nous lui trouverons un petit noble de Cerf, je pense. Mais, en effet, j'aimerais que tu te tiennes prêt à l'accueillir, quand lui-même sera prêt.

— Prêt à espionner et à tuer ? Pourquoi ? »

Umbre secoua la tête, l'air curieusement déçu. « Non, il n'y a pas d'assassin en lui ; j'en suis certain, même si Romarin attend encore d'en être convaincue. Je vais donc entraîner sa formation dans une autre direction, qui nous sera utile à tous les deux. Il a l'esprit vif, il apprend presque aussi vite que toi, et il a un tempérament fidèle ; qu'on lui donne un bon maître et il lui sera aussi attaché qu'un chien. Et il sera très protecteur.

— Envers Abeille. »

Il contemplait le feu qui mourait ; il hocha lentement la tête. « Il est doué pour les langues et il possède une mémoire semblable à celle d'un ménestrel. Il pourrait être placé chez toi sous le titre de précepteur, pour son profit et celui de ta fille. »

Les pièces commençaient à s'assembler. *Ah, Umbre, était-ce donc si difficile de me demander franchement un service ?*

J'énonçai son problème. « Vous avez de l'affection pour ce gamin, mais, si vous le gardez ici, tôt ou tard, quand ses frères cadets légitimes viendront à Castelcerf, ça causera des tracas, surtout s'il s'est fait des amis parmi la noblesse de la cour. »

Umbre acquiesça. « Il a beaucoup de charme et il aime les gens ; il aime les fréquenter, et eux l'apprécient. Il devient vite trop visible pour faire un bon espion ; et il n'a pas... ce quelque chose qui nous rend capables de tuer. » Il reprit son souffle comme s'il s'apprêtait à poursuivre puis il soupira. Nous nous tûmes, plongés dans nos réflexions. Était-ce une capacité que nous avions, ou bien s'agissait-il d'un manque qui nous permettait d'agir comme nous l'avions fait ? Le silence entre nous était contraint, mais ce que nous partagions n'était pas un sentiment de culpabilité. J'ignore s'il existe un mot pour décrire ce qui nous unissait.

« Il faudrait que j'en parle à Molly. »

Il me lança un vif coup d'œil de côté. « Et tu lui dirais... quoi ? »

Je me mordis la lèvre. « La vérité : que ce garçon est un bâtard comme moi, que ça finira par lui valoir des difficultés, voire un risque pour sa vie, qu'il a bénéficié d'une excellente instruction et qu'il ferait un bon précepteur pour une petite fille.

— La vérité avec quelques lacunes, commenta Umbre.

— Quelles lacunes ? demandai-je sèchement.

— Quelles lacunes, en effet ? répliqua-t-il. Et ce n'est pas la peine de lui en parler tout de suite ; il s'en faut de plusieurs années, à mon avis, avant que je ne sois obligé de te l'envoyer. Je lui enseignerai tout ce dont il aura besoin pour être précepteur – et garde du corps. En attendant, je connais une bonne d'enfants qui pourrait s'occuper de ta fille ; elle a une tête de lapin avec des bras de forgeron. Ce n'est pas la domestique la plus géniale du royaume, mais elle est aussi redoutable qu'un soldat.

— Non, merci. Pour le moment, je m'estime capable de protéger ma fille moi-même.

— Ah, Fitz ! Je ne suis pas d'accord, mais je sais quand il est inutile de discuter avec toi. Crible et moi pensons qu'il te faut des gardes, mais tu refuses de nous écouter. Combien de fois t'ai-je proposé de loger un de nos compagnons d'Art à Flétrybois pour pouvoir échanger rapidement des messages même en ton absence ? Tu devrais avoir un agent à toi pour surveiller tes arrières, se mêler à tes domestiques et te rapporter des renseignements sur tes propriétés dont tu n'entendrais pas parler autrement. » Il changea de position, et le vieux fauteuil craqua. J'opposai mon entêtement à son regard perçant et emportai la partie. « Bien, il est tard. Ou tôt, selon l'heure à laquelle tu commences tes journées. En tout cas, je vais me coucher. » Il tira furtivement le haut de son corset qui devait l'entailler. Il se leva et désigna la pièce d'un geste vague. « Tu peux dormir ici, si tu veux. Je ne crois pas que Romarin se serve du lit ; elle aime bien tout arranger joliment quand elle en a l'occasion, c'est tout.

— Pourquoi pas ? » À mon propre étonnement, je m'aperçus que la colère m'avait quitté. Je connaissais Umbre : il ne voulait pas de mal à Abeille ; peut-être avait-il seulement cherché à provoquer ma venue ; peut-être lui manquais-je plus que je n'en avais conscience ; et j'eusse peut-être dû tenir compte de certaines de ses mises en garde…

Il hocha la tête. « Je vais dire à FitzVigilant de t'apporter une collation. Apprends à l'apprécier, Fitz ; c'est un bon gamin, docile et désireux de plaire. Le contraire de toi à son âge. »

Je toussotai puis demandai : « Commenceriez-vous à vous attendrir en vieillissant ? »

Il eut un geste de dénégation. « Non : je deviens pragmatique. Il faut lui trouver une place en attendant que Romarin et moi dénichions un apprenti. Il en sait trop long sur notre façon de fonctionner pour le laisser simplement s'en aller ; je dois le mettre en sécurité.

— Sa sécurité ou la vôtre ? »

Un sourire imperceptible apparut sur ses lèvres. « Tu ne vois pas que c'est pareil ? Les gens qui représentent un danger pour moi ne prospèrent pas longtemps. » Son sourire se teinta de tristesse. Je perçus plus clairement le choix impossible qu'il affrontait quand il me tendit le verre encore à moitié plein.

Je murmurai : « Éloignez-le petit à petit de votre cercle, Umbre ; moins de temps avec vous et Romarin, plus avec les scribes et les ménestrels. Vous ne pouvez pas lui faire oublier ce qu'il a vu et appris, mais vous pouvez en réduire l'importance. Faites en sorte qu'il se sente redevable envers vous, et, quand vous ne pourrez plus le garder, envoyez-le-moi ; je me chargerai de lui. » Je tâchai de ne pas prendre toute la mesure de ce que j'avais accepté : ce n'était pas une simple promesse sur un ou deux ans. Tant que FitzVigilant vivrait et se rappellerait les secrets du château de Castelcerf, j'aurais pour responsabilité de veiller à ce qu'il demeure fidèle aux Loinvoyant — ou qu'il meure. Umbre venait de me confier un sale travail qu'il ne voulait pas exécuter. Je bus une gorgée de vin pour couvrir l'amertume de ma situation sous le breuvage trop sucré.

« Quand tu dis "vous ne pouvez pas lui faire oublier", en es-tu certain ? »

Je reportai brusquement mon attention sur le vieillard. « À quoi songez-vous ? demandai-je.

— Nous sommes encore en train de déchiffrer les anciens manuscrits d'Art, et ils laissent entendre qu'on peut forcer un sujet à… euh… changer d'avis. »

Horrifié, je me tus. Pouvoir forcer quelqu'un à oublier, quel pouvoir effrayant ! Je repris mon souffle. « Il est vrai que ça a très bien marché quand mon père a décidé d'obliger le maître d'Art Galen à oublier que ce dernier le détestait, et à l'aimer. Sa haine n'a pas disparu : elle a trouvé une autre cible. Si je me souviens bien, c'était moi. » Il avait failli réussir à me tuer.

« Ton père ne bénéficiait pas d'une instruction complète dans l'Art, et Galen non plus sans doute. Nous avons tant perdu, Fitz ! Tant perdu ! J'étudie les manuscrits quasiment tous les soirs, mais ce n'est pas comme recevoir l'enseignement d'un maître d'Art. Comprendre ce qu'ils veulent dire est un travail laborieux qui ne va pas aussi vite que je le souhaiterais.

Ortie n'a pas le temps de m'aider, les informations qu'ils renferment ne doivent pas être partagées avec n'importe qui, et il faut aussi prendre en compte la fragilité du matériau. Et puis j'ai moins de temps qu'autrefois à consacrer aux études nocturnes. Ces parchemins restent donc négligés, et, avec eux, qui sait quels secrets ? »

Encore un service qu'il me demandait sous l'aspect d'une question. « Sélectionnez ceux que vous regardez comme les plus intéressants, je les rapporterai à Flétrybois. »

Il se rembrunit. « Ne pourrais-tu pas plutôt venir ici ? Une semaine par mois ? J'aimerais autant qu'ils ne quittent pas le château.

— Umbre, j'ai une femme, un enfant et une propriété dont je dois m'occuper. Je ne peux pas passer mon temps à faire des allers et retours entre Castelcerf et chez moi.

— Avec les piliers de pierre, tes allers et retours ne prendraient que quelques instants.

— Je m'y refuse, et vous savez pourquoi.

— Je sais qu'il y a des années, contre les conseils de tous, tu t'es servi plusieurs fois des piliers à très court intervalle. Je ne te parle pas de venir tous les jours, mais de passer chaque mois chercher quelques manuscrits et déposer ce que tu as traduit. D'après mes lectures, certains messagers doués de l'Art utilisaient les piliers au moins à cette fréquence, voire plus souvent.

— Non », fis-je d'un ton catégorique.

Il inclina la tête. « Alors pourquoi Molly et toi ne viendriez-vous pas habiter à Castelcerf avec la petite ? Nous n'aurions pas de mal à trouver un régisseur compétent pour Flétrybois, et Abeille bénéficierait de tous les avantages que nous avons évoqués ; tu pourrais m'aider pour les traductions et d'autres travaux, apprendre à connaître Lant, et je suis sûr que Molly serait contente de voir Ortie plus souvent et de…

— Non », répétai-je fermement. Je n'avais aucune envie de me charger des « autres travaux » qu'il pourrait me confier, ni de lui laisser voir mon enfant simple d'esprit. « Je suis heureux là où je vis, Umbre ; je suis en paix et je tiens à ce que ça dure. »

Il eut un soupir bruyant. « Très bien. Très bien. » Il avait soudain l'air vieux et irritable, et je demeurai déconcerté quand il ajouta : « Tu vas me manquer, mon garçon ; à part toi, il ne reste plus personne avec qui je puisse parler aussi librement. Notre race s'éteint, je crois.

— Vous avez sans doute raison », répondis-je sans préciser que c'était probablement une bonne chose.

Nous ne poursuivîmes pas la discussion ; il avait enfin accepté, je pense, que je me fusse détaché de la politique interne de la cour. Je viendrais en cas d'urgence, mais je ne vivrais plus jamais au château et je ne participerais plus à ses conseils privés ; il faudrait que Romarin prît mon rôle, et, après elle, l'apprenti qu'ils auraient choisi. Ce ne serait pas FitzVigilant ; le garçon en serait-il déçu ou soulagé ?

Au cours des mois suivants, je m'attendis non sans le redouter à ce qu'Umbre tentât encore de me ramener à lui, mais il n'en fit rien. On m'apportait des manuscrits à traduire et on remportait le résultat de mon travail cinq ou six fois dans l'année ; à deux reprises, il m'envoya comme coursiers des étudiants d'Art, du rang de compagnons, qui arrivèrent et repartirent par les piliers. Je refusai le défi. La deuxième fois que cela se produisit, je m'assurai auprès d'Ortie qu'elle était au courant ; elle ne dit pas grand-chose mais, par la suite, ses messagers se présentèrent à cheval.

Si Ortie communiquait souvent par l'Art avec moi, et Devoir aussi parfois, Umbre paraissait avoir décidé de me laisser libre, et je me demandais parfois, lors de certaines insomnies, si j'étais déçu ou soulagé d'être enfin dégagé de l'aspect obscur de la politique des Loinvoyant.

9

UNE ENFANCE

C'est bien ce que je craignais : Lant est incapable de travailler discrètement. Quand je lui ai annoncé que j'allais mettre fin à son apprentissage et lui trouver une position qui lui convienne mieux, je ne m'attendais pas à le voir aussi bouleversé ; il nous a implorés, Romarin et moi, de lui accorder une seconde chance, et j'ai accepté en sachant que c'était une erreur. Je dois m'attendrir du cœur et m'affaiblir de l'esprit car, naturellement, ce n'était pas un cadeau à lui faire. Nous avons continué à le former aux compétences physiques et aux connaissances nécessaires ; il est très agile des doigts et des mains, excellent aux tours de passe-passe, mais pas aussi prompt à se rappeler les recettes qu'il faut être capable d'employer en un clin d'œil. Pourtant, j'avoue avoir espéré qu'il suivrait mes traces.

Romarin nourrissait moins de doutes que moi et a proposé que nous lui soumettions un défi. Je lui ai ordonné de voler un objet, et il l'a fait ; Romarin lui a imposé un empoisonnement léger, avec pour cible un simple garde. Nous lui avons raconté que l'homme avait été soudoyé et qu'il espionnait pour le compte d'un aristocrate chalcédien. Pourtant, sur trois jours et avec quantité d'occasions de passer à l'action, Lant n'a pas réussi à exécuter sa mission : tuer un homme était au-dessus de ses forces. Je me suis

retenu de lui révéler que le « poison » n'était qu'une épice fine-
ment moulue qui n'aurait fait aucun mal à sa victime. Je me
réjouis que nous l'ayons mis à l'épreuve sur un sujet qui ne repré-
sentait nulle menace pour personne.

Lant se rend compte à présent qu'il n'est pas fait pour ce métier.
À ma grande surprise, il a déclaré que peu lui importait de ne
pouvoir être mon apprenti tant qu'il ne perdait pas mon amitié !
Aussi, pour faciliter la transition, je pense que je vais le garder
encore quelque temps à Castelcerf ; je veillerai à ce qu'il reçoive
l'instruction nécessaire pour devenir précepteur et l'entraînement
aux armes pour faire un bon garde du corps.

Tu es le seul à qui je puisse avouer ma profonde déception ;
j'étais tellement sûr d'avoir trouvé un digne successeur ! Heureuse-
ment, un autre candidat, une fille, a été repéré, et elle a entamé
sa formation. Elle paraît avoir des aptitudes, mais Lant en pré-
sentait aussi. Nous verrons. Je te dis tout cela, naturellement,
avec la plus grande confiance dans ta discrétion. Quand je songe
que je t'ai inculqué de ne jamais coucher ce genre de détails par
écrit ! C'est aujourd'hui la seule garantie que personne d'autre de
notre clan ne saura ce que je pense. Les temps ont bien changé.

Manuscrit anonyme et sans adresse

Ah, que ne découvrons-nous pas, que n'apprenons-nous
pas trop tard ? Pires sont les secrets qui n'en sont pas, les
peines que nous éprouvons mais n'avouons pas aux autres.

Abeille n'était pas l'enfant que nous avions espéré. Je cachai
ma déception à Molly, et je pense qu'elle en fit autant pour
moi. Les mois passèrent lentement, puis l'année, et je ne
voyais aucune progression des capacités de notre fille. Molly
ne laissait personne d'autre s'occuper d'elle, et sa douleur
muette la vieillissait physiquement et mentalement. Je voulais
l'aider, mais l'enfant évitait manifestement mon contact. Pendant quelque temps, je sombrai dans des ténèbres de l'esprit,
perdis l'appétit et l'envie d'agir ; mes journées s'achevaient par
des migraines tonitruantes et des douleurs d'estomac, je me
réveillais la nuit et n'arrivais pas à me rendormir, taraudé

d'angoisse pour l'enfant. Notre bébé restait un bébé, petit et passif, et l'empressement d'Umbre à prévoir son éducation et son futur mariage devenait un souvenir doux-amer. Naguère, c'était un espoir que nous pouvions nourrir, mais le temps qui passait nous dépouillait de ces rêves.

Je ne me rappelle plus quel âge avait Abeille quand Molly craqua et se mit à pleurer dans mes bras. « Je regrette, je regrette tellement ! s'exclama-t-elle, et il me fallut un moment pour comprendre qu'elle se rendait responsable de notre petite simple d'esprit. J'étais trop vieille, poursuivit-elle en sanglotant, et elle ne sera jamais normale. Jamais, jamais, jamais !

— Ne mettons pas la charrue devant les bœufs », répondis-je avec un calme que je n'éprouvais pas. Pourquoi nous étions-nous caché nos peurs ? Peut-être parce que les partager, comme elle le faisait maintenant, les rendait plus réelles. Je tâchai de les réfuter. « Elle est en bonne santé », poursuivis-je alors que Molly sanglotait. Je courbai le cou pour lui murmurer à l'oreille : « Elle mange bien, elle dort, sa peau est lisse, ses yeux clairs ; elle est petite et peut-être lente, mais elle grandira et...

— Tais-toi, supplia-t-elle d'une voix éteinte. Tais-toi, Fitz. » Elle s'écarta de moi et me regarda. Les mèches de cheveux collées à son visage par ses larmes lui faisaient un voile de veuve. Elle renifla. « Jouer la comédie n'y changera rien. Elle est simple d'esprit, et pas seulement : elle est faible physiquement. Elle ne se retourne pas et ne redresse pas la tête ; elle n'essaie même pas. Elle reste couchée dans son berceau à regarder dans le vide ; c'est à peine si elle pleure. »

Que répondre ? Elle avait donné naissance à sept enfants sains ; Abeille était le premier nourrisson auquel j'avais affaire.

« Est-elle vraiment si différente de ce qu'elle devrait être ? » demandai-je avec un sentiment d'impuissance.

Molly acquiesça lentement de la tête. « Et pour toujours.

— Mais c'est notre fille, objectai-je avec douceur. C'est notre Abeille ; c'est peut-être son destin d'être ainsi. »

Je ne me rappelle plus quel sens je voulais donner à ces mots, mais je sais que je ne méritais pas le brusque sanglot de Molly ni l'étreinte dans laquelle elle me prit en disant d'une voix étouffée : « Alors, tu n'es pas déçu d'elle ? Tu n'as pas honte d'elle ? Tu peux encore l'aimer ? Tu m'aimes encore ?

— Bien sûr ; bien sûr, je vous aimerai toujours. » Et, même si je l'avais réconfortée par hasard plus qu'à dessein, je m'en réjouis.

Mais nous avions ouvert une porte impossible à refermer. Une fois reconnu que notre petite fille n'évoluerait sans doute jamais, nous dûmes en parler. Toutefois, nous n'en discutâmes pas devant les domestiques ni à la lumière du jour, mais la nuit, dans notre lit, avec notre enfant qui nous blessait si profondément endormi dans son berceau près de nous, car, si nous pouvions reconnaître le fait, nous ne pouvions l'accepter. Molly accusait son lait et tâcha de nourrir la petite au lait de vache, puis de chèvre, sans guère de succès.

Je ne m'expliquais pas l'état physique d'Abeille. J'avais soigné bon nombre de jeunes animaux dans ma vie, mais je n'en avais connu aucun qui eût de l'appétit, dormît bien, parût en bonne santé, et ne grandît pas. J'essayai de l'inciter à bouger ses membres mais je m'aperçus rapidement qu'elle ne voulait aucun contact de ma part. Placide et calme laissée à elle-même, elle refusait de croiser mon regard quand je me penchais sur son berceau ; si je la prenais, elle s'écartait de moi et, de toutes ses maigres forces, s'évertuait à se jeter à bas de mes bras. Si je persistais à la tenir, à lui plier les jambes et les bras, ses pleurs se muaient promptement en cris furieux. Molly finit par m'implorer de cesser car elle craignait que je ne fisse mal à la petite, et je cédai bien que mon Vif ne me transmît nulle sensation de douleur chez Abeille, mais seulement de l'inquiétude. Inquiétude que son père voulût la tenir dans ses bras ; comment exprimer la souffrance que j'en éprouvais ?

Les domestiques avaient manifesté d'abord de la curiosité à l'égard d'Abeille puis de la pitié. C'est tout juste si Molly ne feulait pas en les voyant, et elle s'occupait seule de la petite ; elle refusait d'admettre devant eux qu'elle était anormale, mais, tard le soir, ses inquiétudes devenaient plus noires. « Que deviendra-t-elle quand je ne serai plus là ? me demanda-t-elle un jour.

— Nous prendrons des dispositions pour elle, affirmai-je, mais elle secoua la tête.

— Les gens sont cruels ; en qui pourrions-nous avoir assez confiance ?

— Ortie ? »

Elle secoua de nouveau la tête. « Dois-je sacrifier la vie d'une fille pour en faire la tutrice de l'autre ? » fit-elle, et je ne sus quoi répondre.

Quand on est déçu depuis trop longtemps, l'espoir devient l'ennemi. On ne peut être jeté à terre qu'après en avoir été soulevé, et j'appris à éviter d'espérer ; quand, dans la seconde année d'Abeille, Molly commença de me dire qu'elle gagnait en vigueur et se redressait plus facilement, je hochai la tête et souris, mais mon enthousiasme s'arrêta là. Toutefois, à la fin de la deuxième année, elle était capable de se retourner, et, peu après, elle apprit à tenir assise sans soutien. Elle grandissait mais restait petite pour son âge. À trois ans, elle sut ramper puis se lever et demeurer debout. Dans sa quatrième année, elle avançait à pas branlants, et c'était un spectacle insolite de voir marcher un enfant aussi minuscule. À cinq ans, elle trottait partout derrière sa mère ; elle faisait ses dents et émettait des gargouillis que seule Molly savait interpréter.

Elle se passionnait pour les choses les plus singulières : la texture d'un tissu ou le vent agitant une toile d'araignée attirait son attention, et alors elle agitait éperdument les mains en s'exclamant dans un baragouin incompréhensible. De temps en temps, un mot jaillissait de ses lèvres au milieu d'un chapelet de borborygmes, et il était à la fois exaspérant et attendrissant d'entendre Molly lui parler en tenant sa part d'une conversation imaginaire.

Abeille restait entre nous deux. Ses frères ne venaient plus la voir aussi souvent, retenus chez eux par leur métier et leurs familles qui s'agrandissaient ; ils passaient quand ils en avaient la possibilité, c'est-à-dire rarement, et, s'ils se comportaient avec bienveillance à l'égard de leur sœur, ils se rendaient compte que s'apitoyer sur son sort ne servait à rien : elle serait ce qu'elle serait. Ils voyaient que Molly paraissait satisfaite et ne s'inquiétaient peut-être pas davantage de cet enfant qui apportait du réconfort à leur mère vieillissante.

Heur, mon fils adoptif, s'en venait et s'en repartait au gré de ses errances de ménestrel. Il arrivait le plus souvent pendant les mois les plus froids pour passer une lunaison avec nous ; il chantait, jouait du biniou, et Abeille était l'auditrice la plus avide dont il pût rêver. Bouche bée, elle ne le quittait pas de ses yeux bleu clair, et elle regimbait à aller se coucher s'il ne l'accompagnait pas à sa chambre pour lui jouer un air lent et doux jusqu'à ce qu'elle s'endormît. C'est peut-être pour cela qu'il l'acceptait telle qu'elle était, et, en visite, il lui apportait toujours un petit cadeau, comme un collier de perles aux couleurs vives ou une écharpe moelleuse brodée de roses.

De tous, c'est Ortie qui venait le plus fréquemment dans ces années-là. Je voyais qu'elle avait envie de tenir sa sœur dans les bras, mais Abeille réagissait à son contact comme au mien, si bien qu'elle devait se contenter de rester à côté d'elle, incapable de s'en occuper.

Un soir très tard, alors que je quittais mon bureau privé, mes pas m'amenèrent près de la porte de la chambre d'Abeille. Je vis de la lumière par l'entrebâillement et m'arrêtai, pensant que la petite était peut-être malade et que Molly la veillait ; mais, quand je regardai, je vis non Molly mais Ortie assise près du berceau, penchée sur sa sœur avec une expression de regret tragique. Elle parlait tout bas. « Pendant des années j'ai rêvé d'avoir une sœur ; j'aurais partagé mes envies avec elle, nous nous serions fait des tresses, nous aurions échangé des taquineries à propos des garçons, nous aurions fait de longues promenades ensemble. Je pensais que je t'apprendrais à danser, que nous aurions nos petits secrets, que nous nous ferions à manger le soir tard, quand tout le monde dormirait.

Et te voici enfin ; mais rien de ce que j'ai imaginé ne se réalisera, n'est-ce pas ? Cependant, je te fais une promesse, petite Abeille : quoi qu'il arrive à nos parents, je m'occuperai toujours de toi. » Et mon Ortie enfouit son visage dans ses mains en sanglotant. Elle pleurait la sœur à laquelle elle aspirait tout comme je regrettais la petite fille parfaite dont j'avais rêvé. Comme je ne voyais rien qui pût nous consoler l'un et l'autre, je m'éloignai sans bruit.

Depuis sa naissance, Abeille ne quittait pas sa mère, dans un porte-bébé, sur la hanche de Molly ou derrière elle, la démarche mal assurée, et je me demandais parfois si Molly craignait de la laisser seule. Quand elle vaquait à ses besognes habituelles, qui allaient des instructions aux domestiques au travail sur ses ruches, la récolte du miel et la fabrication de bougies, tâches qu'elle avait encore l'air d'apprécier, Abeille était avec elle, la regardait et l'écoutait. Maintenant que la petite avait découvert qu'elle pouvait produire des sons, Molly redoublait d'efforts ; au lieu de s'exprimer d'une voix chantante avec des mots rudimentaires comme j'entendais les servantes le faire dans les rares occasions où elles s'adressaient à Abeille, elle lui expliquait gravement chaque aspect de son labeur, comme si Abeille pouvait un jour avoir besoin de savoir enfumer une ruche, filtrer de la cire chaude, polir de l'argent ou faire un lit. Et la petite, à sa façon simple, reflétait la gravité de sa mère, observait ce qu'elle lui montrait et lui répondait dans son babil impénétrable. J'en fis l'expérience effrayante un jour d'été quand je cherchai Molly et la trouvai en train de s'occuper de ses ruches ; avec les années, je m'étais habitué à la voir parfaitement calme alors que les abeilles lui enveloppaient les bras comme des manchons ; ce à quoi je ne m'attendais pas, c'était à découvrir la petite près d'elle, un seau entre les mains et couverte d'abeilles, un sourire béat sur les lèvres et les yeux mi-clos. De temps en temps, un léger rire lui échappait et elle s'agitait comme si les insectes velus la chatouillaient. « Molly... » fis-je à mi-voix, car mon épouse était si absorbée dans son travail qu'elle n'avait peut-être pas remarqué ce qui arrivait à notre enfant.

Elle se tourna lentement pour ne pas blesser ses butineuses.

« La petite, murmurai-je d'un ton angoissé. Elle est couverte d'abeilles.

Elle baissa les yeux et un sourire apparut sur son visage. « Abeille ! Tu t'occupes des ruches avec moi ? »

L'enfant la regarda et baragouina quelque chose. Molly éclata de rire. « Elle va bien, mon amour ; elle n'a pas peur. »

Mais moi si. « Abeille, viens ; viens voir papa », lui dis-je d'un ton cajoleur. Ses yeux se fixèrent derrière moi ; elle ne croisait jamais mon regard de façon volontaire. Elle tint un discours incompréhensible à sa mère.

« Elle va bien, mon chéri ; elle dit que tu t'inquiètes parce que tu ne connais pas les abeilles aussi bien qu'elle et moi. Pars devant ; nous allons bientôt te suivre. »

Je les quittai et passai une heure d'angoisse dans mon bureau. Ma fille avait-elle le Vif, et un enfant doué du Vif pouvait-il se lier à un essaim d'abeilles ? *Ne dis pas de bêtises*, fit le loup en moi d'un ton dédaigneux ; il l'eût senti si cela avait été le cas. Je ne pouvais que l'espérer.

Une nouvelle année s'écoula, et Abeille grandissait lentement. Notre vie changea, car Molly concentrait ses jours sur notre fille, et je gravitais autour d'elles en m'étonnant de ce qu'elles partageaient. À sept ans, Abeille apportait une aide réelle à sa mère, à sa façon simple. Je voyais que Molly devenait plus lente et sentait le poids des ans ; notre fille ramassait ce que laissait tomber sa mère, récoltait les herbes que Molly lui désignait ou allait lui chercher les objets placés tout en bas des étagères de la salle de couture.

L'air d'un petit becqueteux, elle suivait sa mère partout et l'assistait dans la mesure de ses capacités. Molly avait fait teindre la laine la plus douce dans des couleurs vives autant pour faire plaisir à Abeille que pour la rendre facile à repérer dans les hautes herbes des prairies. À sept ans, elle arrivait à peine à la taille de Molly ; ses yeux bleu clair et sa blondeur lui donnaient une expression perpétuellement surprise, et ses boucles indisciplinées ajoutaient à l'impression ; elles formaient des nœuds indémêlables à la plus légère brise et poussaient si lentement que sa mère désespérait qu'elle eût un jour l'air d'une fille. Quand enfin ses mèches descendirent jusqu'à ses épaules en un brouillard de fines bouclettes, elles étaient si légères que Molly dut les mouiller pour les peigner et les natter dans son dos. Elle vint me montrer ma petite fille vêtue d'une tunique jaune et de chausses vertes semblables à celles que Molly et moi portions enfants ; je souris en la voyant et dis : « Voilà le plus petit guerrier que j'aie jamais vu ! » car les soldats de Cerf portaient toujours une queue-de-cheval. À ma grande surprise, Abeille eut un glapissement ravi.

Les jours passaient ainsi, Molly follement heureuse de notre enfant singulier et moi de son plaisir. Malgré son âge, elle jouait comme une enfant avec Abeille, la soulevait et la jetait en l'air ou, faisant fi de toute prudence, la pourchassait parfois jusque dans les parterres proprets de fleurs et de simples du jardin de Patience. Elles tournaient et tournaient jusqu'à ce que Molly eût la respiration sifflante et se mît à tousser, hors d'haleine ; Abeille s'arrêtait alors, revenait auprès de sa mère et la regardait avec une affection inquiète. Par moments, je rêvais de me joindre à leurs jeux, de bondir sur ma petite et de rouler avec elle dans l'herbe pour l'entendre rire aux éclats ; mais je savais que ce n'était pas la réaction que j'obtiendrais.

Car, malgré l'assurance de Molly que notre enfant ne me détestait pas, Abeille restait distante avec moi. Elle s'approchait rarement de moi, et, si je m'asseyais près d'elle pour admirer son ouvrage de broderie, elle voûtait les épaules et se détournait légèrement. Elle évitait mon regard. Parfois, quand elle s'endormait à côté de Molly dans son fauteuil, je la prenais pour la coucher dans son lit, mais, à mon contact, endormie ou éveillée, elle se raidissait puis se tordait comme un poisson hors de l'eau pour m'échapper, et je devais batailler pour la déposer en sécurité ; au bout de quelques tentatives, je renonçai à la toucher, et je crois que Molly fut soulagée quand je me pliai à la volonté de notre fille.

Elle veillait donc à tous les besoins personnels d'Abeille : elle lui apprenait à se laver et à tenir sa chambre en ordre dans la mesure de ses capacités ; elle lui avait fait bâtir un lit à sa taille et fabriquer des draps et des couvertures à l'avenant, et la petite avait pour consigne de ranger ses jouets et de tout faire elle-même comme un enfant de paysan, ce que j'approuvais.

Elle lui enseignait aussi à cueillir dans les bois les champignons, les fruits et les herbes qui ne poussaient pas dans nos potagers. Je les trouvais ensemble dans les jardins et dans les serres, occupées à ôter les chenilles des feuilles ou à récolter des simples pour les faire sécher ; je passais devant l'atelier de Molly et je voyais Abeille sur la table, tenant une mèche verticale pendant que sa mère versait délicatement la cire chaude ; elles filtraient le miel doré et l'enfermaient dans de petits pots ventrus pour nos sucreries de l'hiver.

Elles formaient une parfaite unité, et je songeais que, si Abeille n'était pas l'enfant dont j'avais rêvé, elle était idéale pour Molly, d'une dévotion totale à sa mère et attentive à ses changements d'expression. Si, par leur proximité, elles me laissaient à l'extérieur, je m'efforçais de ne pas leur en vouloir. Molly méritait le bonheur que lui procurait son enfant.

Je me satisfaisais de rester à la périphérie de leur monde comme un insecte derrière une vitre, attiré par la chaleur et la lumière. Progressivement j'abandonnai mon bureau privé pour transférer mon travail de traduction dans la chambre où Abeille était née. À son septième anniversaire, je passais quasiment toutes mes soirées dans l'éclairage chaleureux de cette pièce ; la flamme dansante des bougies de Molly embaumait l'air d'un parfum de bruyère, de lavande, de sauge ou de rose, suivant son humeur. La mère et la fille exécutaient des ouvrages de couture simples pendant que Molly chantait doucement de vieilles comptines qui enseignaient le savoir des plantes, des abeilles, des champignons et des fleurs.

Un soir, j'étais à mon travail, le feu crépitait délicatement et Molly fredonnait en brodant le col d'une chemise de nuit rouge pour Abeille quand je me rendis compte que cette dernière avait cessé de trier des écheveaux de fil pour sa mère et s'était approchée de ma table. Je pris grand soin de ne pas me tourner vers elle ; c'était comme si un oiseau-mouche voletait à côté de moi. Jamais elle n'était venue aussi près de son plein gré, et je craignais de la faire fuir en la regardant. Je poursuivis donc ma laborieuse reproduction de l'illustration d'un vieux manuscrit sur les propriétés de la morelle et des plantes apparentées ; l'auteur affirmait qu'une branche de cette famille qui poussait dans les régions désertiques donnait des fruits rouges comestibles. Concernant une plante aussi toxique, cette assertion me laissait sceptique, mais je recopiais tout de même le texte et imitais de mon mieux le dessin des feuilles, des fleurs en étoile et des fruits pendants. J'avais commencé à peindre les fleurs en jaune, et je supposai que c'était ce qui avait attiré Abeille. Je l'écoutai respirer par la bouche et pris conscience que Molly ne fredonnait plus ; je n'eus pas besoin de tourner la tête pour savoir qu'elle observait notre enfant avec la même curiosité que moi.

Une main menue se posa sur le bord de ma table et s'avança lentement vers la page sur laquelle je travaillais. Je feignis de ne rien voir, plongeai mon pinceau dans l'encrier et ajoutai un pétale jaune. Tout bas, comme une casserole qui mijote sur le feu, Abeille murmura quelque chose. « Jaune, dis-je comme si j'étais Molly faisant semblant de comprendre sa pensée. Je peins la petite fleur en jaune. »

Nouveau mitonnement chuchotant, cette fois un peu plus, avec un accent implorant.

« Vert », dis-je. Je pris la fiole d'encre et la lui montrai. « Les feuilles seront de ce vert sur les bords, et je mélangerai du jaune et du vert pour le milieu ; pour les nervures, ce sera du vert et du noir. »

La petite main tâtonna au coin de ma feuille puis le saisit et tira. « Doucement ! m'exclamai-je, ce qui me valut une cascade de borborygmes suppliants.

— Fitz, intervint Molly d'un ton de doux reproche, elle te réclame du papier ; et aussi une plume et de l'encre. »

Je me tournai vers elle. Elle soutint calmement mon regard, les sourcils haussés, l'air de se demander comment je pouvais me montrer aussi stupide ou aussi peu logique. Le ton joyeusement affirmatif du babil d'Abeille parut confirmer ses dires. Je baissai les yeux sur elle ; elle leva le visage et regarda derrière moi mais ne chercha pas à reculer. « Du papier, fis-je, et je pris sans hésiter une feuille parmi celles de la meilleure qualité que m'avait fait parvenir Umbre. Une plume. » C'en était une que je venais de tailler. « Et de l'encre. » Je fis glisser vers elle un petit récipient d'encre noire, et je posai la feuille et la plume sur le bord de la table. Elle se tut un moment, puis elle bougea les lèvres et pointa un minuscule index vers moi avec un trille.

« De l'encre de couleur », précisa Molly, et Abeille eut un frétillement ravi. Je rendis les armes.

« Alors, il va falloir que nous partagions », dis-je. Je tirai une chaise à l'autre bout de la table, la garnis d'un coussin puis disposai les affaires d'Abeille à portée de ses mains. Elle grimpa sur son trône avec une promptitude qui m'étonna.

« Tu trempes juste la pointe de la plume dans l'encrier… » Je m'interrompis : j'avais cessé d'exister dans son univers. Toute son attention se portait sur la plume qu'elle enduisit soigneusement d'encre puis posa sur le papier. Je la suivis des yeux, pétrifié ; manifestement, elle m'observait depuis quelque temps. Je m'attendais à ce qu'elle trempât trop l'ustensile et répandît de l'encre partout sur la feuille, mais non : sa petite main se déplaçait avec précision.

L'exercice ne se faisait pas sans taches ni bavures ; on ne se sert pas correctement d'une plume dès la première fois. Mais l'image qui apparaissait était complexe et nette. En silence, elle chaparda mon chiffon, essuya sa plume, puis elle souffla sur l'encre noire pour la faire sécher et s'appropria les encres jaune et orange. Je la regardais, suspendu à ses gestes, et me rendis à peine compte que Molly s'était rapprochée. Une abeille, de la taille de l'insecte vivant, émergea sur le papier. Vint un moment où l'enfant poussa un grand soupir de satisfaction, comme si elle avait achevé un repas idéal, et s'écarta de son œuvre. J'examinai sans bouger les antennes délicates, les ailes semblables à des vitraux et les rayures jaune vif teinté d'orange.

« C'est son nom, n'est-ce pas ? » murmurai-je à Molly.

Cette fois, Abeille me lança un coup d'œil puis se détourna, manifestement agacée. Elle attira la feuille à elle comme pour m'empêcher de la regarder et se pencha sur elle. La plume visita de nouveau l'encre noire puis parcourut soigneusement le papier. Je me tournai vers Molly qui arborait un sourire à la fois fier et entendu, puis j'observai l'enfant en retenant mon souffle jusqu'à ce qu'elle se redressât. Sur la feuille, en lettres soigneusement dessinées qui imitaient l'écriture de Molly, était écrit « Abeille ».

J'étais bouche bée, mais je ne m'en rendis compte qu'au moment où Molly me la referma de l'index. Mes yeux se brouillèrent. « Elle sait écrire ?

— Oui. »

J'inspirai longuement et tins la bride à mon enthousiasme. « Mais seulement son prénom. Sait-elle que ce sont des lettres, qu'elles ont un sens ? »

Molly poussa un soupir agacé. « Naturellement. Crois-tu, Fitz, que je négligerais son éducation comme la mienne l'a été ? Elle lit avec moi et elle reconnaît les lettres ; mais c'est la première fois que je la vois prendre la plume pour écrire. » Son sourire trembla un peu. « À vrai dire, je suis presque aussi étonnée que toi ; connaître le dessin d'une lettre, ce n'est pas du tout comme le reproduire. Franchement, je ne me débrouillais pas aussi bien qu'elle quand j'ai appris moi-même. »

Abeille ne nous prêtait nulle attention : un sarment de chèvrefeuille avait commencé à sortir de sa plume.

Je n'écrivis pas davantage cette nuit-là ; je remis toutes mes encres et mes meilleures plumes à ma petite fille et la laissai couvrir des dizaines de feuilles de mon meilleur papier de fleurs, d'herbes, de papillons et d'autres insectes. Il m'eût fallu avoir la plante d'origine devant les yeux pour la reproduire avec précision ; elle, elle en tirait l'image de son souvenir et la capturait sur la feuille.

Ce soir-là, j'allai me coucher soulagé. Je n'étais pas du tout convaincu qu'Abeille comprît les concepts de lettre, de lecture ou d'écriture ; j'avais vu quelqu'un qui avait la capacité de reproduire ce qu'il avait observé, même sans le modèle devant soi, et c'était en soi un talent assez rare pour me donner de l'espoir. Cela me faisait penser à Lourd, doué d'une puissance prodigieuse dans l'Art alors qu'il ignorait en partie ce qu'il faisait quand il l'utilisait.

Cette nuit-là, au lit avec Molly tiède près de moi, j'eus le rare plaisir de tendre mon Art et de tirer Umbre d'un profond sommeil. *Quoi ?* fit-il d'un ton de reproche.

Vous vous rappelez les manuscrits sur les plantes que nous a vendus un marchand des îles aux Épices et que nous avons mis de côté parce que je n'étais pas capable de les copier ? Tout rongés sur les bords et qui pourraient être d'origine Ancienne ?

Bien sûr. Eh bien ?

Envoyez-les-moi avec une solide réserve de papier. Ah, et un jeu de pinceaux en poil de lapin. Vous reste-t-il de l'encre violette des îles aux Épices ?

Sais-tu combien elle coûte, mon garçon ?

Oui. Et je sais aussi que vous en avez les moyens si elle est bien utilisée. Faites-m'en parvenir deux bouteilles.

Avec un sourire, je fermai mon esprit au déluge de questions qui m'assaillit. Elles crépitaient encore contre mes murailles quand je m'endormis.

10

MA PROPRE VOIX

C'est le rêve que je préfère. Je l'ai fait une fois. J'ai essayé
de le faire revenir mais ça ne marche pas.

Deux loups qui courent.

*C'est tout. Ils courent sous la lune, franchissent un versant et
s'enfoncent dans une forêt de chênes ; comme il n'y a pas beaucoup
de taillis, ils ne ralentissent pas. Ils ne sont pas en train de chasser : ils courent, simplement, en savourant la souplesse de leurs
muscles et l'air frais dans leur gueule ouverte. Ils ne doivent rien
à personne ; ils n'ont pas de décisions, pas de devoirs, pas de roi.
Ils ont la nuit et la course, et ils n'ont besoin de rien d'autre.*

J'aimerais me suffire ainsi à moi-même.

Journal de mes rêves, Abeille Loinvoyant

Je libérai ma langue quand j'avais huit ans. Je me rappelle
très bien ce jour.

Heur, mon frère adoptif qui est plutôt un oncle pour moi,
nous avait fait une brève visite la veille. Il ne m'avait pas
apporté un flûtiau, un chapelet de perles ni aucun petit objet
comme lors de ses passages précédents ; non, cette fois c'était
un paquet mou emballé dans un tissu rêche et marron. Il le
déposa sur mes genoux et, comme je regardais le colis sans

savoir quoi faire, ma mère prit son petit couteau de ceinture, coupa le fil et défit l'emballage.

Elle révéla un corsage rose, une veste en dentelle et une jupe rose à volants ! Je n'avais jamais vu de tels vêtements. Il expliqua à ma mère, en caressant la veste, qu'ils venaient de Terrilville ; les manches étaient longues et larges, la jupe couverte de dentelle rose reposait sur un coussin de jupons. Ma mère les plaça sur moi et, miracle ! ils étaient apparemment à ma taille.

Le lendemain matin, elle m'aida à les essayer et resta le souffle court quand la ceinture de tissu fut nouée. Elle m'obligea alors à demeurer immobile pendant qu'elle s'efforçait de mettre un peu de discipline dans ma tignasse. Enfin, quand nous descendîmes prendre le petit déjeuner, elle ouvrit la porte et me fit entrer comme si j'étais une reine. Mon père haussa les sourcils, stupéfait, alors que Heur poussait une exclamation enthousiaste. Je mangeai avec prudence en supportant le frottement rêche de la dentelle et en veillant à ne pas faire tremper mes manches dans mon assiette ; je portai bravement le poids de ma tenue pendant qu'à l'entrée de la résidence nous souhaitâmes bon voyage à Heur, puis, attentive à préserver ma splendeur, je me rendis aux jardins des cuisines et m'assis sur un banc. Je me sentais magnifique. J'arrangeai ma jupe rose et tâchai de lisser mes cheveux, et, quand Orme et Pré sortirent avec des seaux pleins de déchets de légumes pour les déverser dans le poulailler, je leur fis un sourire.

Pré détourna les yeux, l'air gêné, et Orme me tira la langue. Mon cœur se serra ; j'avais cru bêtement que ma tenue étonnante me vaudrait leur considération, car j'avais entendu dire à plusieurs reprises, comme le souhaitait Orme, que j'étais « vêtue comme un garçon boucher » lorsque je portais ma tunique et mes chausses habituelles. Après leur départ, je restai un moment à m'efforcer de comprendre leur réaction, puis un banc de nuages bas obscurcit le soleil et je ne supportai soudain plus le frottement de mon col en dentelle.

Je cherchai ma mère et la trouvai occupée à filtrer de la cire. Je me plantai devant elle et soulevai ma jupe rose et mes jupons. « Trop lourd. » Elle me conduisit dans ma chambre et m'aida à me dévêtir pour mettre des chausses vert sombre, une tunique d'un vert plus clair et des bottes en cuir souple. J'étais parvenue à une décision ; j'avais fini par comprendre ce que je devais faire.

Je savais depuis toujours qu'il y avait d'autres enfants à Flétrybois. Les cinq premières années de mon existence, j'étais si petite et si intimement liée à ma mère que je n'avais guère eu de rapports avec eux ; je les voyais en passant quand ma mère traversait les cuisines avec moi dans les bras ou lorsque je trottais sur ses talons dans les couloirs. C'étaient les fils et les filles des domestiques, destinés à faire partie de Flétrybois et à grandir près de moi, même s'ils croissaient beaucoup plus vite que moi. Certains étaient assez âgés pour occuper déjà certaines fonctions, comme Orme et Pré, filles de cuisine, et Caramel, marmiton ; je savais que d'autres prêtaient la main dans les poulaillers, les enclos à moutons et les écuries, mais je les croisais rarement. Il y avait aussi les nourrissons et les très jeunes enfants, trop petits pour qu'on leur confiât des tâches et pour qu'on les séparât de leurs mères ; certains étaient de la même taille que moi, mais trop bébés pour retenir mon intérêt. Orme avait un an de plus que moi, Pré un de moins, mais toutes deux me dépassaient d'une tête ; elles avaient grandi dans les garde-manger et les cuisines de Flétrybois, et elles partageaient l'opinion de leurs mères sur moi. Quand j'avais cinq ans, elles affichaient envers moi une tolérance compatissante.

Mais, deux ans plus tard, compassion et tolérance avaient disparu. De moindre taille qu'elles, j'étais néanmoins plus compétente dans les tâches que ma mère me confiait ; mais, comme je ne parlais pas, elles me croyaient idiote. J'avais appris à me taire devant tout le monde hormis ma mère ; les enfants mais aussi les domestiques se moquaient de mes balbutiements et me montraient du doigt quand ils pensaient que je ne les voyais pas, et j'étais convaincue que les gamins tenaient leur répulsion envers moi de leurs parents. Malgré mon jeune âge, je comprenais instinctivement ce que craignaient ces derniers : que ma singularité ne déteignît sur leurs rejetons s'ils me fréquentaient.

À la différence de leurs aînés, les enfants m'évitaient sans dissimuler leur aversion. Je les regardais jouer de loin, mourant d'envie de me joindre à eux, mais, dès que je m'approchais, ils ramassaient leurs poupées de son, dispersaient leur pique-nique de glands et de fleurs et s'enfuyaient, et, même si je les poursuivais, ils me distançaient aisément ou grimpaient dans des arbres dont je n'atteignais pas les branches basses. Si je m'accrochais trop à leurs basques, ils se retiraient simplement dans les cuisines, dont les grandes personnes me faisaient souvent ressortir en disant d'un ton affable : « Voyons, maîtresse Abeille, allez jouer là où vous ne craignez rien ; ici, vous allez vous faire marcher dessus ou ébouillanter. Allons, dehors ! » Pendant ce temps, Orme et Pré faisaient des mines et me chassaient du geste derrière les jupes de leurs mères.

J'avais peur de Caramel. Il avait neuf ans et il était plus grand et plus massif que les deux filles. Chargé des viandes, il apportait aux cuisines les volailles fraîchement décapitées et les agneaux égorgés et dépecés. Il me paraissait gigantesque, et il manifestait son aversion pour moi à la manière des garçons, avec franchise et sans prendre de gants. Un jour, alors que je suivais les enfants vers la rivière où ils devaient lancer dans le courant des bateaux en coque de noix, il s'en prit à moi et me jeta des pierres jusqu'à ce que je m'enfuisse ; il avait une façon de prononcer « Abeille » qui en faisait une insulte et un synonyme d'idiote. Les deux filles n'osaient pas renchérir sur ses moqueries, mais elles ne se privaient pas de les savourer.

Si j'avais prévenu ma mère, elle eût à son tour prévenu mon père, et les enfants eussent certainement été mis à la porte de Flétrybois. Je me taisais donc. Malgré leur antipathie et leur mépris, je mourais d'envie de les fréquenter ; certes, je ne pouvais pas participer à leurs jeux, mais je pouvais les observer et apprendre à jouer : grimper aux arbres, faire voguer des coques de noix avec une feuille en guise de voile, faire des concours de saut, de saut à la corde, de culbute, inventer des chansons moqueuses, attraper des grenouilles... toutes ces choses que les enfants apprennent les uns des autres. Je regardais Caramel marcher sur les mains, et, seule dans ma chambre, je me faisais des bleus jusqu'à ce que je parvinsse à traverser la pièce sans tomber ; je n'avais pas pensé à demander une toupie avant de voir la rouge de Caramel ; de loin, j'appris à siffler par le seul mouvement de mes lèvres ou à l'aide d'un brin d'herbe coincé entre les pouces ; je me cachais et attendais qu'ils fussent partis pour tenter de me balancer au bout d'une corde ou m'aventurer dans une charmille secrète confectionnée avec des branches mortes.

Je pense que mon père soupçonnait de quelle manière je passais mon temps. Quand ma mère lui fit part de mon désir, il m'acheta non seulement une toupie mais aussi un pantin articulé, petit acrobate fixé sur deux baguettes avec un fil pour le suspendre. Le soir, alors que je m'amusais avec ces jouets simples, il m'observait, les paupières mi-closes, et je sentais dans son regard la même envie que j'éprouvais en voyant les autres enfants jouer.

J'avais l'impression d'être une voleuse quand je les espionnais, et ils partageaient ce sentiment car, chaque fois qu'ils me surprenaient, ils me chassaient avec des cris et des insultes ; Caramel était le seul qui osât me jeter des cônes de pin et des glands, mais les autres poussaient des acclamations quand il me touchait. Mon silence et ma pusillanimité encourageaient leurs attaques.

Quelle erreur ! Mais en était-ce une ? Ne pouvant me joindre à eux, je les suivais et jouais là où ils s'étaient amusés après qu'ils avaient laissé la place libre. Il était un coin près de la rivière où les saules minces poussaient en taillis serré ; au début du printemps, les enfants entrelaçaient les arbrisseaux, qui en été formaient une tonnelle pleine d'ombre ; ils en faisaient leur maison où ils apportaient du pain et du beurre des cuisines et mangeaient dans des assiettes faites de grandes feuilles ; d'autres feuilles leur servaient de verres, enroulées de façon à contenir un peu d'eau de la rivière. Et là Caramel devenait sire Caramel, et les filles des dames avec des colliers de pissenlits d'or et de pâquerettes blanches.

J'avais follement envie de participer à ce jeu. J'avais cru me faire admettre dans leur cercle grâce à une robe de dentelle, mais je m'étais trompée ; aussi, ce jour-là, je les suivis discrètement et j'attendis qu'ils fussent rappelés par leurs corvées pour pénétrer dans leur royaume. Je m'assis sur leurs fauteuils en mousse et me fis du vent avec un éventail en fronde de fougère qu'Orme avait fabriqué et abandonné là. Ils avaient construit une petite couche avec des rameaux de sapin dans un coin, et, par cette chaude journée, je m'y allongeai ; le soleil dardait ses rayons mais les branches incurvées n'en laissaient passer que des mouchetures. Je fermai les yeux et regardai la lumière qui dansait sur mes paupières, baignée de l'odeur de résine et du doux arôme de la terre. Je dus m'endormir, et, quand je me réveillai, il était trop tard : les trois enfants se tenaient à l'entrée de l'abri et me regardaient. Je me redressai lentement, et alors, comme si le soleil était sorti de derrière les nuages, je me rappelai cette scène : je l'avais vue dans mes rêves, elle et les nombreux chemins qui pouvaient en émerger. Je ne savais plus quand j'en avais rêvé ; il me sembla soudain que c'était peut-être un rêve que je ferais plus tard. Ou un rêve de… Le rêve d'un carrefour, où des milliers de voies se croisaient. Je repliai les jambes puis me levai.

Je ne voyais pas les enfants, dissimulés par les rêves et les ombres. Je m'efforçai d'examiner les myriades de voies ; je sentais que l'une d'elles menait à quelque chose que je désirais de toute mon âme, mais laquelle ? Que devais-je faire pour l'emprunter ? Si j'en prenais une autre, je mourais. Là, ils se moquaient de moi ; là, ma mère accourait à mes cris ; et là…

Je ne devais pas forcer mais autoriser, laisser le chemin se former à partir des mots que j'essayais de prononcer et des lazzis que les enfants me lançaient. Un moment vint où j'eusse pu m'enfuir, mais j'étais trop effrayée pour bouger et je savais que seule cette voie conduisait là où je voulais. Les filles me tenaient et leurs ongles s'enfonçaient dans mes poignets minces au point que la chair rougit puis blanchit sous la pression ; elles me secouaient, et ma tête ballait si violemment d'avant en arrière que je voyais des éclairs de lumière. J'essayai de parler mais n'émis qu'un charabia inintelligible ; elles hurlèrent de rire et imitèrent mes borborygmes. Les larmes me montèrent aux yeux.

« Encore, Abeille ! Fais encore le dindon ! » Caramel me dominait de toute sa taille, si grand qu'il devait se courber pour tenir dans la tonnelle. Je le regardai et fis un signe de dénégation.

Il me gifla, durement. Une fois, et ma tête partit à gauche ; deux fois, de l'autre côté, et je compris que c'était ainsi que sa mère le frappait parfois, à grandes volées, à lui en faire sonner les oreilles. Lorsque le goût salé du sang envahit ma bouche, je sus que cela y était : j'étais sur le chemin. Il était temps de m'échapper et de fuir, fuir, fuir, parce que de ce point partaient d'innombrables voies qui me laissaient étendue par terre, irréparablement brisée. Je me dégageai donc de leur poigne et me frayai un chemin à travers les saules par un trou par lequel aucun d'entre eux ne pouvait passer ; je m'enfuis, non vers la maison, mais dans la partie sauvage de la forêt, et ils se lancèrent à ma poursuite ; cependant, avec ma petite taille, je pouvais courir pliée en deux et me faufiler par les sentiers des lapins et des renards. Et, quand ma fuite me menait par des ronciers denses et piquants, je m'enfonçais là où mes poursuivants étaient trop grands pour me suivre sans déchirer leurs vêtements et s'érafler la peau.

Au milieu d'un buisson d'églantier, je trouvai un creux d'herbe moelleuse protégé par un bouclier d'épines. Je m'y accroupis, tremblant de peur et de douleur. J'avais réussi, mais à quel prix ! Je les entendais crier et battre mon taillis avec des branches ; comme si j'allais faire la bêtise de quitter mon abri ! Ils me traitaient de vilains noms, mais ils ne pouvaient pas me voir ni être sûrs que j'étais toujours cachée là. Sans bruit, je baissai le visage pour laisser le sang s'échapper de mes lèvres ; il y avait une entaille qui allait du dessous de ma langue au plancher de ma bouche ; c'était douloureux et cela saignait beaucoup.

Plus tard, quand ils furent partis et que j'essayai de cracher le sang, cela fit encore plus mal. Ma langue ballait dans ma bouche comme un bout de cuir dans une vieille chaussure. Lorsque l'après-midi s'acheva et que les ombres s'approfondirent, je sortis en rampant de mon taillis d'épines et regagnai la maison par un long chemin détourné. J'y parvins au moment du dîner, et mes parents s'horrifièrent des bleus qui s'étendaient sur mes joues et de mon œil poché. Ma mère me demanda comment c'était arrivé, mais je secouai la tête sans même chercher à parler. Je mangeai peu ; ma langue ballottante me gênait, et je me mordis deux fois avant d'abandonner et de rester assise devant l'assiette qui me faisait tant envie. Les cinq jours suivants j'eus du mal à manger, et j'avais l'impression d'avoir en guise de langue un étrange objet qui cahotait dans ma bouche.

Et pourtant, pourtant, c'était la voie que j'avais choisie. Et, quand la douleur décrut, je fus étonnée de la liberté avec laquelle je pouvais remuer la langue. Seule dans ma chambre, alors que ma mère me croyait endormie, je m'exerçais à parler ; j'étais capable à présent de prononcer les sons qui m'échappaient jusque-là, l'attaque brutale et la fin nette des mots ; je ne parlais encore à personne, mais par choix, non par incapacité. Je commençai à m'adresser à ma mère avec une élocution plus claire, mais seulement à voix très basse ; pourquoi ? Parce que je redoutais le changement que j'avais opéré en moi. Déjà mon père me regardait différemment depuis que je savais tenir une plume, et je comprenais vaguement que les filles avaient osé s'en prendre à moi parce que ma robe rose proclamait un statut supérieur et immérité. Si je me mettais à parler en public, tout le monde s'écarterait-il de moi, les domestiques, la bonne Muscade et notre intendant compassé ? Je craignais que la parole n'accentuât encore l'ostracisme dont je souffrais. Je mourais d'envie d'être entourée ; ce devait être ma ruine.

J'eusse dû tirer la leçon de ce que j'avais vécu, mais je ne le fis pas. J'étais seule, et la solitude peut étouffer le bon sens et la dignité. L'été avançant, ma bouche guérit et je me remis à espionner les autres enfants. Tout d'abord, je gardai mes distances, mais je m'agaçai de les suivre de loin sans entendre ce qu'ils disaient ni voir ce qu'ils faisaient ; j'appris donc à les devancer et à grimper dans un arbre pour observer leurs jeux d'en haut. Je me croyais très maligne.

Cela ne pouvait que mal finir. Ce jour reste aussi vif qu'un rêve à ma mémoire. J'avais éternué, et les enfants m'avaient repérée entre les branches. Pendant un moment, coincée dans mon arbre, je dus subir un bombardement de glands et de cônes de pin de la part de Caramel, en m'estimant heureuse qu'il n'eût pas d'autres munitions sous la main. Pour finir, je montai plus haut, hors de sa portée, mais, si un arbre est assez mince pour qu'une gamine de petite stature l'escalade, il n'oppose guère de résistance à trois enfants vigoureux qui le secouent. Je m'accrochai de toutes mes forces à la cime qui battait puis je lâchai prise et décrivis une grande parabole avant de tomber à plat sur le dos. Le souffle coupé, sonnée, j'étais sans défense. Ils s'approchèrent de moi à pas lents, bouche bée, effarés.

« On l'a tuée ? » demanda Orme. J'entendis un hoquet terrifié de la part de Pré, et puis Caramel s'exclama, intrépide : « Eh bien, il n'y a qu'à s'en assurer ! »

Ces mots me tirèrent de la brume qui m'enveloppait. Je me relevai en titubant et m'enfuis ; ils me regardèrent, les yeux écarquillés, et je crus qu'ils allaient me laisser partir ; mais Caramel cria : « Attrapons-la ! » et ils s'élancèrent, avides comme des chiens de chasse sur la piste d'un lièvre. J'avais de petites jambes, ma chute m'avait laissée l'esprit confus, et ils clabaudaient sur mes talons. Je courais à l'aveuglette, la tête baissée, les mains sur la nuque pour me protéger des cailloux que Caramel lançait avec une précision croissante. Je n'avais pas fait exprès de prendre la direction du bâtiment d'agnelage ; je courais sans plus de bruit qu'un lapin, mais, quand une grande masse apparut soudain devant moi et que je me sentis soulevée de terre, je hurlai comme si on me tuait.

« Tais-toi, petite ! » aboya Lin le berger. Aussi vivement qu'il m'avait saisie, il me lâcha, et il se tourna vers mes poursuivants alors que sa chienne leur barrait le passage. Ils étaient juste derrière moi, et, si l'homme n'était pas intervenu, ils m'eussent attrapée et j'ignore s'ils m'eussent laissée en vie.

Lin prit Caramel par le col et le souleva d'une seule main tout en lui assenant de l'autre une claque si retentissante sur les fesses que le garçon s'arqua de la tête aux pieds sous le choc. Lin le laissa choir et pivota d'un bloc vers les filles ; elles me suivaient de moins près que Caramel, et elles s'apprêtaient à filer quand Lin en agrippa une par une couette et l'autre par l'ourlet de la jupe. Elles se ratatinèrent devant sa colère quand il leur lança : « Qu'est-ce qui vous prend de poursuivre une toute petite fille, bande de brutes ? Vous voulez que je vous montre ce que ça fait, de recevoir une raclée de quelqu'un de plus grand ? »

Les filles se mirent à pleurer ; le menton tremblant, Caramel se redressa néanmoins, les poings serrés le long de ses flancs. Je n'avais pas bougé, assise là où Lin m'avait laissée tomber, et c'est seulement quand il se baissa pour m'aider à me relever qu'il s'exclama : « Par El et Eda, mais vous êtes pires que des idiots ! C'est la petite maîtresse, la sœur de dame Ortie elle-même ! Vous croyez qu'elle va oublier ce que vous lui avez fait ? Vous croyez que, quand vous serez grands, vous travaillerez aux cuisines ou aux champs comme vos parents et vos grands-parents ? Ou vos enfants ? Je veux bien être pendu si le dotaire Blaireau ou dame Molly ne vous renvoie pas, vous et vos parents, dès aujourd'hui !

— Mais elle nous espionnait ! fit Pré avec des larmes dans la voix.

— Elle nous suit partout ! renchérit Orme.

— Elle est bête, elle n'a rien dans la tête, et elle a des yeux de fantôme ! » C'était Caramel qui s'exprimait ainsi ; jamais je ne l'avais entendu dire que je lui faisais peur.

Lin secoua la tête. « C'est la fille de la maison, bande d'empotés ! Elle peut aller où elle veut et faire ce qu'elle veut. La pauvre petite ! Que voulez-vous qu'elle fasse ? Elle veut seulement s'amuser.

— Elle ne sait pas parler ! » objecta Orme.

Caramel ajouta : « Elle est bête comme ses pieds ! On ne peut pas jouer avec une idiote. Ses parents devraient la garder en laisse chez eux et l'empêcher de se mettre dans les jambes des gens. » Je savais qu'il répétait ce que disaient certains adultes.

Lin se tourna vers moi. Après mon premier hurlement, j'avais gardé le silence. Sa chienne revint vers moi, et je posai le bras sur son échine hirsute ; mes doigts s'enfoncèrent dans son poil soyeux, et je sentis son bien-être m'envahir. Elle s'assit, la tête à hauteur de la mienne. Le berger reporta son attention sur les enfants. « Ma foi, je n'en sais rien, mais ça ne vous coûte rien d'être gentils avec elle. Et, moi, je me retrouve dans une impasse. En principe, je devrais tout rapporter au dotaire, c'est mon devoir, mais je n'ai pas envie que vos parents se fassent renvoyer d'une place qu'ils occupent depuis des années. Alors c'est à eux que je parlerai ; vous avez beaucoup trop de temps libre, tous les trois, si vous en arrivez là. Et maintenant, à nous, petite maîtresse ; ils vous ont fait mal ?

— On ne l'a pas touchée ! s'écrièrent-ils.

— Ne dites rien au dotaire ! fit Caramel. On ne la chassera plus jamais, c'est juré ! »

Lin, un genou en terre, ôta une feuille morte et un picot de ma tunique et poussa l'audace jusqu'à lisser ma tignasse bouclée. « Bon, elle ne pleure pas. Elle n'a peut-être pas eu trop de mal. Hein ? Tu n'as pas mal, petite ? »

Je me redressai et le regardai dans les yeux. Je mis les mains dans le dos et serrai les poings en enfonçant les ongles dans ma chair pour me donner du courage. Ma gorge se dénoua et, avec ma langue récemment libérée, je formai chaque mot comme si c'était un cadeau. « Grand merci, berger Lin ; je ne suis pas blessée. » Il écarquilla les yeux. Je me tournai alors vers les enfants qui me regardaient, béants, et je maîtrisai ma voix pour l'empêcher de trembler et garder une élocution précise. « Je ne dirai rien à mon père ni à ma mère, et vous non plus, Lin, je pense ; ces enfants ont pris conscience de leur erreur. »

Ils me dévisageaient tous d'un air effaré. Je regardai Caramel en essayant de le perforer des yeux ; il affichait une expression revêche. Lentement, très lentement, j'inclinai la tête. La haine rencontra la haine dans nos regards, mais la sienne était plus grande que la mienne. Que craindrait-il hormis ma haine ? La réponse me vint aussitôt. Je dus me rappeler comment fonctionnait chaque muscle de mon visage, mais je les organisai peu à peu puis laissai s'épanouir sur mes lèvres un sourire flagorneur. Dans un murmure, je dis : « Cher Caramel ! »

Ses yeux s'exorbitèrent devant mon expression d'adoration, puis il poussa un hurlement encore plus aigu que le mien et s'enfuit. Les filles l'imitèrent. Je levai les yeux vers Lin ; il me regardait d'un air pensif, mais je ne perçus chez lui nulle réprobation. Il se tourna vers les enfants en fuite, et je crois qu'il s'adressait plus à sa chienne qu'à moi quand il dit : « Les gens comme ça, s'ils croient que vous êtes une bête brute, ils vous maltraitent et ils vous battent, que vous soyez une mule, un chien ou un enfant. Et, quand ils s'aperçoivent qu'il y a un esprit sous la chair qu'ils ont meurtrie, ils ont peur de vous, et ils vous laissent tranquille. Parfois. » Il prit une grande inspiration et me dévisagea d'un œil appréciateur. « Il faudra surveiller vos arrières, maintenant, maîtresse ; moi, je dis qu'il est temps que vous ayez un chien. Parlez-en à votre papa ; Pâquerette et moi, on peut vous trouver un bon chiot, un futé. »

Je secouai la tête, et il haussa les épaules. Sans bouger, je suivis du regard les enfants qui couraient en piaillant jusqu'au moment où ils disparurent derrière le mur du jardin des simples ; alors je me retournai vers la chienne et enfouis mon visage dans son pelage. Je ne pleurais pas mais je m'accrochais à elle en tremblant ; solide sous ma poigne, elle tourna la tête vers moi avec un gémissement puis donna du museau contre mon oreille.

« Prends soin d'elle, Pâquerette. » Lin s'était exprimé d'une voix grave, et je n'entendis peut-être pas tout ce qui passa entre lui et la chienne ; je savais seulement qu'elle était chaude, qu'elle ne me menaçait pas et qu'elle ne paraissait pas vouloir se dégager de mon étreinte éperdue.

Quand je relevai enfin la tête, Lin était parti. Je ne saurai jamais ce qu'il avait pensé de notre rencontre. Je me serrai une dernière fois contre Pâquerette, et elle me lécha la main, puis, voyant que je n'avais plus besoin d'elle, elle s'en alla au petit trot retrouver son maître. Quant à moi, je rentrai à la maison et montai dans ma chambre. Je réfléchis à mes actes. Aucun des enfants n'oserait parler de l'incident à ses parents, sans quoi ils devraient expliquer la raison de mes propos, et j'estimai que Lin le berger garderait le silence. Comment je le savais ? Parce qu'il m'avait conseillé de surveiller mes arrières et de prendre un chien ; pour lui, je devais me débrouiller seule. Et c'était bien mon intention.

Je songeai à sa suggestion d'adopter un chien. Non : mon père voudrait savoir pourquoi j'en désirais un, or je ne pouvais le lui révéler, pas plus qu'à ma mère.

Après le face-à-face avec les enfants, je suivis le conseil de Lin : je cessai de les suivre et les évitai autant que possible, et je me mis à observer mon père pour voir à quoi il occupait ses journées pendant que ma mère vaquait à ses tâches habituelles. Je me flattais d'être invisible, mais je devais découvrir plus tard qu'il m'avait repérée. Les interminables déplacements qu'il faisait à pied dans la propriété pour en surveiller la bonne marche étaient épuisants pour mes petites jambes, et, s'il prenait un cheval, j'abandonnais aussitôt ; j'avais peur de ces bêtes, avec leurs longues pattes noueuses et leurs brusques reniflements. Quand j'avais cinq ans, il m'avait placée sur le dos de l'une d'elles pour m'apprendre à monter ; terrorisée, éperdue par l'invasion de son contact et la hauteur de l'animal, je m'étais violemment dégagée et j'étais tombée sur la terre compacte. Mon père avait eu une peur bleue de m'avoir blessée et n'avait jamais retenté l'expérience ; dans mon parler confus, j'avais dit à ma mère que je trouvais grossier de m'asseoir sur quelqu'un pour me faire transporter, et, quand elle lui avait transmis cette explication, mon père s'était montré encore plus pensif et réticent à m'enseigner à monter à cheval. Aujourd'hui, ayant entrepris de le filer, je commençais à le regretter ; si je redoutais le contact avec lui et l'invasion irrésistible de mon esprit par ses pensées, je n'en avais pas moins envie d'en savoir plus long sur lui. Si j'avais su chevaucher, j'eusse pu le suivre, mais le lui dire eût été difficile.

Depuis qu'il avait découvert que je savais dessiner, il passait plus de temps avec moi. Le soir, il apportait son travail dans le salon de ma mère ; j'y avais désormais ma propre petite table, avec mes encres, mes plumes et mes feuilles à moi. À plusieurs reprises, il m'avait montré de vieux manuscrits moisis avec des illustrations de plantes et de fleurs et des lettres que je ne connaissais pas ; il m'avait fait comprendre que je devais essayer de les copier, mais je n'en avais pas envie : j'avais déjà tant d'images dans la tête, de fleurs, de champignons et de végétaux que j'avais vus et que je souhaitais capturer sur le papier. Je ne partageais pas son obsession de réécrire ce qui avait déjà été écrit ; cela le décevait, je le savais, mais c'était ainsi.

Il n'avait jamais compris mes grommellements, et, malgré l'amélioration de mon élocution, je ne lui parlais guère : j'hésitais à attirer son attention, et sa seule présence dans ma chambre m'était pénible. Quand il se tournait vers moi, le déluge de ses pensées me terrifiait ; je n'osais pas le laisser me toucher, et, quand je croisais son regard, je sentais l'attraction de ce maelström. Je l'évitais donc autant que je le pouvais tout en sachant la peine que je leur faisais, à lui et à ma mère.

Pourtant, il se mit à essayer de jouer avec moi. Un soir, il descendit sans les manuscrits qu'il recopiait, s'assit par terre près de ma petite table et tapota le socle de la cheminée à côté de lui. « Viens voir ce que j'ai apporté », dit-il. La curiosité l'emporta sur la peur, et je délaissai mes encres pour m'approcher.

« C'est un jeu », déclara-t-il en ôtant un mouchoir qui couvrait un plateau. Une fleur, une pierre blanche et une framboise y étaient disposés. Je regardai sans comprendre. Il replaça soudain le mouchoir. « Dis-moi ce que tu as vu », me lança-t-il. Je me tournai vers ma mère en quête d'une explication. Elle cousait dans son fauteuil de l'autre côté de l'âtre.

Elle haussa les sourcils d'un air perplexe, mais dit : « Qu'y avait-il sur le plateau, Abeille ? »

Je la regardai sans répondre. Elle leva le doigt dans un geste de mise en garde, et je répondis à mi-voix sans lever les yeux vers mon père : « Fleu.

— Quoi d'autre, Abeille ?

— Ca-hou. »

Ma mère toussota pour m'inciter à faire mieux. « Frrruit, ajoutai-je tout bas.

— Une fleur de quelle couleur ? demanda mon père avec patience.

— Rose.

— Un caillou de quelle couleur ?

— Blanc.

— Quel genre de fruit ?

— Famboise.

— Framboise », corrigea doucement ma mère. Je me tournai vers elle. Savait-elle que je pouvais prononcer le mot correctement ? Mais je ne tenais pas à m'exprimer clairement devant mon père, du moins pas encore.

Il me sourit. « Bien, très bien, Abeille ! Tu les as tous trouvés. On recommence ? »

Je me réfugiai aux pieds de ma mère et la regardai pour la supplier de venir à mon secours.

« C'est curieux, comme jeu », dit-elle, percevant mon malaise.

Mon père eut un petit rire. « Sans doute. J'y jouais autrefois avec Umbre ; il ajoutait de plus en plus d'objets sur le plateau, ou bien il en ajoutait un et en retirait un autre, et je devais identifier ce qui manquait. Il m'exerçait à observer. » Il poussa un petit soupir, posa le coude sur le genou et le menton dans sa paume. « Je ne connais pas de vrais jeux ; je n'avais guère l'occasion de jouer avec les autres enfants. » Il me regarda et fit un geste d'impuissance. « Je voulais seulement... » Sa phrase s'acheva dans un nouveau soupir.

« C'est un jeu intéressant », déclara ma mère d'un ton catégorique. Elle se leva puis, à ma grande surprise, s'assit par terre près de son mari. Elle m'attira contre elle et passa son bras autour de ma taille. « Recommençons », dit-elle, et je compris qu'elle s'était installée près de moi pour me donner du courage, parce qu'elle tenait à ce que je joue avec mon père. J'obéis. Ma mère et moi jouâmes chacune à notre tour pendant qu'il ajoutait de plus en plus d'objets tirés d'une sacoche en cuir derrière lui. À neuf objets, ma mère renonça ; je continuai, oublieuse de ma peur, uniquement concentrée sur le plateau.

Finalement, mon père annonça, non à moi mais à ma mère : « C'est tout ce que j'ai. »

Je levai les yeux. Mes parents avaient l'air flou, comme si je les voyais à travers le brouillard ou à grande distance. « Combien cela fait-il ? demanda ma mère.

— Vingt-sept, répondit mon père à mi-voix.

— À combien arrivais-tu enfant ? » Il y avait de l'inquiétude dans sa voix.

Il prit une inspiration. « Pas à vingt-sept. En tout cas, pas du premier coup. »

Ils échangèrent un regard puis reportèrent leur attention sur moi. Je cillai et fus prise d'un léger vertige. « Je crois que l'heure du coucher est passée », dit ma mère d'une voix bizarre, et mon père acquiesça en silence avant de replacer à gestes lents les objets dans son sac. Avec un gémissement de douleur à cause de ses articulations, ma mère se leva et me conduisit à mon lit, et ce soir-là elle demeura près de moi jusqu'à ce que je m'endormisse.

Par une journée de grand ciel bleu clouté de blancs nuages dodus où une douce brise portait des parfums de lavande et de bruyère, ma mère et moi travaillions ensemble au jardin. Le soleil avait passé le zénith et les fleurs embaumaient. Nous étions toutes les deux à genoux, et, avec mon petit déplantoir en bois fabriqué à ma taille par mon père, j'ameublissais la terre autour des plus vieux pieds de lavande ; ma mère taillait avec son sécateur des rameaux avachis, et elle s'arrêtait de temps en temps pour reprendre son souffle et se masser l'épaule et le cou. « Ah, que c'est barbant de vieillir ! » s'exclama-t-elle une fois. Mais elle me sourit et dit : « Regarde le gros bourdon sur cette fleur ! J'ai coupé la tige, mais il ne s'en va pas. Eh bien, qu'il nous accompagne ! »

Elle avait un grand panier où elle déposait les branches coupées, et nous le tirions derrière nous au fur et à mesure de nos déplacements dans le parterre. C'était un travail agréable, au milieu de doux parfums, et j'étais heureuse. Elle aussi, je le sais ; elle parlait des bouts de ruban qui traînaient dans sa boîte à couture et me disait qu'elle allait m'apprendre à faire des bouquets de lavande destinés à mes coffres à vêtements et aux siens. « Il faudra des tiges longues parce que nous les replierons sur les fleurs puis nous y entrelacerons les rubans pour que tout tienne ensemble. Ça sera joli, parfumé et utile – comme toi. »

J'éclatai de rire, et elle en fit autant. Puis elle interrompit son travail et prit une longue inspiration. Elle redressa le dos, toujours accroupie, puis sourit et se plaignit : « J'ai un point de côté. » Elle se massa les côtes puis monta jusqu'à l'épaule. « Et j'ai terriblement mal au bras gauche, alors que ce devrait être le droit ; c'est cette main-là qui fait tout le travail. » Elle s'appuya sur le bord du panier pour se relever, mais le panier bascula, elle perdit l'équilibre et s'écroula sur les lavandes. Un parfum suave s'éleva autour d'elle. Elle se retourna sur le dos et fronça les sourcils, le front plissé de petites rides. De la main droite, elle souleva son bras gauche et le regarda, l'air étonnée ; quand elle le lâcha, il retomba mollement. « Mais enfin, c'est ridicule ! » fit-elle d'une voix empâtée. Elle respira profondément ; de la main droite, elle me tapota le genou. « Je vais reprendre mon souffle un petit moment », murmura-t-elle avec une élocution incertaine. Elle eut une inspiration hachée et ferma les yeux.

Et elle mourut.

Je m'approchai à quatre pattes dans la bruyère et lui touchai le visage, puis je me penchai et posai l'oreille sur sa poitrine. J'entendis le dernier battement de son cœur. Sa respiration s'arrêta dans un ultime soupir et tout en elle devint immobile. La brise soufflait doucement, et ses abeilles s'activaient dans les fleurs ; elle était encore chaude et elle avait toujours l'odeur de ma mère. Je plaçai mes bras autour d'elle et fermai les yeux ; la tête sur son sein, je me demandai ce que j'allais devenir maintenant que celle qui m'aimait n'était plus.

Le jour se rafraîchissait quand mon père arriva, en quête de nous deux. Il était passé par les prés des moutons car il portait au creux du bras un gros bouquet de petites roses blanches qui poussaient sur les bords du chemin. Il parvint au portail de bois qui perçait le muret de pierre entourant le jardin, nous vit et comprit. Il savait qu'elle était morte avant même d'ouvrir le portillon ; il courut pourtant jusqu'à nous, comme si, par sa vitesse, il pouvait remonter jusqu'à un temps où il n'était pas déjà trop tard. Il tomba à genoux près d'elle et plaqua les mains sur elle ; la respiration courte, il projeta son cœur en elle et chercha un signe de vie dans sa chair. Il m'avait entraînée avec lui, et je sus ce qu'il sut : elle était définitivement partie.

Il nous prit toutes deux dans ses bras, nous étreignit, leva la tête et hurla, la bouche démesurément ouverte, le visage vers le ciel et les muscles saillant au cou.

Il n'émettait pas un son, mais la douleur qui se déversait de lui m'engloutissait et me suffoquait ; je me noyais dans sa peine. Les mains contre sa poitrine, je m'évertuai à m'écarter de lui, en vain. À une distance gigantesque, je perçus ma sœur ; elle cognait à l'huis de son esprit en demandant à savoir ce qui se passait. Il y en avait d'autres que je ne connaissais pas qui criaient, qui proposaient d'envoyer des soldats, de prêter main-forte, de faire pour lui tout ce qui était possible ; mais il était incapable de mettre des mots sur sa souffrance.

C'est ma mère ! comprit soudain ma sœur. *Laissez-le tranquille ! Laissez-nous !* ordonna-t-elle, et ils reculèrent comme la marée descendante.

Mais le chagrin continuait de rugir en mon père, ouragan dont les bourrasques me battaient sans que je pusse leur échapper. Je me débattais comme une folle, sachant que je luttais pour ma santé mentale, voire pour ma vie ; je pense qu'il ne se rendait même pas compte qu'il me tenait coincée entre son cœur qui tonnait et le corps de ma mère qui se refroidissait. À force de me tordre, je glissai de sous son bras, tombai par terre et restai étendue là, suffoquant comme un poisson hors de l'eau.

L'infime distance qui me séparait de lui ne suffisait pas, et j'étais plongée dans un maelström de souvenirs, un baiser volé dans un escalier, la première fois où il lui avait touché la main autrement que par accident ; je vis ma mère qui courait sur une plage de sable noir et de galets, et je reconnus l'océan sans l'avoir jamais vu ; ses jupes rouges et son écharpe bleue flottaient dans le vent et elle riait pendant que mon père la poursuivait, le cœur battant de bonheur à la pensée de la rattraper et de la tenir dans ses bras, fût-ce un moment et seulement par jeu. Je me rendis compte tout à coup que c'étaient des enfants, des enfants qui jouaient, âgés de quelques années à peine de plus que moi. Ils n'avaient jamais vraiment vieilli ni l'un ni l'autre ; toute leur vie elle était restée à ses yeux cette adolescente, cette merveilleuse jeune fille de quelques années de plus que lui, mais qui connaissait si bien le monde, qui incarnait si bien le féminin en contrepartie de son univers si masculin !

« Molly ! » s'exclama-t-il. Le nom avait jailli de lui, mais dans un hoquet car il n'avait plus de souffle, et il se replia sur la dépouille en pleurant. Sa voix n'était qu'un murmure. « Je suis seul. Tout seul. Molly, tu ne peux pas être partie ! Je ne peux pas être aussi seul ! »

Je me tus ; je ne lui dis pas qu'il m'avait, moi, car ce n'était pas ce dont il parlait. Il avait aussi Ortie, et Umbre, et Devoir, et Lourd ; mais je connaissais désormais son cœur, bien malgré moi, car ses sentiments s'épanchaient de lui comme le sang d'une plaie mortelle. Sa douleur était le reflet exact de la mienne ; jamais plus il n'existerait quelqu'un comme elle, quelqu'un qui nous aimerait si complètement, sans raison particulière. Je m'abandonnai à sa peine, allongée sur la terre, et je regardai le ciel s'obscurcir et les étoiles de l'été apparaître dans son azur profond.

Une fille de cuisine nous découvrit ainsi, poussa un cri d'horreur et retourna en courant chercher de l'aide. Les domestiques accoururent avec des lanternes, apeurés devant la douleur terrible de leur maître, mais leurs craintes étaient sans fondement : toute force l'avait quitté. Il n'avait plus d'énergie pour se relever, même quand ils lui arrachèrent la dépouille pour la transporter dans la maison.

C'est seulement quand ils voulurent m'emmener qu'il sortit de sa stupeur. « Non, dit-il, et, en cet instant, il me reconnut comme sienne. Non, elle est à moi maintenant. Viens, mon louveteau, viens à moi. Je vais te ramener. »

Je serrai les dents quand il me prit dans ses bras, je me raidis comme toujours quand il me tenait, et je me détournai de son visage. Je ne le supportais pas, je ne supportais pas ses sentiments ; mais la vérité me tenaillait et je devais la révéler. Je pris mon souffle et murmurai à son oreille le poème de mon rêve : « Quand l'abeille à terre est tombée, le papillon revient pour tout changer. »

11

DERNIÈRE CHANCE

Tu supposes bien : je n'ai pas révélé tout ce que je sais de cet incident à Umbre, mais, dans un certain sens, je lui en ai appris autant que je le jugeais sûr. Par conséquent, ce que je répète ici est destiné à la seule maîtresse d'Art. Malgré toute notre affection pour notre vieil ami, nous le savons enclin à s'exposer au danger pour l'amour de la connaissance.

Il faut d'abord se rappeler que je n'ai jamais été présent en personne : je rêvais, et, dans ce rêve, je me déplaçais par l'Art ; toi qui possèdes un immense talent pour les rêves d'Art, tu comprendras que, ce que j'ai vu, je l'ai vu par les yeux du roi Vérité.

Nous nous trouvions dans une cité en ruine, mais qui avait conservé ses souvenirs, comme nous savons aujourd'hui que c'est le cas de certaines cités des Anciens. Je la voyais telle qu'elle avait été, piquetée de hautes tours délicates et de ponts gracieux et grouillant d'une foule exotique vêtue de couleurs vives, et je la voyais aussi telle que Vérité la percevait, froide et sombre, les rues déchaussées et chaque pan de mur écroulé recelant un risque dont il devait se méfier. Un vent violent soufflait du sable en rafales, et, la tête dans les épaules, il se dirigeait vers un fleuve.

Je distinguais le fleuve, mais ce n'était pas de l'eau. C'était de l'Art sous forme liquide, comme de l'or ou du fer fondu. Pour moi, il paraissait dégager une luminescence noire, mais, dans mon rêve, c'était l'hiver et il faisait nuit ; je ne puis donc dire s'il avait une quelconque couleur.

Je revois mon roi, épuisé, décharné, véritable épouvantail, s'agenouillant sur la rive et plongeant et replongeant ses mains et ses bras dans la substance. Je partageais son supplice car elle rongeait la chair et le muscle de ses os ; pourtant, quand il s'écarta du courant, il avait les mains et les bras argentés, couverts d'Art pur, de magie sous sa forme la plus concentrée.

Je dois aussi te révéler que je l'ai aidé à se retenir de se jeter dans ce fleuve en lui prêtant l'énergie nécessaire pour reculer. Si j'avais été là en personne, je crois que je n'aurais pas eu la force de résister à la tentation de m'y noyer moi-même.

Aussi, pour ma part, je suis heureux de ne pas savoir comment accéder à cette cité. J'ignore comment Vérité y parvint à partir de la carrière. À mon avis, il a emprunté les piliers d'Art, mais lesquels, gravés de quels glyphes, je n'en sais rien et je ne tiens pas à l'apprendre. Il y a plusieurs années, Umbre m'a demandé de voyager avec lui par les piliers pour retourner près des dragons de pierre et de là à la carrière afin de découvrir quels glyphes le roi avait pu choisir. J'ai refusé, et je refuse toujours.

Pour la sécurité de tous, je t'implore de garder pour toi ces renseignements ; détruis cette lettre si tu veux, ou cache-la où toi seule sauras la trouver. J'espère sincèrement que la cité se situe très, très loin, accessible uniquement par une succession de trajets par les piliers que personne n'entreprendra jamais. Le peu d'Art que nous avons appris à manipuler doit nous suffire ; ne cherchons pas un pouvoir qui dépasse notre sagesse.

Extrait d'un manuscrit jamais envoyé
par FitzChevalerie Loinvoyant à la maîtresse d'Art Ortie

Il y a des fins, il y a des commencements ; parfois, ils coïncident, l'achèvement d'une chose marquant le début d'une autre ; mais, d'autres fois, il s'écoule une longue période après une fin, un temps pendant lequel tout paraît terminé et rien de nouveau ne peut naître. Quand ma Molly, gardienne de mon cœur depuis mon enfance, mourut, ce fut ainsi ; elle finit, mais rien d'autre ne commença. Il n'y avait rien pour détourner mes pensées de ce vide, rien pour apaiser ma douleur, rien qui donnât un sens à sa mort ; au contraire, sa disparition rouvrit les blessures de toutes les autres que j'avais vécues.

Les jours suivants, je plongeai dans l'apathie. Ortie vint très vite, avant la fin de la première nuit, en compagnie de Calme et de Crible, sans doute en voyageant par les pierres. Les fils de Molly et Burrich, avec leurs épouses et leurs enfants, arrivèrent aussi rapidement qu'ils le purent ; d'autres se présentèrent, des personnes que j'eusse dû recevoir et remercier de leur sollicitude. Peut-être le fis-je ; j'ignore comment j'occupai ces longs jours. Le temps ne s'écoulait pas, il durait indéfiniment. La maison était pleine de gens qui parlaient ensemble, mangeaient ensemble, pleuraient, riaient et échangeaient des souvenirs d'un temps où je ne faisais pas partie de la vie de Molly, au point que je dus me retirer dans ma chambre et fermer le verrou pour retrouver un peu de solitude. Cependant, l'absence de Molly dépassait de loin la présence de tous mes hôtes ; chacun de ses enfants la pleurait ; Chevalerie sanglotait sans honte ; Leste déambulait, l'œil vide, tandis qu'Agile restait assis sans bouger ; Calme et Âtre paraissaient boire beaucoup, ce qui eût chagriné Molly. Juste était devenu un jeune homme grave, réservé et sombre qui me rappelait beaucoup Burrich, mais c'était lui qui prenait en charge ses frères et sa sœur. Crible était là aussi, discret, en arrière-plan. Nous parlâmes une fois, tard dans la nuit, et, avec les meilleures intentions du monde, il essaya de me dire que ma peine finirait par passer et que ma vie reprendrait son cours ; j'eus envie de le frapper, et je pense que cela se vit sur mon visage. Après cela, nous nous évitâmes.

Devoir, Elliania, les princes et Kettricken se trouvaient dans le royaume des Montagnes, ce qui m'épargna leur visite. Umbre ne venait jamais aux funérailles, et je ne l'attendais donc pas. Quasiment tous les soirs, je le sentais effleurer mon esprit, derrière la porte mais sans s'imposer ; cela me rappelait la façon qu'il avait, quand j'étais enfant, d'ouvrir la porte secrète qui donnait sur sa tour et de m'attendre. Je ne lui ouvrais pas, mais il savait que j'avais conscience de lui et que je le remerciais de sa discrétion.

Mais faire l'inventaire de ceux qui vinrent et de ceux qui ne vinrent pas donne l'impression que j'y prêtais attention, alors qu'il n'en était rien. Je vivais ma douleur ; je dormais dans le deuil, je mangeais du chagrin et je buvais des larmes. Le reste n'existait pas. Ortie, prenant la place de sa mère, supervisait la maison apparemment sans effort, s'arrangeait avec Allègre pour que tous les arrivants eussent un lit où dormir et coordonnait la préparation des repas et la gestion des provisions avec Muscade ; elle prit la responsabilité d'annoncer à toutes les personnes concernées le décès de Molly ; bref, elle devint l'homme de la maison, donnant ses ordres aux employés d'écurie et aux domestiques, accueillant ceux qui arrivaient et disant adieu à ceux qui partaient, pendant que Crible et Allègre exécutaient des tâches nécessaires même si elles n'étaient pas de leur responsabilité. Je les laissais faire ; je ne pouvais rien pour leur douleur. Je ne pouvais rien pour personne, pas même pour moi.

J'ignore comment, tout ce qui devait être fait le fut. Je me coupai les cheveux en signe de deuil, et quelqu'un dut en faire autant à la petite ; Abeille ressemblait à une brosse à sabots quand je la vis, petit bâton tout emmailloté de noir avec une brosse blonde sur sa petite tête ; l'éclat éteint de ses yeux bleus n'exprimait rien. Ortie et les garçons affirmèrent que leur mère voulait être enterrée. Comme Patience, elle ne souhaitait pas être incinérée mais retourner le plus vite possible dans la terre qui nourrissait tout ce qu'elle aimait. Enfouie dans la terre… Un frisson glacé me parcourut. Je l'ignorais ; je n'avais jamais parlé avec elle de ces choses, jamais imaginé un temps où elle ne serait plus là. Les femmes survivent toujours à leur mari, tout le monde le sait. Je le savais et je me reposais sur cette certitude, mais le sort m'avait joué un tour.

L'enterrement fut difficile à supporter. Il eût été plus aisé de la regarder brûler sur un bûcher, de la savoir disparue, partie définitivement et intouchable, que de la voir vêtue d'un linceul, écrasée sous le poids de la terre humide. Chaque jour j'allais sur sa tombe en regrettant de n'avoir pas caressé sa joue encore une fois avant qu'on ne la mît dans la nuit de la terre. Ortie installa des plantes afin de marquer le lieu où reposait sa mère. À chacune de mes visites, je voyais l'empreinte des petits pieds d'Abeille ; nulle mauvaise herbe n'osait pointer.

Hormis ses empreintes, je ne voyais guère Abeille ; nous nous évitions. J'éprouvai d'abord un sentiment de culpabilité d'abandonner mon enfant pour me plonger dans les profondeurs de ma douleur, et je me mis à me rapprocher d'elle ; mais, quand j'entrais dans une pièce, elle en sortait aussitôt ou restait le plus loin possible de moi. Même lorsqu'elle venait me retrouver dans mon antre tard le soir, ce n'était pas moi qu'elle cherchait mais l'isolement que la pièce offrait. Elle se glissait dans cc refuge comme un petit fantôme en chemise de nuit rouge. Nous ne parlions pas ; je ne l'obligeais pas à regagner son lit où elle n'arrivait pas à s'endormir et je ne lui faisais pas la promesse creuse que tout finirait par s'arranger. Dans ma tanière, nous nous pelotonnions aussi loin l'un de l'autre que des louveteaux échaudés. Je ne supportais plus de pénétrer dans le bureau de Molly, et elle devait partager ce sentiment ; l'absence de sa mère était plus perceptible dans cette pièce que partout ailleurs. Pourquoi nous évitions-nous ? La meilleure explication que je puisse donner est une comparaison : quand on s'est brûlé la main et qu'on l'approche du feu, la douleur renaît brusquement ; plus je me tenais près d'Abeille, plus ma peine devenait aiguë, et c'était ce qu'elle ressentait elle aussi à en croire la tension que je lisais sur ses traits et le tremblement de ses lèvres.

Cinq jours après l'enterrement de Molly, la plupart de nos hôtes firent leurs bagages et quittèrent Flétrybois. Heur n'était pas venu, retenu par un poste d'été très loin en Bauge. J'ignore comment il apprit la nouvelle aussi vite, mais il m'envoya un mot par pigeon voyageur ; l'oiseau arriva au colombier de Castelcerf, d'où un coursier me l'apporta. Je me réjouis d'avoir de ses nouvelles, mais j'étais tout aussi content qu'il ne fût pas venu. D'autres missives me parvinrent par des moyens variés ; l'une d'elles émanait de Kettricken, au royaume des Montagnes, écrite de sa propre main sur une simple feuille de papier sans en-tête. Devoir m'avait contacté par l'Art et savait qu'il n'y avait rien à dire. De dame Pêcheur, autrefois nommée Astérie, me vint une lettre rédigée d'une écriture élégante sur du papier de qualité et empreinte de chaleur et de sincérité ; je reçus une missive plus bourrue de Trame. Tous ces messages disaient ce qu'ils disent toujours. Certains trouvent peut-être du réconfort dans ces paroles ; pour moi, ce n'étaient que des mots.

Les enfants de Molly avaient des fermes, des travaux, des familles et des animaux dont ils devaient s'occuper. L'été ne permet pas à celui qui vit de la terre de rester oisif ; on avait beaucoup pleuré, mais aussi partagé de bons souvenirs et le rire discret qui les accompagnait. Ortie m'avait pris à part pour me demander de choisir quelques objets à donner à ses frères en mémoire de leur mère ; je l'avais priée de s'en charger en arguant que je ne me sentais pas à la hauteur de la tâche et que, sans Molly, ses affaires n'avaient guère d'importance à mes yeux. C'est plus tard seulement que je mesurai l'égoïsme dont j'avais fait preuve en plaçant ce fardeau sur les épaules de ma fille.

Mais, à l'époque, j'étais sonné et ne pouvais penser à personne à part moi. Molly était ma sécurité, mon abri, mon centre ; avec sa disparition, je me sentais littéralement pulvérisé, comme si mon axe avait explosé et que des morceaux de moi fussent jetés au vent. Toute ma vie ou presque, Molly avait été présente ; même quand je ne pouvais être avec elle, même le supplice de la voir de loin donner sa vie et son amour à un autre, même cette souffrance était infiniment préférable à son absence totale de mon univers. Pendant nos années de séparation, j'avais toujours pu rêver : « Un jour… ». À présent, il n'y avait plus de rêve.

Quelques jours après sa mort, une fois la maison vidée de ses hôtes et du personnel supplémentaire engagé par Allègre, Ortie vint dans mon bureau privé ; ses devoirs la rappelaient à Castelcerf ; elle devait repartir, et je ne lui en voulais pas car elle ne pouvait rien faire à Flétrybois pour améliorer la situation. À son entrée, je levai les yeux de mon manuscrit et posai soigneusement ma plume de côté. Prendre note de mes pensées avait toujours constitué un refuge, et, ce soir-là, j'en avais noirci des pages entières, que je mettais au feu peu après ; il n'est pas nécessaire qu'un rite ait un sens. Devant l'âtre, sur une couverture pliée, Abeille était couchée en rond comme un chaton. Vêtue d'une petite robe rouge et de pantoufles en fourrure, elle me présentait le dos, tournée vers le feu. La nuit était avancée et nous n'avions pas échangé un mot.

Ortie avait une mine de déterrée. Elle avait les yeux bordés de rouge à force de pleurer, et il ne restait qu'une toison rase et bouclée de sa magnifique chevelure noire et ondulée ; ses cernes n'en paraissaient que plus sombres et son visage plus émacié. Sa robe bleue faisait des plis sur elle, et je pris alors conscience du poids qu'elle avait perdu.

Elle avait la voix rauque. « Je dois rentrer demain à Castelcerf ; Crible m'accompagnera.

— Je sais », dis-je après un long silence. Je me retins d'ajouter que ce serait un soulagement de me retrouver seul et de laisser libre cours à la violence de ma douleur sans témoin, que je me sentais contraint, retenu par la civilité dans un lieu où je ne pouvais exprimer ma souffrance. Je me contentai de poursuivre : « Je sais que tu dois t'interroger ; si j'ai ramené le Fou de l'autre côté de la mort, pourquoi ai-je laissé ta mère partir ? »

Je pensais que ces mots révéleraient la colère qu'elle contenait, mais elle eut l'air horrifiée. « Jamais je n'aurais souhaité ça ! Et elle non plus ! Chaque créature dispose d'un espace et d'un temps donnés, et, quand ce temps est écoulé, il faut la laisser partir. Maman et moi en avons parlé ouvertement un jour ; j'étais venue la voir à propos de Lourd – tu le connais, il a souvent mal aux articulations –, pour lui demander de ce liniment que fabriquait Burrich pour les garçons quand ils s'étaient claqué un muscle, et elle m'en a préparé. Douce Eda, encore une recette perdue ! Pourquoi ne l'ai-je jamais notée ? Ils savaient tant de choses, tous les deux, et ils ont tout emporté dans la tombe. »

Je ne lui dis pas que je connaissais cette recette mieux que personne, et que Burrich avait sans doute transmis son savoir aussi à ses fils ; ce n'était pas le moment. Je remarquai que j'avais de l'encre au petit doigt de ma main droite ; il fallait toujours que je me salisse quand j'écrivais. Je pris mon chiffon et m'essuyai. « Qu'a dit Molly sur Lourd ? » demandai-je avec circonspection.

Ortie parut revenir soudain d'un pays lointain et obscur. « Seulement que c'était faire preuve de compassion de rendre la douleur supportable, mais non de forcer quelqu'un à rester en vie quand son organisme est au bout du rouleau, et elle m'a mise en garde contre l'usage de l'Art sur lui. J'ai répondu qu'il était beaucoup plus fort que moi dans ce domaine et plus que capable d'employer son talent sur lui-même s'il le souhaitait. Il ne le fait pas, et je respecte son choix ; mais je suis sûre qu'Umbre se sert de cette magie : il se maintient aussi alerte que le jour où je l'ai connu. »

Elle se tut, mais je crus entendre la question qu'elle n'avait pas posée. « Non, fis-je sans détour, je n'ai jamais voulu rester jeune et voir l'âge éloigner ta mère de moi. Non ; si j'avais pu vieillir en même temps qu'elle, Ortie, je n'aurais pas hésité. Je supporte encore les conséquences de cette guérison irréfléchie que notre clan d'Art m'a imposée, et j'y mettrais un terme si je le pouvais ; elle me rajeunit malgré moi ; si je me luxe une épaule, la nuit même mon organisme consume ma chair pour se réparer, et je me réveille amaigri, affamé et fatigué pendant toute la semaine. Mais mon épaule est guérie. » Je jetai ma dernière feuille dans le feu et la poussai dans les flammes avec le tisonnier. « Voilà, maintenant tu sais tout.

— Je le savais déjà, répliqua-t-elle d'un ton acide. Et tu crois que ma mère l'ignorait ? Arrête, Fitz ; personne ne te reproche sa mort, et tu ne dois pas te sentir coupable de ne pas la suivre. Elle ne l'aurait pas voulu. Je t'aime de lui avoir donné la vie qu'elle a eue. Après la mort de mon père... de

Burrich, j'ai cru ne plus jamais la revoir sourire. Et, quand elle a appris que tu étais vivant alors qu'elle t'avait pleuré si longtemps, j'ai cru que sa colère ne cesserait jamais. Mais tu es revenu auprès d'elle et tu as eu assez de patience pour la reconquérir ; tu as été bon pour elle, et elle a vécu ses dernières années comme j'aurais souhaité qu'elle vive toute son existence. »

J'avais la gorge nouée ; j'eusse voulu la remercier mais les mots me manquaient, et ce ne fut pas nécessaire : elle soupira et tendit la main pour me tapoter le bras. « Nous partirons donc au matin. J'ai été un peu étonnée de découvrir qu'Abeille n'a pas de poney et qu'elle n'a apparemment aucune notion de monte. À neuf ans, elle ne sait pas faire de cheval ! Burrich m'a mise sur un cheval quand j'avais... Ma foi, je n'ai pas souvenir d'un temps où je ne savais pas monter. Lorsque j'ai essayé de la placer sur une selle, elle s'est débattue et elle est descendue de l'autre côté de l'animal aussi vite qu'elle a pu. Du coup, j'ai l'impression que le trajet jusqu'à Castelcerf ne va pas manquer d'intérêt ; elle est assez petite pour qu'on la glisse dans une fonte sur une bête de somme, avec, pour l'équilibrer de l'autre côté, ses vêtements et ses jouets, ou du moins une partie d'entre eux. J'ai été sidérée qu'un enfant si jeune possède autant de jouets et de vêtements ! »

J'avais l'impression de courir derrière elle. « Abeille ? Pourquoi emmènerais-tu Abeille à Castelcerf ? »

Elle m'adressa un regard agacé. « Et où veux-tu que je l'emmène ? Chevalerie et Agile ont proposé de la prendre, bien qu'Agile n'ait pas d'épouse pour l'aider, mais j'ai refusé ; ils n'ont aucune idée du fardeau dont ils se chargeraient. Moi, au moins, j'ai l'expérience de Lourd, et je pense qu'avec le temps je parviendrai à percer son brouillard et à la comprendre dans une certaine mesure.

— Son brouillard ? » répétai-je bêtement.

Ma fille aînée me regarda un long moment avant de répondre : « Elle a neuf ans ; elle devrait savoir parler. Elle tenait des discours incompréhensibles à maman naguère, mais je ne l'ai pas entendue le faire ces derniers temps. Maintenant que maman n'est plus là, qui saura comprendre cette pauvre gamine ? Je me demande même si elle sait que sa mère est morte. J'ai essayé de lui en parler, mais elle se détourne et c'est tout. » Elle poussa un long soupir. « J'aimerais savoir ce qu'elle saisit de ce qui l'entoure. » Elle hésita puis reprit : « Je sais que maman n'aurait pas été d'accord, mais il faut que je pose la question : t'es-tu servi de l'Art pour tenter de toucher son esprit ? »

Je secouai lentement la tête. Je ne suivais pas le fil de sa logique ; je tâchai de le rattraper. « Molly ne le souhaitait pas, et je m'en suis donc abstenu. J'ai découvert il y a des années le risque qu'il y a à laisser l'Art toucher les enfants ; l'as-tu oublié ? »

Elle eut un petit sourire contraint. « Non, je ne l'ai pas oublié, et Devoir non plus. Mais j'aurais cru qu'après des années où ta fille est restée muette tu chercherais au moins à savoir si elle a un esprit.

— Mais bien sûr qu'elle a un esprit ! Elle est très intelligente, parfois de façon effrayante ! Et elle parle quand elle en a envie. Elle ne s'exprime pas très clairement, c'est tout, ni aussi souvent qu'on pourrait s'y attendre. » Il me vint alors à l'idée qu'Ortie n'avait jamais vu sa petite sœur coudre un modèle de broderie aux pieds de sa mère ni se tenir sur la table pour sortir des bougies de leur moule ; tout ce qu'elle avait vu d'Abeille, c'était une petite fille timide et délicate, réservée et l'œil aux aguets, et aujourd'hui muette, roulée en boule. Je me levai, traversai la pièce et me penchai sur ma fille cadette. « Viens, Abeille », dis-je sans réfléchir, mais à l'instant où je lui touchai l'épaule elle devint raide comme un poisson séché au soleil, puis s'écarta brusquement et se roula de nouveau en boule, dos à moi.

« Laisse-la tranquille, intervint Ortie d'un ton ferme. Fitz, parlons sans détour : tu es un homme plongé dans la douleur et tu n'es pas en état de prendre des décisions pour les autres ; et, même avant, tu ne... disons que toute ton attention n'était pas tournée sur ta fille. Tu ne peux pas t'occuper d'elle. Si je ne te connaissais pas, je penserais qu'elle a peur de toi ; mais, comme je sais que la cruauté envers les enfants n'est pas dans ta nature, je dirai seulement qu'elle ne veut pas être touchée par toi. Alors comment pourrais-tu t'occuper d'elle ? Il faut qu'elle nous accompagne demain. Castelcerf compte de nombreuses bonnes d'enfants, et, d'après ce que j'ai vu ces derniers jours, elle ne demande guère de soins ; une fois vêtue, elle mange seule, elle est propre, et, si on la laisse seule, elle a l'air de se satisfaire de regarder le feu sans bouger. Je pense qu'il serait bon de choisir une des femmes qui se chargeaient de Lourd, un peu plus âgée que les autres et qui cherche un travail plus simple. » Ortie tira un fauteuil près de l'âtre, s'assit et se pencha pour toucher sa sœur ; l'enfant s'écarta en se tortillant, et elle n'insista pas. Abeille trouva un endroit où elle se sentait bien près de la cheminée et replia ses jambes sous sa robe ; les mains contre la poitrine, elle se détendit à mesure qu'elle se perdait dans la danse des flammes. Elle était en sécurité, plus qu'elle ne le serait jamais à Castelcerf. Je l'imaginai s'en allant avec sa sœur, et cette idée ne me plut pas. Était-ce de l'égoïsme de ma part de la garder ? Je l'ignorais.

« Elle sera en butte à la cruauté là-bas. » Les mots s'écoulaient lentement, comme du sang.

« Je n'engagerais jamais une bonne avec des tendances à la cruauté ! Me crois-tu donc si bête ? » Elle était outrée.

« Je ne parlais pas de sa bonne, mais des enfants du château. Quand elle ira suivre ses leçons, ils s'en prendront à elle parce qu'elle est petite avec la peau blanche, ils la pinceront pendant les repas, ils lui voleront ses friandises, ils la poursuivront dans les couloirs ; ils se moqueront d'elle parce qu'elle est différente.

— Les autres enfants ? Ses leçons ? » Ortie n'en croyait pas ses oreilles. « Mais ouvre les yeux, Fitz ! Des leçons de quoi ? Je l'aime plus que quiconque, mais le mieux que nous pouvons lui offrir, c'est une vie confortable et sans danger. Je ne l'enverrai pas prendre des leçons ni s'asseoir à une table où on pourrait se moquer d'elle ou la pincer ; je la garderai dans sa chambre, près de la mienne, où elle sera logée, nourrie et blanchie, en compagnie de ses petits jouets. C'est le mieux que nous puissions faire pour elle, et c'est tout ce qu'elle peut attendre de la vie. »

J'en restai bouche bée. Comment pouvait-elle voir Abeille ainsi ? « Tu la prends pour une simple d'esprit ? »

Elle parut effarée que je pusse nier la réalité. Puis elle puisa de l'acier au fond d'elle. « Ça arrive. Ce n'est pas sa faute, ce n'est pas la tienne, et nous ne pouvons pas nous cacher derrière notre petit doigt. Ma mère l'a eue tard, et elle était minuscule à la naissance ; chez ces enfants-là, le... l'intelligence se développe rarement ; ils restent des enfants. Et quelqu'un doit s'occuper d'elle pour le restant de ses jours, qu'elle vive longtemps ou non. Il vaut donc mieux que...

— Non. Elle demeurera ici. » J'avais pris un ton catégorique, choqué qu'Ortie pût penser autrement. « Quoi que tu croies, et malgré son comportement étrange, elle a un petit esprit brillant ; et, même si elle était simple d'esprit, ma réponse serait la même. Elle n'a jamais vécu ailleurs qu'à Flétrybois, elle connaît la maison et la propriété comme sa poche, et les domestiques l'acceptent. Elle n'est pas stupide, Ortie, ni lente ; elle est petite, et, oui, elle est différente. Elle ne parle peut-être pas souvent, mais elle parle, et elle fait des choses : elle coud, elle s'occupe des ruches, elle arrache les mauvaises herbes au jardin, elle écrit dans son petit journal. Elle adore être dehors ; elle adore être libre de n'en faire qu'à sa tête. Elle suivait Molly partout. »

Ma fille aînée me regarda fixement pendant un moment, puis elle désigna Abeille de la tête et demanda d'un ton sceptique : « Cette toute petite fille sait coudre ? Et s'occuper d'une ruche ?

— Ta mère a bien dû te dire dans ses lettres que... » Je m'interrompis. Écrire était toute une affaire pour Molly, et, quant à moi, ce n'était qu'au cours de l'année passée que j'avais observé de mes propres yeux la vive étincelle de l'esprit de mon enfant. Pourquoi Ortie en eût-elle su quoi que ce fût ? Je ne lui en avais pas fait part, pas plus qu'à Umbre ni à personne à Castelcerf. J'avais tout d'abord eu peur de me réjouir trop vite, puis, après notre jeu avec les objets à se rappeler, j'avais préféré ne pas mettre Umbre au courant des talents de la petite ; j'étais certain qu'il trouverait promptement le moyen de les exploiter.

Ortie secouait la tête. « Maman adorait sa petite dernière, et elle se vantait auprès de moi de capacités qui me paraissaient... Enfin, il était évident qu'elle voulait croire qu'Abeille... » Elle se tut, incapable de continuer.

« C'est une petite fille très capable ; parles-en aux domestiques », dis-je, et puis je me demandai ce qu'ils avaient vu des compétences d'Abeille. Je retournai à mon bureau et me laissai tomber dans mon fauteuil. Tout cela n'avait aucune importance. « Dans tous les cas, elle ne part pas avec toi, Ortie. C'est ma fille ; il est normal qu'elle reste avec moi. »

J'étais mal placé pour prononcer ces mots, et Ortie me dévisagea sans rien répliquer, la bouche pincée. Elle eût pu me renvoyer une réflexion cinglante, mais elle se retint. J'eusse voulu pouvoir effacer ces propos, trouver une autre façon d'exprimer ma pensée, mais je repris avec franchise : « J'ai manqué à ce devoir envers toi ; c'est ma dernière chance de l'accomplir comme il faut. Elle reste. »

Elle se tut un instant puis répondit avec douceur : « Je sais que tu veux bien faire, que tu veux t'occuper d'elle convenablement. Mais ça m'étonnerait que tu y arrives, Fitz. Tu l'as dit toi-même : tu n'as jamais eu en charge un enfant aussi petit.

— Heur était plus jeune qu'elle quand je l'ai adopté.

— Mais il était normal. » Je pense qu'elle n'avait pas voulu employer un ton aussi dur.

Je me levai et déclarai avec fermeté : « Abeille est normale elle aussi ; normale pour quelqu'un comme elle. Elle restera ici, Ortie, et poursuivra sa petite vie là où se trouvent les souvenirs de sa mère. »

Ortie s'était mise à pleurer, non de chagrin mais parce qu'elle était épuisée et savait qu'elle allait encore s'opposer à moi, ce qui me ferait mal. Les larmes coulaient sur ses joues, mais elle ne sanglotait pas ; je la vis serrer la mâchoire et je compris qu'elle ne reviendrait pas sur sa décision, alors que je ne lui permettrais pas de m'enlever Abeille. L'un ou l'autre allait devoir céder ; nous ne pouvions remporter tous les deux la partie.

« Je dois faire ce qu'il faut pour ma petite sœur ; c'est ce que ma mère aurait attendu de moi. Et je ne peux pas la laisser ici », dit-elle. Elle me regarda, et je lus dans ses yeux une compassion dure pour ce que j'éprouvais ; compassion mais non pitié. « Si je lui trouve une bonne efficace à Castelcerf, peut-être pourra-t-elle venir ici en visite avec Abeille », reprit-elle sans y croire.

Je sentais la colère m'envahir. Qui était-elle pour mettre en doute ma compétence ? La réponse qui me vint me fit l'effet d'une douche glacée : c'était ma fille, et je l'avais abandonnée pour servir mon roi, ma fille, qu'un autre avait élevée à ma place. Plus que quiconque, elle avait le droit de voir en moi un père incompétent. Je détournai les yeux de mes filles.

« Si tu l'emmènes, je vais me retrouver seul. » Je regrettai aussitôt de m'apitoyer ainsi sur moi-même.

Ortie répondit à mi-voix, avec plus de douceur que n'en méritait une réflexion aussi égoïste : « Alors la solution est toute simple : quitte Flétrybois et laisse le personnel gérer la propriété, fais tes affaires et rentre avec moi à Castelcerf. »

J'ouvris la bouche mais ne vis rien à dire. Je n'avais jamais envisagé de retourner un jour au château, et mon cœur fit un bond à cette idée : je n'étais pas obligé de faire face à cet abîme de solitude ; je pouvais y échapper. À Castelcerf, je reverrais de vieux amis, les salles de la citadelle, les cuisines, les étuves, les écuries, les rues escarpées de Bourg-de-Castelcerf...

Mon enthousiasme s'éteignit aussi brusquement qu'il s'était enflammé. Le désert ; pas de Molly, pas de Burrich, pas de Vérité, pas de Subtil. Pas d'Œil-de-Nuit. Le gouffre béant du vide s'ouvrait plus largement à chaque mort que je me rappelais et qui me torturait.

Pas de Fou.

« Non, dis-je. Je ne peux pas. Il n'y a rien pour moi là-bas, rien que de la politique et des intrigues. »

L'empathie que j'avais vue sur son visage s'effaça. « Rien, répéta-t-elle avec raideur. Rien que moi. » Elle s'éclaircit la gorge. « Et Umbre, et Devoir, et Kettricken, et Lourd.

— Ce n'est pas ce que je voulais dire. » Je me sentis soudain trop las pour m'expliquer. J'essayai néanmoins. « Le château de Castelcerf que j'ai connu n'existe plus, et la vie s'y est poursuivie sans moi trop longtemps ; je ne sais pas quelle place je pourrais occuper là-bas. Pas celle de FitzChevalerie Loinvoyant, en tout cas, ni d'assassin ni d'espion de la famille royale, ni de Tom Blaireau le serviteur. Un jour, je viendrai y passer une semaine, voire un mois, et revoir tout le monde, mais je ne resterai pas, ma chérie. Plus jamais je n'habiterai là-bas, et je n'irai pas aujourd'hui. Rien que l'idée de voyager, de revoir de vieux amis, de manger, de boire, de rire et de bavarder… Non. Je n'ai pas le cœur à ça. »

Elle se leva, vint se placer derrière moi et posa les mains sur mes épaules. « Je comprends », dit-elle. Dans sa voix, j'entendis qu'elle me pardonnait ma remarque cruelle. C'était sa nature de pardonner facilement, et j'ignorais où elle avait appris cela. J'en fus mortifié : je ne le méritais pas. Elle poursuivit : « J'espérais que ça se passerait autrement, mais je comprends. Au printemps, tu penseras peut-être différemment ; tu seras peut-être prêt à venir passer du temps avec nous. »

Elle soupira, serra les doigts sur mes épaules puis bâilla comme un chat. « Houlà, il est tard ! J'aurais dû mettre Abeille au lit il y a des heures. Nous devons partir tôt demain matin, et il faut encore que je trouve un moyen de l'installer commodément dans une fonte. Mieux vaut que j'aille dormir. »

Je ne répondis pas. Qu'elle aille se coucher ; au matin, quand elle voudrait emmener Abeille, je lui dirais simplement : « Non. » Mais, pour le moment, je pouvais encore me taire ; échappatoire de lâche.

La petite était assise en tailleur devant le feu, le regard perdu dans les flammes. « Allons, Abeille, c'est l'heure du dodo », dit Ortie en se baissant pour la prendre. Abeille enroula ses épaules d'une façon que je connaissais bien pour éviter les mains de sa sœur. Celle-ci essaya de nouveau, et encore une fois l'enfant l'esquiva. « Abeille ! » s'exclama Ortie.

La petite tourna la tête et son regard se porta quelque part entre Ortie et moi. « Non. Je reste avec papa. »

Jamais je ne l'avais entendue s'exprimer aussi clairement. J'étais sidéré, mais je m'efforçai de n'en rien laisser paraître sur mes traits ni dans mon Art.

Ortie était pétrifiée. Lentement, elle s'accroupit près de sa sœur pour la dévisager. « Tu restes avec papa ? » Elle détachait soigneusement ses mots.

Abeille détourna brusquement le visage et se tut, les yeux braqués vers les ombres de la pièce. Ortie me jeta un regard incrédule, et je compris que c'était sans doute la première fois qu'elle entendait sa sœur dire une phrase complète. Elle reporta son attention sur l'enfant.

« Abeille, il est temps d'aller dormir. Demain matin, il faudra nous lever très tôt. Tu vas faire un voyage avec moi, un long voyage jusqu'à un château qui s'appelle Castelcerf. Tu vas bien t'amuser à découvrir une nouvelle maison ! Alors viens, que je te mette au lit et que je te borde. »

Je vis Abeille raidir les épaules, et elle rentra le menton dans le cou.

« Abeille... » fit Ortie d'un ton menaçant, et elle tenta de la prendre à nouveau ; une fois encore, la petite lui échappa.

Elle s'était rapprochée de moi, mais je me gardai bien de m'emparer d'elle. Je m'adressai à elle : « Abeille, veux-tu rester ici avec moi ? »

Elle ne répondit pas mais acquiesça sèchement de la tête.

« Laisse-la ici », dis-je à Ortie, qui se releva avec un soupir.

Elle fit rouler ses épaules, s'étira et répondit avec un nouveau soupir : « C'est peut-être mieux ainsi. Qu'elle s'endorme de fatigue ; une fois installée dans sa fonte demain, elle pourra rattraper son sommeil en retard pendant le trajet. »

Elle n'avait pas accepté la réponse de sa sœur ; il fallait que je lui misse les points sur les i. Je me penchai sur ma fille cadette.

« Abeille ? Veux-tu partir en voyage avec Ortie demain pour aller au château de Castelcerf, ou veux-tu rester ici, à Flétrybois, avec moi ? »

Elle tourna la tête, et ses yeux pâles glissèrent sur nous deux pour se perdre dans la pénombre du plafond. Ils se portèrent fugitivement sur moi puis s'écartèrent à nouveau. Elle prit une longue inspiration et dit avec une élocution précise : « Je ne souhaite pas aller au château de Castelcerf ; merci de ta proposition bienveillante, Ortie, mais je vais rester chez moi, à Flétrybois. »

Je regardai Ortie et levai la main. « Elle dit qu'elle veut rester ici.

— J'avais compris », répliqua-t-elle sèchement. Elle avait l'air abasourdi d'entendre sa sœur parler ; pour ma part, je conservais une mine impassible : je ne voulais pas laisser paraître qu'Abeille venait d'en dire plus qu'elle ne le faisait habituellement en une semaine ni que son élocution était d'une clarté rare. Je sentais qu'Abeille et moi étions ensemble sur le sujet ; nous nous tenions les coudes. C'est donc avec une expression calme et dénuée de surprise que je regardais Ortie.

Un instant, elle ressembla à sa mère quand la colère la prenait, et mon cœur se serra : pourquoi avais-je si souvent suscité cette expression chez Molly quand elle était encore vivante ? N'eussé-je pas pu être plus doux, plus gentil avec elle ? N'eussé-je pas pu lui céder plus fréquemment ? Un sentiment de noire et totale solitude m'envahit qui me retourna le cœur, comme si je devais le vomir pour m'en purger.

Ortie dit à mi-voix : « Elle n'est pas compétente pour prendre cette décision. Songe à l'avenir ; comment vas-tu t'occuper d'elle alors que tu arrives à peine à t'occuper de toi-même depuis deux semaines ? Crois-tu qu'elle puisse se passer de manger comme toi ? Crois-tu qu'elle puisse rester debout jusqu'à l'aube, dormir quelques heures et se traîner toute la journée comme toi ? C'est une enfant, Tom ; il lui faut des repas à heures fixes, des activités régulières, de la discipline ; et, tu as raison, des leçons. Et la première, c'est d'apprendre à être normale ! Si elle sait parler, comme elle vient de le faire si clairement, elle doit apprendre à s'exprimer plus souvent pour qu'on sache ce qu'elle pense ; il faut lui enseigner tout ce qu'elle doit savoir, et il faut l'encourager à parler, à ne pas laisser tout le monde la prendre pour une muette ou une idiote ! Il faut s'occuper d'elle, pas seulement pour les repas et les vêtements, mais mois après mois, année après année, pour qu'elle s'instruise et qu'elle grandisse. Elle ne peut pas vagabonder dans Flétrybois comme un chaton errant pendant que tu t'imbibes de vieux manuscrits et d'eau-de-vie.

— Je peux lui servir de précepteur », déclarai-je avec une assurance de façade. Je me rappelai les heures passées avec Geairepu et les autres enfants de Castelcerf et me demandai si je saurais montrer la même patience et la même ténacité que notre professeur. J'estimai que j'y parviendrais si mon devoir le commandait ; j'avais bien réussi à éduquer Heur, n'est-ce pas ? Dans mon esprit surgit soudain la proposition d'Umbre : celle de m'envoyer FitzVigilant. Il ne m'avait pas encore dit que le temps était venu, mais cela ne tarderait sans doute plus.

Ortie secouait la tête. Les larmes et la fatigue lui rougissaient les yeux. « Il y a autre chose que tu négliges : elle a l'air d'avoir six ans, mais elle en a neuf. À quinze ans, paraîtra-t-elle toujours plus jeune ? Comment cela affectera-t-il sa vie ? Et comment lui expliqueras-tu ce que c'est d'être une femme ? »

Comment, en effet ? « Il reste encore plusieurs années », dis-je avec un calme que je n'éprouvais pas. Je pris conscience que j'avais dressé mes murailles d'Art et qu'Ortie ne pouvait percevoir mes doutes ; cependant, cette impénétrabilité même devait lui révéler que je gardais certaines pensées pour moi. On n'y changerait jamais rien ; elle et moi avions en commun la magie de l'Art, et nous communiquions par ce biais depuis son enfance. Cet accès sans restriction aux rêves et aux expériences de l'autre était une des raisons pour lesquelles je m'abstenais de me servir de l'Art pour connaître l'esprit d'Abeille.

Je me tournai vers l'enfant, et, à ma grande surprise, je constatai qu'elle me regardait en face ; nous restâmes les yeux dans les yeux comme cela ne nous était jamais arrivé.

Ma réaction m'étonna : je baissai les yeux. D'un coin de mon cœur, un vieux loup m'avait mis en garde : « Regarder dans les yeux est une attitude grossière. Ne provoque pas un défi. »

Aussitôt, j'observai Abeille, mais elle aussi s'était détournée. Il me sembla la voir me jeter un coup d'œil de côté, et elle m'évoqua tant une bête sauvage que la peur me saisit. Avait-elle hérité le Vif de moi ? Je n'avais pas touché son esprit, mais, par bien des aspects, cela signifiait que je l'avais aussi laissé sans protection. Dans son innocence, s'était-elle déjà liée à un animal ? À un des chats des cuisines, peut-être ? Pourtant son comportement ne ressemblait pas à celui d'un chat. Non ; s'il me rappelait quelque chose, c'était celui d'un louveteau, or il était impossible qu'elle se fût liée à un petit de loup. Un mystère de plus à l'actif de mon singulier enfant.

« Tu m'écoutes ? » fit sèchement Ortie, et je tressaillis. Ses yeux noirs lançaient des éclairs comme ceux de sa mère.

« Non ; je m'excuse. Je songeais à tout ce que je devais lui apprendre, et j'étais distrait. » Et cela me confortait dans l'idée de la garder avec moi, en sécurité. Un incident avec un cheval me revint en mémoire, et un grand froid me saisit. Si Abeille avait le Vif, c'était à Flétrybois qu'elle courait le moins de risques. Les Vifiers ne se heurtaient plus à une hostilité aussi ouverte qu'autrefois, mais les habitudes de pensée ont la vie dure, et il ne manquerait pas de gens à Castelcerf pour considérer qu'un enfant doué de cette magie méritait d'être pendu, brûlé et démembré.

« Et maintenant, tu m'écoutes ? » insista Ortie. Non sans effort, je me détournai d'Abeille pour la regarder.

« Oui. »

Elle se mordit la lèvre et réfléchit. Elle s'apprêtait à me proposer un marché qui ne lui plaisait guère. « Je reviens dans trois mois ; si elle a l'air négligé si peu que ce soit, je l'emmène, et on n'en parle plus. » Elle ajouta d'un ton radouci : « Mais si tu te rends compte avant cela que tu es dépassé, préviens-moi et je la ferai chercher aussitôt, ou bien amène-la-moi toi-même à Castelcerf. Et je promets de ne pas dire que je t'avais prévenu. Je la prendrai en charge, c'est tout. »

J'avais envie de répondre que cela n'arriverait pas, mais, avec le temps, j'avais appris à ne pas tenter le sort, car il semblait que je finissais toujours par accomplir ce que j'avais juré de ne pas faire. J'acquiesçai donc à la déclaration de ma redoutable fille et dis d'un ton posé : « C'est équitable ; et maintenant, tu devrais aller dormir un peu si tu dois partir tôt.

— En effet. » Elle tendit la main à l'enfant. « Viens, Abeille ; c'est l'heure d'aller nous coucher toutes les deux, et pas de discussion. »

La petite courba la tête avec une réticence manifeste. J'intervins. « Je la mettrai au lit. J'ai dit que je m'occuperai d'elle ; autant commencer tout de suite. »

Ortie hésita. « Je sais comment ça va se passer : tu vas la laisser ici jusqu'à ce qu'elle s'endorme devant la cheminée, et ensuite tu la flanqueras au lit sans la changer. »

Je la regardai, sachant quel souvenir commun nous était revenu : plus d'une fois, je m'étais assoupi près de l'âtre de Burrich dans les écuries, un bout de harnais ou un jouet entre les mains, et je me réveillais toujours sur ma paillasse près de son lit, une couverture en laine jetée sur moi. Il avait dû faire de même avec Ortie quand elle était petite. « Nous ne nous en portions pas plus mal », dis-je. Elle eut un petit mouvement d'acquiescement, les yeux pleins de larmes, et sortit.

Je la regardai s'en aller, les yeux brouillés. Les épaules voûtées, elle était défaite – et orpheline. C'était une femme adulte, mais elle venait de perdre sa mère de façon aussi brutale que l'homme qui l'avait élevée, et, malgré la présence de son père, elle se sentait seule au monde.

Sa solitude amplifiait la mienne. Burrich… Il me manqua soudain ; c'est auprès de lui que je me fusse réfugié, à ses conseils que je me fusse fié pour affronter ma peine. Kettricken était trop réservée, Umbre trop pragmatique, Devoir trop jeune, le Fou trop parti.

Je tirai la bride à mon cœur pour l'empêcher d'explorer davantage mes douleurs. C'était un de mes défauts, auquel Molly me reprochait parfois de me laisser aller. S'il m'arrivait un incident malheureux, je le reliai aussitôt à tous ceux qui s'étaient produits la semaine précédente ou qui risquaient de se produire la semaine suivante ; quand la tristesse me saisissait, je me vautrais dans mes malheurs comme un dragon sur son trésor. Je devais songer à ce que j'avais, non à ce que j'avais perdu, me rappeler qu'il y avait un lendemain, et que je m'étais engagé à veiller sur l'avenir de quelqu'un.

Je regardai Abeille, qui se détourna aussitôt. Je souris malgré ma peine. « Il faut que nous parlions, tous les deux », lui dis-je.

Elle contemplait le feu, immobile comme une statue. Enfin, elle hocha lentement la tête. D'une petite voix aiguë, mais avec une diction qui n'était pas celle d'un enfant, elle répondit : « Oui, il faut que nous parlions, toi et moi. » Elle me jeta un bref coup d'œil. « Mais, avec maman, ce n'était pas nécessaire. Elle comprenait. »

Je n'avais espéré aucune réaction de sa part. Avec ses propos précédents, elle avait déjà communiqué davantage que jamais auparavant. Certes, elle s'était adressée à moi par le passé pour me demander de lui fournir du papier ou de lui tailler une plume, mais cette fois c'était différent, et une révélation se fit en moi qui me glaça : elle était profondément différente de ce que je croyais. C'est une impression très étrange de sentir le familier basculer et de glisser dans l'inconnu. Je dus faire un effort pour me rappeler que c'était mon enfant, la fille dont Molly et moi avions rêvé si longtemps. Depuis la singulière grossesse de Molly et la naissance d'Abeille, je m'efforçais de m'habituer à l'image que je me faisais d'elle. En l'espace d'une nuit, neuf ans plus tôt, de mari craignant pour la santé mentale de son épouse, j'étais devenu père d'un nouveau-né minuscule mais parfait. Pendant les premiers mois, je m'étais laissé aller aux rêves fous que tout parent nourrit pour son enfant : elle serait intelligente, aimable et jolie, elle voudrait apprendre tout ce que Molly et moi avions à lui enseigner, elle aurait le sens de l'humour, elle serait curieuse et vive, elle nous tiendrait compagnie pendant sa jeunesse et – oui, j'entretenais même cette idée banale – elle serait notre bâton de vieillesse.

Et puis, les semaines, les mois et les années s'écoulant sans qu'elle grandît ni ne parlât comme les autres, j'avais dû voir en face ses différences, et, tel un ver qui ronge une pomme, ce savoir m'avait évidé le cœur. Elle ne grandissait pas, elle ne riait pas, elle ne souriait pas. Abeille ne serait jamais l'enfant que j'imaginais.

Le pire, c'est que j'avais déjà donné mon cœur à cet enfant qui ne serait jamais, et il m'était terriblement difficile de pardonner à Abeille de ne pas être celle que j'attendais. Son existence transformait la mienne en un kaléidoscope d'émotions. L'espoir ne voulait pas mourir en moi ; quand elle acquérait des talents que d'autres enfants eussent manifestés bien plus tôt, je me prenais soudain à rêver que, par miracle, elle devenait normale, et, chaque fois que mes illusions étaient anéanties, le choc était plus rude. Ma douleur et ma déception profondes laissaient parfois la place à une fureur froide à l'encontre du sort. Néanmoins, je me flattais de ne rien laisser paraître à Molly de mon ambivalence envers notre enfant, et, pour dissimuler ma difficulté à l'accepter, je devins férocement protecteur ; je ne tolérais pas qu'on parlât de ses différences comme de déficiences ; je lui donnais tout ce qu'elle désirait ; je n'attendais jamais d'elle qu'elle tentât quoi que ce fût à quoi elle renâclait. Molly n'avait jamais su qu'Abeille souffrait de la comparaison avec l'enfant que je m'étais figuré ; elle paraissait ravie de notre fille, au point de friser l'idolâtrie, et je n'avais jamais eu le cœur de lui demander si elle ne regrettait pas de ne pas avoir eu un autre enfant. Pour ma part, je refusais d'envisager que je pusse souhaiter qu'elle ne fût pas née.

Je m'inquiétais de ce qu'elle deviendrait quand elle serait adulte et nous âgés ; je croyais que sa parole rare la désignait comme simple d'esprit et je l'avais traitée comme telle, jusqu'au soir où elle nous avait laissés pantois lors du jeu de mémoire. Ce n'était qu'au cours de l'année passée que j'avais trouvé assez de sagesse en moi pour l'apprécier telle qu'elle était, pour me détendre enfin et prendre plaisir au bonheur qu'elle apportait à sa mère. Les terribles tempêtes de la déception avaient cédé le pas à une résignation paisible. Abeille était ce qu'elle était.

Mais à présent elle me parlait clairement, et la honte s'emparait de moi. Jusque-là, elle ne m'adressait que des phrases simples, parcimonieuse de ses mots mal prononcés comme si c'étaient des pièces d'or. Ce soir, j'avais éprouvé un immense soulagement quand elle avait exprimé sa volonté de rester avec moi ; elle était petite, mais elle savait parler. Pourquoi de la honte ? Parce qu'il était soudain beaucoup plus facile de l'aimer que lorsqu'elle était muette.

Je songeais à une vieille fable et me dis que je n'avais pas le choix : il fallait que je saisisse l'ortie à pleine main. Néanmoins, je procédai avec prudence. « Tu n'aimes pas parler ? »

Elle secoua brièvement la tête.

« Alors pourquoi gardais-tu le silence avec moi ? »

À nouveau, un éclair de ses yeux bleu clair. « Ce n'était pas la peine de te parler ; j'avais maman. Nous étions tout le temps ensemble, et elle écoutait ; même quand je ne parlais pas clairement, elle savait ce que je voulais dire. Elle comprenait sans tous les mots dont tu as besoin.

— Et maintenant ? »

Ses petites épaules se détournèrent, indiquant une gêne. « Quand il le faut, pour rester en sécurité. Mais avant, la sécurité, c'était de me taire, d'être ce que les domestiques ont l'habitude de voir. Ils me traitent bien, en général ; mais si je m'adressais tout à coup à eux comme je m'adresse à toi, s'ils m'entendaient m'exprimer ainsi, ils auraient peur, et alors ils me regarderaient comme une menace. Les grandes personnes aussi deviendraient un danger pour moi. »

Aussi ? Je sautai à la conclusion. « Comme les enfants. »

Un acquiescement de la tête. Pas davantage. Naturellement ; c'était évident.

Elle était très précoce, très adulte. Sa voix flûtée portait des paroles de grands ; et qu'il était effrayant de l'entendre évaluer sa situation comme si elle était Umbre et non ma petite fille ! J'avais espéré l'entendre prononcer des phrases simples ; j'eusse été soulagé de la logique sans complication d'un enfant. Mais le balancier avait effectué un large mouvement, et, de résigné que j'étais à la mutité et à l'idiotie de ma fille, je m'inquiétais à présent qu'elle ne fût anormalement compliquée, voire manipulatrice.

Elle garda les yeux baissés. « Tu as un petit peu peur de moi maintenant. » Elle courba le cou, posa les mains sur ses jambes croisées et attendis mon mensonge.

« Je suis mal à l'aise, non effrayé », répondis-je à contre-cœur. Je tâchai de trouver les mots idoines, en vain. « Je suis… stupéfait, et aussi un peu troublé que tu t'exprimes si bien ; je n'avais jamais imaginé que tu étais capable d'une telle complexité de pensée. C'est perturbant, Abeille. Néanmoins, je t'aime beaucoup plus que je n'ai peur de toi ; et, avec le temps, je me ferai à… ce que tu es vraiment. »

La petite tête avec sa brume blonde acquiesça lentement. « Je pense que tu y arriveras ; je ne sais pas si Ortie le pourrait. »

Je partageais ses réserves mais je me sentis obligé de défendre ma fille aînée. « C'est un peu injuste d'en espérer autant de sa part – ou même de la mienne ! Pourquoi te taisais-tu ? Pourquoi ce silence alors que tu savais parler ? »

Sans lever les yeux, elle haussa les épaules en secouant la tête. Je ne m'attendais pas à une réponse, et, à la vérité, je comprenais qu'elle eût gardé son secret. Pendant des années, enfant, j'avais caché ma bâtardise à Molly et je lui avais fait croire que j'étais le grouillot du scribe, non par duplicité mais parce que je tenais à ne pas me faire remarquer. Je savais parfaitement que, plus longtemps on conserve ce genre de secret, plus il est difficile de le révéler sans avoir l'air d'un menteur. Comment avais-je pu ne rien voir ? Comment la préserver des erreurs que j'avais commises ? Je tâchai de lui parler comme un père doit s'adresser à son enfant.

« Ma foi, c'est un curieux secret ; et je te conseille de t'en débarrasser tout de suite. Tu devrais commencer à parler aux gens, non comme à moi, mais en disant un mot ici ou là, en prononçant le nom des choses que tu veux en les désignant, puis en passant à des questions simples.

— Tu veux que je m'exerce à une nouvelle forme de tromperie, dit-elle d'une voix lente. Tu veux que je fasse semblant d'apprendre seulement à parler. »

Je pris alors conscience que je réagissais plus comme le mentor d'un assassin que comme un père aimant, que je lui donnais des conseils qu'Umbre m'eût donnés jadis. Gêné, je ne m'en exprimai que plus fermement : « C'est sûrement vrai. Mais je crois que c'est une hypocrisie nécessaire à cause de celle par laquelle tu as commencé. Mais, bigre, pourquoi feignais-tu de ne pas savoir parler ? Pourquoi cette dissimulation ? »

Elle remonta ses genoux contre sa poitrine et les prit dans ses bras, petite et serrée, sans doute pour contenir son secret. Le doute me noua soudain le ventre : elle ne m'avait pas tout dit. Je détournai les yeux ; il ne fallait pas la regarder en face. Elle n'avait que neuf ans ; quel secret une si petite personne pouvait-elle cacher ? Je me revis au même âge, et la peur me glaça.

Au lieu de répondre à ma question, elle demanda : « Comment fais-tu ?

— Comment je fais quoi ? »

Elle se balança légèrement d'avant en arrière en se mordant la lèvre. « Tu retiens tout à l'intérieur ; tu ne laisses rien s'échapper. »

Je me passai la main sur le visage et décidai de la laisser mener la conversation, même si elle m'entraînait sur des terrains pénibles. Qu'elle s'habitue à me parler… et moi à l'écouter. « Tu veux dire ma tristesse ? Le fait que je ne pleure pas aujourd'hui ? »

Elle secoua la tête avec impatience. « Non ; je veux dire tout. » À nouveau, le même regard d'un coin de l'œil.

Je pesai soigneusement mes paroles. « Il va falloir que tu t'expliques mieux que ça.

— Tu... tu bous, comme la grosse marmite dans les cuisines. Quand tu t'approches, il y a des idées, des images et tout ce que tu penses qui sortent de toi comme la vapeur de la marmite. Je sens ta chaleur et l'odeur de ce qui bouillonne en toi ; j'essaie de me tenir à l'écart mais ça m'engloutit et ça me brûle. Mais, quand ma sœur était ici, tu as brusquement mis un couvercle dessus ; je discernais toujours la chaleur mais tu empêchais la vapeur et les odeurs de s'échapper... Là ! À l'instant ! Tu as refermé le couvercle et baissé la chaleur. »

Elle avait raison. À mesure qu'elle parlait, l'angoisse m'avait envahi. Elle ne concevait pas l'Art comme moi, mais les images qu'elle employait ne pouvaient s'appliquer à rien d'autre ; et, quand j'avais compris qu'elle percevait mes pensées et mes émotions, j'avais renforcé mes murailles d'Art pour m'enfermer derrière elles comme Vérité m'avait enseigné à le faire il y avait des années. Il m'avait imploré d'apprendre à conserver mes murailles dressées parce que mes rêves d'adolescent sur Molly envahissaient son sommeil, s'infiltraient dans ses propres rêves et l'empêchaient de dormir ; et à présent, c'était ma fille que je tenais à l'écart. Je repensai non seulement à la soirée écoulée mais à tous les jours et toutes les nuits des neuf années précédentes, et je me demandai ce qu'elle avait vu et entendu dans les pensées de son père ; je me rappelai la façon qu'elle avait de se raidir quand je la touchais et de détourner les yeux quand je la regardais — comme elle le faisait en ce moment même. Je croyais qu'elle ne m'aimait pas, et cela me peinait, mais je n'avais pas songé que, si elle connaissait tout de mes pensées, elle avait de bonnes raisons de ne pas m'apprécier, moi, l'homme qui n'était pas satisfait d'elle, qui souhaitait que sa fille fût une autre.

Elle leva vers moi un regard circonspect et, une fraction de battement de cœur, nos yeux se croisèrent. « C'est tellement mieux ! fit-elle à mi-voix. C'est tellement plus paisible quand tu te fermes !

— J'ignorais que tu étais... soumise aux assauts de mon esprit. Je tâcherai de garder mes murailles dressées à proximité de toi.

— Oh, c'est vrai ? s'exclama-t-elle avec un soulagement manifeste. Et Ortie ? Tu pourrais la prier de se fermer aussi quand elle est près de moi ? »

Non, c'était impossible. Dire à Ortie qu'elle devait dresser ses murailles d'Art près d'Abeille lui révélerait la sensibilité de sa sœur à la magie Loinvoyant, et je ne tenais pas à ce qu'elle se demandât, comme moi, quelles étaient les capacités de la petite dans ce domaine, jusqu'à quel point elle pouvait être « utile ». Je me retrouvai soudain dans la peau d'Umbre, avec devant moi une enfant apparemment très jeune mais en réalité beaucoup plus vieille que son âge, et douée de l'Art. Gamine, Romarin était une excellente espionne, mais Abeille estomperait son éclat comme le soleil celui d'une bougie. Les murailles bien dressées, je lui dissimulai cette idée ; il ne servait à rien de l'inquiéter sur ce genre de choses. Je m'en chargerais seul. Je pris une voix calme.

« J'en parlerai à Ortie, mais pas tout de suite ; à sa prochaine visite, peut-être. Il faudra que je réfléchisse à la manière de présenter la requête. » Je n'avais aucune intention de lui soumettre la question tant que je n'aurais pas décidé de la façon de m'y prendre. Je me creusais la cervelle pour déterminer le meilleur moyen de demander à Abeille pourquoi elle avait caché à tous ses capacités intellectuelles quand elle se leva ; elle me regarda de ses grands yeux bleus, avec sa petite chemise de nuit rouge qui lui tombait sur les chaussons. Mon enfant, ma petite fille, toute somnolente et le regard innocent ; mon cœur se gonfla d'amour pour elle. Elle était tout ce qui me restait de Molly, le réceptacle de toute l'affection de sa mère pour elle. Certes, c'était une enfant étrange, mais Molly avait toujours su parfaitement juger les gens, et je compris tout à coup que, si elle avait estimé pouvoir donner son cœur à Abeille, je ne devais pas craindre de l'imiter. Je souris à ma petite.

Elle ouvrit grand les yeux, surprise, puis elle les détourna, mais un sourire naquit sur son visage. « J'ai sommeil, murmura-t-elle ; je vais me coucher. » Elle lança un regard vers la porte obscure, en dehors de la lumière du feu et de la lampe, et redressa ses épaules menues, résolue à affronter le noir.

Je pris la lampe posée sur mon bureau. « Je vais t'accompagner », dis-je, et je m'aperçus avec étonnement que, depuis neuf ans, c'était toujours Molly qui la mettait au lit ; elle me l'amenait alors que je lisais ou écrivais, je disais bonne nuit à la petite, et elles s'éclipsaient. Souvent aussi, Molly allait se coucher sans m'attendre, sachant que je la rejoindrais dès que j'aurais pris mes pensées au piège du papier. Je me demandai soudain pourquoi j'avais perdu toutes ces heures que j'eusse pu passer avec elle ; pourquoi ne les avais-je pas suivies toutes les deux pour écouter une histoire ou une chanson douce afin de tenir Molly dans mes bras pendant qu'elle s'endormait ?

Le chagrin me nouait la gorge, et c'est sans un mot que je suivis ma fille par les couloirs lambrissés de la résidence de ses grands-parents, ornés des portraits de nos ancêtres, de tapisseries et d'armes en décoration. Ses petits chaussons bruissèrent dans le grand escalier qui menait à l'étage. Il faisait froid dans les couloirs, et elle frissonnait, les bras croisés, privée de l'étreinte de sa mère.

Elle dut se dresser sur la pointe des pieds pour atteindre la poignée de la porte, et le battant s'ouvrit sur une chambre vaguement éclairée par le feu qui mourait dans l'âtre. Les domestiques l'avaient préparée plusieurs heures plus tôt, et les bougies s'étaient consumées.

Je posai ma lampe sur une table près de son lit à baldaquin et allai rallumer le feu. Elle me regardait sans rien dire. Une fois assuré que les bûches avaient pris, je me tournai vers elle ; elle me remercia d'un hochement de tête solennel puis grimpa sur un tabouret bas pour accéder à son lit. Celui que nous lui avions fait fabriquer avait fini par devenir trop petit pour elle, mais celui-ci était encore très grand. Elle ôta ses chaussons, les laissa tomber au sol, et je la vis frissonner en se glissant entre les draps blancs et froids. Elle m'évoquait un chiot qui cherche à se rassurer dans le chenil d'un chien adulte ; je m'approchai et la bordai serré.

« Tu vas te réchauffer bientôt, dis-je.

— Je sais. » Son regard bleu parcourut la pièce, et il me vint soudain à l'esprit que le monde devait lui paraître bien étrange. La chambre était immense par rapport à elle, et tout était à l'échelle des adultes ; pouvait-elle seulement regarder par les fenêtres ? Ouvrir le lourd couvercle de cèdre de son coffre à couvertures ? Je me remémorai tout à coup la première nuit dans ma chambre du château de Castelcerf, après des années passées à dormir au chaud dans celle de Burrich, au-dessus des écuries ; au moins, chez Abeille, les tapisseries représentaient des fleurs et des oiseaux, non des Anciens dont les yeux d'or contemplaient un enfant terrifié qui cherchait le sommeil. J'observai toutefois plusieurs modifications à apporter à la pièce, dont un père un peu sensible se fût occupé des années plus tôt. La honte m'envahit ; je m'en voulais de la laisser seule dans un espace aussi grand et désert.

Debout près d'elle dans la pénombre, je me promis de faire mieux. Je tendis la main pour lisser ses courts cheveux blonds, mais elle s'écarta. « Non, s'il te plaît », murmura-t-elle dans le noir en se détournant de moi. C'était un coup de dague dans mon cœur, une blessure que je méritais amplement. Je retirai ma main et ne me penchai pas pour le baiser que j'avais voulu lui donner. Je réprimai un soupir.

« Très bien. Bonne nuit, Abeille. »

Je repris ma lampe, et j'arrivais à la porte quand elle fit timidement : « Tu peux laisser brûler une petite bougie ? Maman m'en laissait toujours une. »

Je compris aussitôt ce dont elle parlait. Molly en allumait souvent une, large et courte, à notre chevet pour embaumer la chambre pendant qu'elle s'endormait ; combien de fois étais-je allé me coucher pour la trouver dormant à poings fermés pendant qu'une flamme minuscule dansait au bout de la mèche noyée ? Sur la table de chevet, une soucoupe était posée à cet effet ; j'ouvris le petit cabinet en dessous et y découvris quantité de chandelles ; leurs senteurs suaves frappèrent mes narines comme si Molly en personne était entrée dans la pièce. J'en choisis une à la lavande pour ses vertus apaisantes, l'allumai à ma lampe et la mis en place, puis je fermai les tentures du lit en imaginant l'espace enclos doucement éclairé par la lumière tamisée.

« Bonne nuit », dis-je à nouveau en reprenant ma lampe.

Je me dirigeais vers la porte quand son murmure me parvint, aussi léger que du duvet de chardon. « Maman me chantait toujours une chanson.

— Une chanson ? répétai-je stupidement.

— Tu n'en connais pas », supposa-t-elle, et je l'entendis se détourner.

À travers les rideaux, je répondis : « Si, j'en connais. » Bêtement, ce fut *Le clan de Feux-Croisés* qui me vint à l'esprit, épopée martiale et tragique parfaitement inappropriée pour endormir un enfant. Je passai en revue les autres chansons et poèmes que j'avais appris dans mon enfance : *La prière de l'empoisonneur*, catalogue de plantes toxiques, *Points de sang*, récitation musicale des emplacements où planter un couteau pour faire jaillir le sang. Peut-être pas l'idéal.

À mi-voix, elle demanda : « Tu connais *Les douze plantes médicinales* ?

— Oui. » Burrich me l'avait enseignée et dame Patience me l'avait enfoncée dans le crâne. Je m'éclaircis la gorge. Quand avais-je chanté seul pour la dernière fois ? Il y avait une éternité. Je pris mon souffle puis changeai soudain d'avis. « Voici une chanson que j'ai apprise alors que j'étais beaucoup plus jeune que toi ; elle parle de chevaux et de la façon d'en choisir un bon. » Je toussotai à nouveau et trouvai la note juste.

« *Un sabot blanc, tu le prends.*
Deux sabots blancs, c'est tentant.
Trois sabots blancs, réfléchis bien.
Quatre sabots blancs, va-t'en loin. »

Un silence, puis Abeille fit : « C'est cruel. Tu le refuses parce qu'il a les sabots blancs ? »

Je souris dans la pénombre en me rappelant la réponse de Burrich et répondis : « Parce qu'il a les sabots tendres – enfin, peut-être. Les sabots blancs sont parfois moins solides que les noirs, et on n'achète pas un cheval dont les sabots se fendent facilement. La règle ne marche pas à tous les coups, mais elle te rappelle de vérifier les sabots d'un cheval avant de l'acheter.

— Ah ! » Elle se tut un instant. « Chante-la encore, s'il te plaît. »

J'obéis à quatre reprises avant que mon auditrice cessât ses rappels. Je pris alors ma lampe et gagnai la porte à pas de loup ; le parfum de lavande et la douce lumière de la bougie m'accompagnèrent quand je sortis dans le couloir. Je regardai le lit fermé par les tentures, si grand en comparaison de la toute petite personne qui y dormait, si petite, avec moi pour tout protecteur. Puis je refermai sans bruit le battant derrière moi et me rendis dans ma propre chambre, froide et déserte.

Je m'éveillai à l'aube le lendemain. Sans bouger, je contemplai les ombres dans les angles du plafond. Je n'avais dormi que quelques heures mais le sommeil m'avait abandonné ; il y avait quelque chose.

Le louveteau.

Je tressaillis. Il arrivait, rarement, que j'entendisse mon loup me parler aussi clairement que s'il était encore en vie ; c'était un phénomène propre au Vif, que connaissaient les gens si longtemps liés à un animal qu'à sa mort il subsistait une influence. Il y avait près de vingt ans que j'avais perdu Œil-de-Nuit, et pourtant en cet instant il était près de moi et je sentais comme un museau froid sous les couvertures. Je m'assis dans mon lit. « Le jour se lève à peine », grommelai-je, mais je posai les pieds par terre.

J'attrapai une tunique et des chausses propres et me vêtis. Par la fenêtre, je vis s'annoncer une magnifique journée d'été ; je laissai retomber les rideaux puis inspirai profondément, et je pris conscience que ma vie ne tournait plus autour de moi seul, tout en m'étonnant qu'il en fût ainsi naguère. *Molly,* me dis-je. Je croyais l'avoir gâtée par mes attentions et mes cadeaux, mais c'était elle en réalité qui me gâtait en me permettant de me réveiller le matin et de penser à mes propres activités au lieu de m'occuper d'abord de quelqu'un d'autre.

Le loup en moi avait vu juste. Quand je toquai doucement à la porte d'Abeille puis entrai en réponse à son invitation étouffée, je la trouvai debout en train d'examiner des vêtements qu'elle avait sortis de son petit coffre, ses cheveux blonds dressés en toupets sur sa tête. « Tu as besoin d'aide ? » demandai-je.

Elle eut un mouvement de dénégation. « Pas avec les habits. Mais maman se mettait toujours de l'autre côté du lit quand nous le faisions le matin. J'ai essayé, mais ça part de travers. »

Je regardai le résultat ; l'effort avait dû être équivalent à hisser une voile toute seule sur un navire. « Ma foi, ça, je sais comment il faut s'y prendre. Je vais le faire.

— Il faut le faire ensemble », fit-elle d'un ton sévère. Elle prit une grande inspiration et redressa ses épaules menues. « Maman me répétait que je devais toujours être capable de me débrouiller seule, car peu de gens dans ce monde se montreront indulgents du fait de ma taille. »

Oui, c'était bien de Molly de penser à cela. « Alors, faisons-le ensemble », répondis-je, et j'opérai sous ses instructions très précises, sans lui faire remarquer que je pouvais ordonner à une des bonnes de s'en charger désormais : je ne voulais pas jeter à bas ce que Molly avait pris soin de construire chez notre fille.

Elle me fit sortir pendant qu'elle s'habillait, et je l'attendais dans le couloir quand j'entendis le bruit des bottes d'Ortie sur les dalles du sol. Elle s'arrêta devant moi, et sa surprise à me trouver là n'avait rien de flatteur. « Bonjour », lui dis-je, mais, avant qu'elle eût le temps de répondre, la porte s'ouvrit et Abeille apparut, vêtue et prête à entamer la journée.

« Je me suis coiffée, m'expliqua-t-elle comme si j'avais posé la question, mais mes cheveux sont trop courts pour rester à plat.

— Les miens aussi », répondis-je, alors que je n'avais même pas essayé.

Elle leva les yeux vers moi. « Ça te pose des problèmes aussi pour te tailler la barbe ? »

Ortie pouffa, autant d'entendre sa sœur parler que de constater ma gêne.

« Non, avouai-je avec gravité. Je la néglige, c'est tout.

— Je t'aiderai avant de partir », fit Ortie, et je me demandai comment elle savait que Molly m'avait souvent assisté dans cette tâche.

Abeille me regarda d'un air solennel et secoua lentement la tête. « Tu n'as plus de raison d'avoir la barbe. Tu devrais la raser. »

Cette réflexion me fit un choc. Comment était-elle au courant ? Molly lui avait-elle révélé que je l'avais laissée pousser pour rapprocher mon apparence de mon âge réel ? « Plus tard peut-être ; pour le moment, allons prendre le petit déjeuner, car ta sœur souhaite se mettre en route tôt. »

Abeille descendit entre nous, et, à table, s'essaya à dire quelques mots au personnel ; elle marmonnait sans lever les yeux de son assiette, mais c'était un début, et je pense qu'Ortie elle-même comprit qu'il était avisé de la laisser se dévoiler sans précipitation.

Les adieux furent difficiles pour tout le monde. Abeille supporta l'étreinte de sa sœur, mais j'eusse aimé tenir plus longtemps ma fille aînée contre mon cœur si elle m'avait laissé faire. Les yeux brillants, elle nous dit au revoir, et je promis de donner des nouvelles régulièrement. Elle se tourna vers Abeille et lui fit ses recommandations : « Apprends quelques lettres et écris-moi, petite Abeille ; je compte sur toi pour tout faire, comme papa, pour que ça marche. » Je me réjouis qu'Ortie ne vît pas le regard coupable que la petite et moi échangeâmes derrière son dos.

Crible avait assisté à nos effusions sans rien dire ; enfin, il s'approcha de moi, la mine grave, et je m'attendis à quelques mots d'adieu maladroits ; mais il me prit dans ses bras et me serra contre lui à m'en faire craquer les côtes. « Soyez courageux », me souffla-t-il à l'oreille, puis il me libéra, se dirigea vers son cheval, l'enfourcha, et ils s'en allèrent.

Nous les suivîmes du regard jusqu'à ce qu'Ortie et sa suite disparussent, puis nous restâmes encore un moment au milieu de l'allée. Allègre, l'intendant, et plusieurs autres domestiques étaient sortis faire leurs adieux à Ortie ; ils rentrèrent peu à peu dans la maison, et Abeille et moi nous retrouvâmes seuls. Des oiseaux chantaient dans les bois, et une brise légère agitait les feuilles des bouleaux qui bordaient l'allée. Pour finir, Abeille prononça un seul mot. « Voilà.

— Oui. » Je la regardai. Que devais-je faire de cette petite fille ? Je m'éclaircis la gorge. « En général, je commence ma journée par une tournée des écuries. »

Elle leva les yeux vers moi puis les détourna aussitôt. Je savais qu'elle avait peur des grands animaux de la propriété. Accepterait-elle de m'accompagner ? Je ne pourrais guère lui reprocher de refuser. Mais j'attendis sa réponse, et elle finit par hocher sa tête blonde.

Et c'est donc une nouvelle routine qui débuta ce jour-là. J'eusse voulu la porter mais je savais qu'elle craignait mon contact et pourquoi ; elle trottait sur mes talons, et je marchais à pas lents afin de ne pas la distancer. Nous parcourûmes les écuries et nous entretînmes avec Grand ; il était visiblement soulagé que les invités fussent partis et sa charge de travail revenue à la normale. Lin, le berger, jeta un regard à ma petite suivante puis s'adressa à moi pendant que sa chienne donnait gravement des coups de museau sous le menton d'Abeille jusqu'à ce que celle-ci la caressât.

Pour nous rendre aux vignes, il fallait monter à cheval ; quand j'expliquai cela à Abeille, elle réfléchit longuement avant de répondre : « Il y a quelques jours que je ne suis pas allée voir les ruches de ma mère ; j'ai aussi des corvées, tu sais.

— J'ignore comment t'aider dans ce domaine », dis-je.

Elle releva la tête et redressa de nouveau ses petites épaules. « Je sais ce qu'il faut faire ; et je suis plus vigoureuse que je n'en ai l'air. »

Nous nous séparâmes donc, mais nous retrouvâmes pour le déjeuner. Je lui dis que le raisin se présentait très bien et que j'avais vu nombre de ses abeilles au travail ; elle hocha gravement la tête et répondit que les ruches avaient l'air en bonne santé.

Après le repas, je me retirai dans le bureau pour étudier les comptes que j'avais négligés depuis trop longtemps. Allègre, l'intendant, avait laissé une liste de réparations qu'il estimait importantes à effectuer dans la résidence, et, en regard de certaines propositions, des notes de la main de Molly que je ne pus me résoudre à lire. Elle avait déposé la liste au moins deux mois auparavant, et je lui avais promis-juré que nous entamerions les travaux les plus pressants cet été ; mais je n'en avais rien fait : j'avais mis la liste de côté, certain qu'elle ne manquerait pas de me harceler quand la situation deviendrait urgente.

Mais elle ne me harcèlerait plus ; plus jamais.

D'autres messages m'attendaient sur mon bureau, des règlements à payer pour des approvisionnements en provenance des fermes voisines, quantité de pointages à effectuer pour les hommes qui avaient œuvré aux champs en échange d'une part de la moisson. Une note m'indiquait qu'il faudrait embaucher des ouvriers en plus pour les vendanges et que, si nous en voulions de bons, il vaudrait mieux les engager tout de suite. Tout était à faire sur-le-champ.

Je trouvai une autre liste, mal écrite et encore plus mal orthographiée, de diverses provisions. Je dus la parcourir d'un air perplexe, parce qu'Abeille s'approcha pour y jeter un coup d'œil par-dessus mon épaule. « Ah, c'est Muscade qui a écrit ça, je pense. Elle demandait toujours à maman quels repas elle voulait pour la semaine suivante de façon à toujours tout avoir sous la main. Maman lui rédigeait une liste de ce qu'il fallait se procurer en ville.

— Je vois. Et ça ? »

Elle plissa le front devant un gribouillis. « Je ne sais pas ; je suppose que ça doit être "laine" ; et là, ça pourrait être "cordonnier". Maman parlait d'acheter des vêtements de laine pour les ouvriers et de nouvelles bottes pour toi et moi.

— Mais nous sommes en été ! »

Elle me regarda en penchant la tête. « C'est comme le jardin, papa : il faut prévoir aujourd'hui ce qu'on veut récolter dans trois mois.

— Sans doute. » J'examinai les gribouillages incompréhensibles en me demandant si j'arriverais à persuader Allègre de les transcrire proprement et de s'occuper de faire les achats concernés, puis la lassitude m'envahit. Je posai la feuille et m'écartai du bureau. « Nous devrions aller voir les pommiers. »

Ce que nous fîmes jusqu'au soir.

Jour après jour, laborieusement, nous tâchâmes d'établir une routine ; nous effectuions nos inutiles tournées d'inspection des écuries, des enclos à moutons et des vignes. Je ne me jetais pas à corps perdu dans le travail : je n'en avais pas l'énergie ; mais il n'y avait pas de retard dans les comptes, et Allègre paraissait soulagé de se charger de la planification des repas. Je me moquais de ce qu'il y avait dans mon assiette : manger n'était qu'une corvée à laquelle il fallait se plier. Le sommeil me fuyait la nuit pour m'assaillir à mon bureau au milieu de l'après-midi. De plus en plus souvent, Abeille me suivait le soir dans mon antre privé où elle s'amusait à faire semblant de lire les documents que j'avais mis au rebut avant de dessiner de complexes illustrations au dos des feuilles ; nous ne parlions guère, même quand nous jouions ensemble, et elle terminait la plupart des soirées endormie par terre. Je la transportais à sa chambre, la glissais tant bien que mal dans son lit et retournais à mon travail. Je laissais trop de choses de côté ; j'avais parfois l'impression que nous étions tous les deux en attente.

Le soir où je compris que c'était le retour de Molly que j'attendais, j'enfouis mon visage dans mes bras et versai des larmes amères et vaines. Je ne repris conscience de ce qui m'entourait qu'en sentant une main tapoter doucement mon épaule et en entendant une voix dire : « On ne peut rien y changer ; c'est comme ça. Il faut renoncer au passé. »

Je levai la tête et regardai ma petite fille. Je la croyais endormie près de la cheminée. C'était la première fois qu'elle me touchait de son propre chef. Elle avait les yeux d'un bleu très pâle, comme Kettricken, et j'avais parfois l'impression, non qu'elle était aveugle, mais que son regard voyait dans un ailleurs au-delà de moi ; ses paroles n'étaient pas celles que j'eusse attendues dans la bouche d'un enfant, mais celles de Molly, celles qu'elle eût prononcées pour me consoler. Ma petite fille qui se voulait forte pour moi. Je battis des paupières pour me débarrasser des larmes qui m'embuaient les yeux, m'éclaircis la gorge et lui demandai : « Aimerais-tu apprendre à jouer au jeu des cailloux ?

— Évidemment », dit-elle, et, bien que sachant qu'elle mentait, je lui enseignai les règles et nous jouâmes jusqu'au petit matin. Nous dormîmes jusqu'à midi le lendemain.

Le message arriva, livré de la façon habituelle, alors que l'automne s'achevait. En m'asseyant à la table du petit déjeuner avec Abeille, je trouvai un gros gland avec deux feuilles de chêne encore attachées. Jadis, j'avais gravé ce même motif sur le couvercle d'une petite boîte où je rangeais mes poisons et qui faisait partie de mes outils d'assassin. La boîte n'existait plus depuis longtemps, mais le sens n'avait pas changé : Umbre souhaitait me voir. Je fronçai les sourcils. Depuis que j'habitais à Flétrybois, il réussissait ce tour de passe-passe alors que personne dans la domesticité n'avouait avoir déposé le gland ni laissé une porte débarrée ou une fenêtre déverrouillée ; pourtant, le gland était là, rappel de la part de mon vieux mentor que, si astucieux ou méfiant que je me crusse, il restait capable de franchir mes défenses quand bon lui semblait. Il m'attendrait le soir même dans une auberge à l'enseigne du Bâton de Chêne, à un carrefour près de la colline aux Pendus. C'était à deux heures de cheval, ce qui signifiait que, si j'acceptais le rendez-vous, je rentrerais très tard, peut-être pas avant l'aube si je me trouvais entraîné dans une de ces discussions à tiroirs dont Umbre avait le secret. En tout cas, il n'avait pas l'intention de communiquer par l'Art, ce dont il fallait conclure que nul dans le clan n'était au courant de son initiative. Il s'agissait donc encore d'un de ses fichus secrets.

Abeille me regardait manipuler le gland, et, quand je le reposai, elle s'en empara pour l'examiner. Elle avait commencé à prononcer des phrases brèves devant le personnel, comme « Encore du pain, s'il vous plaît », ou un simple « Bonjour ». Son zozotement enfantin n'était pas qu'une comédie, mais je ne savais pas si je devais m'enorgueillir ou me sentir accablé de ses talents d'actrice. Les derniers soirs, nous avions joué au jeu de mémoire comme à celui des cailloux, et elle paraissait incroyablement douée aux deux, mais je refrénais ma fierté paternelle en me rappelant que tout parent voit dans son enfant le plus intelligent et le plus beau. Elle m'avait montré la page d'un herbier qu'à ma demande pressante elle avait copiée avec un soin scrupuleux. Elle tenait de sa mère un talent pour le dessin. Elle avait aussi rédigé un mot pour Ortie, quasiment sans pâté, et d'une écriture si semblable à la mienne que je me demandai si sa sœur n'y verrait pas une contrefaçon. Ces semaines passées ensemble avaient été comme un baume qui apaise temporairement la douleur d'une blessure.

Mais je ne pouvais tourner le dos à la convocation d'Umbre. Les seules occasions où il revenait aux méthodes de communication dissimulées de mon enfance, c'était quand il devait aborder avec moi un sujet extrêmement sensible. S'agissait-il d'une question d'ordre privé ou bien d'un problème trop dangereux pour en discuter par l'Art ? Mon cœur se serra. Que se passait-il encore ? Que se produisait-il à Castelcerf qui obligeât à cette rencontre secrète ? Dans quoi cherchait-il à m'entraîner ?

Et quels arrangements prendre pour Abeille pendant cette soirée ? Si j'allais au rendez-vous d'Umbre, je ne serais pas là pour la mettre au lit. Nous étions en train de bâtir une relation, elle et moi, et je ne voulais pas la négliger. Comme Ortie m'en avait prévenu, s'occuper de la petite à plein temps n'était pas aussi facile qu'on eût pu le croire, mais ce n'était pas non plus aussi difficile qu'elle le disait. Je prenais plaisir à la présence de ma fille, même quand, dans la même pièce, nous ne parlions pas, absorbés dans nos tâches respectives. Elle m'avait demandé un jeu de pinceaux et des peintures, et elle exécutait des copies d'illustrations d'une précision scrupuleuse ; elle soupirait souvent, mais, depuis que j'avais laissé entendre qu'Ortie avait besoin de ses aptitudes, elle se pliait à l'exercice. Toutefois, j'étais plus sensible aux images enfantines et insolites qu'elle créait quand elle restait seule avec ses pinceaux et ses encres ; elle avait peint un petit homme aux joues gonflées, et elle m'avait expliqué qu'il soufflait du brouillard ; elle n'avait jamais vu l'océan ni un navire, mais elle avait dessiné un petit bateau tiré par des serpents au milieu des vagues ; sur une autre feuille, elle avait représenté des rangées de fleurs dotées de visages minuscules. Elle me montrait ses œuvres d'un air timide, et je sentais qu'elle m'entrouvrait son monde. Je n'avais pas envie de laisser à une bonne le soin de la border, mais je ne voulais pas non plus l'emmener dans la nuit. Un orage d'automne menaçait.

Abeille m'observait avec curiosité alors que je passais en revue mes absences de choix. « C'est quoi ? demanda-t-elle de sa voix flûtée en prenant le gland.

— Un gland ; c'est le fruit du chêne.

— Je le sais ! » Elle paraissait stupéfaite que je pusse la croire aussi ignorante. Elle se tut soudain : Tavia sortait des cuisines avec un faitout de gruau fumant ; elle le posa sur la table et nous servit généreusement à l'aide d'une louche. Un pichet de crème et un pot de miel voisinaient déjà avec une miche de pain noir qui sortait du four. Une des filles de cuisine, Orme, vint à son tour avec un bol de beurre et un saladier de prunes cuites à l'étuvée. Je remarquai qu'elle ne regardait pas Abeille, et que cette dernière se raidissait imperceptiblement et retenait son souffle pendant que l'autre passait derrière elle. Je remerciai Tavia d'un hochement de tête et attendis qu'elle et sa fille fussent retournées à la cuisine pour parler.

« Je dois sortir ce soir ; je resterai peut-être absent toute la nuit. »

Les yeux d'Abeille passèrent fugitivement sur mon visage pour tâcher de déchiffrer ma pensée. C'était une nouvelle habitude chez elle ; elle refusait toujours de soutenir mon regard mais je sentais parfois le sien posé sur moi. Elle était soulagée que je tinsse la bride à mon Art en toute occasion, mais je pense que cela me rendait aussi plus mystérieux à ses yeux, et je ne pouvais m'empêcher de me demander ce qu'elle avait perçu de moi pendant les neuf premières années de sa vie. Cette pensée était si attristante que je la chassais vite de mon esprit. Elle n'avait rien dit. « Veux-tu que je prie Tavia de te mettre au lit ce soir ? »

Elle fit non de la tête.

« Douce, alors ? » L'autre fille de cuisine était plus jeune, âgée d'une vingtaine d'années ; elle conviendrait peut-être mieux à Abeille.

Elle baissa les yeux sur son gruau et secoua la tête plus lentement. Ma foi, c'étaient deux solutions simples qui disparaissaient, sauf si je lui disais qu'elle devrait se plier à ma décision. Mais je n'étais pas prêt à montrer une telle fermeté avec elle ; je me demandai si je le serais jamais, et puis je me gourmandai : comment pouvais-je croire que je serais le genre de père à passer tous ses caprices à un enfant ? Je me promis de trouver un moyen, et j'écartai la question de mes pensées.

Malgré la visite imminente d'Umbre, je vaquai à mes tâches habituelles de la journée. Une grande résidence a des exigences qui ne s'interrompent jamais, même pour un deuil, et je m'apercevais que la gestion d'une propriété comporte de nombreuses facettes invisibles, même si Allègre en prenait la plus large part à sa charge. C'était toujours Molly qui s'entretenait avec lui pour tout coordonner ; ils discutaient des repas, des travaux saisonniers, de l'entretien de la maison et des dépendances, de l'embauche de la main-d'œuvre. Je ne voyais rien de tout cela, et désormais l'insistance de l'intendant pour que nous nous réunissions chaque après-midi afin de parler des tâches du lendemain me mettait au bord de la crise de nerfs. Il était assez sympathique et compétent, mais chaque fois qu'il toquait à la porte de mon bureau, cela me rappelait que Molly n'était plus là pour l'intercepter. À deux reprises déjà il m'avait fait part de réparations à effectuer avant l'hiver, et les notes qu'il me soumettait, soigneusement détaillées, avec des suggestions de marchands, de matériaux et de dates, m'accablaient et venaient s'ajouter à mon travail habituel. Aujourd'hui, j'étais déjà en retard pour la paie des domestiques, qui, bien qu'ils parussent compatissants à ma douleur, avaient aussi une vie propre. Comment faire ? Embaucher quelqu'un d'autre qui passerait également son temps à me harceler ? L'idée de devoir chercher une personne de confiance me rebutait, et mon cœur se serra davantage quand je pris conscience qu'il me fallait encore trouver une nounou ou un précepteur pour Abeille. Je me demandai si FitzVigilant était disponible avant de me rendre compte que, pour une petite fille, une femme serait plus appropriée, quelqu'un qui pût coucher dans la chambre de domestique adjacente à la sienne et passer du rôle de bonne d'enfants à celui de chambrière à mesure qu'elle grandirait. Ma tristesse s'accrut à la perspective de faire entrer dans son existence une femme qui reprendrait à son compte ce que sa mère faisait pour elle. Pourtant il le fallait ; la visite d'Umbre était la première tâche qui m'éloignerait d'elle, mais ce ne serait pas la dernière.

J'ignorais totalement comment m'y prendre pour dénicher une domestique capable de remplir un rôle aussi exigeant.

Je mangeai en silence, perdu dans mes questionnements, puis quittai la table sans mot dire. Comme souvent, je songeai à l'étrange isolement dans lequel ma situation insolite m'avait plongé ; pour les propriétaires terriens et la petite noblesse des alentours de Castelcerf, Molly et moi ne faisions partie ni de l'aristocratie ni de la roture mais constituions des créatures intermédiaires. Les hommes qui œuvraient chez nous comme gardiens et valets d'écurie parlaient de moi en bien et appréciaient ma connaissance de première main de leurs tâches, mais ils ne me regardaient pas comme un ami. Quant aux nobles du voisinage, ils nous connaissaient sous les titres de dotaire Tom Blaireau et de dame Molly ; à leurs yeux, mon épouse n'avait été anoblie qu'en remerciement des services de Burrich à la couronne. Ils se montraient aimables avec nous mais ne nous invitaient jamais, et, avec sagesse, Molly n'avait pas cherché à les fréquenter. Nous nous tenions mutuellement compagnie, et les invasions familiales mettaient à la fois du désordre et de la joie dans nos vies ; cela nous suffisait.

Mais, à présent que Molly n'était plus là, je me rendais compte à quel point j'étais seul à Flétrybois sans elle. Nos enfants avaient repris le cours de leur existence et m'avaient laissé sans personne – à part Abeille. Je la regardai : ce n'était pas bon qu'un enfant grandît dans un tel désert.

Le bruit de ses pas étouffé par ses petits chaussons, elle me suivait dans la maison. Je me tournai vers elle. « Je dois aller aux écuries, et un orage se prépare. Allons t'habiller plus chaudement.

— Je peux le faire toute seule, dit-elle doucement.

— Tout est à ta portée ? » Je plissai le front. Ses vêtements d'hiver étaient-ils encore rangés dans un coffre ? Lui iraient-ils encore ?

Elle réfléchit un moment puis acquiesça. Elle leva les yeux et je les sentis m'effleurer. « Je ne suis pas aussi petite que j'en ai l'air ; j'ai neuf ans.

— Très bien ; je t'attendrai dans mon bureau personnel. »

Elle hocha gravement la tête, et je la regardai monter rapidement l'escalier. C'était pour elle une véritable escalade, une difficulté de chaque marche. J'essayai de m'imaginer aussi petit dans un monde à l'échelle des adultes et n'y parvins pas. C'était une enfant très capable, et je me demandai si je ne la sous-estimais pas ; il y avait un risque à en attendre trop d'un enfant, mais aussi à n'en attendre pas assez. Néanmoins, je devais prendre des dispositions au cas où elle eût besoin de moi et que je ne fusse pas là pour la protéger. Je pris ma décision.

Quand Abeille entra, elle portait ses bottes, des chausses chaudes et son manteau d'hiver jeté sur un bras ; elle avait ramené ses cheveux en arrière en une natte approximative, qu'elle avait manifestement faite elle-même et sur laquelle je n'émis nulle critique. Elle parcourut la pièce du regard en se demandant visiblement ce que nous faisions là si tôt le matin. Ma tanière était moins imposante que le bureau officiel mais agréable néanmoins ; les murs étaient lambrissés de bois sombre et chaleureux et l'âtre était en grandes pierres plates tirées de la rivière ; c'était une retraite confortable, masculine, mais ce n'était pas pour cela que je l'avais choisie pour mon antre. J'hésitai ; elle avait neuf ans, l'âge que j'avais quand le secret du château de Castelcerf m'avait été révélé.

« Ferme la porte derrière toi, s'il te plaît », dis-je.

Elle obéit puis me regarda sans me regarder, intriguée par ma curieuse demande. « Je croyais que nous devions sortir.

— En effet, mais pas tout de suite ; je veux te montrer quelque chose, et voir si tu y arrives. Mais d'abord il faut que je t'explique. Assieds-toi, je te prie. »

Elle grimpa sur un des fauteuils et, perchée là, continua de m'observer sans croiser mon regard. « C'est un secret, fis-je, un secret qui doit rester entre toi et moi. Patience l'a dévoilé à ta mère et à moi quand nous nous sommes installés ici. Patience n'est plus là, et Molly non plus désormais. » Je m'interrompis, avalai ma salive et repris : « Je suis donc le seul au courant aujourd'hui, et toi aussi bientôt. Ce secret n'est noté nulle part et il ne doit jamais l'être. Tu ne devras en faire part à personne. Comprends-tu ? »

Elle demeura un moment sans bouger, puis elle acquiesça lentement de la tête.

Je me levai, allai à la porte et vérifiai qu'elle était close. « Cette porte doit être complètement fermée. » J'indiquai les gonds massifs. « Regarde, il y a quatre charnières, deux en haut, deux vers le bas. Elles ont toutes le même aspect. »

Je me tus et elle hocha gravement la tête.

« Celle-ci, la deuxième en partant du bas, est fausse. Quand on tire l'axe par le haut, le gond devient une poignée. Tu vois ? À ce moment-là, tu peux faire ceci. » J'ôtai la tige de cuivre, saisis le faux gond et l'amenai vers moi. Un battant étroit et haut dissimulé dans le lambris du mur pivota ; des toiles d'araignée s'étirèrent puis se rompirent quand je l'ouvris en grand, et un souffle d'obscurité nous balaya. Je me tournai vers Abeille. Absolument attentive, elle se mordait la lèvre de ses petites dents parfaites. « C'est un passage secret.

— Et ? » répondit-elle ; je me rendis compte que je venais de lui exposer une évidence. Je me grattai la joue et sentis la barbe profuse qui y avait poussé. Je me rappelai que je ne l'avais toujours pas taillée et que Molly ne me l'avait pas reproché. Toute pensée disparut soudain de mon esprit, engloutie sous une vague de chagrin.

« Papa ? » Abeille tirait sur la manche de ma chemise.

« Je suis désolé, dis-je en reprenant mon souffle.

— Moi aussi. » Elle ne me prit pas la main mais ne lâcha pas ma manche. Je ne l'avais pas vue descendre de son siège ni s'approcher de moi. Elle s'éclaircit la gorge et je m'aperçus que des sillons brillants couraient sur ses joues. Je renforçai mes murailles d'Art, et elle me remercia d'un signe de tête. À mi-voix, elle demanda : « Où mène-t-il ?

— Dans une petite pièce au-dessus de la cheminée, à gauche ; là, il y a un judas qui permet d'observer et d'écouter les gens qui se tiennent dans le bureau où nous sommes. » Je me frottai les yeux. « Et un escalier étroit part de la pièce en question pour accéder à un conduit très bas de plafond qui donne sur d'autres espaces de surveillance ailleurs dans la maison. » J'avalai de nouveau ma salive et retrouvai une voix quasiment normale. « Je crois que c'est une obsession propre aux Loinvoyant ; nous aimons disposer de trous d'observation et de couloirs secrets chez nous. »

Elle hocha la tête en regardant l'ouverture derrière moi. Les toiles d'araignée flottaient dans un léger vent coulis. Un sourire naquit sur ses lèvres et elle joignit les mains sous son petit menton. « J'adore ! C'est pour moi ? »

C'était la dernière réaction à laquelle je m'attendais, et un sourire involontaire me vint en réponse au sien. « Oui, dis-je. Il y a deux autres accès à la pièce, un dans ma chambre, l'autre dans le garde-manger. Ils ne sont pas faciles à ouvrir parce qu'ils n'ont pas servi depuis très longtemps ; ce panneau-ci est moins dur, mais lui non plus n'a pas été utilisé depuis un bon moment, et le passage doit être plein de toiles d'araignée, de poussière et de souris. »

Elle s'était avancée jusqu'à l'entrée du passage. Elle passa la main dans les toiles puis la secoua pour la débarrasser de la gaze collante, indifférente aux petites créatures aux nombreuses pattes. Un regard rapide vers moi. « Puis-je entrer ? Puis-je employer une lampe ?

— Sans doute, oui. » Son enthousiasme me prenait au dépourvu ; je pensais seulement semer la graine d'une idée, lui montrer un refuge où se retirer au cas où elle serait en danger et que je ne fusse pas là pour la protéger. Je tirai les verrous dissimulés des portes du bureau pour m'assurer que nul n'entrerait, m'emparai de la lampe posée sur mon bureau, puis je refermai le panneau d'accès au passage secret et replaçai la tige dans le gond. « Essaie de l'ouvrir. »

La cheville était rétive, et Abeille dut insister pour la retirer. « On pourrait l'huiler », dit-elle, le souffle court, puis elle se redressa pour écarter le battant. Elle se tourna vers moi. « Puis-je emporter la lampe et passer en premier ? »

Si elle tombait, le pétrole de la lanterne s'enflammerait et mettrait le feu à tout Flétrybois. « Sois prudente répondis-je en la lui tendant. Tiens-la à deux mains et ne trébuche pas.

— Promis. » Mais à peine eut-elle pris la lampe que je regrettai ma confiance ; elle était manifestement surexcitée et tout au bonheur de l'exploration. Sans hésiter, elle s'enfonça dans le boyau obscur, et je me baissai pour la suivre.

Les passages secrets de Flétrybois n'étaient pas aussi complexes, et de loin, que ceux du château de Castelcerf ; s'ils avaient été créés par mon père, il les eût sans doute conçus pour un homme plus grand. Non, ils devaient dater de la première extension de la demeure, à l'époque où on avait ajouté l'aile sud, et je me demandais souvent s'il en existait d'autres dont le secret de l'ouverture s'était perdu lors des changements d'occupants.

Le couloir s'achevait rapidement pour laisser place à un escalier raide suivi d'un palier ; après un brusque tournant vers la gauche, le passage s'élargissait légèrement ; six marches plus haut, il se poursuivait jusqu'à un espace exigu près de la cheminée. Je ne pouvais m'y tenir debout, mais quelqu'un s'y était installé à l'aise autrefois : il y avait un solide petit tabouret sur lequel s'asseoir pour coller l'œil au judas, une petite armoire en bois sombre, les portes fermées, et une petite étagère sur laquelle Abeille posa la lampe. Son instinct avait bien guidé sa main, car je remarquai alors le cache autour du trou de surveillance qui dissimulait la lumière de la lanterne. Elle s'assit sur le tabouret sans le dépoussiérer, se pencha pour regarder dans mon bureau puis s'écarta en s'exclamant : « C'est magnifique ; tout est parfaitement à ma taille. Oh, merci, papa ! »

Elle se leva et s'approcha de l'armoire ; elle atteignait la poignée sans mal. Elle examina l'intérieur. « Regarde ! Il y a un encrier ! L'encre est sèche, mais je pourrais le remplir. Et une vieille plume, réduite à sa hampe. Il m'en faudra une neuve. Et l'étagère se déplie pour former une tablette ! Comme c'est ingénieux ! C'est vraiment tout pour moi ? »

La cachette, sans doute réduite même pour un espion de petite stature, était parfaitement à sa taille, et, là où j'avais vu un refuge pour elle en cas d'urgence, elle voyait une retraite, voire une salle de jeux.

« C'est un abri pour toi, où tu pourras te cacher si tu es en danger et que tu ne peux pas me rejoindre, ou si je te dis qu'il y a du danger et que tu dois t'escamoter. »

Elle me regarda d'un air grave ; ses yeux clairs ne croisèrent pas les miens mais parcoururent mon visage. « Je vois ; naturellement. Dans ce cas, il me faudra des bougies et un briquet, un récipient pour de l'eau, et un autre avec un couvercle étanche pour conserver du pain dur ; comme ça, je ne mourrai pas de faim si je dois rester longtemps cachée. Et puis un coussin et une couverture pour me protéger du froid. Et peut-être quelques livres. »

J'écarquillai les yeux, horrifié. « Non ! Non, Abeille, jamais je ne te laisserais des jours entiers là-dedans ! Mais... des livres ? Tu sais lire aussi bien que ça ? »

Elle n'eût pas eu l'air plus étonnée si je lui avais demandé si elle savait respirer. « Évidemment. Comme tout le monde, non ?

— Non. D'habitude, il faut apprendre à lire. Je sais que ta mère te montrait les lettres, mais je ne pensais pas… » Je me tus, abasourdi ; je l'avais vue s'amuser avec sa plume et son livre, et j'avais cru qu'elle s'exerçait simplement à dessiner des lettres au hasard. Le billet qu'elle avait écrit à sa sœur était sommaire et ne dépassait pas quelques lignes. Il me revint soudain qu'elle avait réclamé du papier pour y noter ses rêves, et j'avais cru qu'elle parlait de ses dessins étranges. Je refrénai le désir soudain de savoir ce qu'elle écrivait, de voir ce dont elle rêvait ; j'attendrais qu'elle proposât de le partager avec moi.

« Maman me faisait la lecture avec son grand beau livre sur les herbes et les fleurs, celui que dame Patience lui avait offert ; elle lisait très lentement en indiquant chaque mot du doigt. Elle m'avait inculqué les lettres et les sons correspondants, et c'est comme ça que j'ai appris. »

Molly était venue très tard à la lecture et ne la maîtrisait qu'avec difficulté. Je sus aussitôt quel livre elle avait lu à Abeille : ses pages étaient constituées non de papier mais de minces plaques de bois sur lesquelles étaient gravés les mots et les illustrations, les plantes et les fleurs sculptées et peintes aux couleurs correctes. C'était un cadeau que j'avais fait à Patience, qui l'avait chéri, et Molly s'en était servi pour apprendre à lire à notre fille.

« Papa ? »

Je m'étais laissé distraire ; je la regardai.

« Qu'est-il arrivé à dame Patience ? Maman m'a raconté plein d'anecdotes sur elle, mais jamais la fin de son histoire.

— La fin de son histoire… » J'étais là le jour où l'histoire de ma belle-mère s'était achevée, mais, à présent que j'y repensais, elle prenait tout à coup un sens complètement différent. Je toussotai. « Eh bien, c'était au début du printemps. Les pruniers avaient commencé à se réveiller après l'hiver, et dame Patience souhaitait qu'on les taille avant que les boutons ne s'ouvrent. Elle était très vieille, mais elle voulait que ses jardins restent bien tenus, et elle s'est penchée à une fenêtre de l'étage pour crier ses instructions aux ouvriers qui s'occupaient de ses arbres. »

Je ne pus m'empêcher de sourire à ce souvenir. Abeille me regardait presque dans les yeux, l'air passionné, le front plissé. « Elle est tombée par la fenêtre ?

— Non ; c'est étonnant, mais non. Toutefois, elle n'était pas satisfaite de la façon dont ils s'y prenaient ; elle a donc déclaré qu'elle allait descendre pour les obliger à faire ce qu'elle attendait d'eux et pour rapporter quelques rameaux afin de fleurir la table du salon. Je lui ai proposé de m'en charger, mais elle est rentrée dans sa chambre, en est ressortie les bottes aux pieds, un épais manteau de laine sur les épaules, et elle est sortie. » Je me tus. L'image était vivace ; le ciel bleu, la brise qui soufflait par rafales, et la mine indignée de Patience devant les travailleurs qui ne tenaient pas compte de ses directives.

« Et ensuite ?

— Elle est restée dehors un moment. J'étais dans le petit salon quand j'ai entendu la porte claquer ; elle m'a appelé pour que je vienne la débarrasser de quelques rameaux. Je suis sorti dans le vestibule et l'ai vue arriver avec une pleine brassée de branches, suivie par un sillage de brindilles et de débris de mousse. Je m'apprêtais à l'aider quand elle s'est brusquement immobilisée, le regard fixe ; sa bouche s'est ouverte, et ses joues rosies par le froid sont devenues rouges. Puis elle s'est exclamée : "Chevalerie ! Tu es là !" Elle a ouvert grand les bras, et les rameaux se sont éparpillés par terre. Elle s'est élancée, a fait deux pas vers moi, et elle est tombée. »

Les larmes me montèrent soudain aux yeux ; je battis des paupières mais ne pus les refouler.

« Elle était morte, murmura Abeille.

— Oui », dis-je d'une voix rauque. Je me rappelais son poids et son inertie quand je l'avais prise dans mes bras et retournée vers moi. Ses yeux ne voyaient plus rien mais elle souriait toujours.

« Elle t'avait confondu avec son mari.

— Non. » Je secouai la tête. « Ce n'était pas moi qu'elle regardait mais le couloir derrière moi ; j'ignore ce qu'elle avait vu.

— C'est lui qu'elle avait vu », décréta Abeille d'un ton parfaitement satisfait. Elle hocha la tête. « Il était venu la chercher enfin ; ça terminait parfaitement son histoire. Puis-je garder son livre ici, celui sur les plantes ? »

Je me demandai si Molly viendrait me chercher un jour, et un espoir diaphane voleta en moi. Puis je revins à la réalité, à l'espace exigu et à ma fille assise devant le bureau pliant. « Tu peux monter des livres ici si tu en as envie ; tu peux y ranger ce que tu veux, et même des bougies et un briquet si tu promets d'être prudente. Mais n'oublie pas : cette pièce et la porte qui permet d'y accéder sont secrètes et tu ne dois en révéler l'existence à personne. Toi et moi sommes les seuls à la connaître ; ça doit rester notre secret ; c'est important. »

Elle acquiesça gravement. « Peux-tu me montrer où mène l'autre couloir, celui devant lequel nous sommes passés, et comment ouvrir les autres portes ?

— Demain, peut-être. Pour le moment, nous devons bien refermer celle-ci puis aller voir la personne qui s'occupe des moutons.

— Lin, fit-elle d'un ton désinvolte. C'est Lin le berger qui s'occupe des moutons.

— C'est ça, Lin. Il faut que je lui parle. » Une idée germa dans mon esprit. « Il a un fils qui s'appelle Boj et qui a une femme et une petite fille ; tu aimerais peut-être faire leur connaissance ?

— Non, merci. »

Sa réponse nette tua mon espoir dans l'œuf, mais je savais que l'histoire ne s'arrêterait pas là. Je me tus et attendis patiemment qu'elle prît la lampe et s'engageât dans l'étroit escalier. Elle s'immobilisa à l'intersection avec l'autre passage et leva sa lanterne pour scruter l'obscurité, puis, avec un petit soupir, poursuivit son chemin jusque dans mon bureau ; là, je l'éclairai pendant qu'elle refermait le panneau et le verrouillai, puis je soufflai la lampe et ouvris les épais rideaux pour laisser entrer la lumière grise de l'aube. Il pleuvait. Je battis des paupières et m'aperçus qu'il avait dû geler pendant la nuit ; les feuilles des arbres avaient commencé à virer, et les nervures et les bords de celles des bouleaux prenaient des teintes d'or. L'hiver approchait. Je gardai le silence.

« Les autres enfants ne m'aiment pas ; je les mets mal à l'aise. Ils me prennent pour un bébé déguisé en petite fille, et, quand ils voient que je peux faire des choses, comme éplucher une pomme avec un couteau, ils se disent... Je ne sais pas ce qu'ils se disent. Mais, lorsque je me rends aux cuisines, les garçons de Tavia s'en vont. Ils aidaient leur mère tous les jours, mais ils ne viennent plus. » Elle détourna le visage. « Orme et Pré, les filles de cuisine, me détestent.

— Allons, Abeille, elles ne te détestent pas ! C'est à peine si elles te connaissent ; et les garçons de Tavia sont à l'âge où ils accompagnent leur père pour apprendre son travail. Ce n'est pas toi qui es en cause, Abeille. » Je regardai ma fille avec un sourire compatissant ; elle leva un instant les yeux vers moi, et, quand ils croisèrent les miens, la colère que j'y lus me brûla.

Elle baissa la tête, raide comme un piquet. « Je ne sais pas si je vais sortir sous la pluie aujourd'hui, dit-elle d'une voix glacée. C'est peut-être un bon jour pour rester seule.

— Abeille... » Avant que je pusse continuer, ses yeux pleins de fureur se tournèrent à nouveau vers moi.

« J'ai horreur que tu mentes. Tu sais très bien que les autres enfants auront peur de moi, et je vois bien quand je leur répugne. Ce n'est pas moi qui invente : c'est la réalité ; ne mens pas pour me faire croire que c'est moi qui leur prête de mauvaises intentions. Mentir, c'est mal, quel que soit le menteur ; maman le supportait de ta part, mais, moi, je refuse. » Elle croisa les bras sur la poitrine et prit une attitude de défi, malgré ses yeux baissés.

« Abeille ! Je suis ton père. Tu ne dois pas me parler ainsi !

— Si je ne peux pas être franche avec toi, eh bien, je ne te parlerai plus du tout. » Derrière ces mots, je sentis toute la force de sa volonté ; je la savais capable de retomber dans son long mutisme. La perspective d'être privé de la seule compagnie que j'avais trouvée depuis la mort de Molly me porta un coup si violent que je mesurai aussitôt l'étroitesse du lien que j'avais formé avec ma fille ; un second éclair me frappa quand je pris conscience du danger pour nous deux si je laissais mon besoin d'une présence l'emporter sur mon devoir de père.

« Tu peux être franche avec moi et me respecter néanmoins, et la réciproque est vraie. Tu es différente, Abeille, et ça compliquera beaucoup certains aspects de ton existence ; mais, si tu te rabats toujours sur tes différences pour expliquer tout ce qui te déplaît dans le monde, tu finiras par passer ton temps à pleurer sur ton sort. Assurément, tu mets les garçons de Tavia mal à l'aise, mais je sais aussi qu'ils n'aimaient ni l'un ni l'autre travailler aux cuisines, et que, pour cette raison, leur père les a pris au moulin pour voir si ça leur convenait mieux. Tu n'es pas la cause de tout ; parfois, tu n'es qu'un élément parmi d'autres. »

Elle regarda ses pieds, mais ne décroisa pas les bras.

« Enfile ton manteau ; nous allons voir Lin. » J'avais pris un ton assuré, sans laisser transparaître mon inquiétude : que faire si elle refusait d'obéir ? Quand Astérie m'avait confié Heur, il avait vécu dans un tel dénuement qu'il me manifestait une reconnaissance pitoyable du fait qu'il pouvait dormir sous mon toit et que je lui fournissais à manger, et il avait bien plus de dix ans la première fois qu'il avait remis mon autorité en question. L'idée de discipliner physiquement un être aussi menu qu'Abeille m'emplissait de révulsion, mais je devais remporter cette bataille.

Je cachai mon soulagement quand elle alla chercher son manteau et le mit. Sans rien dire qui pût égratigner son amour-propre, je sortis avec elle du bureau, et nous quittâmes la maison. Je ralentis le pas en me rendant aux pâtures et aux enclos, mais la petite dut quand même trotter pour rester à ma hauteur.

Lin m'attendait ; il me montra trois moutons qu'ils avaient isolés parce qu'ils souffraient d'une éruption cutanée et qu'ils se mettaient la chair à vif à force de se frotter contre les arbres et les poteaux. Je ne connaissais pas grand-chose à ces animaux, mais Lin s'occupait d'eux depuis sa jeunesse, et il avait aujourd'hui les cheveux aussi gris que la toison de ses protégés ; je l'écoutai donc, hochai la tête et le priai de me prévenir si d'autres brebis étaient infectées. Pendant notre discussion, ses yeux s'étaient portés sur ma fille avant de revenir sur moi ; Abeille, peut-être encore piquée au vif d'avoir été remise à sa place, demeura raide et se tut pendant toute la conversation. La chienne de Lin, Pâquerette, s'approcha pour la renifler ; Abeille recula, et la bête remua la queue et laissa pendre sa langue, selon la façon de rire de son espèce. *Trop facile à mener.* Je me désintéressais d'eux pendant que Pâquerette acculait ma fille dans un coin puis la poussait du museau sans cesser d'agiter la queue. Lin jeta un regard inquiet à la scène, mais je me dirigeai vers une brebis et demandai au berger quel âge elle avait. Cela détourna son attention, et, quand j'émis l'hypothèse que l'irritation était peut-être due à des insectes, il plissa le front et s'agenouilla pour examiner la laine de l'animal.

Du coin de l'œil, je vis Abeille tendre la main pour caresser la petite oreille soyeuse de la chienne. Pâquerette s'assit et s'appuya contre elle, et Abeille enfonça ses mains glacées dans l'épais pelage doré ; je me rendis compte alors qu'elle et l'animal avaient une attitude détendue l'un avec l'autre. Si, à l'instant, Abeille avait reculé devant la chienne, ce n'était pas par peur mais pour l'inviter à jouer. J'écoutai d'une oreille distraite Lin exposer les premiers symptômes qu'avait présentés la brebis.

Quand il fut certain que j'avais entendu ses inquiétudes et que je me fiais à lui pour y remédier, l'entrevue s'acheva. Les moutons ne m'avaient jamais passionné, je n'avais guère eu affaire à eux pendant ma jeunesse à Castelcerf, aussi avais-je opté pour la solution choisie par Burrich avec les fauconniers du château : j'avais trouvé un homme honnête qui en savait plus long sur ces crétins laineux que je n'avais envie d'en apprendre, et je lui avais confié les troupeaux d'Ortie. Mais l'écouter prenait du temps, et je voyais ma matinée filer.

Je me tournai vers Abeille et ne la vis pas. Pâquerette était assise, l'air tranquille. Réaction instinctive, je tendis mon Vif vers l'homme et vers l'animal et demandai : « *Où est-elle ? Où est passée ma fille ?*

— *Les chatons* », répondirent-ils de concert. Si Lin avait le Vif, avec la chienne pour compagnon, il ne m'en avait rien dit, et ce n'était pas le moment de lui poser la question. Ce ne serait pas le premier non-Vifier que je connaissais qui se comportait comme si lui et son animal étaient capables de se parler. Mais c'était Abeille qui m'intéressait, non lui.

« Les chatons ?

— Il y a une portée là-bas, sous une des mangeoires. Ils ont ouvert les yeux il y a quinze jours et ils commencent à explorer les environs. »

En effet, et les quatre petits exploraient ma fille qui les laissait grimper sur elle, allongée à plat ventre dans la paille humide. Un roux et blanc, assis sur son dos, lui tirait les cheveux, arc-bouté sur ses petites pattes, ses dents fines comme des aiguilles plantées dans sa tresse hirsute ; deux écaille-de-tortue se tenaient entre ses bras, sous son menton, et, non loin d'elle, un blanc et noir avec la queue tordue la vrillait d'un regard noir qu'elle lui rendait. « Abeille, il est temps d'y aller », dis-je.

Elle se redressa lentement, à contrecœur. Je me baissai pour décrocher le chaton roux de ses cheveux, et il me donna un coup de patte hésitant. Je le posai sur la paille près de ma fille. « Il faut que nous partions », répétai-je.

Elle soupira. « J'aime bien les bébés chats ; je n'en avais jamais tenu dans les bras. Ceux-ci sont gentils, mais celui-là ne veut pas se laisser toucher. »

Lin intervint : « Ah, il est comme son père, ce noiraud-là ; plein de pisse et de vinaigre. Ça fera un bon ratier, mais ce n'est pas celui-là que je choisirais, à votre place, maîtresse Abeille.

— Nous ne sommes pas en train d'en choisir un, répondis-je. Elle voulait seulement en tenir un contre elle. »

Le berger se tourna vers moi, la tête penchée ; à côté de lui, sa chienne l'imita. « Je dis seulement que, si vous êtes d'accord, elle peut en prendre un. Ils sont au bon âge pour trouver une nouvelle famille ; leur mère en a assez d'eux, et ils ont commencé à chasser. Et puis, un ami, ça pourrait consoler la petite, messire ; ça lui tiendrait chaud et ça lui ferait de la compagnie. » Il s'éclaircit la gorge et ajouta : « Mais je pense qu'il vaudrait mieux un chiot pour elle. »

L'impatience me gagnait : un chaton ou un petit chien ne guérirait pas le chagrin d'Abeille. Tout à coup, un souvenir me revint, vivace ; celui d'un jeune chiot nommé Fouinot. L'amitié d'une jeune créature pouvait l'aider, l'aider beaucoup, et peut-être dans le mauvais sens. Je parlai d'un ton ferme.

« Merci, mais non, Lin. Quand elle sera un peu plus âgée, peut-être, mais pas maintenant. Viens, Abeille, il faut retourner à la maison. »

Je m'attendais à des supplices, mais elle se redressa en laissant les deux écaille-de-tortue glisser doucement jusque dans la paille, regarda un moment le chaton noir, pointa le doigt vers lui comme pour le mettre en garde, puis elle se releva complètement et m'accompagna docilement pendant que je quittais les enclos à moutons.

Je ralentis le pas encore davantage sur le chemin qui nous ramenait à la maison. « Alors, qu'as-tu entendu ? » demandai-je.

Elle garda longtemps le silence, et je m'apprêtais à insister quand elle répondit enfin : « Je ne faisais pas vraiment attention. Vous parliez des moutons, pas de moi. Et il y avait les chatons.

— Je parlais de moutons qui appartiennent à ta sœur avec un homme qui gagne sa vie à s'occuper d'eux. Un jour, toi aussi tu devras peut-être aller t'entretenir avec lui, ou avec sa fille ou ses petits-enfants, à propos de moutons. La prochaine fois, écoute. » Je me tus pour lui laisser le temps de digérer, puis j'ajoutai : « Donc, cette fois, tu n'as rien entendu. Qu'as-tu vu ? »

Ce qu'elle avait perçu de mes explications me laissa pantois ; ma question ne s'était pas imprimée dans son esprit. Elle dit d'un ton hésitant : « Ainsi, Flétrybois n'est pas à toi, ni à moi ; c'est la propriété d'Ortie, et les moutons sont à elle. Ils ne seront jamais à moi, ni les vignes, ni les vergers. Rien de tout ça ne m'appartient vraiment. Ortie était la première-née de maman, et tout lui revient ; mais un jour je devrai peut-être gérer tout le domaine, comme toi aujourd'hui. » Elle réfléchit un instant. « Papa, quand je serai grande et que tu seras mort, qu'est-ce qui m'appartiendra, à moi ? »

Une flèche en plein cœur. De quoi disposerait cette singulière enfant à ma disparition ? Même si je mettais de côté une bonne dot pour elle, y aurait-il un homme pour vouloir l'épouser ? Quelqu'un de bien ? Comment le trouverais-je et comment saurais-je que c'est le bon ? Et, à ma mort, que deviendrait-elle ? Des années plus tôt, Umbre m'avait posé la même question, et j'avais répondu qu'elle n'était qu'un bébé et qu'il était trop tôt pour s'en inquiéter. Neuf ans s'étaient écoulés depuis ; encore neuf et elle serait en âge de se marier.

Et j'étais un idiot qui ne faisait que tergiverser. Vivement, pour effacer mon long silence, je dis : « Je suis sûr que ta sœur et tes frères ne te laisseraient jamais dans le besoin. » J'étais convaincu que c'était la vérité.

« Ce n'est pas la même chose qu'avoir quelque chose à soi », rétorqua-t-elle à mi-voix.

Elle avait raison, naturellement, mais, sans me laisser le temps de répondre que je ferais tout pour assurer son avenir, elle reprit : « Voilà ce que j'ai vu : des moutons, des crottes de mouton et de la paille ; plein de laine accrochée en bas des clôtures, plein de petites araignées, rouges et noires, en dessous des traverses du bas des clôtures. J'ai vu une brebis qui se couchait après s'être arraché toute la laine et un peu de peau de la croupe ; une autre se frottait la patte arrière contre un poteau et se léchait les babines en même temps. » Je hochai la tête, content de sa capacité d'observation. Elle leva les yeux vers moi, les détourna et poursuivit : « Et j'ai vu Lin m'éviter du regard, comme s'il préférait ne pas me voir.

— C'est exact, mais ce n'était pas du dégoût : il est triste pour toi, et, par affection pour toi, il pense qu'il te faudrait un petit chat ou un petit chien. Regarde comment il se comporte avec sa chienne, et tu comprendras qu'il ne proposerait pas ça à un enfant qu'il n'aimerait pas. »

Elle eut un grognement sceptique.

« Quand j'étais petit, repris-je d'un ton posé, mon état de bâtard me faisait horreur. Je croyais que les gens ne voyaient que ça en moi ; du coup, c'est devenu le trait le plus important de ma personnalité, et, quand je rencontrais quelqu'un, la première question qui me venait, c'était : qu'éprouve-t-il à faire la connaissance d'un bâtard ? »

Nous restâmes un moment silencieux. Abeille était déjà fatiguée, je m'en rendais compte, et je me surpris à songer qu'il faudrait travailler son endurance par des défis réguliers ; je me rappelai soudain que ce n'était ni un chien ni un cheval mais ma fille.

« Parfois, repris-je avec précaution, je supposais que les gens ne m'aimaient pas avant même qu'ils aient l'occasion d'en décider eux-mêmes ; du coup, je ne leur parlais pas et je ne faisais aucun effort pour me faire apprécier d'eux.

— Être un bâtard, ça ne se voit pas si on ne le dit pas », fit-elle. Elle se désigna du doigt. « Moi, je ne peux pas cacher ce que je suis, petite et l'air plus jeune que mon âge, avec les cheveux blonds alors que tout le monde ou presque les a noirs. Je peux dissimuler que je suis capable de m'exprimer comme si j'étais plus vieille, mais tu me l'as interdit.

— Non, il y a certaines différences que tu ne peux pas cacher ; tu dois laisser les gens s'apercevoir peu à peu que tu es beaucoup plus intelligente que la plupart des enfants de ton âge, et ça te rendra moins effrayante à leurs yeux. »

Nouveau grognement de dédain.

« Tu avais peur de Pâquerette ?

— Pâquerette ?

— La chienne de berger. Tu as eu peur d'elle ?

— Non, bien sûr ! Elle aime bien me pousser du museau, mais elle est gentille.

— Comment le sais-tu ? »

Une hésitation avant de répondre. « Elle remuait la queue ; et puis elle n'avait pas peur de moi. » Elle se tut un instant. « Je peux avoir un petit chien ? »

Ce n'était pas dans cette direction que je souhaitais mener la conversation, mais c'était inévitable. « J'aurais du mal à te laisser prendre un chien actuellement. » Alors que la solitude me pesait si durement, alors que mon esprit se tendait, que je le voulusse ou non, vers toute créature qui me regardait d'un air compatissant. Même si aucun lien ne se créait, le chiot serait attiré vers moi, non vers elle. Non. « Nous pourrons peut-être en reparler plus tard. Mais ce que je voulais que tu voies… Tu es fatiguée ? Veux-tu que je te porte ? »

Elle se traînait, les joues rougies par l'effort et par le baiser glacé du vent.

Elle se redressa. « J'ai presque dix ans ; je suis trop grande pour qu'on me porte, répondit-elle avec une dignité suprême.

— Sauf ton père », dis-je, et je la pris dans mes bras. Elle se raidit, comme toujours, mais je ne cédai pas ; je l'installai sur mon épaule gauche et allongeai le pas ; elle demeura juchée là, muette et raide comme un bâton. Je crus comprendre ce qui la gênait, pris une inspiration et renforçai mes murailles d'Art. Ce n'était pas facile, et, l'espace d'un instant, je fus saisi de désorientation comme si j'avais soudain perdu l'odorat ou la vue. L'usage du Vif est instinctif, et l'Art déborde de celui qui n'y est pas formé. Mais je fus soulagé de la sentir se détendre un peu avant de s'exclamer : « Que je vois loin ! Tu vois toujours aussi loin, toi ? Oui, sans doute ! C'est merveilleux ! »

Elle était si ravie, si enthousiaste que je n'eus pas le cœur de reprendre mon sermon. Un autre moment, ce serait bien assez tôt. Elle venait de perdre sa mère, et nous entamions une relation balbutiante. Je l'entretiendrais le lendemain de la façon de mettre les autres à l'aise ; pour l'instant, je voulais profiter de ce temps où elle ressemblait à un enfant ordinaire et où je pouvais être son père, tout simplement.

12

EXPLORATIONS

Il était une fois une vieille femme qui vivait seule au milieu d'une ville animée. Elle travaillait comme lavandière pour plusieurs riches familles marchandes ; chaque jour, elle se rendait chez l'une d'elles, prenait le linge sale et le rapportait chez elle, où elle le frottait et le tapait, l'étendait à sécher sur son toit de chaume puis effectuait les raccommodages nécessaires. Elle ne gagnait guère, mais elle aimait son métier parce qu'elle pouvait l'exercer dans son coin.

Elle n'avait pas toujours été seule. Jadis, elle avait eu un chien ; c'était son compagnon de Vif et son ami. Mais les chiens ne vivent pas éternellement et peu vivent aussi longtemps que les hommes, et un triste jour vint où elle s'était retrouvée sans personne, et rien n'avait changé depuis. Du moins le croyait-elle.

Un matin très tôt, alors qu'elle sortait de son lit, elle glissa et tomba ; et, quand elle voulut se relever, elle n'y parvint pas car elle s'était cassé la jambe près de la hanche. Elle appela à l'aide, mais nul ne l'entendit et nul ne vint. Toute la journée, toute la nuit et tout le lendemain, elle resta au sol ; la faim l'affaiblit, et la soif la priva de sa voix. Son esprit se mit à errer, et elle courut les ruelles de la ville comme son chien autrefois ; et, dans son rêve, sous la forme d'un chien, elle croisa un jeune homme et lui

dit : « Ma maîtresse a besoin de votre secours. Suivez-moi, je
vous en supplie. »

Quand elle se réveilla, un homme porta une coupe d'eau
fraîche à ses lèvres. « J'ai rêvé d'un chien, et il m'a mené chez
vous », dit-il. Il lui sauva la vie, et, bien qu'elle guérît lentement
et marchât toujours en claudiquant, avec une canne, ils furent
amis pour toujours.

Les contes du Lignage, par Blaireau

Une fois certaine que mon père était parti, je me glissai hors
de mon lit, pris une des bougies parfumées de ma mère dans la
table de chevet et l'allumai au feu, puis je l'enfonçai dans un
bougeoir et la posai par terre pour sortir une chaude robe de
laine de mon coffre à vêtements d'hiver. Je n'aimais pas ce grand
coffre ; le couvercle était magnifiquement ouvragé d'oiseaux et
de fleurs sculptés, mais il pesait lourd. Comme je n'étais pas
encore assez grande pour l'ouvrir complètement, je dus le tenir
d'une main tout en fouillant les profondeurs de l'autre. Par
bonheur, il y avait une robe sur le dessus, et le contact picotant
m'indiqua que c'était celle que je cherchais ; je m'en saisis et fis
un bond en arrière pour laisser le couvercle retomber avec un
choc sourd. Le lendemain, je demanderais à mon père de le bloquer en position ouverte afin que je pusse transférer des habits
chauds dans le petit coffre qu'il m'avait fabriqué ; la tempête qui
faisait rage cette nuit annonçait sans doute l'arrivée de l'hiver,
et il était temps de procéder aux préparatifs.

J'enfilai la robe par-dessus ma chemise de nuit puis je mis
des bas chauds ; je ne m'embarrassai pas de chaussures : mes
chaussons étaient trop étroits et la laine de mes bas trop
épaisse, et mes vieilles bottes trop lourdes pour convenir à
mon projet. Je repris ma bougie, ouvris la porte et jetai un
coup d'œil dans le couloir. Tout était calme. Je sortis discrètement en laissant le battant se refermer sans bruit derrière
moi ; enfin, j'allais avoir le temps d'explorer le passage secret
aussi minutieusement que je le souhaitais. Depuis que j'avais
appris son existence, il occupait toutes mes pensées ; j'eusse

voulu le visiter dès notre retour des enclos à moutons, mais il y avait eu le repas à manger, puis mon père m'avait gardé près de lui, inquiet de devoir me laisser seule pour la nuit. C'était ridicule : n'étais-je pas seule lorsqu'il travaillait dans son bureau ou dormait dans son lit ? Quelle différence s'il ne se trouvait pas dans la maison ?

Sous la cendre, les braises se mouraient dans la cheminée de mon père. Je rajoutai du bois, autant pour m'éclairer que pour me réchauffer, puis je m'emparai de deux bougies dans le tiroir de son bureau. Enfin, aussi soigneusement qu'il me l'avait montré, je m'assurai que les rideaux de la fenêtre étaient bien fermés, je verrouillai les portes et manipulai la clenche du gond factice. Quand l'huis étroit s'ouvrit, la maison me souffla au visage son haleine froide chargée de secrets anciens ; je m'en imprégnai. Bougeoir au poing, je m'engageai dans le boyau.

Je gagnais d'abord le réduit que mon père m'avait montré, mais n'y découvris pas grand-chose de nouveau malgré une fouille minutieuse. Seule et ravie, je m'assis dans la bulle de lumière jaune de la bougie et m'imaginai disposant mon livre sur la petite étagère, à côté de mon encrier et de ma plume. Je me rendais compte pour la première fois que je rêvais depuis toujours de posséder un espace à moi ; ma chambre m'avait toujours paru immense et froide, un peu comme si je dormais sur la table au milieu de la salle à manger. Dans ce petit espace, je me sentais chez moi, protégée, et je décidai d'apporter la prochaine fois un plumeau pour faire disparaître les toiles d'araignée, ainsi qu'un coussin et une couverture pour améliorer le confort ; je dessinerais des tableaux pour décorer les murs. J'éprouvais une intense satisfaction à me représenter la pièce entièrement refaite à mon image, et je restai si longtemps plongée dans ma rêverie que la bougie se consuma. J'allumai une de celles que j'avais prise dans le bureau de mon père et résolus d'en garder une réserve dans ma cachette ; mais pourquoi attendre ? Je rangeai ma dernière bougie sur la petite étagère et mouchai la première ; une fine volute de fumée aromatique monta, embaumant l'air. Je posai le moignon de cire sur mon bureau et enfonçai la nouvelle bougie dans son support. Il faudrait aussi apporter quelques-uns des sachets de fleurs séchées que ma mère et moi avions fabriqués, à la rose et au chèvrefeuille. Je remplirais la petite armoire de tout ce que je désirais conserver dans ma pièce personnelle, des abricots et du raisin déshydratés, les petites saucisses dures que j'adorais mâchonner ; j'en ferais un lieu accueillant et confortable pour lire, dessiner ou écrire. Ce serait ma petite pièce à moi.

Le changement de bougie me rappela que le temps passait et que je voulais explorer l'autre passage que j'avais repéré plus tôt ; mon père avait dit qu'il menait à deux autres issues, l'une dans sa chambre, l'autre dans le garde-manger, qui se trouvait au rez-de-chaussée, derrière les cuisines, alors que l'appartement de mes parents se situait dans le corps principal de la maison et à l'étage. J'en déduisis qu'il devait y avoir un escalier quelque part, et je décidai aussitôt d'examiner le couloir secret.

Je gagnai l'intersection que j'avais observée la première fois, mais là, au lieu de retourner dans le bureau, j'empruntai l'autre boyau ; je remarquai que les parois étaient garnies de planches de bois sombre et je me demandai si cette section était plus ancienne que celle que j'avais visitée plus tôt. Comme mon père m'en avait prévenue, il y avait longtemps que nul n'était plus passé par là, et des rideaux de toiles d'araignée dansaient et crépitaient au contact de la flamme de ma bougie. Le passage tournait d'un côté et de l'autre en suivant les murs des pièces. À un moment, les planches laissèrent la place à de la brique, et je la sentis glacée sous mes doigts ; un courant d'air fit danser la flamme de ma bougie, et je dus la protéger de la main. Peut-être étais-je parvenue dans le corps principal de la demeure. Je pressai le pas et croisai le cadavre d'une souris morte depuis si longtemps qu'elle n'émettait plus d'odeur ; j'aperçus deux autres judas fermés par de petits caches. Je posai ma bougie et tâchai de découvrir où je me trouvais, mais, j'eus beau faire, je ne vis rien dans les salles obscures sur lesquelles donnaient les trous d'observation. Je n'avais qu'une idée très vague de ma localisation et j'ignorais si je longeais des chambres à coucher ou des salons.

J'arrivai à une fourche où le passage se divisait, non en deux, mais en trois ; il existait donc peut-être plus d'accès aux tunnels de surveillance que mon père ne me l'avait révélé. Le premier boyau me déçut : à peu de distance, il s'arrêtait devant un judas avec un petit banc. Une fois de plus, je posai ma bougie et, après quelques efforts, réussis à écarter le cache récalcitrant ; j'eus la surprise de découvrir par le trou ma propre chambre. Le feu baissait mais dispensait encore assez de lumière pour y voir clair ; je me trouvais dans le mur sur lequel s'appuyait la cheminée et j'avais une vue plongeante sur mon lit. Y avait-il une entrée secrète dans la pièce ? Je parcourus la paroi à tâtons en quête d'une clenche ou d'une charnière, mais, s'il existait un système d'ouverture, je ne le décelai pas ; j'en fus fort dépitée car l'idée de pouvoir accéder à mon nouveau refuge depuis ma chambre me ravissait.

Je retournai à l'embranchement, bien décidée à ne pas traîner en chemin, car ma bougie était à demi consumée ; il me faudrait une lampe pour mes futures explorations, mais j'étais certaine que mon père ne me permettrait pas d'en posséder une, ni d'en emprunter une pour me promener dans les murs de Flétrybois. Si je prenais celle du salon de couture de ma mère, le remarquerait-il ? Il évitait cette pièce depuis sa mort. À la perspective de me procurer ce que je voulais dans son dos, un sentiment de culpabilité m'assaillit, mais sans excès ; assurément, il sous-estimait mes compétences ; pour autant, devais-je me limiter aux capacités qu'il me prêtait ? Je ne le pensais pas.

Je choisis un passage au hasard et le suivis. Sur une interminable distance, il zigzaguait, et, à deux reprises, je me faufilai par des tournants qui eussent été très étroits pour un adulte. Je descendis des marches grossières, en gravis d'autres, et, peu après, je m'aventurai dans une longue pente. Je vis de nouvelles traces de la présence de rats et de souris, et, à un moment, je fis halte en entendant le tapotis de petites pattes qui s'enfuyaient ; je n'apprécie pas ces bêtes : les rats ne sentent pas aussi mauvais que les souris, mais je n'aime pas leurs petits yeux brillants. Les crottes le long des murs devinrent plus fréquentes et l'odeur d'urine plus forte. Je repérai aussi deux trous dans les planches, manifestement pratiqués par des dents aiguës : à l'évidence, les rongeurs avaient découvert ce passage commode et sans danger et s'en servaient, de quoi je déduisis qu'il devait mener au garde-manger.

Je ne me trompais pas. Ma bougie n'avait plus que le quart de sa longueur, et je décidai de quitter le boyau avant qu'elle ne s'éteignît en me laissant dans les ténèbres. Je trouvai facilement le levier d'ouverture et, malgré sa résistance, je le soulevai jusqu'à ce que j'entendisse un cliquetis. Je poussai ce que je supposais être la porte, mais elle ne s'ouvrit que d'un empan ; je passai la main par l'entrebâillement et touchai des sacs, peut-être de pois ou de haricots, entassés contre le battant. Je poussai à nouveau, mais ils étaient lourds et ne bougèrent pas. Ce n'était pas par là que je sortirais.

Il était temps de quitter mon terrier. Je refermai le panneau secret du garde-manger et revins sur mes pas, transie de froid et ensommeillée. Je me pris dans une épaisse toile d'araignée et dus m'arrêter pour me frotter les yeux ; je remarquai que ma robe était couverte de poussière et de toiles d'araignée, et je me demandai si je saurais la nettoyer moi-même pour éviter les questions, car j'étais sûre que mon père n'approuverait pas mon exploration en solitaire.

À l'embranchement, je pris le chemin du bureau. J'avais les pieds glacés, et le froid commençait à remonter dans mes jambes. Quelque chose me chatouilla la nuque et je faillis lâcher mon bougeoir ; je le posai et me passai la main dans les cheveux pour les débarrasser de la toile d'araignée, mais ne pus trouver la fabricante malgré un long moment de recherche. Je repris ma bougie et poursuivis ma route ; l'obscurité alourdissait mes paupières, et je me réjouissais d'avance de réintégrer ma chambre et de me glisser sous mes couvertures.

Je posai à nouveau mon lumignon pour écarter d'autres toiles d'araignée puis continuai à suivre le boyau, et après un coude je pris conscience qu'il eût dû être dégagé si j'y étais déjà passée. Je fis halte, levai ma bougie et scrutai le couloir étroit ; non, rien ne signalait que je l'eusse emprunté dans l'autre sens : les toiles d'araignée étaient intactes, tout comme la poussière par terre. Je fis demi-tour, soulagée de constater que l'empreinte de mes pas et de l'ourlet de ma robe était parfaitement visible dans ce sens. Rebrousser chemin ne poserait pas de problème, et j'accélérai.

Il ne restait qu'un moignon de cire dans le bougeoir quand je revins à la bifurcation, et je me reprochai amèrement d'avoir laissé l'autre bougie dans mon petit local ; mais ce n'était plus très loin, et je serais bientôt de retour dans le bureau de mon père. Je songeai avec envie à la flambée dans l'âtre et formai le vœu que la bûche que j'avais ajoutée brûlât encore. Je pressai le pas en suivant mes propres traces. Les planches des murs paraissaient se rapprocher à mesure que ma bougie faiblissait ; j'inclinai le bougeoir pour laisser s'écouler la cire en excès, et la mèche dégagée émit davantage de lumière, mais le fond du support était maintenant visible. Un vent coulis issu du mur en brique faillit l'éteindre ; j'abritai la flamme de la main et m'interrogeai, immobile : m'étais-je trompée de chemin ? Les briques n'apparaissaient-elles pas à l'approche du garde-manger ? Ou bien était-ce dans le passage qui menait au trou d'observation donnant dans ma chambre ? Je clignai des yeux, les paupières lourdes, incapable de me rappeler. Mes traces ne m'étaient d'aucun secours. La souris desséchée ! Où l'avais-je vue ?

Je regardai ma bougie mourante. « La prochaine fois, dis-je dans les ténèbres qui s'épaississaient, la prochaine fois j'apporterai de la craie et je marquerai où mène chaque passage. » Le courant d'air venu du mur s'infiltrait à travers le tissu de ma robe. Je fis demi-tour sans pouvoir hâter le pas car la flamme au bout de la mèche n'était plus qu'une luciole. Une fois à la première intersection, tout irait bien : même si ma bougie s'éteignait, je saurais retrouver à tâtons le chemin de mon petit refuge. Enfin, en principe. Je m'interdis d'avoir peur des rats ; ma lumière les avait chassés, et puis ils ne s'aventuraient sûrement pas aussi loin des cuisines ; c'est la nourriture qui les attire.

Sauf s'ils ont faim et qu'ils cherchent d'autres formes de nourriture.

Quelque chose me toucha le pied.

Je fis un bond, m'élançai et tombai en renversant la cire liquide de ma bougie, qui s'éteignit. Les ténèbres fondirent sur moi et remplirent l'espace qu'occupait la lumière ; pendant quelques instants, je suffoquai car l'air avait été remplacé par de l'obscurité. Je rentrai mes pieds sous ma robe, terrifiée à l'idée que des rats pussent dévorer mes orteils. Mon cœur battait si fort qu'il m'ébranlait tout entière. Dans le noir, je m'assis en secouant ma main échaudée, puis j'en raclai la cire avec les ongles ; je ne voyais rien dans les ténèbres, qui m'oppressaient comme une substance que je ne pouvais ni respirer ni repousser. La terreur monta en moi.

« Maman ! » criai-je, et la réalité de sa mort m'enveloppa soudain, aussi épaisse et suffocante que l'obscurité. Elle n'était plus là et personne, personne ne pouvait venir à mon secours. Mort et ténèbres ne firent plus qu'un.

« Maman ! Maman, maman, maman ! » Je l'appelais parce que, si j'étais dans le noir et que ce fût la mort, elle devait pouvoir venir à moi.

Je m'enrouai à force de hurler puis je sombrai dans un silence tremblant empreint de terreur abjecte. Nul ne vint. Si mes cris étouffés avaient réveillé quelqu'un, je ne l'entendis pas. Après l'affolement initial, je restai repliée sur moi-même, le souffle court ; au moins, je m'étais réchauffée : mes cheveux étaient collés de transpiration, et je n'avais plus froid qu'aux mains et aux pieds. Les genoux contre la poitrine, je rentrai les mains dans mes manches. Mon cœur battait à coups sourds dans mes oreilles ; j'eusse voulu pouvoir mieux entendre car, même si je redoutais de percevoir le bruissement des rats, je craignais encore plus que l'un d'eux se jetât soudain sur moi. De petits gémissements de terreur montaient dans ma gorge. Le front contre le sol de pierre, haletante, je fermai les yeux pour empêcher les ténèbres de m'envahir.

13

UMBRE

Quantité de légendes et de coutumes sont associées aux pierres dressées qu'on trouve dans tous les six duchés et au-delà de leurs frontières. Même lorsque le but original de ces monolithes s'effaça des mémoires, ils gardèrent leur importance et l'on continua de les révérer en racontant des histoires sur eux ; la plupart décrivaient des comportements imprudents, souvent prêtés à de jeunes amants qui s'aventuraient dans ces cercles de pierre, s'adossaient à un pilier et disparaissaient. Dans certains contes, ils revenaient cent ans plus tard dans un monde où tout avait changé tandis qu'ils n'avaient pas vieilli d'un jour. En étudiant l'Art, je me suis souvent demandé si certains infortunés, doués d'un talent pour cette magie mais sans formation ni compétence pour la maîtriser, n'avaient pas déclenché accidentellement un portail et ne s'y étaient pas égarés. Je frémis encore en me rappelant ma mésaventure lors d'un voyage par des piliers d'Art entre Aslevjal et Cerf, et je sais que tu as lu le compte rendu que j'en ai fait alors. Personne n'a-t-il donc prêté attention à ma mise en garde ?

Et, encore une fois, le roi Devoir a quelque expérience des risques de ce genre de trajet. En une occasion, nous sommes sortis d'un pilier qui était submergé par la mer. Que se serait-il passé *s'il était tombé face contre terre ? Aurions-nous été définitivement pris au piège des pierres, ou bien nous serions-nous retrouvés sous terre pour y mourir suffoqués ?*

Malgré tous les parchemins traitant de l'Art que nous avons découverts, notre connaissance des piliers reste lacunaire. Sous la direction d'Umbre, des cartes ont été tracées avec l'emplacement des pierres dressées dans les six duchés, on a relevé les glyphes qu'elles portent et indiqué l'état de chaque monolithe ; beaucoup se sont renversés, et les signes gravés ont été effacés par le temps ou par des vandales.

Aussi, avec tout mon respect, je recommande d'aborder ce projet avec prudence. À mon avis, seuls des membres expérimentés d'un clan peuvent tenter ces explorations ; nous ignorons où mènent certains de ces portails car nous ne savons pas à quels sites leurs glyphes correspondent. Dans le cas de ceux pour lesquels nous possédons ces informations, je pense qu'il faut d'abord envoyer un groupe de reconnaissance sur place par des moyens conventionnels pour confirmer que le pilier récepteur est toujours debout et en bon état.

Quant aux pierres dont les signes ont disparu ou été martelés, pourquoi s'en servir ? Vaut-il la peine de risquer la vie d'un arti-seur pour envoyer quelqu'un on ne sait où ?

Lettre de FitzChevalerie Loinvoyant à la maîtresse d'Art Ortie

Aussi loin que remontassent mes souvenirs d'Umbre, je l'avais toujours connu sautant sur l'occasion de théâtraliser sa vie. De dame Thym au Grêlé, il avait toujours savouré tous ses rôles, et l'âge n'avait pas amoindri son amour du subter-fuge ni du déguisement ; au contraire, il l'appréciait d'autant plus qu'il disposait désormais du temps et des moyens de s'y adonner complètement.

Par conséquent, je ne savais jamais à quoi m'attendre quand il m'invitait à le rencontrer. Une fois, ç'avait été un vieux colporteur avec un sac de calebasses à vendre ; une autre, dans une auberge, j'étais tombé sur une ménestrelle singulièrement peu attrayante occupée à massacrer une ballade tragico-romantique, à la grande hilarité des clients. Le passage des années n'avait fait qu'accroître le plaisir qu'il prenait à ces mascarades. Je savais qu'il viendrait de Castelcerf par les pierres dressées, ce qui réduirait un trajet de plusieurs jours à un claquement de doigts ; il entrerait dans les Pierres Témoins non loin du château et ressortirait au sommet de la colline aux Pendus ; de là jusqu'à la brasserie du Bâton de Chêne, c'était une agréable promenade par une douce soirée d'été. Hélas pour lui, ce soir-là il émergerait du pilier sous une pluie glacée qui menaçait de se transformer en neige au matin.

Je m'assis près de la grande cheminée du Bâton de Chêne et posai mon manteau détrempé sur le banc le plus proche des flammes afin de lui réserver la place. L'auberge, située à un carrefour, recevait surtout des marchands et des voyageurs ; je ne la fréquentais pas et ne pensais y croiser aucune connaissance ; néanmoins, en prévision de notre rendez-vous, je m'étais grisonné la barbe avec de la craie et avais enfilé une rude tunique de laboureur ; mes bottes élimées étaient boueuses, et je me tenais voûté avec mon bonnet de laine tiré sur le front et les oreilles. Les seules occasions qui m'amenaient au Bâton de Chêne étaient les rendez-vous que me fixait Umbre, et je ne tenais pas à ce qu'un de mes voisins me vît dans la salle commune et se demandât ce que je faisais là ; je buvais donc mon vin chaud avec le dos courbé et une mine revêche qui, je l'espérais, dissuaderait les tentatives de conversation.

La porte de l'auberge s'ouvrit grand, livrant passage à une rafale de vent accompagnée de pluie et à un garçon d'écurie suivi par deux marchands trempés. Derrière eux, la nuit qui tombait assombrissait le ciel. Je maugréai tout bas ; j'avais espéré qu'Umbre arriverait tôt et conclurait rapidement son affaire, car j'étais inquiet de laisser Abeille seule à Flétrybois. Elle m'avait assuré que cela ne lui posait pas de problème, qu'elle peindrait dans sa chambre près du feu et irait se coucher dès qu'elle aurait sommeil. J'avais essayé de la convaincre qu'elle pourrait passer une bonne soirée chez Lin et sa femme, mais cette idée avait paru l'horrifier et la terrifier tout à la fois, et je l'avais donc laissée chez nous en lui promettant de passer la voir dès mon retour. Je buvais mon vin chaud à petites gorgées sans savoir ce qui me préoccupait le plus : imaginer Abeille seule à la maison ou Umbre quelque part dans les intempéries.

La deuxième fois que la femme me heurta par-derrière, je me tournai pour la dévisager. Ma première idée fut qu'il s'agissait d'Umbre sous un de ses déguisements les plus exotiques, mais elle était trop petite pour la haute silhouette de l'homme que je connaissais ; en outre, mon demi-tour sur le banc avait placé mes yeux à la hauteur de sa poitrine, et elle était indubitablement authentique. Mon regard remonta et je vis qu'elle me souriait. Elle avait une légère béance entre ses incisives, les yeux verts avec de longs cils, et les cheveux châtains avec des reflets roux. « Bonjour », dit-elle.

Ce n'était donc pas Umbre. Sa messagère, alors, ou une servante excessivement amicale, ou encore une prostituée ? Il y avait tant de possibilités pour que la soirée tournât mal ! Je levai ma chope, la vidai et la lui tendis. « La même chose, je vous prie », dis-je d'un ton parfaitement neutre.

Elle haussa les sourcils. « Je ne sers pas de bière. » Le ton dédaigneux de sa voix n'était pas feint. La méfiance s'instilla en moi. *Sois prudent.*

Je me penchai vers elle en faisant semblant d'avoir du mal à accommoder. Je connaissais cette fille ; je l'avais déjà vue, et j'éprouvais un agacement mêlé d'angoisse à ne pas pouvoir me rappeler quand ni dans quelles circonstances. L'avais-je croisée au marché ? Était-ce la fille d'un de nos bergers, devenue adulte et indépendante ? En tout cas, elle ne m'avait pas appelé par mon nom et elle n'avait pas réagi comme si elle me connaissait. Je feignis l'ivresse, me grattai le nez et la mis à l'épreuve. « Pas de la bière, dis-je ; du vin chaud. Il fait froid dehors.

— Je ne sers pas non plus de vin », répondit-elle. Je perçus une trace d'accent ; elle n'avait pas grandi en Cerf.

« Dommage. » Je me retournai vers le feu.

Elle écarta mon manteau mouillé et s'assit à côté de moi sans me demander la permission. Les rôles s'en trouvaient réduits à ceux de messagère ou de putain. Elle se pencha vers moi. « Vous avez l'air d'avoir froid.

— Non. Je suis bien installé près du feu et je viens de boire du vin chaud. J'attends quelqu'un, c'est tout. »

Elle sourit. « Ça pourrait être moi, ce quelqu'un. »

Je secouai la tête, l'air égaré par l'alcool. « Non ; c'est pas possible : mon ami est beaucoup plus grand, il est plus vieux et c'est un homme. Ça ne peut pas être vous.

— Et si j'étais l'amie de votre ami ? Je serais votre amie, non ? »

Je vacillai légèrement. « Peut-être », dis-je. Je fouillai dans la bourse pendue à ma ceinture et fronçai les sourcils ; puis je souris. « Tiens, si vous êtes l'amie de mon ami et que vous êtes mon amie, vous pourriez payer la prochaine tournée, non ? » Je levai ma chope avec un sourire vague tout en observant l'expression de mon interlocutrice. Une prostituée digne de ce nom ne perdrait pas son temps avec un homme incapable de se payer un nouveau verre.

Elle eut l'air indécis ; je n'avais pas prononcé les paroles attendues. Je me sentis soudain très vieux ; jadis, je me fusse régalé de ces mystères. J'avais toujours pris grand plaisir à réussir les petites épreuves auxquelles Umbre me soumettait sans cesse, et j'avais participé plus d'une fois à ses mises en scène destinées à brouiller les idées des autres. Mais ce soir, je n'avais qu'une envie : voir mon vieux maître, apprendre ce qu'il voulait, et rentrer chez moi. Ces subterfuges étaient-ils encore vraiment nécessaires ? Nous vivions une époque de paix et de stabilité politique ; à quoi bon recourir à des espions et à des épreuves ? Il était temps de dissiper le brouillard et de faire avancer la pièce, mais prudemment pour ne pas vexer Umbre. Je regardai donc la jeune femme et demandai : « À votre avis, quel est le meilleur : du vin chaud près de la cheminée par une journée d'hiver ou une chope de bière à l'ombre ? »

Elle pencha la tête, et elle parut alors beaucoup plus jeune que je ne l'avais cru. Elle n'avait même pas dû voir vingt étés. D'où la connaissais-je ? « Une chope de bière à l'ombre, répondit-elle sans hésitation. Encore qu'on puisse avoir du mal à trouver l'ombre quand le soleil n'est pas sorti depuis des jours. »

Je hochai la tête et pris mon manteau mouillé. « Et si nous nous mettions en quête d'Umbre ? » proposai-je, et elle sourit.

Je me levai, elle passa son bras dans le creux du mien et m'entraîna parmi les clients de l'auberge jusqu'à l'escalier en bois qui menait aux chambres. La tempête forcissait ; une bourrasque frappa l'établissement et fit claquer les volets intérieurs, puis la porte s'ouvrit brutalement en laissant entrer des rafales de vent chargées de pluie. Alors que des exclamations montaient de toutes les tables pour qu'on fermât, deux hommes entrèrent en titubant, appuyés l'un à l'autre ; l'un s'approcha d'une table libre, y posa les deux mains et resta ainsi, le souffle court. Crible se retourna et claqua la porte ; la seconde suivante, je reconnus Umbre qui reprenait sa respiration. « Et le voici, murmurai-je à ma compagne.

— Qui ça ? fit-elle, à ma grande déception.

— Mon ami, celui que j'attendais. » Sur ces mots prononcés d'une voix légèrement empâtée, je me dégageai et me portai à la rencontre d'Umbre et de Crible. Je tournai juste assez la tête pour voir du coin de l'œil le regard qu'elle me lança par-dessus son épaule en gravissant les marches. Un homme qui descendait lui adressa un hochement de tête à peine perceptible. Alors, prostituée ou non ?

En tout cas, la rencontre avait été curieuse. Ce n'était pas la première fois qu'Umbre et ses machinations me mettaient dans une position inconfortable.

« Allez-vous bien ? » demandai-je à mi-voix en arrivant près de lui. Il soufflait comme s'il sortait d'une course ; je lui offris mon bras, et il l'accepta, signe d'épuisement inquiétant. Sans un mot, Crible lui prit l'autre bras, et nous échangeâmes un regard préoccupé.

« Quelle tempête ! Allons nous asseoir près du feu », dit Umbre. Il avait les lèvres noires et il respirait bruyamment par le nez. Son « déguisement » se limitait à une tenue de bonne qualité mais à la coupe simple et aux couleurs sobres.

Ses cheveux gris acier donnaient une indication de son âge, mais non ses traits ni son maintien ; il avait survécu à son frère et à trois de ses neveux, et je n'eusse pas été étonné qu'il me survécût aussi, à moi, son petit-neveu. Mais le voyage de ce soir-là avait été dur, et il avait besoin de repos ; l'Art pouvait entretenir son organisme mais non le rajeunir.

Je parcourus la salle des yeux. La place que j'avais réservée près de l'âtre avait été occupée dès que je l'avais libérée. « Nous n'y arriverons pas, répondis-je. Mais deux des chambres à l'étage ont des cheminées ; je vais demander s'il y en a une de libre.

— Nous avons pris des dispositions. Crible, vérifiez qu'on a accédé à mes requêtes, je vous prie. » L'intéressé acquiesça de la tête, provisoirement congédié. Nous échangeâmes un regard ; nous nous connaissions depuis longtemps, bien avant qu'il ne se liât avec Ortie. Bien avant qu'il ne fît la cour à ma fille, c'était mon frère d'armes ; lors de la petite guerre qui nous avait opposés à la Femme pâle, sur l'île d'Aslevjal, je l'avais laissé pour pire que mort, mais il m'avait pardonné, et je l'avais pardonné de m'espionner pour le compte d'Umbre. Nous nous comprenions peut-être mieux que le vieil assassin n'en avait conscience, et le signe que nous avions échangé était celui d'une vieille camaraderie. Cervien typique, il avait les cheveux et les yeux noirs, et il portait ce soir-là une tenue qui lui permettait de se fondre dans la foule de la taverne. Il se faufila sans effort dans la presse sans s'attirer les protestations de personne ; c'était un talent que je lui enviais.

« Asseyons-nous jusqu'à son retour », proposai-je en joignant le geste à la parole. La table n'était pas la mieux placée, près du courant d'air venu de la porte et loin à la fois de la cheminée et de la cuisine, mais, peu recherchée, elle me fournissait un coin tranquille pour bavarder. Umbre se laissa tomber lourdement sur une chaise en face de moi, puis il parcourut la salle des yeux, remonta l'escalier du regard et hocha la tête. Cherchait-il quelqu'un ou bien se laissait-il seulement aller à son habitude de vieil assassin d'être toujours aux aguets ? J'attendis qu'il abordât le sujet qui l'amenait.

« Pourquoi y a-t-il tant de monde ? me demanda-t-il.

— À ce que j'ai entendu près du feu, c'est une caravane de négociants en chevaux et en bétail ; trois marchands, six employés. Ils pensaient atteindre la prochaine ville avant la nuit, mais la tempête les a contraints à faire halte ici. Ils ne sont pas ravis de laisser leurs bêtes dans des enclos ouverts sous la pluie, mais l'auberge n'avait pas mieux à leur proposer. Les employés dormiront dans les granges. Les marchands disent que leurs animaux sont de première qualité et s'inquiètent des voleurs, mais j'ai entendu deux garçons d'écurie décrire leurs chevaux comme des rosses bonnes pour la retraite. Un des négociants n'est pas causant, mais il a un harnais de style chalcédien sur sa monture, qui est par ailleurs un excellent animal. »

Umbre acquiesça de la tête et, malgré sa fatigue, il eut un sourire mi-figue mi-raisin. « C'est moi qui t'ai appris ça », dit-il d'un ton satisfait. Il me regarda, et l'affection que je lus dans ses yeux me surprit. Devenait-il sentimental en vieillissant ?

« En effet, vous rendre compte correctement et sans rien omettre, c'est une des premières choses que vous m'avez enseignées. » Nous nous tûmes un moment, plongés dans le souvenir de tout ce qu'il m'avait inculqué.

Je m'étais rebellé et avais échappé à mon destin d'assassin royal ; Umbre, lui, n'avait jamais souhaité l'éviter. Il ne vivait plus comme une araignée dissimulée dans les passages secrets du château de Castelcerf ; on l'appelait sire Umbre et il conseillait le roi Devoir au vu et au su de tous, mais je ne doutais pas que, si le souverain avait besoin qu'on éliminât quelqu'un, il saurait encore se montrer à la hauteur.

Il respirait plus facilement à présent. Un garçon apparut, posa bruyamment sur la table deux grosses chopes de rhum chaud au beurre et resta planté là. Umbre m'adressa un sourire ; j'acquiesçai de la tête, puis, avec une répugnance feinte, je cherchai des pièces dans ma ceinture et payai les consommations. Alors que le garçon s'éloignait, je demandai : « Avez-vous eu du mal à emmener Crible par les piliers ? »

Il ne chercha pas à nier la réalité. « Il l'a mieux supporté que moi, reconnut-il, alors que j'ai dû lui emprunter de l'énergie pour y arriver. » Il leva sa chope fumante, but et poussa un soupir. Par-dessus le bord, ses yeux parcoururent à nouveau la salle.

Je hochai la tête puis la curiosité l'emporta. « Comment avez-vous fait ? Il ne possède pas l'Art.

— Non, mais Ortie lui a appris à lui prêter de l'énergie quand elle en a besoin, et ça crée une espèce d'ouverture... Enfin, ce n'est pas exactement le terme. Une poignée ? Je ne sais pas comment dire. Un peu comme un cheval avec un licou à demeure, auquel on peut toujours fixer une longe quand c'est nécessaire. Crible sert à Ortie ainsi, comme réserve de pouvoir, entre autres. »

Je refusai de mordre à l'hameçon et bus une gorgée de rhum. Le breuvage était infâme mais il me réchauffait. « Comment peut-il lui prêter de l'énergie sans posséder l'Art lui-même ? »

Il toussa puis répondit d'une voix rauque : « De la même façon que Burrich le faisait avec ton père : il y avait entre eux un puissant lien, et, comme Crible, il avait une grande réserve de force physique. Naturellement, si Crible savait artiser, ce serait encore mieux ; mais, ayant déjà servi quelqu'un en tant que réservoir d'Art, il a pu me faire assez confiance pour me laisser puiser en lui. »

Je réfléchis. « Aviez-vous déjà tenté cette expérience ? » demandai-je avec curiosité.

Il prit une profonde inspiration et frissonna brusquement. Il avait toujours froid, mais il commençait à se réchauffer à l'air tiède de la taverne. « Non ; j'ai pensé que c'était l'occasion. Il faisait beau à Castelcerf. J'ai souvent emprunté les pierres pour me rendre ici ; j'ignore pourquoi ça m'a fatigué à ce point. »

Je me retins de faire une remarque sur son âge. « Est-ce dans un manuscrit ou sur une tablette que vous avez eu vent de cette pratique ? » Et comptait-il proposer un usage plus étendu et plus régulier des piliers d'Art ? Je me préparai à l'en dissuader.

Il acquiesça de la tête sans me regarder : il suivait des yeux Crible qui traversait la foule en tenant haut sa chope de rhum. Derrière lui venait un serveur avec un fagot en sangle et une réserve de chandelles dans un seau. « Il va préparer la chambre, annonça Crible en s'asseyant, et le garçon prit la direction de l'étage. Laissons-lui quelques minutes pour allumer le feu, et ensuite nous monterons. » Il se tourna vers moi. « Tu as l'air d'aller un peu mieux que la dernière fois que je t'ai vu, Tom.

— Un peu », répondis-je. Je tendis la main et nous nous serrâmes les poignets ; je sentis un curieux picotement en le touchant. Il était à Ortie, et j'éprouvais une étrange sensation à reconnaître le contact de ma fille sur lui, une impression d'intimité comme si j'avais perçu le parfum d'Ortie sur les vêtements de Crible. Je me demandai si Umbre le percevait aussi clairement que moi. Une idée se déploya dans mon esprit, et je crus savoir pourquoi le voyage par les pierres avait été aussi ardu : Ortie accompagnait-elle Crible par l'Art ? Entendait-elle par ses oreilles, voyait-elle par ses yeux ? Mon intuition me disait que sa présence pouvait avoir compliqué leur trajet ; mais je gardai cette théorie pour moi et regardai Crible au fond des yeux ; pourrais-je y apercevoir ma fille ? Je ne vis rien, mais il sourit plus largement. Le tout s'était déroulé en un clin d'œil. « Ainsi, le voyage a été épuisant, avec cette tempête et le reste », dis-je. Je lâchai Crible et me tournai vers Umbre. « Eh bien, qu'est-ce qui vous amène si loin par une nuit aussi épouvantable ?

— Attendons d'être dans la chambre », répondit-il en reprenant sa chope. Crible croisa mon regard et haussa un sourcil ; il cherchait à me transmettre un message, mais j'ignorais lequel.

Nous gardâmes le silence dans le brouhaha de la salle et laissâmes le rhum nous réchauffer. Quand le garçon redescendit nous prévenir que le feu brûlait joyeusement, Crible lui lança une pièce et nous montâmes. La pièce était située au bout du couloir, et sa cheminée faisait conduit commun avec celle du rez-de-chaussée ; j'étais étonné que les marchands de bétail ne l'eussent pas prise, mais peut-être leur bourse était-elle plus plate que celle d'Umbre. Crible ouvrit la porte et, avec une rapidité déconcertante, un petit poignard apparut dans sa main. Assise au pied d'un lit se trouvait la jeune fille que j'avais croisée plus tôt. J'imitai Umbre qui n'avait pas l'air surpris, pas plus que l'intruse ne paraissait effrayée de notre irruption ; la tête légèrement penchée, elle posait sur nous un regard méfiant du coin de ses yeux vert jade.

Une pensée naquit au fond de moi mais ne parvint pas au premier plan de mon esprit. J'observai la jeune fille ; un sourire de chat apparut sur ses lèvres.

Umbre resta un instant immobile puis il entra et prit place à la table. La chambre, bien meublée et destinée à accueillir des groupes de voyageurs, comprenait une table avec quatre chaises, quatre lits étroits et des rideaux épais à la fenêtre ; il y avait un coffre dans un angle, avec des sangles de cuir à peine usées. Pour l'attention qu'Umbre lui prêtait, la jeune fille eût aussi bien pu ne pas exister ; il s'adressa à Crible : « Voyez si vous pouvez nous obtenir un repas chaud, et peut-être à boire encore. Tom, une chope pour toi ? »

Je secouai lentement la tête. J'avais assez bu et je voulais garder les idées claires. « Mais j'apprécierais de me restaurer. J'ai remarqué une belle pièce de bœuf en train de rôtir tout à l'heure ; une bonne tranche avec du pain, peut-être. »

Crible me regarda sans rien dire. Il savait qu'Umbre le congédiait à nouveau, et, comme moi, il ne comprenait pas pourquoi ; comme moi encore, il n'aimait pas cela. Umbre n'avait rien dit de l'inconnue.

Je me tournai vers elle. « Je crois qu'il y a un malentendu ; il vaudrait peut-être mieux que vous vous en alliez. »

Elle jeta un coup d'œil à Umbre, qui répondit : « Non, il faut qu'elle reste. » Sans lever les yeux, il poursuivit : « Crible, à manger, je vous prie, et une autre chope de rhum chaud. » Il s'adressa à la jeune fille : « Pour vous aussi ? » Elle acquiesça d'un mouvement de la tête imperceptible. « Pour tout le monde », dit-il à Crible.

Les yeux de celui-ci croisèrent les miens et je sus ce qu'il me demandait. Je répondis tout haut : « Je surveille ses arrières ; tu peux y aller. »

Umbre fit mine d'intervenir puis se contenta de hocher la tête. Crible sortit en me lançant un dernier regard d'avertissement. Je parcourus la chambre et, sans chercher à me cacher, jetai un coup d'œil sous les lits pour vérifier l'absence d'autres intrus, m'assurai que la fenêtre était bien verrouillée puis examinai le coffre fermé par des sangles. « Ce n'est pas vraiment nécessaire, fit Umbre à mi-voix.

— Ce n'est pas ce que vous m'avez appris », répliquai-je, et j'achevai mon inspection. Enfin, je revins à la table et m'assis. La jeune fille n'avait pas bougé.

« On dirait que vous avez oublié pas mal de ce qu'il vous a enseigné, intervint-elle. Regarder maintenant sous les lits, c'est insuffisant et c'est trop tard. » Elle pencha la tête de côté. « Je comprends pourquoi il a besoin de moi. »

Umbre murmura : « Veuillez nous rejoindre. » Il s'éclaircit la gorge et reporta son regard vers moi. « Je regrette d'avoir été retardé, mais, puisque nous sommes tous là, autant parler ensemble de ce qui nous réunit. » De sa part, c'était l'équivalent d'une excuse pour ne m'avoir pas préparé à l'affaire qui l'amenait. Mais quelle affaire ? Il n'avait pas voulu en discuter par le biais de l'Art ; cependant, si Crible était au courant, Ortie aussi, sans doute. Mais peut-être pas le roi Devoir. J'écartai ces pensées de mon esprit pour me concentrer sur le moment présent.

Je suivis des yeux la jeune fille lorsqu'elle se leva ; elle s'approcha de la table avec des mouvements de félin, mis à part le balancement de ses hanches. Si on y avait accroché des grelots, ils eussent sonné à chacun de ses pas. Je regardai Umbre mais il se détourna, aussi étudiai-je la jeune fille. Elle n'avait pas l'air dangereux, mais ne paraissait pas non plus inoffensive comme la plupart des gens dangereux que j'avais croisés : elle avait un aspect ordinaire, mais réservé ; non, pas réservé : prêt à éclater d'orgueil. Elle marchait comme un chat avec dans la gueule un oiseau qui n'est pas tout à fait mort ; dans un instant, elle allait relâcher sa proie pour le plaisir de l'attraper à nouveau.

Je sus tout à coup pourquoi elle me semblait familière : elle était manifestement d'ascendance Loinvoyant. J'avais l'habitude de voir ces traits chez les hommes de ma lignée ; Ortie ressemblait aujourd'hui plus à sa mère qu'elle n'avait jamais tenu de moi, mais cette jeune fille, malgré sa féminité, ressemblait à Vérité et – j'en eus le frisson – à moi. Le plus vite possible, j'assemblai des éléments pour bricoler une théorie. Une Loinvoyant, plus jeune que Devoir, mais trop âgée pour être sa fille, et qui n'était évidemment pas de moi. De qui, alors ? J'eus l'impression que la pièce s'était brusquement inclinée. D'où sortait ce nouveau rejeton de la famille ?

J'attendis que l'un ou l'autre prît la parole tout en m'étonnant de la lenteur avec laquelle elle s'approchait de la table. Si j'avais eu cette attitude, Umbre y eût vu de l'insolence et m'eût au moins gratifié d'une calotte. Mais il la tolérait chez elle ; à noter.

Dès qu'elle s'assit, il dit : « Fais-moi ton compte rendu. »

Elle me jeta un regard puis se tourna vers Umbre. « Il est négligent, fit-elle sans ambages. Son "déguisement" est lamentable, et je l'ai heurté à deux reprises avant qu'il me remarque ; je n'ai eu aucun mal à m'approcher de lui : il guettait votre arrivée et ne pensait qu'à ça. » Elle posa les yeux sur moi en me mettant au défi de la contredire. « J'aurais pu le tuer trois fois, le droguer ou lui faire les poches. »

Piqué au vif, je répliquai : « Ça m'étonnerait beaucoup ; et ce compte rendu est un des plus minables que j'aie entendus. »

Elle haussa les sourcils. « J'ai transmis toutes les informations nécessaires. » Elle se tourna de nouveau vers mon vieux mentor et poursuivit d'un ton catégorique : « Si le seigneur Umbre avait besoin d'autres détails, il me les aurait demandés. » Elle quitta son siège et vint de mon côté de la table ; je levai la tête pour l'observer. Elle s'adressa à Umbre avec assurance : « Dites-lui de me laisser le toucher. »

Le vieil assassin me regarda. « Tu n'as rien à craindre. Elle est des nôtres.

— À plus d'un titre, visiblement », répondis-je. J'entendis la jeune fille soupirer, mais je ne sus si j'avais touché un point sensible ou si je l'amusais. Je ne bougeai pas, mais quelque part un loup se hérissa en grondant.

Je perçus un contact léger sur le col puis sur l'épaule ; elle se pencha pour me toucher la hanche, et je la sentis ensuite effleurer mes côtes ; comme elle écartait la main, le tissu de ma chemise suivit brièvement son mouvement, et elle déposa les épingles sur la table. Il y en avait six, et non quatre, chacune longue d'un demi-doigt à peine, la tête en forme de petite araignée verte.

« Si je les avais enfoncées davantage, elles vous auraient percé la peau. » Elle se pencha sur moi et poursuivit à mon oreille : « Elles auraient pu être enduites de poison ou de somnifère ; vous vous seriez effondré devant le feu, et on vous aurait cru ivre mort avant de se rendre compte qu'on ne pouvait pas vous réveiller.

— Je te le répète, intervint Umbre d'un ton sévère : ces araignées sont une coquetterie qu'un assassin ne peut pas s'autoriser. Il ne faut JAMAIS laisser quoi que ce soit qui permette de remonter jusqu'à toi. Tu me déçois. »

Elle répliqua d'une voix tendue : « Je m'en suis servie pour l'occasion afin de prouver que c'était moi qui les avais placées, non un autre espion ou un autre assassin envoyé avant moi ; je ne les utiliserais jamais pour une mission confidentielle ou importante. Je les ai employées aujourd'hui pour démontrer que je disais vrai : il est négligent. » Son mépris m'accablait. Elle se tenait derrière moi, un peu sur la gauche, et elle ajouta : « Il ne fait attention à rien. N'importe qui pourrait le tuer, lui ou son enfant. »

J'agis sans l'avoir prévu. Ma chaise se renversa ; je n'étais plus aussi rapide qu'autrefois, mais j'étais néanmoins plus vif qu'elle, et elle heurta le plancher sur le dos. De la main gauche, j'agrippai son poignet au bout duquel elle tenait le petit poignard qu'elle avait dégainé en tombant, tandis que mon pouce gauche s'enfonçait dans le creux de sa gorge, mes doigts agrippés à sa nuque. Elle avait les dents dénudées et les yeux exorbités quand je pris conscience de la présence d'Umbre debout près de nous.

« Cessez ! Tous les deux ! Ce n'est pas pour ça que je vous ai réunis. Si je voulais faire disparaître l'un de vous, j'aurais des moyens beaucoup plus efficaces d'y parvenir que de vous dresser l'un contre l'autre. »

Je relevai mon pouce tout en obligeant mon adversaire à lâcher son arme, puis je me redressai d'un bond en arrière qui me mit hors de sa portée. Je reculai d'un pas afin de me plaquer au mur et d'embrasser d'un seul regard Umbre et son assassin. J'espérais qu'ils ne se rendraient pas compte de ce que l'effort m'avait coûté ; je respirais avec lenteur et régularité malgré les coups de marteau de mon cœur et mon besoin vital d'air en plus grande quantité. Je pointai l'index sur la jeune fille. « Ne menacez jamais ma fille.

— Je ne l'ai pas menacée ! » répliqua-t-elle d'une voix étranglée et hargneuse en s'aidant d'une chaise pour se relever.

Sans lui prêter attention, je dirigeai ma colère sur mon vieux mentor. « Pourquoi avoir lancé un assassin à mes trousses ?

— Je n'ai lancé personne à tes trousses », protesta-t-il d'un air révolté. Il contourna la table pour se rasseoir.

« Je n'avais pas ordre de vous tuer, seulement de mesurer votre faiblesse. C'était une petite épreuve », intervint la jeune fille. La respiration encore sifflante, elle ajouta, vipérine : « Une épreuve que vous avez ratée. » S'étant remise debout, elle reprit place sur sa chaise.

Malgré mon envie, je ne pouvais la contredire. Je m'adressai à Umbre seul : « Comme celui que vous avez envoyé précédemment, alors qu'Abeille n'avait que quelques jours. »

Il ne broncha pas. « Plus ou moins, sauf que ce n'était qu'un enfant – et, comme je le pensais, impropre à mon apprentissage. C'était une des choses que nous souhaitions apprendre à son propos. Je l'ai orienté dans une autre direction, comme tu l'avais suggéré. La faute m'en incombe ; il n'était pas du tout prêt à t'affronter.

— Mais, moi, si », fit la jeune fille d'un air satisfait.

— Cesse de te vanter, lança Umbre ; tu parles trop. Tu te moques d'un homme qui aurait pu te tuer instantanément il y a une minute, et ça ne sert à rien ; si tu le prends à rebrousse-poil, tu ne pourras jamais travailler avec lui. »

Je restai sur ma position. « Je n'effectue plus ce genre de "travail", répondis-je d'un ton froid. Et je n'ai plus besoin de vivre comme si tous les inconnus que je croise voulaient ma peau – à moins que vous n'ayez fait quelque chose pour réveiller ces menaces. »

Il croisa les bras sur sa poitrine et se laissa aller contre son dossier. « Fitz, cesse de faire l'idiot et reviens à la table. Ces menaces ne se sont jamais assoupies, tu devrais le savoir mieux que personne. Tu t'es simplement écarté du jeu, et ça a marché ; la plupart de ceux qui ont fini par déduire ton identité n'avaient rien contre toi ou bien n'avaient plus guère de motif de souhaiter ta mort. Mais, quand tu as eu un enfant, la situation a changé ; je pensais que tu l'avais compris et que tu avais pris les précautions nécessaires. La première fois où j'ai mis tes défenses à l'épreuve, tu paraissais conscient des dangers. Mais Ortie m'a dit que tu étais accablé de chagrin et que la petite risquait d'avoir besoin toute sa vie de protection, et j'ai décidé de te proposer mon aide si tu en as besoin ; d'autant qu'elle a laissé entendre que tu pourrais envoyer l'enfant à Castelcerf, ou revenir toi-même y vivre.

— Je n'ai aucune intention de retourner à Castelcerf, et je n'ai besoin de personne pour nous protéger, Abeille et moi ! » J'étais furieux qu'il m'eût appelé Fitz devant l'assassin ; l'avait-il fait par inadvertance ou exprès ? « Les seules menaces qui pèsent sur nous en ce moment viennent apparemment de ceux à qui je croyais pouvoir me fier. »

Umbre m'adressa un regard où je lus une demande que je ne sus déchiffrer, mais ses propos démentirent son expression. « C'est précisément la réaction à laquelle je m'attendais ; c'est pourquoi j'ai chargé Évite de vérifier si tu étais en état de te défendre. C'est manifestement le cas. »

Crible frappa avant de pousser la porte de l'épaule et d'entrer avec des assiettes et des chopes sur un plateau. Ses yeux noirs parcoururent vivement la pièce et observèrent mon attitude, la chaise renversée et la mine maussade de la jeune fille. Il haussa légèrement les sourcils mais ne fit aucune remarque. En déposant le plateau chargé sur la table, il déclara : « J'ai vu large ; je suppose qu'elle mange avec nous ? » Il se baissa, remit la chaise sur ses pieds et la désigna courtoisement à l'assassin.

« Restaurons-nous avant de parler », dit Umbre.

Je revins à la table à contrecœur, l'amour-propre meurtri. Je n'appréciais pas qu'Umbre en apprît si long sur moi à l'inconnue alors que j'ignorais quasiment tout d'elle et étais réduit à des suppositions. Il avait prononcé mon nom devant elle ! Je savais seulement qu'elle était de notre famille ; quel âge avait-elle, qui était sa mère, et depuis combien de temps la formait-il ? Et pourquoi voulait-il tout à coup la placer chez moi ?

Car telle était manifestement son intention : l'installer dans ma maison sous couvert de fournir un garde du corps à Abeille. Idée louable, par certains côtés, si mon enfant avait vraiment eu besoin qu'on la protégeât. Patience avait toujours Brodette à ses côtés, et nul ne s'étonnait que l'épouse du prince Chevalerie se déplaçât toujours avec sa servante ; on ne trouvait pas non plus étrange que Brodette emportât toujours ses ouvrages de crochet et ses longues aiguilles. Elle veillait sur Patience et avait assuré sa sécurité même après que des assassins avaient réussi à tuer son mari. L'âge venant, les rôles s'étaient inversés, et Patience s'était occupée avec dévouement de sa « domestique » malade jusqu'à la fin.

Mais cette fille n'avait sûrement pas le tempérament nécessaire ; elle avait l'âge pour servir de nourrice ou de garde à un petit enfant, mais rien dans son comportement ne laissait supposer qu'elle pût adopter une telle identité. Elle était d'une furtivité impressionnante mais, dans un combat physique, elle ne pouvait compter ni sur ses muscles ni sur sa masse. Sa ressemblance avec les Loinvoyant attirerait trop l'attention à Castelcerf ; elle y serait inutile comme espionne.

Je doutais encore plus d'être capable de m'entendre avec elle au point de lui confier ma fille ; en outre, l'air surpris de Crible devant sa présence et la circonspection avec laquelle il la regardait m'inquiétaient. À l'évidence, il n'était pas plus au courant que moi du plan d'Umbre ; il n'avait pas reconnu la fille. J'ignorais s'il avait compris qu'elle était apparentée à la famille royale.

Je m'assis en face d'elle. Crible déposa une assiette pleine devant elle. À si bref délai, il s'était bien débrouillé : il avait rapporté d'épaisses tranches de viande fumante tout juste découpées sur la broche, la graisse crépitante agréablement brunie, et des pommes de terre dont la peau croustillante et craquelée laissait paraître la chair blanche et farineuse, le tout dans une sauce foncée ; il y avait aussi une miche de pain encore tiède et un pot de beurre clair. C'était une chère simple mais copieuse, et Évite avala bruyamment sa salive quand Crible la servit ; elle avait bon appétit et, sans faire mine de nous attendre, prit fourchette et couteau et se mit à manger. Crible haussa les sourcils devant ces manières d'enfant mal élevé mais se tut et déposa les assiettes restantes devant Umbre, moi et lui-même. Il avait également apporté une théière et quatre tasses.

Il retourna à la porte, mit la clenche puis nous rejoignit à table et entreprit de manger de bon cœur. Umbre, lui, chipotait comme un vieillard ; quant à moi, malgré la qualité du repas, je n'arrivais pas à me concentrer assez pour y prendre plaisir. Je me contentai de boire du thé et d'observer mes commensaux. Umbre se taisait et nous regardait tour à tour, l'assassin et moi, tout en se restaurant. À la fin du repas, il paraissait avoir repris du poil de la bête, tandis qu'Évite continuait de s'empiffrer avec un plaisir manifeste et une concentration sans faille. Elle s'empara de la théière et se resservit sans même demander si quelqu'un d'autre voulait du thé ; elle n'hésita pas à prendre la dernière pomme de terre, et, quand elle eut fini, elle se laissa aller contre son dossier en poussant un grand soupir de satiété. Pendant que Crible empilait les assiettes vides sur le plateau, je m'adressai au vieil assassin.

« Vous m'avez appris à bien vous rendre compte, dis-je sans détours, à vous rapporter tout ce que j'avais découvert ; puis, en présence de tous les faits, nous bâtissions nos hypothèses. Mais, cette fois, vous me prenez en embuscade sans une explication, et vous voulez que j'accepte la situation avec humilité, sans poser de question. Que manigancez-vous, vieux renard ? Quel but poursuivez-vous ? Et n'essayez pas de me faire croire que vous voulez seulement faire de cette gamine la protectrice de ma fille.

— Très bien. » Il s'adossa dans sa chaise, et son regard sauta de moi à Évite puis à Crible.

Ce dernier le lui rendit. « Dois-je sortir à nouveau ? » demanda-t-il d'un ton où l'on sentait de la froideur.

Umbre réfléchit si vite qu'on eût pu croire qu'il répondait aussitôt : « Je n'en vois guère l'intérêt ; j'ai bien vu que tu as compris ce qui se passait. »

Crible me jeta un bref coup d'œil et avança une interprétation : « Vous voulez placer cette fille chez Tom afin qu'il se charge de la protéger. »

Un tic nerveux tira les commissures des lèvres d'Umbre. « C'est un résumé assez exact de la réalité. »

Je me tournai vers Évite. Elle avait l'air effaré ; manifestement, elle n'avait pas vu la situation sous cet angle : elle qui se glorifiait d'avoir été envoyée accomplir sa première mission, elle s'apercevait soudain qu'elle était en fait bannie de Castelcerf, peut-être parce qu'elle était parvenue à un âge où nul ne pouvait se méprendre sur sa ressemblance avec les Loinvoyant. Non, on ne l'exilait pas de Castelcerf ; si elle avait vécu au château, Crible eût été au courant de son existence. Où, alors ? Elle se redressa sur sa chaise, des éclats furieux dans les yeux. Elle s'apprêta à parler mais je la pris de vitesse.

« J'aimerais savoir qui elle est avant de la prendre en charge, dis-je sans détour.

— Tu sais de quelle famille elle vient ; j'ai vu que tu l'avais observée.

— Comment est-ce arrivé ? demandai-je, perplexe.

— De la manière habituelle », répondit Umbre à mi-voix, l'air mal à l'aise. La jeune fille réagit ; elle secoua la tête, ce qui fit danser ses boucles châtain-roux, et elle déclara d'un ton froid, voire accusateur : « Ma mère avait dix-neuf ans quand elle s'est rendue au château de Castelcerf avec ses parents pour la fête du Printemps ; à son retour, on s'est aperçu qu'elle attendait un enfant : moi. Quelques années après ma naissance, ses parents ont réussi à lui trouver un mari, et ils m'ont gardée pour m'élever, ce qu'ils ont fait jusqu'à la mort de mon grand-père il y a deux ans, puis de ma grand-mère six mois plus tard. Alors je suis allée vivre chez ma mère pour la première fois de ma vie ; mais son mari n'avait pas pour moi des sentiments paternels, et, au lieu de se mettre en colère contre lui parce qu'il me reluquait et me tripotait, elle est devenue jalouse de moi. Du coup, elle m'a envoyée à Castelcerf avec un billet cacheté à l'intention de la reine mère.

— Et celle-ci vous a remise à la garde de sire Umbre ? » Cela ne ressemblait pas à Kettricken.

« Non. » Elle lança un bref regard à Umbre. Il avait les mains jointes sous le menton, et ses lèvres pincées indiquaient que, s'il n'appréciait pas les explications d'Évite, il se rendait compte qu'il serait vain de chercher à les interrompre.

La jeune fille s'accouda à la table avec une décontraction feinte ; je décelais sa tension dans les muscles de sa gorge et dans la façon dont une de ses mains agrippait le bord de la table. « Le billet et moi-même avons été interceptés peu après que j'ai quitté le toit maternel, et on nous a livrés à sire Umbre. Il m'a prise en charge et placée en lieu sûr, du moins en principe, et il est depuis mon protecteur. » Je percevais de la rancœur, mais à cause de quoi ? J'avais noté la réflexion « du moins en principe » ; nous rapprochions-nous de la raison de sa présence parmi nous ? Pourtant, j'ignorais toujours de qui elle descendait ; ses traits Loinvoyant lui venaient-ils de sa mère ou de son père ? À combien de générations remontait le mélange des sangs ?

Crible s'agita légèrement sur sa chaise. Ce n'était pas lui qui avait intercepté l'enfant ; savait-il qui en était responsable ? Mais je sentais que, comme moi, il était occupé à réunir des faits et à faire le tri parmi eux. S'il voyait aujourd'hui Évite pour la première fois, où Umbre l'avait-il cachée ? Le pli mécontent qui marquait la bouche de ce dernier montrait qu'il n'était pas du tout ravi que la jeune fille nous fît part de ces détails.

« Quel âge avez-vous ? demandai-je à Évite.

— Quelle importance ? répliqua-t-elle.

— Elle a dix-neuf ans », intervint Umbre à mi-voix, et il fronça les sourcils en nous voyant, Crible et moi, échanger un regard. « Et, comme vous l'avez deviné, à cause de sa ressemblance avec ses ancêtres, il vaut mieux ne pas l'amener à la cour. Pour le moment ! » ajouta-t-il précipitamment en la voyant s'assombrir. La méfiance m'envahit ; elle me paraissait d'un tempérament brusque, et prétentieuse pour son âge. De qui était-elle, et pour qui se prenait-elle ? Elle se donnait des airs importants que je ne comprenais pas.

Je m'interrogeais. *Évite !* Je lui artisai la pensée avec force ; elle ne tressaillit même pas. Voilà qui répondait au moins à une question. Même dépourvue de formation, elle eût dû ressentir quelque chose ; elle n'avait donc aucune prédisposition à l'Art. Umbre en était-il déçu ou bien se réjouissait-il qu'on ne pût se servir d'elle par ce biais ? Il me dévisageait, parfaitement conscient de ce que j'avais fait. Je m'adressai à lui.

J'ai des dizaines de questions à vous poser. Qui est sa mère et à qui est-elle mariée aujourd'hui ? Évite sait-elle qui est son père ? Elle n'a pas mentionné son nom ni celui de sa mère. Pourquoi avez-vous caché son existence à tout le monde ? Mais est-ce le cas ? Kettricken a-t-elle ajouté son nom à la généalogie des Loinvoyant non reconnus ?

Ce n'est pas le moment ! Il avait répondu sans me regarder, ni moi ni Crible. Dissimulait-il l'information aussi à Ortie ?

Je débordais de questions et je me demandais si j'aurais un jour l'occasion de les lui soumettre en privé. Il y en avait que je ne voulais pas énoncer devant la jeune fille et d'autres qu'il valait mieux taire en présence de Crible ; mais il en restait une que je pouvais poser.

« L'avez-vous formée ? »

Il lui jeta un coup d'œil puis se tourna vers moi. « Dans certains domaines. Je ne m'en suis pas occupé personnellement, mais elle avait un instructeur convenable ; il ne l'a pas formée comme tu l'as été, mais selon mes spécifications. » Il s'éclaircit la gorge. « Principalement pour lui donner les moyens de se protéger, même si je me suis demandé si elle ne pourrait pas suivre mes traces. » Il toussa et ajouta : « Tu pourrais lui en apprendre beaucoup si tu le souhaitais. »

Je soupirai. Il avait dû me fournir tous les renseignements qu'il jugeait possible de me fournir en présence des deux autres. « Bien ; vous ne m'avez pas encore révélé tout ce que je dois savoir, et vous devez vous douter qu'il me faudra préparer la maison. Je ne peux pas ramener chez moi une fille par une nuit de tempête au sortir d'une auberge.

— C'est pourquoi Crible m'a accompagné. J'ai envoyé Évite ici il y a plusieurs jours, et il jouera les chaperons auprès d'elle jusqu'à ce qu'il puisse la conduire chez toi. »

Un tressaillement tira les lèvres de l'intéressé ; lui non plus n'était pas au courant.

Je m'efforçai de reprendre pied dans le courant rapide des manigances d'Umbre. « Elle arrivera donc dans quelques jours à Flétrybois, où je la présenterai comme une lointaine cousine venue m'aider à prendre soin de ma fille pendant mon deuil.

— Exactement. » Le vieil assassin sourit.

Je ne trouvais pas cela drôle. Il était trop tôt ; je n'avais pas l'énergie de m'occuper de quiconque à part moi. Je devais refuser, lui dire que je ne pouvais pas ; j'avais perdu Molly, j'avais découvert notre enfant et je m'efforçais d'apprendre à la connaître. Une bouffée d'angoisse m'envahit soudain : Abeille allait-elle bien ? N'avait-elle pas peur ? Je l'avais laissée seule ce soir en pensant me rendre à un bref entretien sur une situation politique à propos de laquelle Umbre voulait mon avis, et voici qu'il me demandait d'inviter chez moi une jeune femme dont j'ignorais tout pour la protéger et lui apprendre à se défendre elle-même. Je restais sur l'impression qu'elle ne me plairait pas et qu'elle n'apprécierait pas ma compagnie, et je regrettais amèrement qu'Umbre ne m'eût pas convoqué à part pour me parler de son projet ; je lui eusse exposé toutes les raisons qui me poussaient à dire non. Mais j'étais pris au piège sous les regards croisés d'Évite et de Crible, et peut-être d'Ortie. Comment me défiler dans ces circonstances ?

Je pris une longue inspiration. « Je ne suis pas sûr que ce soit la meilleure solution, Umbre. Abeille est très jeune et je n'ai pas fini mon deuil. » Je me tournai vers Évite. « Avez-vous de l'expérience avec les petits enfants ? »

Elle me regarda, les yeux écarquillés, et sa bouche s'ouvrit sans qu'un son en sortît, puis elle se tourna vers Umbre, et je lus de l'inquiétude et de la rancœur dans son expression quand elle demanda : « Quel âge a-t-elle ? J'ai dû m'occuper des nièces de ma mère quand j'habitais chez elle, alors qu'elles avaient une nounou et un précepteur ; c'étaient des gamines gâtées et j'ai détesté ça. Alors, si vous croyez pouvoir m'éloigner de la cour et me cacher dans une propriété de campagne en me faisant jouer les gouvernantes sous couvert de défendre une petite fille, vous vous mettez le doigt dans l'œil. Je n'accepte pas non plus l'idée d'être placée sous la surveillance de votre Tom ; je viens de démontrer qu'il était peut-être affûté dans le passé mais qu'il est devenu mou et négligent. Il ne se protège pas ; comment pourrait-il assurer ma sécurité ?

— Personne n'a parlé de gouvernante, répondit Umbre. Nous discutons seulement du prétexte sous lequel tu pourrais habiter chez Fitz pendant qu'il poursuit ta formation. Jouer le rôle de garde du corps auprès de sa fille serait un excellent exercice. »

Je fronçai le nez. C'était la deuxième fois qu'il m'appelait Fitz devant elle, alors qu'elle n'avait pas l'air assez mûre pour se voir confier ce secret ; cependant, je me sentais comme insulté qu'elle ne parût pas se rendre compte de l'importance du fait, coup d'aiguille dans mon amour-propre. Dix-neuf ans… N'avait-elle donc jamais entendu parler de FitzChevalerie Loinvoyant ?

Elle croisa les bras sur sa poitrine et leva le menton d'un air de défi. « Et si je refuse ? Ce n'est pas pour ça que je pensais venir ; je croyais que vous m'aviez trouvé une mission, quelque chose d'essentiel à faire. J'en ai assez de me terrer dans le noir comme un rat ! Je n'ai rien fait de mal. Vous prétendiez que j'aurais une vie meilleure avec vous, et je m'attendais à vivre au château de Castelcerf, à la cour ! »

Umbre joignit les doigts devant sa bouche. « Tu peux refuser, naturellement ; tu as le choix, Évite. » Il soupira brusquement et la regarda. « Moi, on ne me l'a pas laissé, et je sais donc que c'est important. De ce point de vue, je ferai tout ce que je pourrai pour toi. J'aimerais pouvoir te dire que tu avais de multiples options, mais je suis aussi restreint par le destin que toi. »

J'observai la jeune fille qui prenait conscience de ce que lui disait Umbre : les possibilités qu'il lui offrait étaient limitées. Pour ma part, je n'en étais pas surpris ; c'était la vie qui attendait un bâtard Loinvoyant. Umbre et moi avions connu les contraintes qu'entraîne le fait d'être un rejeton illégitime de l'arbre familial : on peut représenter un danger pour la famille et être éliminé, ou bien on peut lui être utile dans un certain rôle, mais on ne peut pas choisir de ne pas en faire partie. Umbre était fidèle aux Loinvoyant ; il protégerait Évite, il la guiderait, et, ce faisant, il assurerait la sécurité du trône. Et j'étais d'accord avec lui ; il avait raison. Mais, pour la jeune fille, ce devait être comme un filet qui se refermait sur elle. Umbre avait lu son expression quand il reprit : « Je comprends parfaitement ton ressentiment. J'ai tout fait pour améliorer ta situation, mais tu es en droit d'en vouloir à ceux qui l'ont créée. Plus tard, peut-être, tu comprendras que je fais ce que je peux pour toi. Tu peux, si tu le décides, t'installer à Flétry-bois, du moins pour quelque temps ; c'est une charmante propriété dans une vallée accueillante ; ce n'est pas Castelcerf, certes, mais ce n'est pas non plus un trou. Tu y trouveras des occasions de t'amuser et de fréquenter une société raffinée ; tu seras bien traitée et tu recevras une allocation. » Il me jeta un bref regard et vis mes doutes ; il prit un air suppliant, et je détournai le visage. Des étincelles furieuses dansaient dans les yeux d'Évite.

Umbre poursuivit, implacable : « De fait, tu dois commencer par t'installer à Flétrybois ; mais, si tu y es malheureuse, je prendrai d'autres dispositions. Tu pourras par exemple choisir une région convenable hors du duché de Cerf, et je m'arrangerai pour t'y trouver un logement. Tu recevras une allocation suffisante pour vivre confortablement avec deux domestiques, et elle te sera versée tant que tu ne feras pas de vague. C'est pour ta sécurité. »

Elle leva la tête. « Et si je refusais ? Si je m'en allais ? »

Umbre poussa un petit soupir de découragement et secoua la tête. « Tu te mettrais hors la loi. Je ferais mon possible pour te protéger, mais ça ne suffirait pas. Tu serais sans le sou, ta famille te regarderait comme une renégate, un élément importun, et on finirait par te retrouver. » Il termina par ces mots que j'attendais : « Tu es une épée à deux tranchants sans poignée, mon enfant ; dangereuse à manier et dangereuse à laisser traîner. Quelqu'un tomberait sur toi un jour ou l'autre et te tuerait ou se servirait de toi contre les Loinvoyant.

— Et comment ? Comment pourrait-on m'utiliser contre le roi ? Quel risque puis-je représenter pour lui ? »

J'intervins : « On pourrait menacer sire Umbre si on vous prenait en otage, en lui faisant parvenir une oreille ou un bout de lèvre pour prouver le sérieux du danger. »

Elle porta la main à sa bouche, puis dit entre ses doigts, comme une enfant effrayée : « Ne puis-je rentrer ? Vous pourriez exiger qu'on me protège mieux. Je pourrais rester là où j'étais, à…

— Non. » Il la coupa sèchement avant qu'elle pût révéler où il l'avait cachée jusque-là. Intéressant mystère : elle se trouvait assez près de Castelcerf pour qu'il passât la voir souvent, mais assez loin pour que Crible ne l'eût jamais croisée. Ses paroles suivantes me tirèrent de mes réflexions. « Sers-toi de ta cervelle, Évite. » Les yeux agrandis, elle secoua la tête.

Mon cœur se serra : j'avais compris. « Quelqu'un a déjà forcé la main à Umbre ; ça explique sa précipitation. »

Elle m'adressa un regard haineux et se tourna vers son mentor. Celui-ci me regardait. « Je le regrette, mais tu vois dans quelle situation je me trouve, Fitz. Ce n'est pas sa famille paternelle qui cherchait à l'éliminer : elle a d'autres ennemis. Je dois la mettre en lieu sûr, et je n'en connais pas d'autre que chez toi. » Il avait une expression suppliante empreinte de sincérité ; il m'avait jadis fait passer des heures devant un miroir à m'exercer à prendre la même. Je m'abstins d'éclater de rire : nous ne dévoilions pas nos trucs devant des étrangers. Je le regardai dans les yeux.

« Vous ne m'avez toujours pas dit qui elle est ni qui sont ses ennemis. Comment puis-je la protéger si j'ignore d'où vient le danger ? Qui lui veut du mal ? »

Le masque tomba, et il afficha un affolement bien réel. « Je t'en prie, fie-toi à moi et fais-le pour moi. Je ne suis pas encore prêt à parler de ceux qui veulent sa mort, mais tu dois savoir que ce service que tu me rends entraîne que tu prennes des risques. Je n'ai personne d'autre vers qui me tourner, mon garçon. Acceptes-tu de te charger d'elle et d'assurer sa sécurité ? Pour moi ? »

Et voilà ; toute idée de refus se dissipa. Ce qu'il me demandait, ce n'était pas seulement un service, c'était la confirmation de ce que nous étions l'un pour l'autre. Il ne pouvait s'adresser à personne d'autre ; nul ne comprendrait comme moi le danger qu'elle courait, nul ne saurait comment la protéger tout en l'empêchant de nous nuire. Nul à part moi n'était capable de mettre au fourreau cette épée à double tranchant. Je pris la conversation en main alors qu'Umbre s'apprêtait à parler à nouveau.

« D'accord. Et je m'occuperai d'elle du mieux possible. »

Il se figea puis il eut un hochement de tête sans force tandis que le soulagement décrispait ses traits. Je mesurai alors combien il redoutait un refus de ma part, et j'en fus mortifié.

Évite ouvrit la bouche à son tour pour parler, mais je l'interrompis en levant la main. « Je dois hélas m'en aller ; il faut que je vous prépare un logement à Flétrybois », déclarai-je.

Elle eut l'air surpris. Tant mieux ; il fallait continuer à la déstabiliser tant que tout n'était pas arrangé. Je déchargeai Umbre de la suite des opérations en reprenant d'un ton calme : « On vous donnera une somme suffisante pour séjourner trois jours à l'auberge ; Crible restera avec vous pour vous protéger. Vous n'avez rien à craindre de lui : c'est un homme d'honneur. Comme vous n'avez apparemment pas emporté grand-chose de votre précédent logement, prévenez-le s'il vous manque quelque chose. Dans trois jours, il vous escortera jusqu'à Flétrybois, où je vous recevrai comme ma cousine venue m'aider à tenir la maison. » Je repris mon souffle. Le prétexte était logique et expliquait parfaitement sa présence, mais j'eus du mal à l'énoncer tout haut. « Depuis la mort de mon épouse. » Je m'éclaircis la gorge. « J'ai une petite fille, et un domaine étendu que je gère au nom de dame Ortie. » Je la regardai. « Vous y serez la bienvenue, et vous pourrez y demeurer aussi longtemps que vous vous y plairez. Il vous faut savoir que je ne vis pas sur un grand pied comme un noble, mais comme un dotaire, gérant d'une vaste propriété. J'ignore à quoi vous êtes habituée, mais vous risquez de nous trouver rustiques, voire rustauds. En tant que ma cousine, vous aurez des tâches à accomplir, cependant je vous assure qu'on vous traitera, non comme une domestique, mais comme un membre de la famille venue apporter un coup de main en cette période difficile.

— Des tâches ? » Elle répéta le mot comme si elle avait du mal à le prononcer. « Mais… je suis de famille noble ! Du côté de ma mère, je suis…

— Plus maintenant, intervint Umbre d'un ton sec. Ce nom est dangereux pour toi ; tu dois l'abandonner. Je vais t'en fournir un nouveau : le mien ; tu es désormais une Tombétoile. Je te donne mon nom de famille, celui que m'a légué ma mère. Évite Tombétoile. »

Elle le dévisagea, sidérée, puis, à ma grande stupeur, des larmes perlèrent à ses yeux. Bouche bée, elle regarda sire Umbre sans rien dire pendant que les gouttes brillantes descendaient lentement le long de ses joues. Le vieil assassin blêmit, ce qui fit ressortir les grêlures sur son visage ; beaucoup y voyaient les marques d'une maladie à laquelle il avait survécu, mais je savais la vérité : c'étaient les traces d'une expérience qu'il avait faite avec une mixture dotée d'un plus grand pouvoir détonant que prévu. Comme lui, je portais quelques cicatrices dues à des choses que nous avions fait exploser ensemble – à l'instar de la vie de la jeune fille devant nous.

Je songeai à une autre existence qui en serait affectée : celle de ma fille, qui apprenait tout juste à me connaître. Abeille se remettait à peine de la mort de sa mère ; comment réagirait-elle à l'intrusion d'un nouveau membre de la famille ? Je savais la réponse : elle la prendrait mal, tout comme moi. Mais, avec un peu de chance, la situation durerait seulement le temps qu'Umbre trouvât une meilleure solution pour tout le monde. J'en revins tout de même à ma première question. « Avez-vous de l'expérience avec les enfants ? »

Elle s'essuya les yeux d'un geste rapide et secoua la tête. « J'ai été élevée par mes grands-parents ; comme ma mère était le seul enfant qui leur restait, il n'y en avait pas d'autres chez eux. Il n'y avait que moi. Les domestiques avaient des enfants, mais je ne n'avais guère affaire à eux, et, quant aux nièces de ma mère, c'étaient les rejetons du frère de son mari et de parfaites petites brutes. » Elle reprit son souffle et s'exclama : « Je vous l'ai dit, je ne peux pas passer pour la gouvernante de votre fille ! Je refuse !

— Je voulais seulement savoir si vous aviez l'habitude des enfants. Ce n'est pas le cas, et ça ne me gêne pas. Vous deviez croire qu'on vous confierait la sécurité de ma fille, mais je ne pense pas que ce sera nécessaire. Je peux vous trouver d'autres travaux en relation avec la gestion du personnel. » Encore une fonction à inventer, une activité pour l'occuper.

Vu le genre d'enfant qu'était Abeille, peut-être valait-il mieux qu'Évite n'eût pas l'expérience des gamins ; ma fille lui paraîtrait peut-être moins singulière qu'à d'autres. Mais la véhémence de sa réaction à la perspective d'avoir à se charger d'un enfant m'avait mis la puce à l'oreille : je tiendrais Abeille à distance d'elle tant que je n'aurais pas jaugé son caractère. Je me levai, prêt à prendre congé. Umbre prit l'air affolé.

« J'espérais parler encore avec toi ! Ne peux-tu rester pour la nuit ? La tempête ne fait que s'aggraver. Crible, pouvez-vous voir si l'auberge a une autre chambre de libre ? »

Je secouai la tête. Je savais qu'il voulait avoir une longue conversation avec moi en privé, l'occasion d'expliquer toute l'affaire et d'explorer toutes les solutions possibles ; mais quelqu'un d'autre avait encore plus besoin de moi. « Impossible ; Abeille n'a pas l'habitude de demeurer seule. » Dormait-elle déjà ou bien se demandait-elle, allongée dans son lit, quand son papa rentrerait ? Avec toutes ces révélations étonnantes, je l'avais complètement oubliée ; je fus envahi d'un sentiment de honte, puis d'inquiétude et d'urgence. Il fallait que je rentre. Je me tournai vers Umbre.

« Mais sa nounou peut sûrement... », fit-il.

Je l'interrompis, agacé qu'il me retînt. « Elle n'en a pas. C'était Molly et moi qui l'élevions, et, avant la mort de sa mère, elle n'avait besoin de personne d'autre. Aujourd'hui, elle n'a plus que moi. Je dois absolument partir, Umbre. »

Il me regarda sans rien dire, puis, avec un soupir d'exaspé-ration, il me congédia de la main. « Eh bien, pars. Mais il faudra que nous parlions, en privé.

— D'accord. Une autre fois, et je vous interrogerai sur le précepteur que vous m'aviez recommandé. »

Il acquiesça de la tête. Il se débrouillerait. Ce soir, il devait demeurer dans l'auberge pour convaincre son apprentie maussade de suivre ses recommandations, mais c'était son travail, non le mien. J'avais bien assez à faire comme cela.

Je sortie et Crible m'accompagna dans le couloir. « La poisse de bout en bout, dit-il. Le voyage a été difficile pour lui, et puis la tempête nous a retardés. Il espérait passer une heure ou deux avec vous avant de s'occuper d'un "problème". J'ai été effaré en découvrant que le problème en question, c'était une fille. Évite ! Quel nom ! Ce n'est sûrement pas comme ça que ses grands-parents l'appelaient ; j'espère qu'elle ne le conservera pas. »

Je cherchai mes mots, soudain las. « Ma foi, je me réjouis de constater que le talent des Loinvoyant pour le théâtre continue à se transmettre. »

Il eut un sourire en coin. « On peut dire qu'Ortie et vous en avez largement votre part. » Comme je ne lui rendais pas son sourire, il demanda avec sollicitude : « Comment allez-vous, Tom ? »

Je haussai les épaules et secouai la tête. « Comme vous voyez ; cahin-caha ; je m'adapte. »

Il hocha la tête et se tut un moment. Puis il dit : « Ortie s'inquiète pour sa sœur. Je lui répète que vous êtes beaucoup plus capable qu'elle ne le croit, mais ça ne l'empêche pas de préparer un appartement et un tuteur pour la petite.

— Abeille et moi nous entendons très bien, en fait ; je crois que nous sommes bien faits l'un pour l'autre. » J'avais du mal à me montrer poli. J'aimais bien Crible, mais il n'avait pas à s'occuper d'Abeille ; c'était ma fille, et j'étais de plus en plus impatient, de plus en plus certain que je devais rentrer. Je ne supportais plus sa compagnie ni celle des deux autres ; je n'avais qu'une envie : partir.

Il pinça les lèvres puis il se décida à parler : « Sauf que vous l'avez laissée seule pour venir ici ce soir. Pas de nourrice, pas de gouvernante, pas de précepteur ? Tom, même un enfant ordinaire a besoin d'être constamment surveillé ; or, Abeille n'est pas…

— De votre ressort », coupai-je. Ses propos m'avaient touché au vif, même si je m'efforçais de n'en rien laisser paraître. Retournerait-il auprès d'Ortie aussi vite que possible pour lui rapporter que je négligeais sa petite sœur ? Je le dévisageai sans rien dire, et il me retourna mon regard sans fléchir. Nous nous connaissions depuis des années et nous avions vécu ensemble de très pénibles épreuves ; au terme de l'une d'elles, je l'avais laissé pour mort, voire pour pire que mort, mais il ne m'en avait jamais fait le reproche. Je lui devais bien de l'écouter jusqu'au bout ; je rentrai le menton et attendis la suite.

« Nous nous inquiétons pour vous, fit-il à mi-voix, sur toutes sortes de sujets qui ne nous regardent pas obligatoirement. J'ai eu un choc en vous voyant ce soir. Vous n'êtes pas mince, vous êtes décharné ; vous ne goûtez pas ce que vous buvez et vous mangez sans faire attention au contenu de votre assiette. Je sais que vous êtes en deuil, et c'est bien normal ; mais le chagrin peut empêcher de voir l'évidence, comme ce dont a besoin un enfant. »

Tout cela partait d'un bon sentiment, mais je n'étais pas d'humeur à l'écouter. « Je ne la néglige pas, et c'est précisément pour ça que je dois m'en aller. Laissez-moi trois jours pour tout préparer avant de m'amener Évite. » Il acquiesça de la tête en me regardant avec tant de sollicitude que ma colère s'évanouit. « Vous verrez Abeille à ce moment-là et vous pourrez lui parler. Je vous promets que je ne la néglige pas, Crible. Ce n'est pas une enfant classique ; le château de Castelcerf ne lui conviendrait pas. »

Il eut l'air sceptique mais eut la grâce de garder ses doutes pour lui. « À dans trois jours, alors », répondit-il.

Je le sentis me suivre des yeux pendant que je m'éloignais dans le couloir. Je descendis l'escalier, las et plein de regrets. Je devais reconnaître ma déception : au fond de mon cœur, il y avait eu un germe d'espoir, celui qu'Umbre avait arrangé ce rendez-vous parce qu'il souhaitait me voir, m'apporter son réconfort, exprimer ses condoléances pour la mort de Molly. Il y avait des années que ce n'était plus mon mentor ni mon protecteur, mais j'éprouvais encore le besoin de me réfugier à l'abri de sa sagesse. Enfants, nous croyons que nos aînés savent tout et que, si nous-mêmes ne comprenons pas le monde, eux sont capables de le décrypter ; devenus adultes, lorsque la peur ou le chagrin nous saisit, nous nous tournons instinctivement vers l'ancienne génération dans l'espoir d'apprendre enfin une grande leçon sur la mort et la douleur, et nous découvrons alors qu'il n'y a qu'une leçon : la vie continue. Je savais qu'Umbre était mal à l'aise face à la mort ; je n'eusse pas dû attendre de manifestation de sympathie de sa part.

Je relevai mon col, fermai mon manteau humide et sortis dans la tempête.

TABLE

Achevé d'imprimer
en mai 2015
par N.I.A.G., Bergame - Italie

Mise en page par Meta-systems
59100 Roubaix

N° d'édition : L.01EUCN000613.A003
Dépôt légal : octobre 2014